林筱聆　主编

茶海文涛

● 诗歌卷

天津出版传媒集团
百花文艺出版社

图书在版编目（CIP）数据

茶海文涛：诗歌卷 / 林筱聆主编 . -- 天
津 ：百花文艺出版社，2024.1
ISBN 978-7-5306-8727-7

Ⅰ．①茶… Ⅱ．①林… Ⅲ．①散文集－中国－当代②
诗集－中国－当代 Ⅳ．① I217.2

中国国家版本馆 CIP 数据核字（2024）第 009836 号

茶海文涛：诗歌卷
CHA HAI WEN TAO: SHIGE JUAN

林筱聆　主编

出 版 人:薛印胜
责任编辑:张　雪
装帧设计:吴梦涵
出版发行:百花文艺出版社
地址:天津市和平区西康路 35 号　　邮编:300051
电话传真:+86-22-23332651（发行部）
　　　　　　+86-22-23332656（总编室）
　　　　　　+86-22-23332478（邮购部）

网址:http://www.baihuawenyi.com
印刷:三河市华东印刷有限公司
开本:710 毫米×1000 毫米　1/16
字数:204 千字
印张:13.25
版次:2024 年 1 月第 1 版
印次:2024 年 1 月第 1 次印刷
定价:98.00 元（全二册）

如有印装质量问题，请与三河市华东印刷有限公司联系调换
地址：三河市燕郊冶金路口南马起乏村西
电话：19931677990　邮编：065201

目　录 CONTENTS
诗歌卷

CONTENTS **目 录**
诗歌卷

CONTENTS 目 录
诗歌卷

心中的观音

三米深

南方有嘉木，茶中有观音。

——题记

秋风指路，一路往南，便是你的家乡
一路的山色、水色与茶色
不像俗世的风景。色即是空，空即是色
想起你说过，山水间浮动的是秋香
峰回路转的空山，落满了记忆
于是溪流有了最安详的名字
切割着空灵的幽谷，疏影和暗香

清水煮茶，是我们今生的遇见
黛绿的珍珠敲击着少年的心
清脆，如铁，仿佛蓬莱不期而遇的晨钟
唤醒了尘埃中的草木，万物返璞归真
盖瓯上倏忽氤氲起一团白雾
于是我静美的年华，宛若一枚茶叶
在澄明、清澈的茶汤里舒展开来

有如神示，有如观自在菩萨
在袅袅的云烟里浮现，有如对面的你
兰花香，观音韵，更显得意味深长
想起你说过，该用怎样的心情摇出清香

又是如何品韵闻香，察形观色
像一部只可意会不可言传的茶经
暗合了人生四季，因缘流转

此去经年，初见或许亦是诀别
你递给我一杯铁观音，指引我来到安溪
一夜的风声、雨声和虫声
好似前世的家园。魂牵梦绕的梯田
到处是慈悲的观音，在此她化身为茶
坐在众生的心中。那么你呢
到底是泅渡彼岸，还是寻回故乡

嫁 妆

上官青梅

一

那一年　大哥定了亲

结了婚

红伞下的大嫂娇艳如花

她的身后

几个壮汉呼哧呼哧地抬着嫁妆

厅堂里充溢着喜悦

几许绿色的芳香窜进我的鼻孔

父亲陶醉了　母亲也陶醉了

所有人都陶醉了

我想

定是他们也深吸了那芳香

后来，我知道

大嫂的嫁妆是几千株

铁观音的茶苗

二

太阳，或许还在沉睡

父亲带着我们一家

向大山深处迈进

我也还在睡梦中

母亲爱怜地将我装进畚箕　挑起

扁担吱嘎吱嘎晃悠着

一头是我　　一头是锄头和炊具

日复一日

父亲和兄长终于把一座小山开垦成了我们的茶园

你看

最中间的那一棵还是我亲手栽种的

她公主一般

伫立于茶园最中央

三

几场春雨过后

茶叶青翠欲滴　　娇嫩无比

寻一个晴朗的天

背上背篓

我们收获了一茬茬绿意

那一春

香气弥漫了整座村庄

家里不断有乡人造访

他们　　走走　　看看　　闻闻

并讲定明天要来喝茶

有一夜

我梦见了满山满山的白色的茶花

还有成堆成堆的茶叶

然后他们又变成了我最爱的麦芽糖

我知道

我定是流了口水

要不，枕头的一角怎么就湿了呢

四

绿意盎然的丰收

一点　　一团

直至整个村庄

直至每家每户　庭前院后

铁观音的香气中

我们搬进了新的楼房

又是一个张灯结彩的日子

邻家姐姐即将出阁

她的嫁妆

亦是装上了家乡的铁观音茶苗

带着新的种子

梦落他乡　扎根远方

嫩绿欢喜

王久辛

嫩绿拱出大宝峰山
青黄之梵音，于新芽嫩绿丛中

穿梭。芽眼飞翔
丽瞬闪耀。嗖嗖

嫩嗖嗖的音儿叶儿
仿若合二而一的魂魄之心

在跳。嫩嫩的音
嫩嫩的色，在跳

怦怦地，跳得色上有了音声
音声之上有了色调，两个怦怦

在跳。一个，又一个
一个声，一个色

声色犬马不绝于耳
那是不绝于耳的声色在飞

嗖嗖的，一只大黄狗在追兔子
一匹大白马在攥黄鼠狼

漫山遍野地撒欢
伴着梵音的大地之舞

嫩嫩的芽眼，与灿茸茸的音符
欢欣欣地挠着人心

有神圣庄严的肃穆与纯净
在悄悄生长，像醒来的黎明

有月亮才有的白，月白的白
一闪一闪地亮了起来

像玉兔撒娇
又似倒吊芽眼

刺向月白的黎明
初春的小风纳着寒凉的嫩绿声

一声声的嫩，和一声声的绿
融汇在一起了，带着声的嫩绿

向大地，天空
和人的耳池心畔，飞翔

每一对芽眼
都似无形的臂膀，在奋力泅游

欢喜从根须开始，向上飞升
嫩绿的飞升，嫩绿的汪洋大海

恣肆澎湃，一浪接着一浪
漫入眼，漫入心，漫过人的灵魂

嫩嫩的绿啊，够任性的狂野
任性的嫩哪，也是够狂野的绿

漫入嫩嫩的欢喜
天地，人心，都是嫩嫩的

嫩嫩的欢喜在飞升
就是嫩绿在飞升

飞升的欢喜在丰长
就是嫩绿在丰长

一对对的嫩绿之丽眼
一对对的欢喜之嫩绿

漫入遍野的欢喜之汪洋
浩瀚的汪洋，嫩绿的汪洋

有一对一对丽眼之嫩绿波峰
在翻飞，含着梵音的虔诚之绿光

似锦云在翻飞，在悠扬地翻飞
令我飘飘欲仙，飘飘欲仙

我问：山那边可有寺院
山主曰：没有。我放了《大悲咒》

哦哦，我通体豁然贯通
双耳开张，有大宇宙之仙乐瞬间入心

而我心生万物之葱茏
一派欣欣向荣之欢喜

如嫩绿般从天而降
灌顶入心，我顿时澄澈透明

大欢喜之渺渺浩瀚之境界
叫着天叫着地，喊着人

大一统的江山，欢欢喜喜
凡圣融通，习成大美之至矣

与铁观音书（组诗）

王兴伟

只为好茶而生

茶在壶中，汤自壶嘴缓缓而出
金黄的颜色将整个杯子铺成了金光大道
洗手，焚香，端起透明的杯子
水汽弥漫，上升

一道人间仙境
静下心来，将自己过滤一遍
嘴唇轻启，一条翻滚的河流
一条贮存兰花的河流，顿时风生水起

一枚宽大的茶叶
一个丰厚的世界
被风轻轻一吹，落在大地上
前世的功名被一棵磊磊落落的树牵引
杯子很小，四季变换了然于心

今生，只为好茶而生
今生，只为香如故

一杯茶，就是一条通往幸福的路

将一包铁观音打开
嗅一嗅，先让香气进入内心，然后放入杯中

沸腾的泉水，让颗粒状的茶叶
慢慢展开，沉底
清香自杯口溢出

我知道铁观音
正在将生活的韵味展开
山间日月隐于无形
人世沧桑易溶于水
该品味的幸福
总会停在舌尖上

我托着杯底
像一个传说中的雅士
轻轻一呷，那香便跑出来
所有的心门打开
一杯茶
就是一条通往幸福的路

好茶就是透明的生活
苦味有时会涌上舌尖
这是铁观音蕴含的哲理
生活的厚度与甘醇
都浓缩在叶片上
好茶就是透明的生活
好茶就是淡去岁月的苦

茶在口中，每一根神经都被泡软
每一个感官都触到柔嫩的肌肤
气质优雅的美人
怀抱一轮明月，在海上低吟

幸福的，请干净利落地品味这上好的铁观音
一座绝美的宫殿，音乐四起
四周都是彩带
都是密密麻麻的香

一枚茶叶，纳一世清香
一枚茶叶，吐世间万象

借三两白云，喝一杯安溪铁观音茶

王志彦

借三两白云，摘一瓣明月
再有几缕思念缠绕夜的脆弱
一杯安溪铁观音茶的滋味，像秋天潜伏在花的蕊里

像是一个人对另一个人的问候
那些水无限地渴。那些空寂逃过命名
那个人真实存在却不见踪影

水一样流过的夜，一杯铁观音茶
洞察了人性深处的秘密。像泡过的茶叶
无味，却腾干净了身子

安溪，一片雾里的茶叶

王南斌

安溪　一片雾里的茶叶
在一棵茶树的末梢
在一个茶季到下一个茶季之间

从爆开嫩芽的瞬间
你就开始了从苦涩走向芬芳的一生
你披上一层薄纱
让阳光的灵魂悄然成型
这样的生命饱含着太多的苦涩
你的使命是给人间带来一缕清芬
于是你开始了漫长的
涅槃之路

谁经得起这样的无休止的磨砺
为了获取这一缕芬芳
那些杂念和奢望在千回百转间脱离母体
经过潮湿晦暗的峡谷
和令人窒息的关口
一个崭新的生命脱颖而出
一阵山岚为你甩开水袖
你就一路咿呀一路柳暗花明
你的名字叫茶香
你的名字就是山村的名字

你的芳香就是山村的芳香

然而你的路才走了一半
当你以一泓澄明展现大山的魂灵
以雾一般的飘逸还原这一缕清香
每个接近你的生命
都因你而纯净
因你而芬芳
每个生命都在这一瞬间
变成一片茶叶
因你走向涅槃之路

你一直在赶路
寻觅你的知音
你一路向海
让不同肤色因为你的到来
露出一样的表情
情感就像丝绸般连在一起
山的这边洒下一阵雨
远方的那边就飘起一朵云

安溪　一片雾里的茶叶
你以一片茶叶的使命崛起在山水之间
你的英姿是茶的舞蹈
你的呼吸是茶的音乐
你让这个世界
褪尽铅华
你让这个世界
留下清芬

铁观音茶，福荫安溪

王海清

叶可为茶，又可入药
这千年木本植物
安溪的幸福守候
上苍眷顾的灵物
吸苍天之灵气
纳大地之魂魄
随"一带一路"远播海内外
走向辉煌

绿水青山就是金山银山
在杯盏中
看到了你一场新雨后的情节
茶香在瓷杯中飘逸
喝一口铁观音
沿着大朵大朵的炊烟和月光中指引
走进安溪的方言和传说里

茶香悠悠，被诗情一路引领
茶树、茶山、茶园
一幅幅别致的风景画

泡上一壶铁观音
让自己深入一场庄周梦蝶里

细细地品，品出人间温暖与爱
品出人间春天

一朵云俯身，就吻到了
新绿栖在一棵茶树上
细嗅这亘古的香
一缕风吹来
衣襟上也会染着铁观音的香
如果整个安溪的阳光照耀我

我的身体甘愿蜷成一粒茶叶
你若是一泓清泉
就能再次打开我，还原这世间最高处
日月的香

在安溪的乡间
沏一枚铁观音茶
阳光的味道，丝丝缕缕
人间烦恼，如过眼云烟
福荫一地，造福人间

茶都：鲜嫩的爱（组诗）

王祥康

第一杯茶

火苗正旺　远方的清泉都赶到这里
等我为你泡一杯茶

高山上的绿　收集云雾和露水
收集父辈的艰辛和我的
一部成长史
清明前的问候刚刚长出芽
采茶女指尖的香
在一壶水中找到归宿

我高高提起壶柄　让水回到
恰当的位置
此时的水已不是水
它打开了这个季节全部的秘密

煮熟的一句话正停在杯沿
清香越走越远越来越亲
袅袅升起的热气　提走我的目光
而你的嘴唇是否把茶都
凝固的一滴爱　抿进心里

火已很旺　积蓄一冬的柴火

用灰烬换你一口回津的甜
越走越远的茶香　由阳光领路
漫过你新鲜的身体
把一座出生我的村庄　叫醒

一株小小的铁观音
我把上天给我的晨露
叫作灯盏　照亮土地下的根须
一千年的旅途有些疲惫

我把春天的时光换回金币
从心底抽取的嫩芽　走走停停
久远的记忆被一缕茶香惊醒

我把月光泡成对影的双人
许多的话不必说出
越焖越久　越焖越浓的情
闪现金属的质感

实际上我只是一株小小的铁观音
大地辽阔　我的爱弱小　单薄
从根须到芽尖
一路弯曲　慢慢开放
一年的攀登往往用一生抵达

如果把一壶茶叫作爱人
写下这个题目时　泪花点点
我的爱人正在云雾中
用指尖摘下早春的诗句
我翘首等待的爱

从此有了翘首的方向

每一芽冒尖的绿　想说的话语
她用朴素的心
搓揉　晒干　发酵
目光倾下的热　烟气袅袅

小心地端起一壶茶
掌中透亮的香里　是否装得下
江南十里春风的分量

我如果把这一壶茶叫作爱人
唇边若即若离的泪　该往
哪个地方落下
一株绿芽像观音的纤手
摁住我慌乱的目光和往事

好时光中长成的女子
你就在我身体里开花吧
让我用一首小诗
压住尘世的惊艳　让我
在荡漾的水中　一口一口
啜出爱人的姓名

茶叶上的蝴蝶

一点准备都没有
两只彩色的蝴蝶
居然在我不经意间
悄悄飞临这片茶叶上

暖风徐徐
它们把这一片茶叶
当作摇晃的婚床

缠绵缱绻的云外
我的心正与蝶翅
一起颤动　这种爱
应该怎样表达

蝶却安静下来
它们已经把香藏入心里
或者　传给了下一代

安溪：茶与禅之旅

少木森

茶山

并不是整座山都种茶
只是种了茶，这山
就叫茶山了，茶山
让人感觉又美又宁静
山间的风，都带上了
清新的味道。我舍不得离开
舍不得清新的薄暮时分的茶山

茶山的这种清新，似乎
不需要你说这"清新"二字
只要你说到这茶山，无论
在什么情况下说到这茶山
似乎都觉得清新、自然

茶树

那么多茶树，我不去写
只写一棵枯了一半的茶树

这棵茶树独特，这棵茶树孤独
枯的叶子微微蜷曲，风吹过
发着一种隐约可闻的金属音
朋友开玩笑说：铁观音的音韵

就像风吹过这茶树的声音

我欣赏这说法的别致。忽然的
一阵风吹过，我俯耳去听
枯叶的声音，却听到
这棵茶树生机勃勃的另一半
也在风中发出轻音，款款可闻

我听了好久，然后相信了
铁观音的音韵，真像
风吹过这茶树的声音——
一半质重，一半轻灵

无事喝茶

不是无事才喝茶的，可喝茶
似乎都像无事一样。就说
这个夜晚吧！在安溪农家喝茶
我们蜷在小楼院场上，无别的事
就是喝茶。几个朋友，一堆往事
隐约的灯光，和隐约的
一阵阵夏天的风吹过来

我们说好了，喝了这一泡茶后
就等一个朋友送来另一泡新茶
继续品尝。这样的状态
真好像无事一样，至少
那就是一种慢

满是茶渍的紫砂壶

满是茶渍的紫砂壶，不用茶叶

也能泡出一杯清淡的茶汤
还有一些缥缥缈缈的茶香

到底，这紫砂壶从茶里吸走了
一些什么呢？感觉它吐出来
就像是清寂的禅茶的内涵

收藏、养护着满是茶渍的紫砂壶
是许多茶人的一种爱好，但
不放茶叶，冲泡这清淡茶汤
只是偶尔为之，谁也不会
经常如此的冲泡。今天
这么一泡，可叫我感动啦！

铁观音，安溪一片舞动千年的叶（组诗）

月满西楼

安溪铁观音

宋词里的平仄
沿着闽南陡坡蜿蜒芬芳
元曲里的宫调
从幽谷仙境里溢出清馨

霓裳。水袖。天鹅的舞姿
旋开烟雨，栖落戴云山脉
栖落七米高的古树。梦里百转千回
从晨露的明眸里苏醒

在火与水的刀口打开自己
疼痛里熬汤，酿蜜
掏出阳春、兰香和云朵
不动声色捧起一盏清风明月

青山绿水喂养的香妃
端坐温热的掌心
启开桃花唇舌，轻声慢语
向人们吐露内心深藏的安溪光芒

观音韵

城市。喧嚣。倦怠

斟一杯乌龙茶。静气凝神
山野里的鸟鸣滴进肺腑
啄落骨头上的锈迹

丝竹轻拢慢捻
在心弦弹奏泉水叮咚
雅韵翻转一百种春天
复活走失多年的青春梦幻

柔滑锦缎。千年琥珀。玉质观音
笑靥嫣然抹去风雨沧桑
天籁漾开，驱散阴影
将光线植入我的灵魂

七泡不绝的幽香融化块垒
我体内生出羽翼
在缭绕的甜美里
向着幸福轻轻飞翔

观音爱

体内隐着一座春山
蕴含阳光，花朵和烟霞
在杯盏里悬壶济世，流溢药香
治愈红尘行走的伤病

逼退铁、火焰和白发
挽留青翠欲滴的岁月
柔软的抚摸激活血脉
祛邪扶正，抖落疤痕和暗疾

奔过经年的电闪雷鸣
紧裹爱的馥郁
气息如兰。释放，升腾
普度千疮百孔的时光

深入一滴水，端出琼浆
祛除芸芸众生影子里的苦痛
目光甘甜，醇厚
从泉州广散清辉照亮山河

一叶一菩提

茶农香烛袅袅，撼动观音
在铁的内部种下仙芽
佛在杯底拈花
用梵音叩开茶都紧锁的暗语

饮一片叶，饮一树菩提
卸下风暴，在体内安放庙宇
莲座升起，芬芳穿透尘埃
俗世变低。得失变低

饮一片叶，领受神谕
晨钟暮鼓。敲落枷锁
有鹿从内心峡谷奔出
与风比翼轻盈

一片叶用十年重新擦亮天空
我在绿的海洋自由呼吸
超出自身，幻作山水中
一枚灵秀的茶。翩跹，羽化

读茶

智者在水里铺开袈裟
一小段安静的光阴化为蒲团
关闭市声。关闭浮躁
沉潜安溪的秀色

一枚茶，道骨铮铮安坐紫竹林
敛住风声。敛住云涛
收容千米之上的月色和星光
在一种慢里讲解箴言

一枚茶翻开经卷。禅意深深
我细嚼慢咽
内心启开一扇天窗
微笑着寂寞，寂寞着微笑

续一盏水，再续一盏水
在体内添一片净土，再添一片净土
生命在佛光普照里
脱胎换骨。重新爱上人间的凹凸

寻找一片树叶

——为安溪端午诗会而作

石华鹏

那位戴墨镜的人对我说

隐藏一片树叶，最好的地方是森林

对此，我深信不疑

为了寻找一片叶子我满世界奔跑

在每一个十字路口

每一声偶然回答，都是一根坚硬的救命稻草

我走向森林，用背影与妻儿与飞扬的尘土告别

山峦在我身后奔跑

溪流在我身后奔跑

树木在我身后奔跑

每片树叶都在窃窃私语，我相信

它们不会嘲笑一个，为了一片树叶

正在森林体内，兢兢业业打探的人

我仍然一无所获，叶片是森林的倾盆大雨

在雨中寻找一滴水有难度

每一片叶子都像另一片叶子

它们是兄与弟

它们是父与子

它们是爷与孙

本质上说，世界上只有一类人

当然，世界上只有一片树叶
人可以两脚踏进同一条河流
但我无法找到两片不同的树叶
我寻不到，我迷茫
森林中那位活了八千岁的神告诉我
孩子，你站住，不要动，不要去寻找
你要去听，叶子从树上掉落
如同耳环，从风的耳朵上掉落
掉落是死去，也是活来
每一次掉落都会塑造一片新的树叶
横树之即生，倒树之即生，折而树之又生

只有风哦，才是我不离不弃的朋友
风吹树叶哗哗响兮森林忘情地舞蹈
那片树叶，带着风的身姿
婀娜掉落，光亮一闪
我知道，那是我找寻的树叶
灌木或小乔木，嫩枝无毛
叶革质，长圆形或椭圆形
先端钝或尖锐，基部楔形，上面发亮
下面无毛或初时有柔毛，侧脉五至七对
边缘有锯齿，叶柄长三至八毫米，无毛
这片叶儿啊，它有自己的名字
它叫茶叶，只有它
成功地征服了全世界

茶乡情怀（组诗）

龙小龙

茶乡

沿着河流的指引，它穿越千山万水

在巴拿马交汇的目光中

闪烁金质的光芒

是代表中国的徽记

在茶杯中散发着绚烂的色彩

一杯茶，一席话，构成人们精神乐园

它坐在时空的花坛

舒展，有春风吹拂的辽阔

沉淀，如故土黄昏的深邃和安详

每一棵树

都像茶花女欢愉的身影

每朵花每片叶子，有茶女的妩媚与袅柔

记忆在馥郁的馨香中悠扬

乡愁不会再散乱入梦，抑或入梦

也是一壶乌龙茶，馥郁芳香，诗的情怀

茶农

茶农是茶花情事的见证者

历史的苔藓长满全身
品一口乌龙茶
便有一段轶事奇闻

茶农是不老的活茶树
采集阳光雨露，撷取日月精华
再揉进鸟语花香
便制造出了茶的圣品

他们的生活经茶水浸泡
最悠然的是面向大山
总乜斜着眼睛
家门口的那座茶山，是飞舞的乌龙

茶与人生

有一种甜蜜和温馨是阻拦不了的
像一阵春风迅速进入体内
我急忙调动情绪回应
呢喃的梦呓便是我含蓄的献词

春雨沙沙，花朵飘飞
往往是亲人远行的背景
你说，揣上一捧故乡的茶赶程吧
一杯水，足以温暖整个人生

大地苍茫，人生漫漫
很多时候我便透过茶杯遥望
看我的身影在水中舒展或蜷缩的过程
一棵树，一杯茶，一个人

观音茶

它采集了众多天然的养分

从春华秋实到风霜雪雨

根系深入到博大精深的三千年文化

以百姓稔熟的圣像命名

我喜欢它仁厚宽怀的品性

在莲花宝座上打坐

酝酿出属于泥土的纯正质地的芬芳

洁净人世铅华

这是生活中的另一种粮食啊

启发心智，赐予灵性

升腾的白色雾岚

是幸福的影子，只手可摘

在安溪遇观音

叶延滨

神仙也像一片叶子
都有自己风光无限的四季
从春天滑入夏天的雷霆
从秋天的荣华
融进冬夜的宁静
而观音，却在春光正浓的时候
从常青之树的芽尖上
步入尘世

是被姑娘的指尖掐下来
或被锋利的剪子铰断春梦
命运无常，无常而有持
依天道而认命不悔
把结束当作开始
开始历尽劫难——

青青叶芽的观音
如贫家的孩子光着身子
在阳光下晾晒
在竹篾间千搓万揉
光身子的孩子晒去了嫩色娇气
才能够养家
才有本事糊口

赤条条的观音也受尽千搓万揉
铁下心的铁观音啊
要养千万家，造福万千人……

从常青的树尖上掐下来
掐了，依然岁岁发新芽
烈日晒，却晒出翡翠异色
千搓万揉，万千馨香沁人心
啊呀，在安溪青山绿水地
千种化身百姓菩萨——观音
化身只是一片茶叶

缘分啊，闭上眼睛举起茶盅
一泓清香直下五脏六腑
清香透骨，静思无邪
谁可知道此时此刻
我与观音同在……

茶园，采茶女的绣花鞋（外一首）

叶　来

让茶香弥漫开来，时间静下来
品茗的味蕾，慢下来
让滚烫的水雾绕起来
采茶女就从古典里走了出来

天上的白云飘下来，茶女们
扶着斗笠，真想把它们采摘
绣花鞋沾上露水，茶园里的
脚步声婉约，但很坚定

走过蜿蜒的山坡，花色在茶树下
一路吟唱，这是茶女的欢欣
绣花鞋有古早味，沾染淡淡的脂粉
当年阿嬷出嫁时，在鞋上绣了朵白云

白云代表吉祥，同时也绣在了茶山上
天空十分干净，虽然有些高远
然而被绣花鞋收纳，一代传一代

品茗，故乡的铁观音

每一盒观音茶都是劳绩，茶农们采茶
也是一种修行。茶树跟随白云
一路传述先人的茶艺，清风缠绕，茶歌嘹响
并不是我最初的叙述。远山绵延
讲的是茶农的故事，一两茶的力气
拾起了农家的信念。在茶山，我看到

小片的叶子，在群山间散步，有它的从容
有它的自信，流水轻转，山风
在掌纹里编织，生活便富有了最淳朴的韵味
在雨水来临之前，我会钟情某个茶女
在一片缄默的山丘上，我可以用掌纹弹响
一片翠绿，那会使谁来问寒问暖
雨中的镜光，突然射向体内，我坐在
小山头招手，内心的镜灯已然打开，挥挥手
那光，拐过寂静，山虚水长，山光静美
路过的地方茶树丛生，人间多了份寄托

安溪山畔的茶花开了

叶建均

一杯水因加温而沸腾
一粒含羞的茶，因水的热烈
终究敞开迷人的怀抱

像探秘水的源头
执迷于一粒茶的前世与今生

前世为偶然
被风雨和阳光散养。今世是必然
贫瘠的红土地被信念深耕
茶的种子终究在春风里铺排，在秋风里
绽放出撩人的浩荡

可提神，可瘦身
可降三高，可抗衰老
在市场的 T 台上，光芒绽放
茶多酚和氨基酸成为最时尚的走秀

这样一个响亮名号
安溪铁观音
已让前世连着今生，让茶的名字
连着安溪的姓氏

用一面旗帜冠名，开一场
茶的品牌发布会
让种植、加工、营销突破传统内核
掘出红土地爆棚的附加值
让现代农业和新兴产业双向加持
写好茶文章

或者用一个村、一个农户冠名
开一场时代的新闻发布会
以奋进的名义开场，以小康为主题展开
看乡村的棋盘上，一个致富带头人
如何用一枚铁观音，一名共产党员的信仰
落子，走出振兴的棋路

茶园：这样的海边

叶逢平

你说：花赶紧去开吧
我站在茶园说：要开就茶花开吧
这样的海边，它们就那么一朵一朵
抱在一起，淡定变成了汹涌……
从它们摇晃的姿态看！恰如其分

你说：茶花赶紧去开吧
——开了，我要三分之二声音
除了茶花，没有人懂得怀着盛开
为自己加上茶的形状
加上茶的颜色
同时，就像盛开一小片人间
以及就像你揉月亮，泡思念的味道
同时，我认出你的手指上
捻一些茶叶的美，张扬

茶花赶紧去开吧，往香里开吧！
我来不及喊出来
一抬头就看见了茶园汹涌
如一片海奔向天际，漫过你摘茶的影子
爱上茶园……
就像恋上了瓷壶迷上了热水瓶
在这样的海边，茶可以泡出我的爱

安溪，茶香浮动

兰采勇

云里来，雾里去
一个个水灵灵的春天
翘立在采茶的欢歌里
醉出一片绿海，翻滚的潮
牵引目光围观品读

层叠的茶树聚在一起
如同捧着安溪民众纯净的心
翻检着春日里的每一寸时光
幸福，绵长，幻影成诗
悠然的左顾右盼
含香的裙袂低眉浅笑
一缕清风稍带一抹暗香
一抹暗香指引无数春天行走

遭遇生命里的滴水之恩
浮动的暗香舒展，沸腾，潺湲
以流水的态度
温暖了整个安溪的夜晚和白天

安溪茶韵

邢剑君

安溪，那一片绿，缠绵，娴静
淡淡香气，从每一缕阳光里渗出
温柔制造了安溪的基因
那一串露
在枝繁叶茂里凝神

乌龙　一种可以给历史提神的茶
于水光月色中，移植了春天
让这绵延的戴云山脉
向更温暖的地带延伸
溪水安流，在枝叶的神经末梢
剔透，晶莹，一种润湿的兴奋
泛动蓝溪两岸所有的景致
手伸进，在安溪的动心处采撷
一捧捧皈于淡泊的香
弥漫出来，浸透着日渐繁华的风俗
天空下的静穆，让枝枝叶叶
都生长在安溪的高处，铁观音
这眉清目秀的女子，把龙凤名区的脸颊
美化到极致

走在安溪
每一个守不住的眼神

一辈子，都被她的美丽缠住脚踝
蓝溪，从上游到下游，每一段生命
都是大红大绿，这脱俗的喜气
仿佛前世，相会于南轩，那株茶树
透露的小道消息，曾在历史的深处
推杯换盏，这余温里饮过的诗句
至今仍活灵活现。茶花优雅地开

安溪，在一杯水中就可以结识
说不出这清香雅韵，那片山水
让周身的暖诠释，对于禁锢的生活
做一次开怀释放，润物细无声
铁观音，风流玉质的纤指，点破世俗
让一切高贵抑或卑微的心态
都委身于这清澈流水

我被一种茶绑架了

——写给福建安溪铁观音茶

尘 陨

有一种茶

汤色中国黄

堪称天下一绝

它的洁净来自它的自然

有一种呼吸

没有与众不同

只有在冬季来临的时候

才知道春的可爱

有一种没落

在饮茶的瞬间悄然跌落

就像是秋天褐色的枝头

随风飘扬的黄叶

冬天来临的时候

我躲在茶叶中呼吸

我宁愿让没落的情节

化作一次浪漫的化蝶

有一种茶绑架着我

控制了我的全部意识
不经意的刹那
意识在苦涩的记忆背后
落满了一地缥缈的美丽

铁观音颂
铁观音。陶罐中的火焰
通过声音的黑色走廊
深入生命的腹地旅行
铁观音走过的地方
纷纷扬扬
生长出无数绿色的植物
以及一种叫人的灵感
铁观音丢失的脚印
甲骨文般挂在肺叶上
风中
被线装为一部卷帙浩繁的古籍

铁观音。茶的传说
一部分进入殷红的血管
另一部分注入胆汁
成为一种至高无上的荣誉
你一种无形的神掌
将一顶顶皇冠击落于水
又把一瓣瓣落花
拯救上岸
你迅猛走出体外
与精彩世界相通
碰撞出一道亮丽的人形弧光

铁观音。一种过程
民族的声音流淌为水的过程
民族的精神聚结成山的过程

梦幻安溪（组诗）

年微漾

雨中安溪

茶都的雨轻轻地下着

像溪水缠绵着铁观音

茶山的姑娘站在路旁

等候心上人带她去远方

我曾经幻想四海为家

也曾有过浪荡的一生

而我的心里藏着永恒

盼望你用温柔来将它舒展

再忆龙坂村

更多的时候我煮茶，将茶叶

倒进门前的小河

看它们像一叶叶小船扬长而去

被河流环绕的村庄

仿佛一个缠脚的小女人

坐在被水包围的命运中

而时间只能从桥上进来，过桥上出去

那年夏天

风吹得很轻

稻田微微摆动

我的曾祖母，她老得缓慢，却无可追回

家族史

暗河中钟乳石固执而贫穷

人类的黄昏

布满了小争执。一枚茶叶击沉了，另一枚茶叶

歪脖子树是落枕的树。曾祖父当时

尚未婚娶。我庆幸

他跳出战壕，沿着树根，在黑夜里找回余生

雾中清水岩

大雾推开了庙门。神有神的威仪

佛有佛的慈颜

整座山上的草木，仿佛人间供奉的香火

这如雾的生死，爱憎

是与非，终将化作雨水，又尽数归还

尘世中

一条溪流追赶着村庄，投奔山下的家园

茶韵

我坐下来，饮一壶茶

山峰浸在溪流中，只有雨水才能冲出茶味

我坐下来，饮一壶茶

看见人群赶回古代，将茶山绣进舆图

我坐下来，饮一壶茶

君王终于龙颜大悦，御赐黄袍加身

我坐下来，饮一壶茶

要用天地作茶盏，盖住自己的芳香

安溪书（组诗）

朱谷忠

致铁观音

我与你之间
选择的是互相击中
将命里的渴望找出来
然后　轻轻地　以唇相融

淡香　浓香
都是不可或缺的体温
从此　每一片的回忆
都有　永不消散的芬芳

我与安溪

我因诗歌活着
安溪因茶叶而生
诗与茶　与我们
都是命中注定

我在内心里
努力抒写自己
安溪却在云雾中
蓄养着茶经

到底　是茶浸润了诗

还是诗闪烁了茶

最终我发现　自己

也成了安溪的连理枝

珠洋村

云　不能删去一片

雾　不能减掉一分

泉流若有一丝杂质

那就不叫珠洋村

在山的里面的里面

芬香的小径到处延伸

层层叠叠缀满茶树

清丽如画　浓绿醉人

这里是观音的故里吗

还是赤土红壤的中心

月亮梳洗后才肯出来

太阳睡足后才会爬升

这里是上苍的宠爱吗

还是安溪的福地佳音

我会永远记住这个地方

记住这里的山　水　茶　人

看见喝茶的人

看见喝茶的人

我常常会放下戒备之心

因为在茶坊　或山坳水湄之上

他们的安然是那么的逼真

人与茶　一旦临界
就少了珠光宝气的声势
并且有足够的时间
让他们心境澄净

汤汤之水
似真能浇出前世今生
为他们设定温馨的指数
让他们一杯　一杯地啜饮

我常常凝视着他们
迟迟不肯转身
这些热爱生活的人啊
我会在心里为他们歌吟

为了一个怎样的日出
——与安溪铁观音

伊　路

一

汽车在群峦间拐弯　很多东西就在云雾的后面了
那荷锄穿过垄沟的茶农　使我看到了寂寞
连着背后的大山　连着你
连着久远年代的光阴

什么事　需要如此浩大的寂寞
我也覆盖其中了——
却有百感交集　疼痛隐隐
如岩石探起

二

几百年前的誓愿还在走泥土里的路
那么多　那么细密
节令的灯　永远是二十四盏

风在沿途的山壁磨了又磨　要再柔软些
岚烟迁挪　细雨斜移
把阳光筛向这坡　那湾
里应外合着的千丝万缕
袅袅不绝

心血亦是外形　仅有微颤的三叶一芽
红晕楚楚　挺立于山野各处
朝向天庭
有神在高处点首

三

如何与铁有了关联
源于怎样的因由系统
是否也连接着我的骨节　血胆

不大的植株　却枝节繁生
每一个接口处有几面悬崖　今年比去年
是否又多了些曲径和坎
摔倒如何爬起来

为何只有你
永远在气喘吁吁的抵达中被齐齐折下

四

永远有不可回避熬炼的在前方
青涩至醇厚　脆达韧
摇　炒　揉捻　腾天蹈地
滚抱成一个个壮烈的小拳头
我的命我的诗都在里面了　不能松掉

但你不是你自己的
不然你怎能走到今天　怎能有进一步的轮回
沸水已为你准备
你需在其间涅槃　再涅槃

铁就该能屈能伸吗　但又怎能胀厚　怎会有纤维拉紧裂隙
不可综合的综合　综合了什么　在多大范围里协和
不发酵与全发酵之间　框住了怎样的大梦不醒
为了一个怎样的日出……

可以泌出所有了　海就在之下——
第一次认识"茶海"两个字
第一次思索被蒸馏成"茶水"的微型之海
一再地承接　倾满
分成无穷尽的千杯万盏

五

你不是你自己的
河流也不是自己的　花香也不是自己的

你的清冽　能擦拭心灵的闷窗
拥堵的大脑　需你馥郁的熏疏
命中的铁又如锐刃薄刀
剔除淤结　积垢
让温厚醇暖住进荒凉的脏腑

在桃林　桂树　木格窗里缭绕悠古的情思
也在水泥和玻璃墙内回旋气度儒雅的风暴
你增添了文明的内秀和涵养

我的诗也有幸
和你的韵致缭绕在一起

六

如今你已有了各种各样超拔的品牌

走进安溪大地　列列雄峰入云

我把那包装着尊贵之红的"八马""相约 5000"

往那峰顶放了又放　停住自己的想象

有什么在走下岭来

总有东西永远在最低处

我又看见了那寂寞

沿田垄起伏　沟渠弯绕

沿着那茶农的肩背　锄柄

沿着你叶沿的每一个细小的锯齿

如绕不尽的线……

我看见万物

多么安静

安溪：遍地茶香（组诗）

向　迅

一棵茶树下的安溪

如典雅的茶局，在层层叠叠的山峦间

飘荡着唐朝的琵琶和月光

从谷雨至立夏，从夏至到小暑

从立秋至处暑，从秋分到寒露

溪水安流之地，福建中部偏南

遍地生长着炊烟和茶香

无数小舌在清晨吐露着露水的灵光

一棵茶树下的安溪

像茶树一样吐故纳新

在绵延的戴云山脉东南坡蓬勃生长

云雾浣洗过的茶歌，不像出自人间

而经过溪水冲泡之后的这只杯盏

——安溪，似乎要将天下山水

都送入吃茶人的肺腑

安溪：遍地茶香

每一寸山水，都吐着嫩芽

马蹄形的盆地里，山地的坝子中

都起伏着动听的茶歌

一口口闽南方言里

都含混着铁观音发声的音调

在安溪，随手采来的一滴露水
都凝聚着岁月的清香
随手摘来一片叶子
都可以制成一片好茶
那些茂密的小时光
在树枝上幸福地等待采摘

在安溪的山水间
我时常想起这样一个问题：
为什么陆羽的《茶经》
不是在这里煮成的？

访安溪四坪茶园

就是我所看见的这些茶树
生养出了铁观音
作为茶树生命的延续
铁观音在我们的舌蕾上
成行成列地生长
最终把我们的身体
生成一株茶树
长成另外一座茶园

如果不是来到这里
我永远不会知道
在我味蕾上生长的那些山水
就是这座茶园的缩写
就是构成安溪的笔画
如今我来到了这里
我才知道铁观音
就是安溪的声音，安溪的味

是它再也剥离不开的
部首偏旁

就是这些树，让我对福建
中部偏南的一方山水
执迷不悟

安溪茶女（外一首）

冰 夏

以玲珑的竹篓
　　装饰细软的腰肢
　　梦铺满归家的山路
而朴实的日子
　　像一朵茶花一般
静静守候既定的俗约
　　哦，无数凋萎入泥

　　纤手宛如小鸟
在茶树间跳跃
　　当夜色披盖琥珀色的皮肤
　　喧闹唤起沉睡的少女梦
　　你把巧手紧捏于后背

　　你成了穿越的仙女
　　在琵琶茶韵里
　　轻歌曼舞中

有翅的茶乡

一垄垄茶田像江山孵育的蛹
因为春华秋实
内部鲜嫩、柔软、暗香流动
如果良辰适宜起舞

茶女、茶筐和茶谣都会上来沐浴阳光
散发着橙的热烈，扑闪着燕的轻盈
呀，农家，农家茶，化蛹
露泉里展开湿润润的翅膀
围着飞翔听，围着看，围着闻
茶乡的命名随着缕缕青烟燃升
通往安溪的道路形成祖国胸前的蝴蝶
引来一段佳话、千杯佳茗
浑浊的夜晚或者清浅午后
你我有一摞子话需要浸泡，如茶
一部分沉入杯底，一部分
浮为青云
茶尖上的眷念

与乡说（节选）

刘锦华

一

我还在睡眠里梦得正香
采茶的少女却开始
沿着太阳睁眼的弧线
低低悠悠地唱起晨歌
她们脸上的温红是那年的我
因饮了一夜的茶　有些薄醉了

有些薄醉了
在生活的抑挫与欢喜之后
思可缱绻潜沉
情可舒开律动
所有的苦学与自乐只是这杯茶了
我也依然薄醉着　依然和风　和水
和着这自自然然的自在
听复合而来的年岁之声
静如茶的　波心

二

夜已从一盏茶里翻身而出
我的声音被一些沉默
拨成文字的花朵
我仿佛又听到那一山又一山的茶

又在浅浅地唤我了

在这月明星静的夜里
我那恋恋于怀的故乡
总会从繁密的茶叶间
闪落一些流萤与我默默说着
说着这铅华冲淡的土地上
我那上了心头的乡梦
原是一片三月茶
满溢而出的清芬

三

回到故乡的日子里
夜里总会听到山坡上轻轻的
茶叶片儿的歌唱
它们在夜风里翻卷
翻卷着一些墨绿翠青的浪
山在它们的翻卷里是一个海
一个如我幸福又悲伤的海

我可能又要和我的村庄说再见
茶叶片儿是她一双双举起的手
摇摆着　说着再见

这夜的梦是低的
像清晨那片压着无数双手的白雾
像泪从雾里　滴出

四

我常怀念那片月光下的茶园

怀念那一叶一叶的明净

在那明净里走过日月星辰的足音

我相信只我能听到这样的歌唱

听到一声又一声鼓满绿色的歌唱

听到这露水闪耀的小森林里

一些生命神秘的韵正在凝合

像我爱着的这座村庄

它饱满而温亮

品茶小记（组诗）

汤佳彭丽

观音韵

每一道"红镶边"
都是你曾经"死去活来"的最好见证

海水没有碰撞
激不起浪花

人生没有碰撞
不会有激情和灵感

铁观音没有碰撞
不会有红镶边

碰撞
本身就是一门艺术
是为"韵"

德蕴兰香

美好的遇见
总能找到共鸣

德蕴兰香　三部曲
希望

在你喝茶的岁月里
弥漫着铁观音
温柔的香气

云上喝茶

夜色，因思念或陪伴而美
茶汤，因记忆和故事添香

无眠

假如

你感到孤单

请到　茶里来和我会面

也许

你的心事

总是没有读者

但

清澈的茶汤

可以照见

相视

泪眼或是笑颜

举杯　交换
我们挣扎与欢乐的诗篇

清欢妙韵铁观音

许素彬

一

这个世界，总在抒写着它无尽的传奇
在草木之中，它藏一颗寻常又高渺的心
黎明的晨曦啊
总是将最初的光影
折射着它清晰的叶脉

这个时空，总在飞扬着它的馨香
在大江南北，它有一副清淡又高贵的魂
和煦的暖风啊
总是用最轻的翅膀
点拨着它怡人的悠远

轻轻轻轻地呼唤
轻轻轻轻地呼唤
铁观音
铁观音
铁观音

二

春天里，它将山川日月的精华
吸纳在小小的绿色心房
那纤细的身躯

便有了砥砺风雨的力量

秋阳中，它与澄明的蓝天为伴
白露和风霜浸染的绿意
涤荡了纷杂的人间铅华
便能浣洗尘世的浮躁

有谁说过
每一片茶叶，都是天地的使者
它的躯体有白云的悠然大地的凝重
每一缕幽香，都是无常的化身
它的品质卓尔不凡而又淡泊如常
每一盏清茶，都是生活的滋味
它盛满艰辛的汗水和恬静的期盼
每一次品饮，都是圣洁的修行
它传递着纯雅礼和与真善美

三

从枝头摇曳的青涩
到风雨中的隽秀挺拔
我们读懂了大自然神秘的物语
从一叶青葱的丰润
到电光火海的洗礼
我们领略了凤凰涅槃的非凡

千年铁观音
万载人生路
它蜷曲的身子浓缩了
一个民族抗争不屈的精神气质
它醇厚的汁液流淌着

一个国家五千年的绵长文化

有多少柔情的水
就有多少铁观音赴汤蹈火
用生命提升生命的沸点
有多少轮回的水
就有多少铁观音前赴后继
用境界升华境界的高度

四

这一杯香醇的铁观音
见证了故乡从贫困到小康的变迁
这一杯浓情的铁观音
记载着岁月的浮沉时代的馈赠

冷暖之间我们体味故乡的情结
浓淡之间我们寻觅宁静的思绪
迷离之间我们撩拨爱恋的心弦
甘苦之间我们共同抵达精神的家园

你是我心中的观音

孙　思

你是观音
隔着山隔着水
从晋江的源头
从那片红壤土上
飘然而至，以一叶之青
润众生之口

你有观音的大慈
即便被"看青做青"
即便历经揉捻、火焙、烘烤
集岚霭精华的你
仍能以百饮中王者的风范
列于世界茶王之首

你有观音的大悲
历经九死一生后
还要第十次地死去

你的芬芳你的清香
亦如莲花座前的檀香
穿越五大洲四大洋
在宇宙的上空冉冉升起

延绵不绝

你的名字
亦如观音的佛号
含三藏十二部经典之教义
立中国佛文化之精粹

你的金色的茶水如佛光
洗众生心灵尘埃
伏众生心中燥热
涤众生体内沉浊
让众生体生命之觉悟

今天，在上海
在远离你出生的地方
蘸着夏风，我为你写下一行小字
铁观音，你是我心中的观音

在茶乡的天空下（组诗）

杜文瑜

穿罗衣的采茶女和她的兰花素纤

安溪深处，戴云山南坡

九点钟的太阳说：穿罗衣的采茶女和她的兰花素纤

闪过沟渠清澈的雨水，闪过嫩芽紫红色的心事

喉咙里噙满歌声

头埋进胸前，指尖灵活若蝶

中午，绷紧的湖面说：穿罗衣的采茶女和她的兰花素纤

要累成什么样子，才能做成

太阳表盘上的一根指针

嗒嗒的心跳若鼓

从一个地方到另一个地方，从指尖到背篓

只是分针的一根欠身

午后四点，掐疼的指尖对磨成茧子的指头说：

穿罗衣的采茶女和她的兰花素纤

先行者在寻找回家的蝴蝶

这些绿色的翅膀，要经过多少次摇晃

旋转，摩擦，损伤，才能激活

体内的酶，释放香馥的兰香

让你我杯中群山壮丽，空谷兰花绽放幽香

安溪，与风月谈论爱情

第一位，铁观音
爱情，一叶一叶从地下生长
在我到来
你已扎好了根基
剩下的是世界茶园里的吟唱——
"红芽歪尾桃，七泡有余香……"

第二位，诗
几年前，和朋友仙寓品茶
一杯铁观音，淹没了四季
从此，我多么年轻，我
与多么好的良辰美景融为一体
我爱上了这我曾不知晓的生活
这香高韵长、醇厚甘鲜、品格超凡的铁观音
它永远漫溢，流动的水晶

第三位，陶
那土制的船舫
泥土里的元素
交织着高炉中热烈的气息
安溪的山水仆倒在泪水里
而我终于出闽
出闽——稳操胜券的局棋
我心一定，也浮想联翩——

第四位，我
与水为居，以杯为岸
朝来泡一壶春山
暮至斟一杯鸟鸣

满堂风雅颂

半壶日月星

鸡鸣时分，我停下手中的笔

露水停在花上

茶香浮在空中

十年了，安溪

一堆黑色的文字上

再刮起绿色的风

铁之上，梦轻柔

观音之上，韵无穷

田野，淹没节奏

是啊，要过半小时你才会开口讲话

如歌的行板娓娓道来……

安溪铁观音

你不是神仙

就是神仙的影子

在茶乡安溪。云雾终年放纵着茶树

它的人民，是大地蔚蓝的一角

在茶叶上雕刻

自己的肖像

遍布 0.67 万公顷的微笑

流淌着许多细腻的表情

是谁在向你召唤

黎明前挤满了奔向明天的人们

安溪，犹如一条大鲸

使大海的走廊过度膨胀了

那天我反复观察这庞大的茶叶集散地
每天它要排放多少二氧化碳，装载多少吨吵闹！

照亮人的内心
是一树绿叶
照耀花瓣的光芒
来自绿色的波涛
勤劳的安溪人
在每一片茶叶上呼吸
耐心在时间的前面赶路
雅韵纳藏　香飘万里

如果有信心，你会看到安溪走得更远
一道岭，它响亮的一面
给我带来足够的色彩、声音和香气

带铁观音回家
我把安溪和健康带回了家
感受到茶文化明珠般的璀璨
把我带到很远的地方
放下手中的书卷　我看到茶山上绿色的风
和白色的雾，在我的房间里穿行

黎明，在铁观音中站立（组诗）

李王强

黎明，在铁观音中站立

是黄莺唇间细碎的月光细碎的呼吸

是少女指尖的嫩蕊舌尖的香气

穿过露珠洁净的眼神

穿过玉盘光滑的肌肤

穿过千年时光深深的皱褶

纤纤细步，氤氲的雾

是你腰间轻盈的丝带，以及往事

古典的舞姿，曼妙芭蕾的景致

旋转，解开绿色的纽扣

解开流水与花朵。馥郁缠绕梦境

将巨大的春天轻轻托起

此刻，我的马蹄踩碎江山，我的黎明

我的壮志，在三瓣铁观音中

缓缓站立。灵魂如瓷，有了精致的花纹

有了盈盈的香气

铁观音，茶条曲卷如花

要带上花锄，带上一串晶莹的鸟鸣

带上蝶翅间透明的天空

带上精致的紫砂壶，带上那些

古朴的篆刻、新颖的五笔字型

抬头如梦令，俯首沁园春

中间就是曲卷如花的铁观音

时光浩荡，那些生活低过尘埃
你呼气如兰，用氤氲的香
亲昵焦渴的嘴唇、粗糙的岁月
那些日子高蹈云端
你自由浮沉，将繁华看尽
雕花镂空的窗格，藏匿无限
风光，无限风尘，还有一声叹息
杯中的微澜，是山河温柔的战栗
是日月的皱纹
是人间最唯美的风暴与风情

一滴露游进花纹
那些叶脉，就是你娇小的掌心中
清晰的纹路，那些月光
像一滴一滴圆润的露
湿透子夜的清风和虫吟
现在，我就是一滴盈盈的水珠
沿着你叶面上纤细的花纹
篆刻般的记忆
找寻千年尘封的秘密
找寻万里绿色的辽阔

云里雾里雨里温柔里
情里心里梦里幸福里
绿色的裙裾开始翩翩飘舞
羽化为仙，将无限的
温情，洒满山清水秀
的安溪，洒满

山清水秀的天地，洒满
最柔软的舌尖与心尖
前生和来世

在美丽的安溪

在安溪，那么多的水滴
内心藏满月光，藏满鸟鸣
纵身一跃，就将
内心的月光
挂成悬崖间的丝绸
就将内心的鸟鸣
弹成深谷中的万架琴瑟

在安溪，那么多茶树的枝丫
伸着柔软芬芳的手臂
像是从春天的梦里伸出来的
悬着的露珠晶莹
悬着的鸟鸣晶莹
悬着的茶香晶莹
都是你腕间闪亮的珍珠

在安溪，那么多温煦的阳光
穿过岁月的烟尘
穿过曼妙的传说
在清冽的水面
迈开碎银般的步子
踩出明亮的背影
还有轻盈的风

在安溪，那么多氤氲的雾

是铁观音缕缕醇香的呼吸
是茶都头顶的袅袅烟云
嫩绿的叶子筛下阳光
在石阶、在曲径洒下碎银
洒下翡翠，洒下茶香，洒下
淡蓝色的细碎潮音
斑斑点点，装饰梦的花边

安溪，中国的茶都
你就是一瓣最美的铁观音
用透明的阳光晒青
用千年的时光冲泡
成为另一种滋润另一种照耀
你将内心深处缓缓打开的蕊
你将内心深处氤氲的无限温情
带向了天涯的眼睛
海角的嘴唇

站在茶山上

李志宏

站在茶山上
旁若无人的素绿
将我紧紧地，紧紧地拥抱
荡漾开的缕缕清香轻柔悠长
观音托梦和乾隆赐名的故事
意韵盎然
我想
摸遍青山的脊梁
将唐诗填满高高低低的每一垄每一畦
我想
等待那淡了暗了的暮霭
牵住你的手入梦
我想
呷你一口然后冥然兀坐
把你的芳醇温馨淡泊
写在湿透的鲛绡
站在茶山上
站在回忆的转轴上
站在大自然的琴弦上
站在自我心灵的钟磬旁
轻轻地哭泣，又轻轻地微笑！
站在茶山上
爱你

以安溪人的名义
在你的脉络上烙上我守望的眼眸
并对着群山慎重许诺：
我把你的名字
镌刻在我生命的长河里
我把对你的热爱
变成一口口呼吸
一生一世
都喷吐你
充满芳香的名字

人间茶色

杨金中

一

土地的意象适合从内部解读，生活的枝节
被春风，一遍遍描摹，上色
南方的春天，雨是无骨的，群山遥望
空阔无际

这是一场，事关时令的宏大叙述
花开得迟疑而颓唐
粗粝的乡人，不识修辞
却深谙解构之道。犁耙所向
泥水土石为之让路。如众神，各归其位

天空像大地倒立，云朵如棉做的糖衣
人间又惊蛰，那么多鼓声膨胀
百年光辉耀茶乡
震荡过耳膜——

雷声又一次催促农时，溪流急匆匆
奔赴下一站。父亲一次次扬起手，播下种子
这些具体而微的小生命，内心紧闭
却饱含巨大光芒

二

天地之间，山河湖海各有所属
父亲显然擅长横刀夺爱，得寸进寸
他向荒山索要领地
把石头归于石头，泥土归于泥土

在杂草地里找寻线索，抽丝剥茧，然后
凿地生花。把荒芜的境况，一点点逼出体外
为艰辛的生活之书撰写序言，开宗明义
偶尔动用一些蛮力，把浑圆的山体
切削，像写诗一样分行，赋予其鲜活的内涵
于是脚下的土地，开始初具意象

显然，茶叶是他惯用的修辞。一棵茶树
就是一个成语；一垄茶园，就是一个断句

他就是这么热衷于表达，一年的艰辛劳作
足够他抒写，一首十四行诗

三

两片，抑或三叶，都是季节馈赠的产出
春天，妈妈上山采茶
她的手指翻飞，翩然而绝美
春风弹唱，几畦茶垄，绿色的琴弦整齐划一
人间俗事了了
如清粥，如小菜。筷子横在碗碟中央
敲出锅碗瓢盆的交响
山形凹下去，尘世浮上来，再加一瓢
百年光辉耀茶乡
流水。天地支起蒸笼，炉火舔舐

热烈而温暖

茶叶葱茏，如玉，被妈妈一一收进

背篓。这生活不可或缺的甜

连同泪水和汗水

被用来调制一锅，人间茶色

漫步茶诗长廊（外二首）

吴小猛

1

常常漫步茶诗长廊

坚硬的石头包容了诗的柔软

微弱的光抚摸着诗行

一字一句模糊了我的双眼

于是我停下脚步

用双眸紧握这些精灵的小手

来自唐宋、来自明清的问候

韵虽久远却都还带着温热

2

茶，从远古走来的神祇

以一片绿叶之轻　穿越山水

穿越历史

温润了华夏民族的心

芳香了寻常百姓的生活

也在我的心里，种下诗的种子

每品一次茶

每从枝头摘下一片叶子

看金黄从绿色中析出

听芽叶在阳光下低语

烈火中涅槃破壳　以及

沸水中的缄默
一首诗，已然在心头落定

3
每一次漫步茶诗长廊
我庆幸，生长在生长茶的乡野
与茶的每一次亲密接触
都会有一首诗，我读过

4
有茶的生活，诗歌绿了脚步
有诗的生活，茶不会寂寞

唇上的温度

1
你的唇上
有着海拔八百米高处
阳光的温度
你采茶时，定是
咬了一枝铁观音茶芽
在口
我还能感知
那芳香，只比手上淡一点

2
你的唇上
有着烘箱顶层的温度
你在验证自己的心血
融入茶韵的程度

介于六十至九十九之间的数值
是你给自己的一个命题
你总喜欢在高处
俯视种下的茶
回想制作中的度　和
感知热气中裹挟的香和韵
我知道，你心中的一百
不是茶王
是下一次

3
泉水高调的鸣叫
入瓯。析出
一杯金黄的诱惑
在你我之手
你的唇　我的唇
一样的烫
香和韵紧紧缠绕
升起　向高处

生活

1
最后一批茶青下山已是傍晚
淡淡青味渗着丝丝芬芳
晒青布上说着悄悄话
阳光软软地吻着每个叶片
顶叶垂软，梗折弯不脆断
收。大哥眯起了他的小眼

2

太阳慢慢下了山，星星眨巴眨巴地闪
秋夜的农家处处传出沙沙响
摇青机一遍一遍摇着茶的童年向少年
筛孔里不时溢出青涩一小块一小块
渐渐地竟摇出一缕一缕的花香
叶缘见红梗色变，香带果甜
停。大哥咧开嘴露出了牙

3

夜很短
翩翩少年心如大海一次一次掀起波澜
挣扎　煎熬，任凭暗流涌动
混合　发酵，期待凤凰涅槃
追香的脚步，唤醒了茶乡的晨
青蒂绿腹红镶边，香幽韵显
杀。大哥使劲睁大他的小眼
一秋的铁观音噼里啪啦，乐翻了天
大哥呢，又眯起了他的小眼

我是不是扶正了我的祖籍

吴文建

这些年，一个人缺少安溪乡音的加持
左看右看，多么像一名行脚的游僧

饮一杯又一杯铁观音，兰韵飘香
那些浓缩的阳光和露水，也跟着逸出
叶脉的走向，藏着茶田的蜿蜒之势
如果细究，能在纵深处隐约找到
回乡的路

他们说，每一片茶叶其实都有出处
我还未掌握精准的品鉴技巧
这绿叶红镶边，肥厚的一片片，只顾
挤在一起，仿佛外出谋生的乡亲

怀着苦尽甘来的希冀，谁都不抱怨
就像滚烫的开水一遍遍袭来
却始终选择最美的姿势：热爱与拥抱

讴歌往往大于叙述。我遗憾于不擅长
用分行的诗句歌颂故乡
魂牵梦萦的，又仍是故乡角落里
不起眼的一块土地，和土地上
司空见惯的茶树

是啊，我爱这汗水喂养过的茶农图腾
每一片茶叶都很可爱
上面，闪着光芒，温润并且恒久
即使身处异乡他邦，也能轻易被照见

还要说什么好呢，我的安溪
不知不觉，我是不是扶正了我的祖籍

让每一棵茶树听见

吴奋勇

是什么在前面带路
是什么在背后护送

如龙火车越水穿洞缓缓驶进
山鸟盘旋翻飞松树丰美憨笑
万顷茶园碧波荡漾香气浓郁
土楼生辉新居焕彩
玉门山顶云雾缭绕
槐植茶市风生水起

水墨画一样浓妆淡抹
是谁在轻唤我的乳名
我的感德，感恩戴德
中国茶叶第一镇
请允许我在你的茶香里大醉一回

此刻
我无只言片语
只想引吭高歌
让四处游走的云儿听见
让脚下深藏的矿石听见
让山野的每一棵茶树听见

听见我
抑制不住的深爱和豪情
听见我生命里敏感的触须
在神奇的土地上绽放

做一枚会飞的铁观音茶叶

吴晓川

诠释过茶神的山水
铭刻了岁月回转的印痕
品啜又品啜
再绝望的爱也能重新挂回春天的树上
经年塑造的不是铁观音
那鲜绿完整的一枚完全碎在我心里

山崖水畔　不种自生
在一片沉寂之后
深深的云雾汇聚于你
你只是从一团云雾走向另一团云雾
打开窗户外面是和煦的阳光
近处有蓝田　西坪　虎邱　大坪
远处有长坑　祥华　感德　剑斗

煮茶品茗
听蓝溪之淙淙
浴湖头之灵秀
揽清水岩之清爽
意若蓝天之高远
心如白云之飘逸
可与大自然融为一体了

李光地　吴夲　林嗣环　莫耶
一位位先贤围坐在茶桌旁
如同茶香袅袅地坐在我们中间
一切都是那么真实而又动人

被淹没的道路通往向阳的高坡
沉在水中的语言开始复活
茶盖撩水
人生之风浪波澜不惊
茶过三巡
你抬头一看
一轮明月高高地悬于山巅

剪枝落叶
谁都愿意做一枚会飞的铁观音茶叶
心灵的翅膀向往着一种更高的飞翔
在远方　有一处心灵的幽静
那是茶的故乡
那是心灵的故乡

洗心帖

何铜陵

从疫情解脱出来的人
急需一杯铁观音慰藉
你的倦容，你的颓废
呈现了你的症状

云在青山，青山有茶
你就竹杖芒鞋
轻装上路，去问山泉
虽没有看见佛光
也不奢望能遇见高僧
你纯粹就为寻一壶诗意

果实打坐在树上
鸟鸣凸显沉寂
一杯茶的舞蹈
能否扰乱你的内心
品茗的人，并非都在悟禅
也并非就在品评自己的人生
你不妨坐在石上，看一看云

都以为瀑布很风流
宁可跌入悬崖也不足惜
真是无路可寻

其实山峦也能弯下身去
星辰也能陨落
你呀，急需淋一场绿雨
洗涤你的全身
然后阖上眼，啜口安溪茶
喝口安溪铁观音
润一润心灵

在安溪品茶（组诗）

谷　均

下午茶

悠闲的下午
藏在一片茶叶里
那份惬意，清清的香
弥散在空气中

呷一口，柔和的茶香
在喉间漾开，沁人心脾
观杯中茶叶如美女醉舞
感觉茶叶的美
像舞起一个雅致的春天

一个人品的是回忆
因为怀念，思绪会
紧紧地把我围困
而我喜欢，一盏茶的起始
就像午后的阳光春风拂面

那是一种单纯的美
缘从茶起，品茗这杯乌龙茶
需要一个"慢"字
静静地滑过味蕾
一壶茶，一下午，心生宁静

禅意就在杯中氤氲
那份温馨的享受
从安溪茶的古法里，泡出来
余之味，心犹醉

品茗

目光在茶杯的边缘搁浅
悠长的记忆收藏唇与唇之间的航道

一股山野的灵气
穿骨入髓
啜一小口
初春的味道　竟以
水的姿态漾动
一片纯净的脆嫩
悄悄开始发芽

指尖敲打在时光阶沿
一个季节在眼前步履姗姗

当最后一口铁观音
被我咕噜咽下
恰似一场绵绵的细雨
将我昨夜的梦
淋湿

茶杯在史书里读你的素手
淡定入静

沏一壶铁观音茶

在暖暖的黄昏
慵懒的光线里
沏一壶安溪铁观音
如一句唐诗的茶韵
参禅诵经　度化心语

喝茶是一种心境
白瓷杯托于掌心
让我们邂逅在谷雨里
观杯中的几叶扁舟
八方漂泊　彼此沉浮

此时　雨已歇
风已停　茶已冷
一饮而尽罢

杯底是碧绿的江山
名茶典范　来自安溪铁观音
一个好听的名字

人生如茶

一个春天在杯沿上赶路
一枚茶叶将春的神韵
放逐于欢纵的心灵
但这无关紧要
紧要的是春嫩自采
竹炉慢瀹，宛如爱人
醉人的发香
被你纤纤的手指升华

遥想登临蓬莱山上
独坐清风
执一壶日月在手
回望风起云涌
宛若沧桑人生

居山中央
历数闽南名胜
安溪实在是个不错的地方
只是我惯于流浪
我的家园说不清在什么地方

亲，安溪铁观音
我只想把你一块儿喝下

茶花

一棵向阳的茶花
傍着幽思的叶子
落在半山腰　　喘息
午后三点的阳光
从冬日纯净的光芒里
顺滑而下
直到完整地被小花吸纳

来路荡在高处
身前身后的风景
那些沉淀出来的声音
与时空纠缠着不肯离去
如同紧裹着一个时刻

夕阳的金黄沉没在
好长一段时间的碎屑里

爱上安溪

风吹大地，枝叶翩跹
在这里，我要诗意地栖居
我想把这样的憧憬
想象成，对一座城的爱

告诉你，我爱——
爱上你，爱着你的彩霞
还爱着那一山的绿
花团锦簇，最艳的衣裳

安溪，我们约会好吗？
趁月色正浓，暗香浮动
那一河的春波
从唐朝飘逸而来

靠近你的妩媚和妖娆
幸福在体内荡漾
宛如清溪水一样
慢悠悠地浅吟低唱

此刻，大地的倩影
游进母亲河的鼾声里
把春夜，轻柔地剪辑成
一个今生的缘，幸福安康

续茶（外二首）

汪有榕

一杯接一杯地去喝
直到你对苦转变了原有的看法
直到你在回甘的路上
隐忍地开出了花

静，一层一层地铺过来
两三个小时里，我记住了你们
忘我的样子
几只朱鹮与白鹭
在湿漉漉的茶树下踱步
似水墨中的白循序渐进
它，美在你必经的路上

它克制住你
身体里亏欠的一部分的火
这么多年想家的味道
你一杯一杯地去喝

那时，你离我的渴那么近

那么滚烫。像两只稚鸟扑翅的最初
一只鸟心存另一只鸟的兰香

自在仙境的茶缘

仿佛中了爱情的蛊。一路寻来
在一杯渐凉的
暮色里，我掂出几只飞鸟的渴
它们跃跃欲试想摇出
这个虎邱的茶香，
夜，不断有下水的
人只为散热。你摩挲着
那些古器，熏过的香、浸过的茶
它们去了哪里？

在玉西居
采青、晾青、摇青、炒青
包揉与烘焙
让茫然上手的自己不知所措
仿佛中了爱情的蛊

自在仙境有自在人
喝茶的，有早生有晚到
像过手之物与过眼之人
我只是随缘遇上

茶味

雨下到山底犹如茶叶
沉入杯底
缸中的鱼已熟睡
离乡的人坐着
送水的人脚步不断
水在水壶里嘶鸣

鸟叫着，别样的，欢喜
小雨斜斜，窗玻璃上
余叙未尽

寒暄着
风摇动成排倦开的
花窗
如同我茫然置身于
乡愁之外。闻着
你给的茶香

走夜路的人回来了
我起身继水
水在水壶里嘶鸣
哪里不是我封存的乌有之乡
雨中
我试着打开

一座芳香的世界

沈国徐

五百年前，我独自在野外芳香
我的亲人们日出而作，日落而息
都喜欢把我嚼在嘴里。他们说，这莹绿的身体
哪会是凡尘的东西，一定是观音掉落的莲
或济世的心

可我只是贫寒大山里的孩子，就像他们一样
我也有一双手，把世间的苦一点点地堆积在身体里
这唯一的营养，是天国的阶梯
诸神时常在梦中说话：你是苦命的孩子
所以你的灵魂才能够芳香如此

直到爱人出现，直到爱人出现
我嫁落人间，我用碧绿的纱巾把自己裹住
芳香的灵魂是我唯一的嫁妆。只要一座清澈的房子
当我的灵魂融化在这清清浅浅的时间里
房子里的水就会把我挤得娇喘吁吁

天上的诸神说，你是苦命的孩子
是观音的莲与济世的心。当你用灵魂洗涤
人间，来吧，请来这里。我看见勤劳的人们也在这里
这座芳香的世界，苦是唯一的阶梯
接下来，我们将用星光吟唱

安溪，一枚茶叶打开的葱茏岁月

张　之

安溪是一枚枚茶叶镌刻的版画
戴云山脉是绵延的叶脉
每一片茶叶都是春风的手指
攫住林间的虫声和鸟鸣

安溪，就坐落在辽阔的馥郁之上
一棵棵茶树葱茏成春天的门楣
一颗露珠，滴落月光的心跳
一阵清风，拨动阳光的琴弦

茶乡安溪，中国茶都
把我们徜徉的背影剪辑成丛丛绿荫
将我们流连的脚步蜿蜒成条条根须
风声吐露我们满腹的馨香

那棵一千年的野生茶树
用枝条丈量着青葱的岁月
铁观音、黄金桂、本山和毛蟹
都是我们脉络相连的草木亲戚

品一遍乌龙茶，喝一壶铁观音
一枚茶叶舒展我们尘世的襟怀
让袅袅茶香
煨暖我们贫寒的岁月和内心

背茶篓的女人

张 平

尧阳山麓炊烟袅袅

这是一片叶子的慢板

山路响起跫音

岁月就是若隐若现的茶篓

荡漾，梦想

煨热生活

一片叶子

瓷具里翻腾倒滚

这样舒展与叙说

我只是小啜一口

仿佛魂灵从梯田升腾

升腾至山顶与辽远

1725　我追寻的不是单一的数字

1725　时光机有一条怎样缤纷的海岸

出云吐雾

感德小镇小巷幽暗

哦　这就是一片叶子最初的大海

悸动的大海

这是一片叶子的慢板

仿佛听评书

而评书的老人在虚幻中

尧阳山麓炊烟袅袅

这是叶子与春天的邀约

一次一次追溯

一次一次潮涨

一次一次追溯

一次一次潮落

是啊　时光就是一片叶子

晒青摇青炒青包揉压缩

惦念与重复

就是细小的风暴的过程

细小的渴望

若隐若现的茶篓

荡漾，梦想

煨热生活

一片叶子

瓷具里翻腾倒滚

坐镇山谷的观音

线条简约

听，她捻亮

理想的灯草

一叶茶舟

陈于晓

从一片茶中取出一缕叶脉
便是安溪的一曲小溪吗
我若以一叶茶为舟
溯流而上，便可以抵达安溪的深处了
恰逢谷雨时节，雨落茶园
我在茶园中，品茗、听雨
听翠绿或者馥郁
潮湿我的心头

在一个叫西坪的地方
茶，或者铁观音，让我安静下来
我从山间石头中掏出一些"沧桑"
用溪水煮了，像是铁观音的茶色
金黄明亮
于是，我披一袭阳光，慢下脚步
水还在哗哗唱着，奔向大地深处
或者炊烟人家。我已坐在云起的地方
或者拥着百年茶树而卧
卧它个山高水长

在安溪，被一杯铁观音打开的岁月
可以如此地静美。野野的山花
像是她迷人的眼睛，而一闪一闪的蝴蝶

是山村春天里，涌动的一波又一波绚烂
现在，我是一尾鱼了
在醇厚甘鲜的铁观音中游动的一尾鱼
摆动着黄灿灿的波光和芬芳的云影
摇落谷雨，学会播种
看一枚茶芽，静静地返回
时光里的枝头

如果你不介意，醉在茶香中的时候
我将以一束铁观音作为眠床

铁观音

陈　仓

这是闽南的铁，土地的铁。
这是露水的铁，春风的铁。
这是手中的铁，命运的铁。

是谁拿铁做了自己的风骨，
铁在返青。
铁树成林。

这是汤汤水水的观音，
先苦后甜的观音。
这是大慈大悲的观音，
救苦救难的观音。
这是四季轮回的观音，
阿弥陀佛的观音。

是谁把观音当成了自己的身影，
观音化雾。
观音成云。

铁。在晒青，在摇青，在杀青。
观音。在沐浴，在入宫，在悬壶。
生命里最硬的铁就这样
在一枝一叶中发酵；

最善的观音就这样
在一点一滴中归隐。
一个替我把肉体锤炼，
一个替我把灵魂滤清。
铁观音，就这样
点化一杯白水，
化解几粒红尘。

这哪是一壶茶啊！
是乾坤。是修行。
从最硬的铁，
到最善的观音，
你啜饮的是前世，
还有，还有来生。

佛耳山，抑或珍山（外一首）

陈志传

那架硕大的钢琴，我不知道
她叫佛耳山还是珍山
静静停放在祥华乡村的一角
一排排绿色的琴键
在微风的指尖下，轻轻起伏
星星闪烁，雾霭音乐般升腾
她的音阶，她的海拔
在我的虔诚仰望中，越来越高
直至梵音入耳、馨香扑鼻……

那架钢琴，那个熟睡的人
仿佛暮色中的祥华村庄
多么安静。她放心地把自己的身体
交给辛勤的茶农弹奏
满山云彩般涌动的采茶女子
正摘下音乐中，一枚枚新鲜的绿
轻风吹送满纸云烟
生活的图卷，梦境的图卷
正在祥华大地上，徐徐展开……

在祥华，群峰之上

在祥华，群峰之上。我依稀看见
明月正邀雷电对弈

这是春天里的最后一场较量
雨丝刀光剑影，仿佛先人们刀耕火种
把万里烽烟，打造成茶烟蒸腾

我坚信茶里藏匿着十万亩春天
每一寸都种植了爱
我坚信茶只要开口说话
一张嘴就舌绽莲花

在祥华，群峰之上。我依稀看见
茶芽正与春风对酌
十万亩茶山，都是他们的宴桌
满山茶树，都被他们当成乐队演奏
用一枚枚雀舌，一声声叫醒春天

我坚信那茶香，是一万年的月光
蘸着雾岚，一笔笔描成的爱
我坚信茶的心思，是一万颗珍珠
每一颗，都闪耀着先人们爱的荣光

铁观音之恋（节选）

陈志泽

一

因了清乾隆西坪那个魏荫
每日晨昏两次清茶的供奉
案桌上的观音
就在某一刻
飘入他的梦中

跟随着一个回报的美丽导引
魏荫走进山中
岩石上
梦中的茶树脉脉含情
正期待着他惊喜的目光

扎根岩石的茶
枝叶铮铮如铁
神灵贯注的茶
香韵美似观音

铁观音就这样
从魏荫的梦中走出
足迹绽放在山山岭岭
虔诚的信仰就这样
生长在奇迹的土壤

二

面对人世间的诡秘严酷
蜷缩是你的唯一躲藏
辽远醇厚的期盼
纵横交错的血脉
连同环绕的红色织绣
都严严实实卷成
一粒铁

直到水——美的精灵
沸腾的爱的拥抱
你才舒张观音的风姿
释放醉人的气息
岂止六泡有余香啊
你情依依　意切切
绝无了断

三

冲泡吧
冒烟的蒸腾
瓷盖杯的密闭
煎熬与窒息
从来是必经的
关隘

与其一生被遗忘
黯淡无光
不如经受炼狱
瞬间辉煌

因了生命的一闪
而
光耀千古

最美茶花女

陈　客

在安溪，我会说到茶，说到采茶姑娘
说到我不远万里的追寻
有些东西一旦认定，就很难改变
譬如，对一杯茶的口味喜好
又譬如，对一个茶花女的情愫牵挂

戴着青斗笠，穿着花衣裳
两条黑漆漆的长辫子
在背着竹篓的肩上晃荡
春风里的小花
绽放着久违的清香
与茶山一样青葱的茶花女
把长发及腰的青春
都许给了漫山的茶园

从茶山走来，传承着安溪千年的茶艺
披风沐雨，滴滴茶茗延伸着人间百味
从来佳茗似佳人
原来佳人如香茶一样醉人
在安溪，我看到每一个勤劳的姑娘
有着一个共同芬芳的名字，唤作茶花女

南岩意象（组诗）

陈德进

泰山楼

从一张民国地图里

读你安坐在祖厝堀的样子

燕尾脊翘对风雨

红灯笼摇曳漫长岁月

一张茶叶试题

考出芬芳大家族

以梅为号

以葫芦宝剑为幡

一棵铁观音大树

延绵台北乃至吉隆坡

延绵雅加达乃至香港

在浩瀚海丝上

茁壮成长一百二十多年

如今依旧根系发达

稳如泰山

盘乐楼

那些欢乐的颗粒

闪烁绿色光泽

盘结漫山遍野

需要用一曲曲山歌

将其一片片采下

装在编织的夕阳里温热
拿出三番五次的耐心当酵母
让其面若桃花
然后放在夜的焙笼中
让一缕缕月光
将之烤熟
烤出香韵串串
这样好事盘乐楼里经常有
而盘乐楼子在西坪
在走出很多快乐家族的南岩村

日寨

那片铁观音茶树
层叠亮丽釉彩
一定是光明的幼子
日头从遥远的东方
喷薄而发
铺排浩荡金黄
将片片茶叶抚养其间
那些茶叶惬意向上
它们身姿翠绿优雅

当它们步入一座叫日寨的宫殿
一番摇摊揉炒之后
长出饱满香韵
当它们散入千家万户
在一个个瓯杯中
它们展现出阳光的底色

茶人

爱茶人懂得

要茶好

就必须和茶叶一一握手

经过茶的同意

再将其请下山来

爱茶人善于与茶跳舞

扎开马步拉开胸膛

紧紧握住装茶的匾

一时间风生水起

爱茶人善于与茶对话

通过贴心倾听

获得盘结在叶脉上的秘密

一品一闻之间

那些最美好的记忆

便在瓯杯跌宕开来

铁鼎

时光返回数百年前

按照观世音菩萨指引

茶农魏荫爬上松林头

用梦装回一抹翠色

在古大厝四角天空

植入一个铁鼎里

白云红日更替跌入期间

片片鲜叶芽赤尾歪

状若天上蟠桃

茶农魏荫将其采下

摊在竹匾里摇出香

撒在铁锅里炒出韵

然后捧出神奇滋味奉菩萨

获名铁观音

而后名冠天下

茗胜

在中国

在中国南方以南

一棵神奇植物

向着阳光流淌的方向

从一段美好故事里萌芽

在一个士子瓯杯中茁壮

在一位皇帝笔下绽放

红心恒久不变

绿叶生机勃发

观音韵弥漫诸世纪

以南阳为起点

一个茶业版图

覆盖五大洲四大洋

乡愁

乡愁有多愁

如果乡愁是一片蓝

南岩村上的蓝

算不算最蓝

如果乡愁是一朵白

南岩村上的白

是不是最白

如果乡愁是一汪绿

南山村上的绿

有没有最绿

南岩村，这个被乡愁日夜浇灌的村庄

就这样点缀在蓝白绿之间

擎起一杯浓郁中国风的茶

浸润千年海丝之路

青山绿水的味道

林轩鹤

一

一曲南音
穿过碧波澹澹的田园
把你的影子印在我的琴音上

一沓幽梦
惹了月光的浅韵深律
在青山绿水间
听春水，将心笛吹响
一撮真味透亮

楚楚动人的茶歌踏雾而来
抖落风的徜徉
在云雾里羞涩地舒展
打开季节的行云流水
婉约在唐宋诗风词韵里
多少远方的思念
就沿着这片芳香，寻你而来

月光滑过琴弦
拟花为裳，掬水为佩
山野茶林间
第一枝绽放的盈盈笑语

染绿了整个春天

二

指尖轻轻一拈
就释出一串轻盈的话语
就有了前世今生的约定
让我在醒来的清晨
开始慢慢回味

品一段远古的情愫
在岁月的脸颊，印上
你的唇香
溢出梦的颜色，把你解读
你的回眸，揉醒我眉间的温柔
一壶水，带我泅渡你的彼岸

倚一江春潮，抚一曲弦歌
寻找飘逝的花影
把今夜的梦，遥寄远方的你
让随风而舞的绿裙
招展自己生命的色泽

三

午后，看着你
在杯中与水相依相偎
心事顷刻被装满
之后，一滴滴汩汩流淌
在水落的瞬间
绽放所有逝水的年华

我，呷一口古韵清音
那都是青山绿水的味道
淡淡的，穿梭于心间
泡开柔情缱绻的微笑
弹拂所有打结的哀伤
将一颗宁静的心
回报给时光
一梦千年

今世的愁苦
在前尘的梦里涤荡
浮起的是曾经，沉下的是永恒
一生的韵脚就在举手间
将岁月淡净，让记忆悠长

安溪香

林秀美

一

那一天我是小心的
怕吵醒那些古茶树
那些千年生长的相思根和须
一不小心
我也怕　踩着

有什么能比这一刻更迷人
当我站在薄暮的天光里
置身茶香花海　当晚炊的青烟
与山岚之气相互牵绊融合
将身后的茶园推向更深的静谧
将安溪的香推向更远的香

安溪的香
是一棵棵茶树一寸寸
在草芥之间成长
一片片纵横的绿
纵横的黑纵横的红
将往事拢在低眉之上
一叶叶安溪茶
承载云雾清风　让谁和谁的目光
在高处眺望

又在水里互相推搡　互为彼岸

二

其实　我不想说那个春天
肝肠陷落的过往
不想说你悄然隐去时
我体内结出的香

你说你爱品安溪的雅
我也爱上安溪的香
其实　你可以一直沉默
都是些叶子
都是些沸水
都是一样的诱惑
谁都无法逾越
更无法把自己推开

安溪香
在安溪山水众多的抚慰之中
每一滴水　都能承载一阵阵茶香
盛开　或忧郁
葱茏　或枯萎
叶片与枝头，隔着落差的美
侧身　便是一次飞翔
失措在唇边的风暴
被鸟儿　来回搬运
而我俯身　听雨
说出安溪的柔韧和妩媚
安溪的情歌
将众多的目光抬起

刹那间　　谁的心跳

被品雅的香气劫持

风喊醒了花蕾

喊醒山脉，喊出村庄

喊遍草坡、田野和菜地

喊绿了一夜春色

被风邀请来品香的女子　　被风挟持

她要如何才能收住细碎的脚步

扶住春天稳坐花朵的心脏

当她一再错过高山　　田野

错过春暖花开　　属于自己的金黄

茶香深处　　她为何要弯下腰来

泣泪如雨

三

安溪香

盛过暮鼓晨钟

盛过　　你虚妄之手

原谅我

我要把我辽阔的大地从你手中收回

我要把我的安溪香一分为二

一半还给草木

一半还给人间

安　溪

林春荣

一

安溪的门是用山脉打造的
青翠而又绵延
布满了树木　草丛　花瓣
和千百年来的脚印　汗水　血迹
推开那扇门的手
是用那清澈的溪水做的
温柔而又力量

一条晋江的源头　生长着水草
温柔的缠绵
水声随处可寻
高高低低的河床　密集着辽阔的土地
潮湿而又温暖的茂盛
一线长长瀑布的近处
定是炊烟萦绕的老家

一座千年文庙的屹立　守住了
清溪最宽阔的停滞
安静的溪水　似乎留恋着一朝一夕
的烛火焚香
从书声朗朗的清晨　一直到
灯火摇曳的夜晚

依旧在一条溪的回声里徘徊

香火渲染了九百年刻骨铭心的厮守
窃窃的心语　如温润的山风
吹湿了远行的乡愁
一捧安溪的故土　在浅浅的海峡上
生根发芽
即使岁月的霜雪漂白了双鬓
故乡的清水岩上　依然伫立着千里万里
的南音

二

从一个遥远的传说
弯弯曲曲的走向
靠近了西坪层层叠叠的山水
一些宽阔的河谷　生长了千年翠绿
的记忆
漫山遍野的吐芽抽叶
在清明时节的雨雾里　芬芳了整座乡镇
云卷云舒的表情

一直在西坪的封面上成长的铁观音
原汁原味地飘动酩醉的心情
一页魏说的感人肺腑
叙述了人间劳动的传奇
一页王说的书亭偶遇
启动了一壶茶叶的千里芳香
西坪镇肥沃的土壤
早已把一种名贵茶叶的起源　养育得
如此动人心弦

从传说中萌芽　在起伏平缓的丘陵上
枝繁叶茂
依山而筑的乡村
打开了一面面扇形的茶园
一季季辛劳的汗水
洗亮了一片片墨绿的茶叶
于是茶香盈满了瓦屋　沉醉了
山间的奇石　流泉　苍松　古道

按捺不住的茶香　和一行行背井离乡
的身影
走上了纵横交错的阡陌
一条海峡的远方
一江流水的前方
一座彼岸的城市或乡镇
用异乡的月光与热泪一泡
芳香四溢的铁观音
能否醉了一生的思念

三

也许用山峦叠翠的心情　读不出
安溪海纳百川的胸襟
从一棵茶树的往昔
如影随形的贫穷
开始运筹的　整座铁观音的王国
以十年时间的行进　矗立起
坚不可摧的品牌印象

从一行行浩如云烟的诗词里　寻找

一缕沁人心脾的茶香
九龙江畔石碑上　镌刻的历史
有了几分书卷的风流
秦汉两晋　唐宋明清
时光让人迷路
究竟茶的源头是诗
还是诗的源头是茶

从连绵的山脉出发的茶叶
用墨香的氤氲　浸染着不同文化记忆
八马与凤山　日春与三和
在市场经济广阔的海洋上
相互偎依　屹立在风口浪尖上
一声惊叹　几许掌声
隐约可以听见一座与茶有缘的县城
内心炽热的火焰

用茶树叶的青翠　去簇拥一座
五湖四海的平台
去培植一条通向四面八方的茶路
一壶茶香　一曲南音
沐浴着年轻的记忆
在这块植被良好的土壤上　种植着
兼容海洋与山区的安溪性格
让茶文化的根深扎在一本县志厚重的序上

故里茶香

林皆敏

故乡像是一个摇篮
四面是山　一口很蓝的天
一块块黑瓦土墙
总是冒着不一的炊烟
岁月的流痕
仿佛定格成一个梦的延续

在丘陵之间
从狭长的村落中
一条轻轻淌过的小溪
千百年来低吟着同一首摇篮曲

那梯梯茶埂
叠成一行行绿色的线谱，
新鲜的红土壤中
饱含着雨的潮湿
雨中画的是各色各彩的音符——
采茶女的裳影
头戴清一色的竹黄斗笠
她们远远地呼和

这盛夏的村庄
门前稻黄十里连山

空气中散发出茗香
汗水与果实融在一起

在茶乡，以铁观音的名义相聚（组诗）

林炳根

对一棵绿色植物的认识
用一生，认识一棵植物
认识它的叶脉、地理和水文
我的根须越长越密，最终
我将长成这里的一棵树
一株草或一株铁观音
或成为一粒土，一滴水

以一杯铁观音春风拂面
渐入佳境
以一杯铁观音春风拂面
涤荡心灵
娴熟的技艺
纤云弄巧
在每一个晨昏
以一颗铁观音醉卧的姿势
参禅入定
我亦是观音

春天，从一杯铁观音开始
春天，迈开笃笃笃笃的步子
一叶内安溪腹地巍巍群山中
采摘回来的铁观音

上市了

安溪草木醒了

春天，开始变得香和甜

茶农举起布满老茧的手

被铁观音茶汁浸过的大手

乌黑而开裂

茶巾布揉搓过的虎口

隐隐作痛

像童年的梦魇

一次次地惊醒

父母熬夜红肿的双眼

一次次在熹微的晨光中张开

滚烫的铁鼎中

毕剥的爆裂声里

那一枚枚青青的叶子

在诉说

或在呐喊

在烈火里煎熬

在春雷的炸响声中

微微地颤抖

那是童年的劳作

一年的开始

漫长的春天

一个茶季

数十个日日夜夜来来回回地奔波

那是刚烈、持久、耐性和高强度

及生之艰难

那是挥之不去的岁月

在梦里，在舌尖上，在血液中

洗刷不掉的芬芳和乡愁

奉茶

轻移碎步，略施粉黛，点点娥眉

珠光宝气或略带羞颜

铁观音洁净的女子

以恭恭敬敬的仪式开始

端端庄庄

双手擎着一杯小小的茶盏

重似千斤

朱唇微启

带着虔诚和全心全意

心甘情愿地喊出

那一声或重或轻，或大或小的

阿爸，阿妈，阿婶，阿叔，阿哥，阿妹

喝茶

一个个长幼有序地叫过去

映现在一个个陌生而又熟悉的面孔前

端新娘茶

如此规矩和隆重

从此铭记

不是一家人不进一家门

铁观音之城

南方小城

土生土长崇拜龙族的八闽后裔

南方的温润和热烈

孕育着铁观音的芬芳

在每首诗里

在每杯茶里

浸润着浓浓的茶香

品安溪铁观音

洁白的瓯杯

在翻转

蓝溪江畔

飘逸的铁观音

和风淡去

茶色淡去

心清如洗

一杯有骨的铁观音

浓淡相宜

青绿相宜

或青红相宜

抵达你的喉头

抵达你的肺腑

香而浓烈，香而绵醇

叶上春秋

林筱聆

一

茶的叶，一片

在掌间舒展

掌上的纹理纵横交错

叶脉上

同样密布山河

行走的青山　奔跑的长河

以及我流自红色土地的血脉

无不在叶上，在叶上

暗涌，喷薄

二

南方，安溪

总有茶的树

以植物最原始的姿态

向上　峻骨挺立

向下　根扎大地

从此以后，原本分明的四季

总是长出

生机盎然的春意

风醒着，云醒着

水醒着，山醒着

茶的树，茶的叶
在等待，在等
等待一场生命的采摘
采。再采。再采
无数次采摘
激发无数次新的期待

就像挽留一段迟来的恋情
沉默
是最强大的语句
凝结成清晨透亮的
——梦呓

三

晒。晒。晒
用太阳的火晒出生命的热
只为蒸腾，蒸腾
除去虚夸，除去浮躁

摇。摇。摇
跌来撞去
磕破的是身躯
流动的是魂脉

尔后，跃入火中
是死
是新生
尔后，蜷缩，蜷缩
将山的呼吸　水的声响

深深烙进自己的纹理

一遍，一遍

以此

锻造世间的铁，生命的铁

锻造超凡脱俗的观音，澄澈生命的观音

四

茶的叶，在水中

将紧握的青山舒展，吞吐

让抱紧的长河流淌，相融

所有美妙的词汇都描摹不尽

叶上，那山水的风姿，云雾的气质，铁一般的傲骨

所有感叹的惊讶都表达不出

叶上，那山的惊艳，水的柔情，观音一般的骇俗

生命是一场轮回

茶的叶

是生的死，是死的生

是生命中不卑不亢的春与秋

五

叶上

是春，是秋

是一切需要仰视与聆听的生命

致茶叶

季振邦

这位天地孕育的奇女子
摘离童年
绿色的枝头后
便饱经生活的搓揉和炙烤
然后，薄薄地携一身孤寒
漂泊他乡
然而，他乡亦非温柔之地
她的命运
不是蹈火就是赴汤
在沸水中慢慢展开曼妙的身姿
悲壮的美
像虞姬最后的舞蹈
沉浮在波涛至今不息的乌江
历尽劫难却不失本性
她依然吹气如兰
袅袅地升起，像升起纯情的音符
倾诉着曲曲高山流水
并且，哪怕青衣随年华褪尽
身影如屈子沉江
在灯红酒绿里
总是清高自守
剩下的，只有一个天问
饮者，谁是她真正的知音

也许只有我知道答案
正待张口
她却堵我以一缕绵长的清香

在安溪，喝着铁观音

金 文

在安溪　喝着铁观音

喝出一个美丽的传说

一株奇树

养育一方茶乡

养育一方安溪人

把千年的梦想

唱响大江南北

唱响世界

在安溪　喝着铁观音

如一封抵万金的家书

一代又一代传递

翠绿的茶叶

仿如诱人的文字

愈读愈亲切

金黄的茶汁

仿如书中的墨香

越品越有味

喝着　喝着

喝出一股浓烈的乡情

悠悠蓝溪　巍峨凤冠

写就这封家书的魂灵

生态茶园　清雅南音
播种山水茶乡的现代传奇
古朴文庙　广场舞曲
抒写茶乡一道亮丽的风景
听　一曲甜润的《请到安溪来喝茶》
更使我心潮澎湃　泪水盈盈

啊　今夜
在安溪
喝着斟满乡情的铁观音
圆了我
年年疯长的思乡梦

茶都遐想

周永强

风中飘送来的茶香
我想起　山坡上
阳光的味道
想起一片新发的茶叶
为我展示的大千世界
叶脉之路　曾经把我
诱向它的远方
制茶的人　总想
把青涩制成芬芳
每一粒茶米包裹的　是
苍天替我们准备　可我
也不知道是治疗什么的秘方
也不要再猜　是
苦涩中才能寻到清香
或是　清香中
有丝丝无法言传的苦涩
反正满市的茶米
有人会把它泡开
并且品尝

铁观音

周俞林

若问我，为什么总是生长
嫩嫩的红芽
即便风吹雨打
也是美如观音脸重如铁
一幅美得不能再美的水彩画

其实，那只是
我的心灵啊
有一束素洁的花
在安溪生根发芽
我有了清香雅韵
有了馥郁芳华
安乐的日子有滋有味
总如潺潺的溪水
悠悠的烟霞

安溪三韵（组诗）

周维强

在西溪，做一滴水也是幸福的

先是盛开的樱花，用一抹粉红

问候我内心的澄澈

西溪的水，只望一眼，那碧绿就在心内

荡漾成一阕婉约的颂词

沿着铁观音的茶树向前追逐

一缕阳光的抒情

水，把西溪装扮成群山水墨间的写意

舟行其上，你会看见春天的西溪

把山涧的绿，崖壁的峭

以及一颗心，在此沉淀的静寂

像春风吐出翠竹的绿叶

像一座山捧出另一座山的秀美

如巨龙在此盘旋

如少女在此嬉戏

在西溪，做一滴水也是幸福的

一滴水，就是西溪修行千年的清凉

一滴水，就是心上的钻石

在安溪县

一滴水，就能让人把一切纷扰释怀

茶山寻梦

一声鸟鸣，又一声鸟鸣

茶山清幽，阳光披着茶香，温暖而空寂
是谁？用文房四宝把这美景荡开一种辽阔
写出诗中有画，画中有诗的意境
我在茶山前双手合十
心，开始慢慢接近一粒鸟鸣里的春天
当茶山里的鸡鸣响起
当我被一泓清泉洗净肺腑上的俗欲
当清风送上檐角的诵经声
当一缕佛光披在一棵青松的翠绿
茶山宁静，而我，内心为善而心怀慈悲

茶园写意

我在读茶山写给我的诗经
满山的翠绿和着一声接一声的鸟鸣
这古老的茶香，就在茶园里
荡漾着，诗的灵性

采茶姑娘笑着，那笑，是春天的另一首诗啊
我只愿在此为一株茶树守候，听风
私语着这茶山的空旷和梦境
我只想找一个美丽的词，擦亮眼前
这一墙墙茶树吐露出的绿焰

不远处，有薄雾缭绕
有炊烟四起，有茶香从雅室内飘出
我仿佛看见整座茶山都空灵起来
在安溪，在群山连绵的山境
在一滴露珠里的茶园
在一缕缕清风把山歌送到我耳畔的满山青翠
我只愿将心低一些，再低一些
倾听，水煮茶叶的声音

茶杯里的沉潜

郑智得

闲置的茶杯也会空虚

在落日逼近之前，望尽

那一片茶海。暮色每镀上一层

瞳孔里的绿，每冥想一次

视野就放大几分。对一座城广阔的爱

就像茶杯装得下溪流

但仍需沉淀馥香，情感才足够浓烈

喷涌成大海

我注视矮小的树苗，蚂蚁的锄头

和锋利的柴刀

汗水没有停止运动的意愿，而黄昏

能催生高擎的灯盏

无限靠近土地的人，就像一棵茶树

抓住安溪的命脉。一个人的夜

适合袒露明朗的心境

吟风颂月。茶渍爬满茶杯

茶杯装得下溪流，像一个异乡人

装得下祖国的山河

铁观音

把青葱的稚气褪去

以短暂的春光，收集阳光雨露

经过岁月的烘焙、摊晒

换取圆融，发扬铁的姓氏

喉间的渴，传染给夏日
过于清澈的水，需以观音加以修饰
在众目睽睽下
摊开蜷缩已久的身子
也许秋天更适合谈笑风生
茶杯里沉潜的命运
清淡或是浓烈
有回味、叹息和清醒的更多可能
我们彼此袒露心扉，刹那芳华
你的名字早已镌刻心中
那被一遍遍冲淡的故事
是我反复温习吐露的三字真言

问 茶

项建新

当水袖一再被抛出
当插背旗凌于头顶
飘扬出抖擞的意气
生旦净末丑
正在安溪高甲戏中
轮番上演

戏台高处的一束光
幽幽地照了过来
大海开始浮现
大山也清晰了起来
白云与碧波开始一起荡漾
一棵茶树　渐渐清晰
瘦弱中透着遒劲

戏台上依旧锣鼓喧天
世界无比安静
听不见一丝声响
生旦净末丑停不住进进出出
戏台这个水晶杯
一片铁观音正沉浮其中
是非曲直　尽在其中
也不在其中

这片叶子好像知晓它的来路
甚至已然知晓它的去处

先苦后甜的味道
难免令人恍惚
糊涂的人常有人间清醒
清醒之人往往难得糊涂
我相信　一片树叶
也是可以遮天的

在安溪　追寻铁观音的芳醇

胡为民

那天　乾隆皇帝的书房
缕缕清香在沸水中舞蹈
钦此——铁观音
从此
安溪的山水滋味悠长

岁月流转
新时代"茶都"风情万千
我在峰峦竞秀　云雾缭绕的地方
在一棵棵古老的茶树上
看见鲜嫩的欢笑
一杯乌龙茶煮熟时光
丰盈富足

我在森林茂密　水源充裕的地方
泡一杯乌龙茶
在翻滚的柔媚里
享受诗意的生活

我在历史悠久　人杰地灵
那个素有"小泉州"之称的湖头镇
煮一壶铁观音
感受文化的厚重

在茶都安溪
我追寻铁观音的芳醇
那是满满的幸福　满满的荣光
小康的味道哟
山高水长

与友人品安溪铁观音（外一首）

胡 旭

我们热衷于喝茶

热衷于洗诗

多年不见

仿若时时相见

因为茶

我们高山流水

因为茶

我和我的诗歌

有了春夏秋冬

安溪铁观音写意

薄唇微启

含住一片天

舌尖上的玉珠

盈满一缕阳光

一串鸽声

一粒粒翠绿

从杯里溢出

一地缤纷

一阵飞翔

你说那是山和水的

柔肠百结

每一粒浮和沉

都是春天一瓣

茶的仪式

柯秀贤

这是每日的必修课
烧水、烫杯，请君上座
小杯子，大乾坤
我巡我的城，点我的兵
心中有杆秤，天地有公道
呷一口，便是日月星辰江河湖海

舌尖上的味蕾，时时
提醒你要忠实于那些
扎根过的土壤呼吸过的空气
汲取过的雨露，经受过的烘焙
这样的灵，必生出一种韵——观音韵

袅娜升起的雾气，溪水安流
沿途曲径通幽，鸟语花香
品茶人从身躯到灵魂，只有一个走势
自西北向东南，倾情于大海的辽阔
这时候，她当了一回安溪女子
有茶的品质：自然、清纯

心中有蓬莱，走到哪里
哪里都是仙境
在安溪，在官桥，在湖头

一块石头名叫洪恩
一枚豆干是天上的贡品
一碗米粉汤，胜过
瑶池会上的琼浆玉露
和着古樟树枝枝朝北的传说
满口生香的安溪人
平时种茶种地，闲时演戏唱南音
敬神仙，也敬自己

夜幕降临时再做一回安溪人
低头饮晋水，仰首望星空
世界属于茶，茶是安溪人的茶
是同声相应中庸之道，开悟的过程
是一个从生到死从死到生的轮回仪式

铁观音的味道

哈 雷

每天，比你更早到来的
是铁观音的味道
我小心用碗盖，把茶色压住
杯沿溢出淡黄的韵律
犹如唇边上轻触季节的爱

我就这样喜欢上你
托着杯子看你
在茶味还没有淡开的时候
你那温暖的体温
在隐秘地倾诉

我可以看见春天徐徐竖立起来
苦难，悲伤的过往
暗夜里那一声年幼的哭泣
都翻转成美丽的记忆
因为你，岁月挂满清香的句子

我可以背井离乡
可以站成一株荒凉的树影
还可以老去
只要光阴中有你的味道
就拥有活下去的道理

铁观音之思

秋　水

茶园物语

这片茶园

无际而荡漾

让我忽然

想放下咫尺放下天涯

烦恼和幸福成了硬币的两面

生杀大权

始终在手指的一念之间

这些绿色不因谁的到来

而改变神情

在自家园子奔跑

也无须把握或吝啬笑容的分寸

而她们挑剔的缓慢和不设防的灿烂

与生俱来的体香

让我再次想触摸语言的内核

茶到浓时

我深信看似无缘无故的相遇

也藏有必然的故事

在异乡，不可避免地成为

迷失的人
而你一直试图夯实
我的记忆
——母亲的手正抚过我的背脊
她的体温总高过我的
远方，从我怀里挣脱的小男孩儿
"妈妈妈妈"地唤着我
偶尔瞟来欲言又止的眼神

是我爱得不够
才与那么多芬芳擦身而过吗？
以为她们不是过于轻浮
就是过于自恋
风雨飘零的日子
没有人提醒我们带足保暖的冬衣
你的温度因此被多情的人
瞬间发酵
我渐渐和每个吞噬你的人一样
要为萍水相逢
略显出惊喜和忧虑

可我更想知道
你新鲜而怀旧的芳香
正对一个异乡人诉说怎样的隐喻
这些隐喻
又将我带向哪里

邂逅一片铁观音（组诗）

侯加阳

寻梦茶都

静美的长空下，谛听
一片铁观音的歌唱，她翩翩起舞，
宛如一曲四海传诵的风雅颂。
杯中的女子，泊在千年的波涛里，
受惊的眼眸深陷一片古典。
一首小诗，纤柔而修长，宁静而纯粹，
她静静展开飞翔的羽翼，
却无法翻越杯中茶瓣远眺的日光。
其中定格的一缕茶香，含情脉脉，
翩然、沉淀，渐渐淡了、远了，
袅娜成古城一去经年的青烟。

此刻，远离喧嚣的尘世，
守护着内心的茶意，
让悠古的情致抚摸岁月的沧桑，
一串朗朗上口的词语却泄露了你的身份——
茶，
国茶，
中国茶！

在一壶茶里徜徉

一丝醉意掩饰不住内心的红晕，

在绵长的茶香里羽化、翩然……

大地、山川、日月，万般的灵光秀气

钟毓在这小小的杯盏，

轻轻一抿，早已是醍醐灌顶。

拨动时间的簧片，

纷飞的思绪，似云、似雾，

穿越心中的山山水水，却不着痕迹。

浓浓的茶韵，古典而蕴藉，

正踏着每个朝代的节拍，

一步步从宣纸深处的水墨里走来。

喧嚣的尘世，守着一壶铁观音，

宛若灯红酒绿里守住一片宁静。

拂去了烦心尘劳，

告别了巴山夜雨，

在黄昏里等待一个春江花月夜的到来——

我们杯中泛舟，渔歌互答，

腹中万卷就在茶雾间流淌、翻滚，

载着一脉脉淡淡的相思。

真想就这样一直握着杯盏，

眺望远处的碧水、长天一线相隔，

闲看孤鹜在落日的余晖里静静起飞，

一颗简单、纯粹的心陶醉、徜徉着，

和这片茶一样，清澈、明亮，又不染纤尘；

晚风轻拂，真想就这样

一直斜倚着阑干，守望千年的沧桑，

听着空灵的《高山流水》，浅酌轻唱，
一种与宠辱无关的美
就在心灵深处弥散、舒展开来……

暗香盈袖的美人

紫砂壶里的这些鲜活的词汇，
在我的舌尖打着转——
如果没有品过安溪的铁观音，
我竟不知道世上还有这样一位美人，
美得暗香盈袖香，美得含情脉脉。

作为一个在唐诗里开了小差的诗人，
来到尘世，隐身在烟雨的茶庄，
那些收容时光的茶瓣，内在的暗香，
注定让我隐姓埋名，背弃长安。

春走安溪

清明一过，滴翠的鸟鸣
就轻轻解开了语言的纽扣，
在丛山峻岭间传递着茶的心事。
古朴的茶农从繁忙的劳作中归来，
抖一抖绿蓑，
瞬间，八千处江山被一一点翠；
撑着粉色油伞的农家姑娘，
在安溪的山路上渐行渐远，
斑斑红点轻轻一动，
顷刻，九万里春天被全部掀开。

一片片茶，
你就是这样一步一步从岁月深处走来，

一直走到今天的枝繁叶茂、茶树漫山。
远处，害羞的茶瓣正在窃窃私语，
为自己怒放的爱情奔走相告——
她知道没有辜负在这里默默耕耘的茶农。

安溪铁观音，岁月深处的香

贾旭磊

铁观音，以禅意命名的茶

安溪，一尊温暖的陶器

盛着茶叶和清水

经过千年的淬火

藏着个湿透的春天

沿着春天行走，你会看见蜜蜂

看见彩蝶怎样亲近这座古城

那满山茶树，仿佛茶人饱含的心事

被雨水一一打湿，被一担担地运往外地

中国茶都，多么亮丽而温润的词语

打湿了古城如水的眼睛

以至于喝起铁观音，便有清风扑面

便有一种家的味道，离心很近

便有一种生命的香，将生活氤氲

将这座古城，浓缩为一枚心叶

一一舒展的，不仅仅是茶叶，更是一座茶都

缱绻的心。每开一朵茶花，世界便会多

一缕芳香

安溪，茶香袅袅的古城

被一枚枚茶叶放大
被连横的诗歌饮过
被詹敦仁、李光地的精神洗礼过
岁月的光芒中，他们都是一枚枚好茶
是安溪温存而恒久的缩影

铁观音，以禅意命名的茶
可见茶农对生活的态度
和对茶文化拓展的高度——

与茶而居，生活就会溢出芳香

缓慢地爱上铁观音
一首闽谣里，听到流水的声音
打湿了安溪的耳朵。茶树一寸寸地生长
鸟儿的翅膀闪过山坡
采茶女的青春在茶花中闪烁

安溪的灵性，由一枚茶叶传送
一杯芳香里，有着她缱绻的身影
数百年的路程，恍若只有一杯
只有一颗爱尘世的心

时光将我送到安溪，送到
茶的故园。身体里生长出
一种幸福的香

时光之水沸腾，茶水轻轻舒展心中之爱
远来的人啊
如果你陶醉于这样的生活，就请啜饮一杯吧

远来的人啊，如果你要离开这片土地
也请啜饮一杯吧

缓慢地爱上铁观音，爱上
她的一寸寸舒展，一寸寸的芳香
送进我细碎的生活，并缓缓地覆盖
忧伤、灰暗。那些历过风雨的叶
像是一条路的隐喻

缓慢地爱上铁观音，爱上
一条释香之旅，怎样穿过红尘
将香一一传送，将爱一一送达
怎样让人，在茶的世界
为他人留一抹生命的香

安溪铁观音：芬芳的怀想（外一首）

倪伏笙

谷雨
萍始生，鸣鸠拂其羽

阳光长着翅膀
云朵低飞着双脚
春天，
这是一个以梦为马的季节
生命的激情
温暖而触摸可感

雨生百谷，阳载万物
足够的雨水
足够的阳光
酸性的土壤中
芬芳的因子潜滋暗长
铁观音，
娇贵的南方嘉木
红叶镶边的嫩芽
在高山云蒸霞蔚中
厚重而内敛

扎根山野仰望天空
蓬勃的生命昂扬向上

南方的阳光雨露充沛
绿色的旗语迎风而立
年少轻狂的梦想
在春天的激情中飞翔

寒露中的秋香
寒露
鸿雁来宾　菊有黄华

人字形的雁阵南飞
天有点凉意
南方的茶山
依然一派葱茏

灿烂的野菊花开满路边
幽幽的桂花香随风飘散
花一般的采茶女
用纤纤细手
采摘幼嫩的叶芽
茶园的舞蹈轻盈而喜悦

午后的阳光
柔柔地抚慰菁绿的茶青
远离青春的枝头
铁观音
开始人生的百焙千揉

在西风中萎凋缩水
鲜叶在翻滚的摇青筒中
不断碰撞、散落、磨擦

在恰如好处的半发酵中
青草味挥发　花香弥漫

在炭炉中虚火旺炒
除去水分和涩味
以太极"阴阳鱼"的姿势反复搓揉，烘焙
舒松的叶片凝成紧结颗粒
缕缕心香
在风风火火的揉捻烘焙中
嫩绿的苦寒
化为芬芳的纯正甘甜

对铁观音的遥想

徐宗佑

喜茶者，没到过安溪
乃是一件憾事
山高水远，该有种灵魂的奔赴
灵魂自我身体里一次次出窍
美哉也妙哉
乐于修行的人，乐此不疲
觉得铁观音是闪着佛光的寺庙
庙堂内
香火鼎盛，信客善怀
有高僧点化尘世这片苦海
佛号声声
一致穿过谁的宇宙
我有无数个恍惚都是真的
它们很好地串联起来
拜谒铁观音的前世和今生
并认下：
诸事都有因果与轮回
千里外的一杯茶水微烫，澄澈
如果细看，有我入定的影子

观音托梦 安溪茶乡

徐俊国

有一种蔚蓝 它的下面是金黄的阳光和灿烂的高山。
有一种大美有一种神韵有一种品质它辽阔无边。

有一种红壤它适合茶树和诗歌的生长。
兰花香 桂花香 是什么让人神清气爽？
浅斟细饮 齿颊留香 是什么让人荡气回肠？
天地造化 高山风骨 日月精华 有一种文化源远流长……

有一种绿叶的飞翔必须用泉水冲泡，
有一种等待和真爱历尽人间沧桑。
是什么让精神清澈？
是什么让灵魂明亮？
观音托梦 安溪茶乡。

一杯淡淡的人生啊
一壶小小的宇宙啊
你让我看透——
功名如尘土，
唯有茶留香！

功名如尘土，
唯有茶留香……

观音铁韵

唐　歌

一

站在最高的山峰之上
经受酷日的考验
一丝一缕积蓄能量
刺骨的寒风中
腰杆挺得比谁都直
一片片一撮撮一拢拢
是跳动的希望
绿得鲜艳
青得成熟
是嫦娥遗失的绿绸
还是王母不慎掉落的翡翠

二

黄褐的竹筛上
双手有力地摇摆
暴起的青筋奔涌着热血
在竹筛里痛苦挣扎
呼吸已成绝望
是四面八方的力量
压、扭、挤、拽
痛苦也无法诠释感受

三

所有的知觉
已被泪水取代
一点点的生命之液
一丝一丝地蒸发、散失
此时，一场沸水的洗礼
升华了一个庄重的生命
要不是腾烟的热情
怎解开那蜷缩的心

四

热情之中，生命重新绽放
清晰的叶脉
光洁的白瓯内
是一束温暖的色彩
那灵动活泼的绿
悄悄在这金色中隐藏
这是升腾的梦
是偶然的幻觉
否则人间怎有如此的甘甜
吴刚忙碌的斧头
玉兔手中的捣药槌
竟戛然而止

茶壶里的风暴

——铁观音传奇

黄巢菊

一

采茶人熟悉春天的尖端
她用妙手捕捉这些最先进的韶光
像在为一首心中的歌，找到那些
跳跃而灵动的音符。天空很远
茶树很近。世界在指尖安排了无数的
相遇。露珠和雨水照亮的那些年轻的
叶子（你想象得到它们清澈的脸庞）
仿佛在旋飞。同时飞起的，还有
新生的阳光和阳光中的一条乌龙
是的，它们都效应一双蝴蝶的翅膀——
将在这个更加辽阔的世上，制造一场
清香的风暴或是，一些清香的宁静

二

在安溪，我相信每一根制成的茶
都同样来自于上帝之手。我相信那是
太阳里的黑子，在生活中展现的燃烧
我确信茶是春天的古老书简——
像无数的笔画，它们在点，横竖撇捺
象形着，狂草着，书写着——

我看见诗人们建立在宇宙之上的兰亭
也看见我颠张的矛笔和醉素的盾纸
我的行为就是舞蹈，无数的闪念挥洒
何止是茶，这落地有声的铁观音
祖国的河山上年年涌出新绿
当我觉得被生活追赶的时候，就打开
某一个朝代的罐子，导出一小撮
我需要一杯茶，圣湖一样显现警句和诗意
像打开一个古老而神奇的锦囊——
世界在逢凶化吉中，美好，韵味悠长

三

在一滴水里，也要建立深度和光芒
是的，我们甚至会把自己烧开
并且从不怀疑血液的沸腾。要不
就把自己打开，投身于时代的浪潮
仿佛这茶叶与水滚烫的对冲或泡溶
或者干脆就是一个闹海者，掀起
滔天巨浪，用身体写作，像龙卷风的
龙，肉搏，厮杀，像龙卷风的风
直到天人合一，相互舒展
当风暴的尘埃落定，生活值得品味
茶已满腹文章，茶香如花朵开放
现在，一只抱负的紫砂壶静静地坐在桌面
它蒸腾的热气缭绕着——仿佛
风暴会再次来临，但是你，却始终
在风暴眼的眼中——

四

茶树的叶子中间，有脉络清晰的道路

有茶座和茶时分，跟我们共用一个天地
一盏茶的工夫，我的内在就
抵达了一种平衡和满心的喜乐
茶中间是一条水路，是独辟的蹊径
在此岸间微苦，在彼岸间微甜
像生活本身，一路拈花
仿佛菩萨化身，铁观音是冲饮和
品味的佛，进入人，以及心灵的密室
传授不二的法门——这是红尘
我是那个远道而来喜欢喝茶的人
习惯有一些以茶代酒的夜晚
只是现在，在茶水搓洗岁月伤口的
疼痛中，我无意在这个书斋灵异出
狐狸，也无意说出鬼故事中的美丽
只想用铁来修饰观音
并且，让她现身说法，在一杯茶中

五

杀青的时候，你见到了那把神秘的刀子
一切已经没有退路，你确认了
乌龙家族的灵魂，继续
萎雕着灵魂的骨骼以及
内在力量的姿势。你的生面向世界
你的死，面向世界
你摇青呐喊，拥有一面旗帜
在半发酵的黎明走出黑暗，然后
坦然壮烈地进入火热的烘焙——
死亡成为新生的一道不可或缺的工序
在另一条道路上继续行走在世上
仿佛冬虫夏草，其实茶佛一味

六

现在，一小撮茶叶堆积在我的掌心
不断在轻中翻出沉重，又在沉重中飞轻
使我想起成语中的铮铮铁骨以及
生命的脆弱。每一根都仿佛是慧根
像是观音千手中的那些指头，或者
千眼微闭的眼缝
静穆，观照，超一切忧喜
在人的手上，这个隐身在茶文化里的
菩萨，一遇到水，就生长莲花
她腾云驾雾的身段，柔软穿越时空
她的杨柳与世界不断相遇，到处
布置风景和寒夜煮茶的火炉
人们饮用，品味，捕捉，在茶中禅思
在她带来的甘露和神秘的顿悟中
召见自己——内心中无数的魔鬼妖精
将因此顷刻遁于无形

七

我常常捧着一杯热茶。端详这
玻璃里的透明宇宙。浊者下沉
清者上升。一片混沌仿佛在形成天地
茶叶如鱼，如云，如飞天
也如潜舰
如在鱼与云之间滑翔的风筝与鸟
既有谁的灵魂也似谁的身形
在舒展。我在舒展中再次舒展
仿佛一杯生命的原生汤
我捧着它，当作珍贵的东西捧着它

在杯中窥人——
无疑，人们都在这杯茶的外面
我在饮尽这一杯好茶之前
戴上了一副茶色眼镜。是的
这时，世界的局部在铁观音的法力中
显现一个刹那间的金碧辉煌

安溪山畔，与茶的片章

黄鹤权

一

暮色涌动，新雨后
热衷于在茶田上赶路的人
胸中有
茶香和瓷杯唱和

一步一路，
无声的乾坤里
红酥手，揉捻、发酵、提香
开启
一泓碧绿
涤荡肺腑的春试

在芦田镇，在大朵大朵的
袅烟和月光中
我举着虔诚，遇见自己，遇见神灵和佛

二

我们终于相对了，从不陌生
你坐对壶嘴
把缭绕的茶香描述给我
把一个有心人
一身的春芽

一壶山水的梦
七分技艺十分心的态度
阳光的香，海拔的韵
通通
描述给我
那些描述是有温度的，直指春天的内核
和我
内心泪水的温度大体相等

三
只要有风轻轻吹拂
——遗忘的事物就会回到最初：
山路九十九弯，漫长的古道细雨，黑暗的云朵
满山的绿精灵
很小的生活，很圆的一壶月，很薄的人间
随着时间流。藤椅上的人
仅仅躺着
就已经酥软，眼含笑意

如果还有什么能够惊醒沉思中的我
那一定是
夏旬，安溪，世间满嘴生津的茶语

印象安溪（组诗）

崖　虎

茶之缘

让我们一起漫步诗意茶色
看清水融碧，闻馨香弥形
端一盏从容，品一口自在
取本真相对，引原生相成
笑谈阴晴圆缺，今来往过
坐看风生水起，云卷云舒
和着春香秋韵，清涤灵魂
在平淡安宁中，渐次回甘
像清风拂过额角
每一次都是新鲜

这样的时光即便短暂
但，我们知道
结缘铁观音的日子
是那样的舒放
若你，若我，闲处存留

茶山之夜

我开始有点痴心了
面对这样的夜晚
这样的茶山
在茶雾掀开面纱之时

我不是妄想的一个分子
我是全部
我从天边到来
溶解在铁观音的韵脚里

可以把我的时光
揉碎在这里
用把盏茶香的力道
拿捏成一记空灵

彻底吼出山灵茶魂吧
我的思想在夜的茶园奔腾
云野风清

题安溪铁观音

时光如雾，袅娜秋夜茶韵
迷离之间，沉浮生平底事
多少残风羁露，都忘机
莫问：己之所欲，浮光几何

待云天空阔，飞楫穿萍
取春水秋香，煮道洗心
一闻一掂，一啜一品
共几许晨光夕照，入梦出神

我在家乡山水间飞翔

——怀山城安溪

犁 青

亲人们带来了家乡的喜讯
我的心在家乡的山水间飞翔
啊！我离别了十年的故乡
我描述不出你今日的模样

那青翠的茶山披上了新装
当年的采茶姑娘成了社长
那层层弯弯的梯田平步青云
当年戴云山的好汉战斗在农庄

那羊肠小道伸成康庄大道
卡车来到了僻远的山乡
那山脚是一片新建的房屋
臭塘发了光，沼气闪亮亮

那古老的榕树郁郁青葱
树上的大喇叭筒大声宣讲
铁轨将铺过家乡的胸膛
黑铁将焕发家乡的容光

啊！穷又白的家乡将走向富裕

要实现理想啊！但我却不在家乡
我的心在家乡的山水间飞翔
我一手捧着铁观音，一手拿起铁矿石
啊！我的家乡、我的希望

安溪铁观音

曾章团

山脉拓写着天空
那草书一般的湛蓝，挥斥千里
包围了茶园紫色的光晕

在闽南的红壤地里
一株小小的植物
注定要长出锯齿状的
英雄主义，对抗缭绕云雾
注定要在凉青、萎凋、揉捻
和发酵中，剥下铁的锈色
让铁的灵魂掷地有声

多像昔年上山打猎的乌龙将军
将一株茶树
射入一口铁锅，从此每片茶叶
都是不朽的箭镞

即使面对滚滚沸水，也不能让
一粒茶米
改变铁的籍贯。普通话最终没有
征服闽南口音，改朝换代也从未
征服他甘醇滑润的金色传说

整个下午，我坐在水泥丛林中
每一口清茶，都有兰香回归血脉
每一次冲泡，都能看见
白马弯弓的身影
正带着南方的春色和秋水
回到安溪

如果在安溪

楚红城

多亏了那一片山野，在阳光下
在阳光下，抽象的事物
蓄势待发
沐阳的时光，在新煎的汤色里
一闪一闪

现在可以品咂整个安溪了
讲着闽南语，不时地推出自己的想法
眼神、不动声色的一只盖碗

几片叶子的卷舒里
很多年就这么过去了
从午后往黄昏里坐
旧事深陷

采茶姑娘隔着雨轻声唱
轻声唱。雨洗亮云
洗亮歌声　房舍　茶林

把安溪搁在茶几
日子更加醇厚透亮
步子迈开来
轻得不要发出任何声响

安溪茶，一个温婉的女子

雷海红

茶树从来不向困难低头
越是险峻的山，茶树越是生长旺盛
在安溪，茶树遍布崇山峻岭
尽情享受阳光的照耀、雨露的滋润
天时、地利、人和成就了著名的铁观音茶

茶叶，一片神奇的东方树叶
经过人工烘焙、杀青、翻炒、成型
逐渐将茶香收敛、贮藏
只待一壶滚烫的开水和一个精致的茶壶
茶叶就能盛情地绽放，回到当初的样子
茶叶在水中缓慢舒展蜷曲的身体
茶的芬芳随氤氲的水汽融入周围的空气
顿时，茶香袅袅，令人心旷神怡
这就是安溪铁观音的魅力
但我无意，也无法去考究
安溪的茶叶为何有这么好听的名字
它让我想起救苦救难的观音菩萨
普度众生，每一个生灵都是她护佑的对象

春风吹，天上降甘霖
山坡上的每一株茶树迎着春风、春雨
使劲地抽出新芽

从此，一片嫩芽开始了一段神奇的生命之旅
掐尖，它们被茶农的双手采摘
继而经历火的考验
当它们呈现在人们的眼前
它们便有了茶农的感情和火的温度

因为常年和茶打交道
安溪的茶农也就有了茶树的性格
他们不畏困难，迎难而上
用勤劳的双手根植幸福、收获幸福
他们朴素、真诚、热情
像一株株茶树在太阳的光辉下
昂首挺立，茁壮成长

茶入水，茶便有了水的柔软
茶香在屋内一圈一圈地扩散，进入口鼻
进入心田，直达心尖
一片茶叶宛若一个超凡脱俗的女子
携一缕馨香
迈着婀娜的步伐缓缓地向我走来
如痴如醉，如梦如幻

溪茶丛，秀丽的诗行

蔡飞跃

草木修成的正果
人说观音所赐或曰乾隆封赏
日日旋绕我的茶魂
粒粒重如铁

秋高气爽的时节
追寻你美如观音的本源
约会层峦叠嶂
青青茶园
躁动的灵魂恰好安放
而心
却在山体轮廓线跌宕

茶山
村姑的山
芬芳踩着季节的序曲游荡
坡上的佳茗
严守兰花香的秘方
无边的美丽
就在我的瞳仁里生长
照亮群山的精灵
攫住我的目光

溪茶丛　秀丽的诗行

字字珠玑

透露生命的坚韧

站在那里就有诱人风姿

溪茶铁观音啊

多少人为你情牵意恋

安溪茶乡所识

蔡芳本

一

卑微的只是一种植物
有人称这种植物是伟大的植物
从卑微到伟大
只是一念之差，并且不过几百年
值得用舌尖品尝
值得在喉咙里滚三滚
尝尽味道后才慢慢放入胸腔恒温

而它产生的物质
足以使一个人的精神
从疲惫到焕发
足以使一个人在人生旅途中
慢慢安静下来想一想活着的意义

从这株植物中产生出来的水分
不亚于长江黄河的流量
而大半个世界都愿意
在漫漶的香味里畅快地呼吸

二

之前，认识一片茶叶
你认为那是你的灵魂

之后，浸泡之后
那片茶叶慢慢膨胀
浸出酸甜苦涩的汁液
你才知道那是你的血
你的具体的肌肤
和你生命的走向

一切都在上升
由香到味到韵
到不能指说的一切
从有形到无形
你又回到之前的认识
一片茶叶跟你的灵魂
息息相通
从土壤的深处到天空的根部

三

这是我期待的地方
从荒凉长出层层叠叠
从山脚一直到山腰

直到荒凉被葳蕤代替
叶茂枝壮的行者
直到叶尖有滋有味地
停在采茶女的手心
一片江山的华章
用最简约的笔法
写出浑然和真纯

并且有一种弧线像少妇的腰身
一袭青衣青裤显出美丽的富足
在时光的水滴里
来来往往，互通有无

当一片茶园走向山巅的时候
所有的云雾都想在这里租住

铁观音

蔡其矫

　　安溪南岩，古时林木参天，怪石罗列。十八世纪读书人王士让，于观音石下发现特异茶树，移栽于园圃繁殖，由桐城派文人方苞介绍，得乾隆赐名"南岩铁观音"，后得评奖第一。

铁色的皱叶带冷霜
伸开脉络出现双彩虹
未饮先闻女鬓芬芳

给春水楼一个热吻
轻烟淡香也情浓
花影在月光下飘翔

饮后张起高寒心境
云游清凉世界
飞往自由的天穹

茶韵（组诗）

蔚 翠

茶叶

茶叶们一天到晚在茶罐里

打坐、默念古诗

用干爽的节奏

束紧腰身

保持优雅的气度

散发香气

偶尔也会记起安溪

那时，四月的茶树刚刚冒出调皮

茶女灵动的手指

摘到别离

从此它们停在四月

打坐

默念古诗。等你

茶杯

细腻的瓷，有月光的白

有凌晨三点的青

很足的精气神

我捏住它的小柄

恰到好处的弧度

迷惑我

特别是倾斜的一瞬

茶水　冲出
茶水冲出的四月
在柔滑的杯壁上跳舞
它对我回眸一笑，浅浅的
一个酒窝
蓄满春天的鲜味

茶道

对茶的敬重，其实是
对美好事物的感恩
请轻拿轻放
不碰出丝微声响
茶漏　茶夹　茶匙　茶则
茶针和茶筒
它们是六君子
一个比另一个谦逊
一个比另一个
更有淡泊明志之心
一束光线斜斜地照过来
岁月如老友，捧出睿智的礼物
把一场茶事
布开，把一壶水装进仪式
把灵魂的香气缭绕进
眼前的
这个俗世

茶韵安溪

霍笑怡

听了谷雨一声召唤
幽谷忍不住
拨响了高山流水

斗笠应声而来
一股诗意于叠翠间盎然

一双双手
摘下一片片晨光
摘下安溪人的得天独厚
露珠
滚落出整座茶园的欣喜

远看，近读
与一片叶子交谈
一首诗的平仄
从你凝眸的一刻
押住响水的韵
掂出每一分诚恳
转于炉上细细煮

当一杯清汤与我相邀
我端起明澈中的安溪

端起安溪的厚重与热情
一个传说品咂另一个传说

低眉轻啜
咽下一座山一峡水
你的我的诸多的过往
于叶子中醒来
几番沉吟，我
从杯沿儿捞出浮沉，捞出自己

铁观音，叶子的涅槃

戴冠青

也许，我们只是一片植物的嫩叶
在老茶树的枝头摇曳
山野的风让我们清爽
山腰的雾让我们水灵
山岚的露让我们拔节
我们吮吸着天地精华
只为那一辈子的等待和迎接
迎接生命的升华
等待生命的超越

于是，我们从枝头剥离
伸展身体
无惧地平躺在大地
让千万条烈日的光线击穿
击穿筋骨和叶脉

然后，被置于机器中
一次又一次地碰撞
一次又一次地磨砺
再一次又一次地在高温中
炼狱
炼狱中，我们遍体鳞伤
遍体鳞伤中，我们褪去了稚嫩

褪去了青涩

不，还不够
紧紧地裹成一团
再接受，无数次的揉捻和挤压
再接受，无数次的烧烤和烘焙
在铁与火一遍又一遍的淬炼中
终于，我们在头破血流中硬朗
在遍体鳞伤中涅槃

我们不再是翠生生的嫩叶
我们已经板结成珠
我们已是钢筋铁骨
掷地有声，坚硬，黝黑

只有100℃的沸水才能化开我们
在沸水的沐浴下
我们伸展
我们跳舞
我们淌出了金黄色的汁液
从此
我们滋润了人生
也滋润了整个世界

在安溪之外，与一杯铁观音相遇

戴道华

这个冬日很好
小泥炉。炭火
一壶热水唤醒几片叶子
缓缓展开一片山水

我们谈起春天
草根。待苏的细枝。嫩绿
蜷曲的思念以及那个模糊的身影

从开始到另一个开始
从安溪到安溪之外
我们都是游走之身

偶尔躲开时间的目光
让自己停一停
袅袅茶香中
我双掌合十
想想
此去的种种可能

林筱聆　主编

茶海文涛

●散文卷

天津出版传媒集团
百花文艺出版社

图书在版编目（CIP）数据

茶海文涛 : 散文卷 / 林筱聆主编 . -- 天津 : 百花文艺出版社，2024.1
ISBN 978-7-5306-8727-7

Ⅰ．①茶… Ⅱ．①林… Ⅲ．①散文集－中国－当代②诗集－中国－当代 Ⅳ．① I217.2

中国国家版本馆 CIP 数据核字（2024）第 009836 号

茶海文涛：散文卷
CHA HAI WEN TAO: SANWEN JUAN

林筱聆 主编

出 版 人：薛印胜
责任编辑：张　雪
装帧设计：吴梦涵
出版发行：百花文艺出版社
地址：天津市和平区西康路 35 号　　**邮编：**300051
电话传真：+86-22-23332651（发行部）
　　　　　　+86-22-23332656（总编室）
　　　　　　+86-22-23332478（邮购部）
网址：http://www.baihuawenyi.com
印刷：三河市华东印刷有限公司
开本：710 毫米×1000 毫米　1/16
字数：204 千字
印张：20
版次：2024 年 1 月第 1 版
印次：2024 年 1 月第 1 次印刷
定价：98.00 元（全二册）

如有印装质量问题，请与三河市华东印刷有限公司联系调换
地址：三河市燕郊冶金路口南马起乏村西
电话：19931677990　邮编：065201

酪奴（代序）

林筱聆

一

北魏太和二十年（公元四九六年），首都洛阳。冷冷的月光照着冬夜的皇宫，像是包着一层奶皮的雪糕，冷叠着冷，寒堆着寒。除了北方的美酒佳酿、羊肉和被称为酪浆的马奶，还有南方的鱼虾，甚至还有一小盘烤藕片。唯独缺了草木间的那片含香吐甘之叶——茶。宫廷里的宴席逐渐也提供茶水了，只是还不到上茶的时候。可即便茶上了，众目睽睽之下，喝还是不喝呢？此刻，十分清醒的南方汉臣王肃一遍遍地问自己。对面这个始作俑者，元勰显然不知道他此时正在思考的问题，他自己正酒爵不放，一爵接着一爵，喝得不亦乐乎。谁都知道王肃向来爱茶，一日无茶则不欢。而他身边那些刚刚脱离草原的鲜卑贵族大臣们，则对南方的茶嗤之以鼻。不久前，内廷给事中刘缟因为学王肃喝茶——他们管茶叫"水厄"，被彭城王元勰当众以"逐臭之夫""学颦之妇"羞辱。此事已经传遍了京城，众人谈"水厄"色变，甚至以食"水厄"为耻。面对四周并不真正善意的一群鲜卑人，每个汉臣都不想落人以口实。

摆上宫殿的各种美食散发出热腾腾的香味，这些香味顺着墙根往外飘。

室外的气温很低，冬天的刀刃再往里推进一两寸，雪就该要下了，冰就该要结了，那飘出窗外的香气估计也要贴在墙面，凝结成带香的霜了。日子似乎并不特别，只是寻常冬日里的一个夜晚。可终究还是有些特别。王肃来到北魏已经两年有余，梦里一次次回到时常念想的建康。如果不是因为三年前，他的父亲和兄长们被南齐的皇帝砍了脑袋，他此时定然还在建康当他的秘书丞。此时的建康，天该也有些冷了。冷有什么关系？来上一大碗暖暖的茶，足以解寒气、驱烦忧、除滞腻。这苦苦涩涩的茶水里，总有饮不尽的乡思、饮不尽的亲切啊。可惜，没有。没有也无妨，漂流他乡，他早已习惯了大碗喝酪浆，大块吃羊肉，大爵喝烈酒。

端起酒爵，王肃不经意地往高堂之上望了一眼。元宏皇帝恰巧也看了过来——君臣的目光撞在一起。软软的两束光，在冬天里撞出的不是火花，而是怜惜。王肃迅速高举酒爵低下头去，把目光深埋于酒爵之下，把崇敬和畏惧举过头顶，而后一口饮尽这爵苦闷。此刻，装在酒爵里的如果是茶该有多好，可惜坐在高堂之上的皇帝不是吴国的孙皓，而他也不是不胜酒力的韦曜。元宏皇帝什么都好，唯一的缺点就是不爱喝茶——他甚至不明白茶有什么好喝的。他大刀阔斧地进行改革，均田制、三长法，更重要的是推进汉化的一系列改革，意在巩固拓跋氏王族江山。受抚养他的汉人祖母冯太后的影响，他带头接受汉文化，主动向汉文化靠拢。可是，他还是不爱喝茶，甚至连象征性地做出爱喝茶的口头表示或是动作也没有。他的鲜卑臣子们便理直气壮地有了不喝茶的天大理由。他们不喝也就罢了，还看不惯南方汉臣日常爱喝茶。当着王肃的面，他们一次次管茶叫"水厄"。早在两百多年前，明明晋惠帝司马衷时代的张华就在《博物志》里将茶喻为"不夜侯"，可他们偏偏选择性地记住同时期王濛家门口的"水厄"之请。司徒左长史王濛也真是，自己爱喝茶就罢了，为何随便什么人到他家都要请人喝茶？请人喝茶也就罢了，为何一定要求人家整碗喝下不可呢？害得人一说"王濛有请"，对方即大呼："完了完了，今日又要遭水厄！"这简直是荒谬至极。茶，如此芬芳、如此美妙，居然会被这些人拿来与溺水之灾联系在一起。王肃当然知道，因为他一饮一斗，那些不爱茶不喝茶的鲜卑贵族们，早让洛阳士子们偷偷给他起了个外号叫"漏厄"。亏得那些洛阳士子们读了那么多书，他们怎么就不知道，不走近荷塘，何以闻得到荷花香？

不展翅飞翔，何以看得见天空？不端起茶杯，怎知茶的香甜茶的美妙？或许，这就是北方游牧民族的既有思维，粗野、顽固。他们刚从北方来到洛阳不久，还没有适应精致的汉族定居文化。恐怕也很难适应了。洛阳没有牧场，没有马和羊。没关系，牧场可以建，在黄河以北几千亩、几万亩地建设大规模的牧场。马和羊都可以养，骑兵所用的马匹，鲜卑族及其后裔所需的每年一百多万斤肉食，十万匹、几十万匹都可以养。他们的人来到了南方，更多是带着北方的胃来的——北方的胃里装着太多对肉食和奶酪的记忆，所以再苦再难，他们也巴不得把北方的整个草原搬到南方来。此刻，唯有美酒，唯有酪浆，这些仍将是洛阳宫廷饮食的主体。没有茶作为底色的饭食少了很多乐趣，但宴席还得继续。高堂上是赏识他的君王，更是可以决定他生死的君王。

闷之。叹之。只有继续喝烈酒，喝酪浆。一爵接一爵，一碗接一碗。王肃的心倒也一点点安稳了、妥帖了。酒喝得有些微醺了，宫女们端上熬煮好的茶水，他的手很自然地伸向茶器。对面的元勰眼睛盯在他手上，一旁的李彪眼睛盯在元勰脸上，元勰一回头，两人对视了两眼，他们的目光像烛火般闪烁，他们的笑容意味深长。王肃突然意识到了什么，右手迅速勒住即将脱缰的马。一切并未在悬崖前戛然而止。他的手在空中划出一道有力的弧线，稳稳地落在一旁的酪浆勺柄上。又一碗酪浆下了肚。元勰与李彪哈哈一笑，各自饮尽爵中酒。谁能想到，这一切，也被高居殿堂之上的皇帝看在了眼里。元宏皇帝坐不住了。他俯视堂下一个个爱臣：御史中尉李彪、通直散骑侍郎甄琛、彭城王元勰、刚进号平南将军的王肃……他们如此兴致高昂地把酒言欢，而他的心中却是五味杂陈。他们没有君王的烦恼，他们也无须有君王的烦恼——他们甚至感受不到君王的烦恼。

跟王肃不同，元宏皇帝的烦恼与茶无关，又与茶有着千丝万缕的关联。他看到了他想要的，也想到了他不想要的。王肃初入魏国之时，元宏皇帝一眼就看出了这个南方汉臣的博才多学和远见。他器重他，呼他"王生"，在洛阳城南为他安排宅第，宅第所在之里命名为"延贤里"。这位北方君王清晰地记得，那时的王肃不吃羊肉不喝酪浆，成日里最喜欢吃南方那些又没热量又没多少营养的汤汤水水，吃饭配鲫鱼汤，无时无刻不在喝茶。曾经有一回召王肃夜谈，谈得甚欢，谈到午夜，宫人端上来酪浆，王肃却一

3

口没喝。他以为是新来的汉臣畏惧于新辅佐的君王，后来才听说，回到府上，王肃一口气喝下了四五碗"水厄"。无非两三年，除了无法更改的相貌，王肃已不是南方的王肃。

王肃在饮食文化上的改变完全符合君王关于文化融合的改革构想，只不过，它与君王力推的鲜卑汉化正好是相逆的。此刻，这种逆向融合无端刺痛了元宏皇帝——如果太子元恂也能有这么强的适应性就好了。这一年元宏皇帝很窝心。战事尽管吃紧，南伐步履尽管一再受挫，平南将军总算也能时不时带给他些小惊喜。开疆拓土需要时间，需要过程，这些他都可以理解。真正让他窝心的是太子元恂。六年前，祖母冯太后病逝后，元宏皇帝才开始亲政。北方已经统一多年，可是，秦岭、淮河横亘在中国的地理版图上，横切出南北分界线。秦岭是层层叠叠的挡风墙，阻止冬季冷空气的南下，也拦截夏季东南季风的北上。这是一道天然的屏障，更是一道文化的屏障。为了加强对中原地区的统治，两年前他以"南征"为名迁都洛阳。这是其亲政后的一项重大举措。迁都迁的不只是都，更是文化。这是一个文化大融合的重要时期。元宏皇帝大力推行汉化改革，任用汉臣，改鲜卑复姓为单音汉姓，拓跋宏成了元宏。他提倡鲜卑人与汉人通婚，带头选择汉族贵族之女做妃子，推行汉语，禁止使用胡语，发布诏令规定迁到洛阳的鲜卑人死后要就地安葬，不得还葬平城。汉化改革触动太多鲜卑旧势力贵族的利益，几股力量勾结在一起。元宏皇帝从未想过，太子元恂会成为改革最大的阻力。十三四岁的太子长得肥胖，在寒冷的平城生活惯了，难以适应洛阳炎热的天气，总是想念旧都。他不愿说汉语，也不愿穿汉服，顽固地保持着鲜卑旧俗。这是太子在洛阳度过的第二个夏天，这一年的酷暑前所未有地难挨。就在几个月前，元宏皇帝率部出巡嵩山，令元恂留守都城。未承想，人马刚到半路，元恂便密谋出奔平城，并杀死阻挠的大将高道悦。得到急报的元宏皇帝匆匆折返回洛阳，大为光火，杖责太子一百多杖。太子此举已有叛乱之嫌，但他并没有真心悔过，一些顽固的守旧派也趁势纠结。日子恐难太平。清徽堂上，大臣们不敢公开提议；私底下，关于废除太子的议论已经传得沸沸扬扬。

拓跋氏迁都洛阳业已三年有余，他们的大帮人马从北往南，而王肃只身一人从南往北。游子欲离乡，最先说服的应该是自己的胃，最难说服的应该也是自己的胃啊。最原始的味蕾不都只为长期存储的记忆打开吗？得是如何强大的意念，才能如此轻易地更改胃的祖籍？君王想知道答案。君王忍不住还是问了。当然，君王问得一点不失君王的尊贵和威严。他用左手护住右边宽袖，把酒爵轻轻往桌上一放，像是不经意地想起，微微一笑，说，王生啊，中国有这么多的美食，你觉得是北方的羊肉好吃，还是南方的鱼羹鲜美啊？

聪明的王肃自然知道君王弦外有音，只是这音可东可西、可南可北，怎么回答是个技巧。他抹一把唇上的酪浆说，羊跑在陆地上，鱼游在水里，每个人的口味喜好各有不同，认知肯定也不同。依它们的滋味来说，肯定有优劣之分。这羊吧，好比是齐、鲁这样的大国，这鱼吧，好比邾、莒这样的小国……讲到这里，算是既尊重君王也不失偏颇，其实可以不讲了。偏偏这时，一旁的彭城王和御史中尉又相互把眉眼挤得忽大忽小、忽上忽下，微醺的王肃感觉后背有人在戳，一股热血涌了上来。他们不就笑话我爱喝茶吗？与其被人耻笑，莫若自黑一把，索性就加了一句，哎，跟它们相比，茶水就显得寡淡了，成不了什么大器，只配给酪浆当奴仆罢了。

彭城王一听，酸酸地来上一句，看来王生平日里并不看重齐、鲁这样的大国，独独钟爱邾、莒这样的小国啊。

话已至此，王肃索性也不避讳了，抓起茶器就倒上一碗，说，哪怕只配给酪浆当当奴仆，这也是来自乡间的美味，不得不喜欢啊。

彭城王依然不依不饶道，王生明日来我府上，一定设邾、莒小国的食物款待，当然，绝对少不了——少不了酪奴啊。

酪奴，像这个冬夜里突然落下来的雪花，苍茫茫一大片。

历史在一番喧闹中，暂时安静了下来。

二

一次次翻看北魏抚军司马杨衒之所撰的《洛阳伽蓝记·城南篇》，年轻的陆羽总是忍不住掩卷而泣，心生叹息。他叹他生错了时代的汉族同胞王肃——晚两百年出生，谁还会说茶是酪奴；他哀一个不懂茶的帝王——不懂茶的帝王让一个时代错过了多少幸福与美好；他悲一个连年战事的朝代——地再大，物再博，战火容不下一杯茶的安静与祥和。而后，他推门而出，走入漫漫夜色中，走入山野天地间。

　　没错，已是盛唐。王肃时代那隔出南与北、汉族与游牧民族文化差异的天然屏障还在。山还是那座秦岭，水还是那条淮河。只是，再高的山、再宽的河、再坚强的屏障，终究挡不住历史的车轮滚滚向前。王肃之后不过百年光景，南北朝统一了，一条大运河打通了北方与江南的地理，南方的茶叶源源不断地北上、北上，浸染着茶水的汉族文化也一步步往北渗透。眼下之大唐，上至朝廷官员，下至乡野村民，喝茶已成一种日常。没有喝茶，你都不好意思跟人说你是唐人。

　　陆羽就更不用说了，他算得上在茶水中泡大的孩子。自小被禅师收养在寺庙中，跟着禅师事茶，从采茶到蒸茶、捣茶、压茶饼、烘焙、串茶饼，再到炙茶、碾茶、煮茶，他样样在行。尤其是在黄卷青灯中学过文，在钟鼓梵呗中诵过经，后来又在戏班子里做过优伶，在隐居火门山的邹夫子门下求过学，他早早就学会了一手煮茶的好活计、品茶的好技能，更学会了在清冷中孤独地做学问。经数年游历巴山峡川，考察过多个茶区，钻研过多地茶事，安史之乱后，陆羽随着流民渡江南行。先至无锡，又到吴兴，再转道栖霞山，后至产茶名区湖州。南行路上，他广结爱茶之文人雅士，诗僧皎然，诗人皇甫冉、皇甫曾兄弟，以及十几年后被贬任湖州刺史的颜真卿等，都在其中，他为他们煮一碗碗好茶，他们为他讲述关于茶的奇闻趣事。最为惊喜的是，他们总能为他搜罗到诸多宝贵的历史文献。公元七六〇年，陆羽来到苕溪，结一座草庐，自称桑苎翁，过起在山林间的归隐生活。白天，他是一个无羁的山人，脚穿藤编的鞋子，身穿农人的粗布麻衣，独入林中，见茶就采，见泉就饮，想诵经就诵经，想吟诗就吟诗。听自己的笑声在林木间旋绕，看流水从指间流过，感知每一寸光阴都镀上了茶叶的鲜绿和明亮，每一个日出日落都被赋予了生命的意义。他尤其喜欢到附近村庄的农民家里喝茶，总能喝到不一样的茶，不一样的茶里有不一样的气息。他跟农民们交流制茶经验，他教他们如何评判一泡好茶，如何用好水煮出好茶，农民们总是在分别之际以茶相赠。到了夜晚，他回归为一个安静、孤独的文人。有好书好茶相伴，有清风明月跟随，最简单的居所，最简单的生活，足以让每一个夜晚的黑暗都灿若星辰。看书、思考、写诗、做学问，一篇大文章在他的胸间涌动起大气象，有千层万层浪在激荡。不，不着急，还不是最好的时候。

暮春时节，来访的友人刚走，不知为何，陆羽想起了两年前春天与皇甫冉在栖霞寺采茶时的相遇。除了采茶、制茶、喝茶，他们连续几个晚上都在挑灯夜谈，谈的是诗、是茶、是古文章，更是不一样的人生。三餐虽是粗茶淡饭，却有前人有趣的茶故事相佐。他们一同羡慕晋代弘君举这个典型吃货的好日子，恨不能早生几百年，一齐上他家去做客，受他三爵漂浮着白色茶沫的上等茶汤，再依次品尝他送上的甘蔗、木瓜、杨梅、橄榄、山莓，还有冬葵做的羹汤。他们总不免为西晋旧臣任瞻过江投靠时的际遇扼腕惜叹，当他问出"此为茶为茗？"这一再正常不过的问题，全然不知"早采为茶晚采为茗"的东晋人的错愕，他只能自我解嘲说，噢，我问的是，这茶是冷是热？是啊，每个人都是在自己的认知系统里思考问题，谁又能怪得了谁；总不免为干宝笔下那个爱茶的夏侯恺动容，即便做了鬼也还要回家坐在生前常坐着喝茶的大床上，向人讨茶喝；总不免对南朝刘敬叔小说里那个每次饮茶必先向宅院里的古墓先奉祭茶水的寡妇敬佩不已，敬畏于天、敬畏于地、敬畏于鬼神，于是就连深埋地下的枯骨也懂得感恩图报。两人谈得酣畅，却还未惬意，离别的时间被一拖再拖。说好的一早走，一聊又到了午时。说好的午后走，茶一煮，话一聊，又是一小个半天过去。跟皇甫冉一同前来的侍从一催再催，催得太阳一点点往西斜，催得月亮已经迫不及待地升上天空，身为无锡县尉的皇甫冉这才带着一身茶的清爽出发，留下一句"借问王孙草，何时泛碗花"在纸上。也是这样的傍晚，不忍伤别，只能远远地目送。

此刻的阳光变得柔软了，慵懒地钻过竹叶的缝隙，在门前的潺潺小溪里稀疏地画出几条波光。友人带来的一本书还摊开在桌上，关于茶的许多谈论此刻正在脑海里回旋，屋子里还充盈着暖暖的茶香，一团接一团的欢笑声在简陋的草庐内环绕。十几分钟前，两个人还在聊左思的《娇女诗》，聊到皮肤白皙的左家姐妹看见煮茶心生欢喜，对着茶炉一阵猛吹，演过戏的陆羽模仿着姐妹俩吹气的动作，姐姐娇羞地嘟着嘴，妹妹夸张地鼓起腮帮子，姐姐白净的脸先红起来了，俏皮的妹妹偷偷拿手蘸了炉灰往她脸上抹。一旁正把茶喝进嘴里的小仆人扑哧一声笑喷了茶，陆羽也忍不住被自己逗乐了。如果他们看过汉朝王褒的《僮约》，陆羽一定有更精彩的表演，他们也一定笑得更欢。可惜他们都没看过。《僮约》里那个叫便了的小仆人以契约上只写明看坟，没有约定替别人家男子买酒而拒绝作者的买酒使唤，作者就索性买下便了，还写下一张流传千古的六百字契约约定职责。契约里明确约定了包括"烹茶尽具"和"武阳买茶"在内不下百项详细工作，读完契约，便了被吓出一身冷汗，只得一个劲儿地叩头，双手交互自打耳光，哭着说，照主人写的这些做，我还不如早点进黄土。早知道这样，真该替您去打酒。

少了陆羽另一段更为精彩的表演，有好茶喝同样精彩。他们先煮了友人带来的新制的茶，茶水有些寡淡，又煮了早些时候陆羽的友人从岭南建州带来的一泡极有滋味的好茶。都以为是他煮茶的功夫好，只有他自己清楚，其实煮法照旧，重点还是茶叶本身。这些看起来简简单单的茶叶里，有着完全不一般的韵味与气息。像是蕴含了无数的能量，它们继续在他的头脑里熬煮、释放、扩张。他想象着向阳的山崖上，林木茂盛，那些简单的茶树长在一堆烂石上……茶者，南方之嘉木也。这句话冒出来的瞬间，他明白是时候了。一碗茶，一支笔，陆羽坐定窗前，轻轻将平桌上的用纸。提笔之际，他还是犹豫了。文章的题目是个绕不过的问题。他习惯称它为茶，而关于茶，已知的便有不下十几种称呼，存在时间最长的是"荼"。他不知道，其实比他早一千多年，周武王伐纣灭商后在巴蜀封了巴王，巴王每年向朝廷进贡的物品里就有被称为"荼"的茶。但他知道，辞典《尔雅》虽然早就解释"槚"字指茶的意思，可关于《诗经》里多次出现的这个字眼的意思，几百年来一直争论不休。有人认为都意指苦菜，有人认为古人说的苦菜多指茶，有人认为起码有三种不同意思：有的地方意指白茅花，有的地方意指苦菜、野菜，有的地方意指茶。眼下，茶的叫法依然五花八门。忽而它是"槚"，忽而它是"蔎"，忽而它是"诧"，远离长安的蜀西南，人们一直管它叫"葕"。差异虽大，但万变不离其宗——诸多称呼都以"茶"的结构来定义它。遵从草部，二三十年前唐玄宗组织编定《开元文字音义》时便取了最新的"茶"字；遵从木部，十年前苏敬《新修本草》时取的是"木茶"字。而《尔雅》最初之所以取"槚"字便是遵从了草、木两部兼顾的结果。各有说法，也各有出处，让世人茫然之时，也生出不必要的口舌之争。文人们关于茶的别称也取了不少，有人谓之甘露，有人谓之苦茶，有人称它不夜侯。最最不堪入耳的，便是王肃那个最为卑微的"酪奴"……历史无法抹改，它们在一本本书籍里安下身心。未来的将来，不能继续这么乱象下去，必须给它一个统一的称呼，就像一个孩子，甫一落地就应该有专属于自己的名字。那一刻，一只野鸟扑腾着翅膀飞起，他的笔也落了下去——茶经。

陆羽这一个"茶"字，结束了由来已久的纷争。自他开始，那些"槚""荈""蔎"们都归于"茶"的麾下。像是一把千年老琴被重新校订了音准，茶界，有了更加优美的旋律。

三

十六世纪中叶，意大利穆拉诺岛。距离陆羽开始动笔撰写《茶经》已近八百年，与遥远的中国苕溪相距几万公里。此时，金发蓝眼的威尼斯人G.拉姆西奥正在埋头编辑新一版的《马可·波罗游记》。拉姆西奥是个作家，长期关注和研究航海与旅游，他重视意大利之外的任何一个国家，尤其是遥远的东方。他在政府的某个机构里担任过秘书，接触过许多商业上的宝贵资料，并且与许多著名的旅行家都进行过深度交流，手上还掌握了不少古今各种航海及探险的记录。无论出于商业还是政治的目的，所有的记录显示，欧洲的大航海时代已经来临。勇于冒险的欧洲人，准确地说，是几个欧洲海洋国家的探险家率先开启了这个篇章。一四八二年，葡萄牙人航行到了非洲安哥拉。短短十年，受西班牙国王指派，一路向西航行的意大利航海家哥伦布发现了美洲大陆。六年后，葡萄牙航海家达·伽马绕好望角打通了欧洲到达印度的航线。从那以后，葡萄牙政府开始殖民印度，他们从印度运回大量的香料。借由印度这个连接点，葡萄牙商船偶尔也靠近中国贸易，先是爪哇岛，接着是广州，而后租借澳门。不久，围绕着亚洲利益的海上争霸拉开了你方唱罢我登场的序幕，荷兰、英国都把臂膀抢得浑圆。越来越多的意大利人也加入远航的东方队伍中，除了个别纯粹意义上的旅行家，更多是贸易家或者是为贸易服务的工人。当这些人从神秘的东方回来，除了随身携带各种稀奇古怪的东方珍宝，脑子里还会装回来许多奇闻趣事。一些有钱有身份的人都争着设宴款待他们，不为其他，只为抢先获知这些东方趣闻，以满足耳朵的快感，并很快能博他人的眼球，进而扩大自己在社会上的影响。

这几日，又有三年前远航东方的航船停靠威尼斯港，港口码头及附近的街道都陷入繁忙当中。商人们忙着在一番番讨价还价后装卸货物，一家家小店铺忙着用一杯杯美酒安抚归乡的船员，顺便撬开他们鼓起来的口袋。这一趟航船，拉姆西奥已经等了很久——船上有几个他想采访的对象。离晚餐时间还有半个小时，他看一眼威尼斯港口的方向，继续低头翻阅手中的游记，不停圈圈点点。再过几日，待那些猎奇的人们无限盛情地轮番宴请过后，他也该回威尼斯了。此次应朋友之约上岛游玩，他还顺带拿了《马可·波罗游记》。他已经陆续发表了许多关于航海、关于探险的文章，手头这项编辑工作一旦完成，他就将编撰属于自己的《航海旅行记》。他羡慕两百多年前的这个威尼斯同乡，一个人远涉重洋，去了那么多个国家，记录了那么多有趣的人和事，让时隔两百多年的欧洲人还在顶礼膜拜。在马可·波罗的讲述中，那个东方国度尤其令人向往，那个货物堆积如山的"刺桐"城更是令人心驰。如果可能，有生之年他最想去的国度便是中国，他最想去的城市便是刺桐。

晚餐如常。餐桌上多了一位长期在威尼斯做生意的波斯商人，名字叫哈吉·穆罕默德。听说他恰好乘坐那艘远航船刚从印度回来，拉姆西奥就来了兴致。很多时候，拉姆西奥会主动去采访那些见多识广的贸易家和航海家，偶尔也会有一些刚刚经历过长途海上旅行的人主动慕名来拜访他——毕竟他是作家，他们希望借助他的文字让更多人知道并记住他们。也有一些是意外所得，比如眼前这位。一开始谈的都是一些相对普通的事，朋友们听得稀奇，见多识广的拉姆西奥没觉出什么新意。酒水上来的时候，他已经听得有些困乏，正准备起身，穆罕默德无意中提到了中国一种非常特殊的植物。

Te？拉姆西奥没有听明白。

对，te。

那是什么东西？拉姆西奥重新坐定。

一种植物的叶子。波斯商人擦了下嘴角，说，中国人把这种叶子装在壶里，拿烧开的水冲，倒出来就可以喝了。据说可以治病。中国人都在喝。

叶子，冲一冲就可以喝？这不可能。拉姆西奥举着酒杯摇头，其他人跟着发笑。是啊，怎么可能？

真的是这样。那种中国 te 非常珍贵，有人愿意用一袋大黄交换一两 te，好像只有中国四川的嘉州府生长有这种植物。据说喝这种中国 te 可以治疗头痛、发热、腰痛、关节痛等情况，喝了都有很好的效果。如果吃得太饱了，胃肠不舒服，只要喝上一点点 te，很快就能消化。

真的这么好，这么神奇，为什么马可·波罗一个字都没有提到？拉姆西奥谈到自己手头正在编辑的这本书，不禁疑惑道，难道两百多年前中国还没有 te ？

这个我不知道，但它现在确实在中国普遍存在。在印度，很多人虽然没喝过，但也都知道中国 te 是个好东西。当然，它贵得很，一般人也喝不起。下次有机会去中国，我一定会采购一些回来。它那么好用，如果把它介绍到波斯或者是欧洲，当地的商人一定不会再卖大黄，而会改行卖 te 了。

尽管拉姆西奥在几年后出版的《航海旅行记》的序言里原原本本写下了波斯商人说的这最后一句话，但其实包括作者在内的所有人都认为，这无非是波斯人在餐桌上随意说出的一句玩笑话。但历史很快就会告诉大家，事实远不止于此。几十年后，荷兰东印度公司成立，公司的商船开始驶往太平洋上重要的商贸聚集点——爪哇岛。一六〇七年，商船第一次将一整船 thee 从澳门运往爪哇岛，虽然要再晚几年才有第一批 thee 运抵欧洲，但有越来越多的欧洲人开始知道并且有机会接触到中国茶。在荷兰，它是 thee；在意大利、冰岛、瑞典、西班牙、丹麦、挪威，它是音调稍有不同的 te；在德国，它是 tee；在英国，它是 tea；在法国，它是 the……欧洲商船更多时候从爪哇岛的巴达维亚（雅加达）进货，那里的茶商大多数来自中国福建的南部。欧洲人从闽南茶商手里购买茶叶的同时，也把这些闽南茶商关于"茶"的闽南语发音带回了他们所在的国家。葡萄牙是个例外。葡萄牙商船更多直接驶往澳门或者是广州，那里满口粤语的茶商称茶为 cha，葡萄牙人自然也随了这样的叫法。来自中国的茶叶以不同音调、不同称呼源源不断输入欧洲市场。一开始只有绿茶，后来，红茶也加入进来。有趣的是，这些泡在中国老百姓日常生活中的茶叶真的被作为药品摆在药店里出售。据说，十七世纪四十年代，很多荷兰医生认定来自中国的 thee 可以包治百病，有的甚至建议每天要喝上两百杯；在德国北豪森的药店里，店员随手抓一把中国 tee 的价格就达到了十五个金币；在法国，枢机主教马萨林需要中国 the 来维持他充沛的精力……

葡萄牙公主布拉岗扎·凯瑟琳自小体弱，国王常让她喝这种叫 cha 的药，慢慢地，公主一年三百六十五天再也离不开茶。一六六二年，公主出嫁英国国王，父王送给她的嫁妆，除了印度孟买和直布罗陀战略要地丹吉尔这两座重要的城市，还有一箱二百二十一磅的红茶，以及几套精美的中国茶具。婚礼上，当人们向这位漂亮的皇后敬酒，她频频举起手上的高脚杯，透明的杯子里盛着一种琥珀色的液体。她总是喝得非常爽快，一喝就是一大口。婚宴结束，很多人已经酩酊大醉，皇后却岿然不动。据说，有好事者为了一探究竟，由此引发了轰动一时的红茶盗窃案。后来英国人才知道，他们的皇后喝的其实就是中国 tea。不久，一股崇尚中国 tea 的超级旋风迅速在英国皇室刮起，而后蔓延至贵族和有钱人家庭。当上流社会的绅士们都忙着去咖啡馆里社交的时候，贵妇们则轮流张罗着举办各种家庭茶会。豪华的住宅、奢华的家具、精致的瓷质茶具、滚烫的茶水、香甜的蛋糕，氤氲出一种松软愉悦的氛围。贵妇们热衷于这种既体面又优雅还新鲜的社交方式，也为这一杯杯让她们胃肠舒服、心情舒畅的东方饮料所倾倒，下午茶就这样开始了。为了丰富口感，她们依据欧洲人的饮食习惯，往茶水里添加适量的牛奶和糖，她们甚至还会为先加牛奶还是先加茶水而争个面红耳赤。

很长一段时间，中国茶一直是英国上流社会的专宠。到一六八〇年，尽管每磅茶叶的售价已经从一六六六年的二英镑十五先令降低为一英镑十先令，但按今日的价格换算，它仍高达近两百英镑。英国东印度公司垄断茶叶贸易后，开始在国内大肆推销 tea 作为饮料，寻常百姓家才有机会关注到这片神奇的东方树叶。但收入低微的老百姓们大多不知道 tea 的用法，偶尔得到一点，有人把茶叶拿去煮开，然后倒掉茶水，捞出茶叶拌上盐和黄油吃；小孩子们把浸泡过的茶叶铺在面包里，他们以为这样一定很好吃。进入十八世纪，茶价仍然居高不下。一七〇四年"肯特"号商船从广州运载回的十点五磅茶叶，在伦敦高价拍卖，获利近十倍，摆上零售商店，每磅的价格相当于一个工人两到三个星期的工资。尽管如此，依然挡不住英国人对 tea 喜好的脚步。当时伦敦街头遍布三千多家咖啡馆，到咖啡馆里喝一杯 tea 成了一种时尚和潮流。到了十八世纪六十年代的第一次工业革命，忙碌的工厂、小作坊、矿井专门设置了茶歇时间，工人们借由几杯茶的能量补充和神经放松，以跟上机器的节奏和速度。一杯清香的中国 tea，成为很多英国人一天辛苦劳作后的满满期待……

四

霜降日，闽南茶乡松林头魏家。一家老小都到齐了，羊汤补冬，红柿止鼻涕，余下的便是一杯接一杯当季新出的秋茶。翘着燕尾脊的红砖古大厝里，水已经烧开了，呜呜冒着一长串的白烟。制茶大师老魏坐在上厅茶桌前，小孙子坐在他的大腿上。一小把铁观音丢进盖瓯里，吭唥两声脆响，他提起水壶高冲，一股奇特的香气瞬间弥漫在空气中。儿子、女儿都忙着闻盖香、鉴汤色。哇，真香！嗯，今年的秋茶真是好！老魏抓住小孙子的手指头，蘸了第一遍倒出的茶水，在茶桌上写下一个草字头，一个"人"，再一个"木"。小孩子拍手叫道，阿公，阿公，我知道，这是"茶"字！

以今天的视角再看"茶"字，不再如陆羽"从草"的初解，它全然是一个人立在草木间的结构。作为山茶科植物，茶的本体可以是森林里高大参天的乔木，如云南省普洱市最适合做成普洱茶的大叶种、中叶种、小叶种等品种的老茶树；也可以是丘陵地上高不足米的灌木，如福建省安溪县最适合做成乌龙茶的铁观音、本山、毛蟹、黄金桂等品种的茶树。陆羽以后，统一的"茶"字是简单了，但简单的"茶"字背后却生出了不简单的六大茶类的不同做法。不发酵的绿茶，半发酵的乌龙茶，全发酵的红茶，还有后发酵的黑茶，微发酵的黄茶、白茶。产茶地区由几十个州扩大到几百个县，喝茶的方式也发生了翻天覆地的变化，从煮茶到点茶，到泡茶，再到热的冷的、酸的甜的花样繁多的各种茶饮。

北魏的王肃绝对想不到，一千五百多年以后，会有人以他当年无奈之时说出的这么一个词作为题目，写下今天这样一篇文章。彭城王和孝文帝更不会想到，一千五百多年以后，他们的后辈会以一种最为简单的方式接受茶。如果他们相邀结伴同游今日的京城，那会是怎样的一番场景？同样是京城的冬夜，北京下着小雪，王府井的茶饮店里，一群年轻人围坐一起，他们可能是小王，可能是小元，也可能是小李、小林、小冯，握在他们手中的可能是一杯芝士脆珠红玉，也可能是一杯传统奶茶，或者是一杯芝士青雾。界限分明的奶层、小小的巧克力球、厚厚的芝士奶盖，茶的清醇与奶与巧克力的香甜碰撞在一起，触动着年轻人的视觉、嗅觉与味觉，一屋子的青春释放着时代的荷尔蒙。看着玻璃窗内的小元嚼着奶茶里的一颗颗黑珍珠，喝一大口最上层的奶盖，元勰是否还会像当年那样戏谑地说，茶，酪奴，酪奴，还真是酪奴啊？

如果他真这么说了，这回，站在旁边的王肃该直接露出一脸的不高兴了。没事，不用着急，举着一杯纯茶的小陆走过来了。他一坐下就看到别人手中的奶茶，替王肃说出了那句憋在心里的话，你们这是喝奶，哪是喝茶啊！

这怎么不算喝茶？小元举起珍珠奶茶说，自古以来，中国人喝茶就一直有往茶里加葱、姜、橘子皮、薄荷等的习惯……最起码里面有茶。

如果你真正看过中国的茶历史，你就知道这不算喝茶。小陆喝一口杯子里的纯茶水，说，茶圣陆羽当年怎么说来着？像你们这么七加八加，"斯沟渠间弃水耳"，无异于倒在沟渠里的废水。中国作为茶叶的故乡，中国人怎么可以这么喝茶？

如果你看过世界各国的饮茶史，你就知道这一定是喝茶。从十七、十八世纪开始在英国流行的下午茶怎么喝的？不就是各种东西各种加？我们不过比外国晚流行了几百年而已。小元身旁的小王吸一大口芝士脆珠红玉，几颗小小的巧克力球同时被她吃进嘴里。而且，再怎么加，它也是奶茶，不是茶奶，是不是？奶永远是用来修饰茶的，茶永远是主体，不是客体。

元勰和王肃估计要一齐被饧住了——一千五百多年后，他们的后代居然站在了同一个立场上。可是，可是，世界的茶史还不是发源于中国？小陆还没说完，就被那两个人打断了。没什么可是！是啊，没什么可是，无论你承认与否，你能怀疑我们没喝进茶水没消费茶叶？小陆看着自己杯中金黄色的茶汤，一口饮尽。也是，谁能否认呢？他微微转动桌上的圆形杯垫，摆正后的杯垫上写着他老祖宗很早以前说过的一句话：茶者，南方之嘉木也。

或许，应该让他们分开到各地走走。请王肃去香港的茶餐厅吧，让他看一看大厨们如何把红碎茶灌进棉线网里，再如何扔进烧水壶里煮，不一会儿，煮好的琥珀色茶水如何被倒进厚壁茶杯里送到食客手上，食客们如何将几勺桌上的白糖和脱脂奶加进去，不停搅拌，一杯杯颜色似丝袜的丝袜奶茶就这么诞生了。他完全不必再纠结于喝不喝茶了，因为茶里有酪浆，酪浆里有茶。还要让他也喝上一杯那种叫"鸳鸯"的热饮，感受一下咖啡与茶的和谐交融。请元勰上印度的大吉岭吧，碎红茶煮出来的茶水加入奶和糖，再加入印度特有的各种香料，茴香、胡椒、豆蔻、肉桂、丁香等，那一杯满是印度风情的马萨拉茶，怎么还是无滋无味的茶水呢？那分明是一种五味杂陈的人生况味啊。请元宏带着他的太子元恂去美国俄勒冈州波特兰市吧，父子俩一人来上一杯叫作麦特的茶鸡尾酒。当乌龙茶和伏特加酒、杜松子酒和糖腌姜汁混在一起，中国北方来的帝王绝对不会再允许他的臣子们管茶叫"水厄"，而那十四五岁的太子，应该也不会再那么排斥南方了吧？

当然，也可以请拉姆西奥来中国走一走，到他最心仪的福建泉州看一看，体验一下安溪铁观音复杂的制作工艺。当他看过嫩绿的鲜叶在摇青筛里接受死去活来的锤炼，在炒青鼎里浴火重生，在揉捻中成条索状，在茶农手掌中团成紧结的颗粒，再喝上几款风格各异的铁观音茶水，当那裹挟着兰花香、桂花香、炒米香的茶水在他的唇齿间穿梭、萦绕、回旋，一股清气朝上直往眉心，一股清气向下抵达胃肠，顿觉全身通畅、神清气爽时，他该不会再羡慕他那个威尼斯同乡了吧？马可·波罗错过的岂止是一杯茶，他错过的最起码是半个世界啊。

最好还是请陆羽沿着时间的纵轴来回走一走。他怎么可能想到，中国茶在世界贸易史上走过唐宋时期茶马互市、以仙茗换太平的繁荣，经历过十七八世纪海路、陆路双路齐开，风靡全球的巅峰时刻后，也会成为鸦片战争背后的导火索之一。他怎么可能想到，为了从根本上解除对中国的茶叶依赖，英国派出植物猎人盗取中国茶苗和茶籽，运到其殖民地印度，遍植于阿萨姆、萨哈兰普尔和大吉岭。后来经由印度，中国茶种传到斯里兰卡，传到非洲的肯尼亚、乌干达、坦桑尼亚等国家，中国茶一统天下的格局被彻底打破。时至今日，印度和斯里兰卡这两个国家种植生产出的碎红茶，仍以超低价格和超大体量在世界茶叶市场占据重要地位。他怎么可能想到，在他之后，文人们又生出了诸多雅称来与茶呼应，表达它并且烘托它。诗人施肩吾称其为涤烦子，曹邺称其为消毒臣，皮光业称其为苦口师，苏易简称其为清友，还有云腴、云脚……再请他绕着地球的圆到各个喝茶的国家去看一看。他定然想象不到，在土耳其的茶馆里点一杯咖啡，跟在瑞典的咖啡馆里点一杯茶一样，再正常不过；法国作家马塞尔·普鲁斯特的《追忆似水年华》，其中就有灵感来源于他小时候祖父犒劳他的泡了茶的面包干的香味……

　　看着全世界一百六十多个国家和地区的二十多亿人同时端起茶杯，即便是被尊称为茶圣的陆羽，恐怕也难以分辨出这杯茶来自六十多个产茶国家中的哪一个。无须分辨，他只会默默端起茶杯，用目光温和地告诉你，任何一杯茶往前追溯，最终一定会到达中国。

　　茶，中国之嘉木也。

目 录 CONTENTS
散文卷

CONTENTS 目 录
散文卷

目 录 CONTENTS
散文卷

不知深浅一杯茶

马小淘

　　我一个同学和我抱怨，她亲爹有多不靠谱多招人烦，一个精彩的案例是——周日她把一岁的儿子送到娘家，自己出去办了点事。回来的时候，她爸兴奋地对她说，宝宝喝茶了，宝宝和我一样爱喝茶。同学大惊，宝宝能多爱喝茶？宝宝一个刚刚获得岁数的人，还不是您老热情赠予的。果然，晚上孩子亢奋了一夜，一直欢实到早晨五点才睡着。

　　我看着她愤愤的表情，觉得她爸确实挺傻。也意识到，茶确实和一岁的人扯不上什么关系。对我来说，甚至我工作之前就没喝过茶。工作之前，我不喝酒、不喝茶，下午喝咖啡晚上睡不着，最喜欢喝饮料。酒、茶的味道对我来说都太耐人寻味了，有一种需要解释和品评的不简单。而我喜欢直接，这世界上所有气味里我最喜欢甜，多年来坚持保持肤浅幼稚毫无格调的口味，对当年的我来说，不管是1982年的拉斐，还是几十年的普洱，都不如一瓶可乐。

　　工作之后，为了证明自己确实是个可以委以重任的成年人，我才喝起了茶。工作八年了，上班第一件事就是泡茶。喝了茶，一天的工作就在清香中开始了。但是依然喝得非常外行，非常不求甚解。也全然不到赖以生存的程度，不上班的时候不喝，自己在家就想浑浑噩噩，怕喝了整个人精神抖擞的，对不起休息日。所以爱茶的人看我喝茶，就总有些看不惯。我妈来我家，我给她来了杯绿茶。她老人家鄙视地说，怎么可以用这种杯子喝绿茶，要用透明的杯子，这样简直是不尊重茶。我给她的杯子还是白雪公主图案的呢，这已经是莫大的尊重，一般人我都只给蓝精灵。现在我被要求不仅要尊重她，还要尊重茶。我鄙视着她对我的鄙视，像电视里强抢民女的公子哥，茶是我买的，我爱怎么喝就怎么喝。"无由持一碗，寄与爱茶人。"白居易都没有我妈事多，讲究太多事情反而枯燥了，丧失了喝茶本来的乐趣。

我就是个不专业的人。喜欢过年，但是不想贴春联放炮守岁，就想胡吃海塞然后躺在沙发上嗑瓜子。喜欢喝茶，但是没兴趣研究什么茶文化，也不想假装自己是茶楼里玉手纤纤穿着唐装的姑娘。不专业地过年，也不专业喝茶，我就想蓬头垢面端着我的卡通杯子，要焚琴煮鹤粗俗霸道地喝，瞎喝。

但是，作为一个走南闯北的人，到什么山头唱什么歌，我还是懂的。要去福建安溪，可不敢像在家里一样叫嚣，我就瞎喝。

安溪是铁观音的故乡。去安溪，自然是离不开喝茶。而此行的一切，都与茶有关，参观茶叶博览馆、茶庄园，走马观花了解茶的前世今生。那些晒青、摇青、杀青……听起来既美妙又严格。然而这一切都不如喝茶来得实在。到了安溪西坪镇打石坑，铁观音传统制作技艺非物质文化遗产传承人魏月德带着我们上了山。车行过颠簸的山路，竟然还要上上下下地攀爬，深一脚浅一脚走过细窄的土路。终于看到那株据说1723年被发现的传奇铁观音母树。顺着魏月德手指的方向，我竟然什么也没看到。连问几声哪呢哪呢，才得知眼前那一丛瘦小的灌木就是本尊。它太小了，简直不像一个大景点。然而它是确凿无疑的母树，即使外形不起眼，身份却是毋庸置疑。众人纷纷反复打量着母树，仿佛看得仔细些，便能看出近三百年的传奇。那树大抵早已习惯了这样的注视，它消瘦而沉默，严肃而孤独的姿态，初看是寻常和平淡，了解了背景再看，便是低调和内敛。这么一看，它就真的好像生活里的强人，朴素，有实力，不啰唆。

看罢茶树，重头戏来了——喝茶。如我这么瞎喝之人，也能有机会喝上非物质文化遗产传承人亲手泡的茶，并且不是我不懈努力的结果，就这么赶上了，只能解释成命好。魏月德家里有一种价格比我年薪略高的茶，名曰魏十八。选用最古老的手工制作，十八道工序一道都不能出错，每季产量不过几斤，十八万一斤。如此金贵的价格，依然有祖国各地，甚至日本、欧美的茶客慕名而来。此处可以感慨有钱人真多，但是更应该感慨这茶一定是真好。

十八道工序固然烦琐，但是震惊我的还是价格。我怀着囫囵吞枣占点便宜的心，喝了一杯又一杯。当然是好喝的，不需要多懂行，也能捕捉到茶的好。但除了饱满、通透、生津、回甘，我也找不到什么更深奥、准确的词，比较公认的说法是这茶有一种兰花香。桌上放着一大盘子喜糖，魏家前几日正好有孩子结婚。我就非常把自己不当外人地吃起来，还是挑挑拣拣地吃，不喜欢软糖，吃硬糖。喝茶上没有什么造诣，吃糖还是嘴刁的。

大家喝得踊跃，一会儿工夫就喝了四泡。还喝了另外一种什么茶，味道也是极好，名字却已经不记得了，有奢侈品在，平价一点的存在感就消失了。

喝过的茶叶从茶壶里倒出来，刚喝完奢侈品的我竟有些深刻起来。那些已经是非物质文化遗产的工艺，对于茶来说大抵是严酷的训练。从枝头被采下，经过十八道关口，泡进水里一会儿工夫就结束了使命。简直是台上一分钟，台下十年功。它们经过反复的发酵、炒制、包揉、焙干，从嫩绿变深绿，历经沧桑不复当年姿色，泡出来却另有一番更悠远的韵味。然而茶的味道却那么新鲜，难以想象它们离枝头早已那么遥远。每一片茶叶都有一颗倔强的不死之心，一遇热水，立马情不自禁敞开心扉地展示生机勃勃。一瞬间，我想起罗大佑的歌词——"风花雪月之，哗啦啦啦乎。"我不知道我为什么要想起它。

但是瞬间的意义过后，我还是不愿意把茶赋予好喝以外的其他含义。我看到有人评价铁观音"开汤即有脂粉凝香夺罐而溢，幽而不俗，烈而不艳……"这些词用得太美了，但是也太虚幻了，习惯性想加一个哀而不伤证明自己的词汇量。

就好像我屡次想假装有品位，尝试那些把小众香写得云山雾罩的香评，却总是都铩羽而归，那些被文字赋予高级感的气味，不是太古怪就是太凄凉。什么"妙不可言的孤独，就像旅人在朝圣的路途上，孤身一人跋涉过茫茫沙漠。"我根本体会不到。

无论茶评还是香评，想获得信息量的时候，比喻句是大雷区，作者的想象力和我的想象力掺和到一起，根本不知道到底是个啥东西。所以，让我评价安溪的铁观音，一个字就够了——好。如果要再加一句，安溪茶好，快来喝。

人间有味是清欢

王十月

我喝茶不讲究，没特别喜好，什么茶都喝。再好的茶，也当普通茶来喝，再次的茶，也当普通茶来喝。同事有懂茶的，见我将好茶胡乱糟蹋，笑我是农民。

我是农民。喝茶，在我而言，从来谈不上个"品"字，只是解渴、提神之用。

小时候，家里喝的是粗茶。茶树上最老的叶子晒干即可。夏天，煮一大罐水，及沸，往里扔一把粗茶叶。出门干农活时，提上一壶，放在田间地头，累了，渴了，坐在地上，倒上一大碗凉茶，解渴亦解乏。在酷暑蝉噪里倒头便睡。人在草木间。人如草木。除了苦，还是苦。看不到希望，就麻木了，有一碗粗茶，如此而已。

中国人说，粗茶淡饭。应该就是我们农人喝的茶。

喝细茶，只有逢年过节，家里来客，才会舍得。

乡下人喝细茶，舍不得扔了茶叶，茶叶在瓷杯里泡过两泡，味淡了，边喝，边将微苦的茶叶漾起吃。禅宗讲，吃茶去。我们乡下人，是真吃茶。我们那里，湖北湖南人杂居，湖南人更讲究些，茶里放炒过的芝麻、豆子、食盐，叫芝麻豆子茶。我到贵州，吃完晚饭，朋友说，一起去吃茶。我以为是去茶馆。结果是一溜大排档，吃油茶。煮一锅茶汤，里面还有炒米、炸黄豆、猪油、食盐、葱花、花椒、猪血、百花菜叶……喝过真正瓦罐就着塘火煨出来的黑茶，够劲。

这些年，走过全国不少地方，每一处，大约都有自己的特色茶。也见过许多茶园，在我的印象中，茶园就该修剪得齐齐整整，一排排次第在山丘上展开，延伸向远方。到安溪，刷新了我对茶场的认识。

说到安溪，自然会想到铁观音，这两个词，是不能分开的，就像景德镇与陶瓷，宜兴紫砂壶，茅台镇与酒。在我喝过的茶中，铁观音自然是算多的。但我也说不上什么是好的铁观音。仿佛，每次喝过的铁观音，都不一样，家里的铁观音，每一次泡，感觉也不一样。不像别的茶，有基本稳定的口感。到了安溪，才知道，原来这正是铁观音的特色。安溪人自豪地说，观音韵难寻。铁观音的韵味，只可意会，不可言传。对我这种不懂茶的凡夫俗子，更加是说不清道不明的。仿佛禅，要靠有心的人去悟。如国画家笔下的一根线，一片墨，只有懂的人，才能感受到那妙处。

在安溪，有些品茶高手，能喝出不同山头、不同季节的茶。

我们在安溪茶文化博物馆，看茶道表演，喝不同档次的铁观音。将不同的茶放在一起，对比来喝，慢慢地，还真分别出不一样来，有的香味清，有的香味浓，有的入口薄，有的入口厚。那一缕铁观音特有的兰香，若有若无，似乎抓住了，转瞬又变化无踪。

安溪铁观音的源头，有魏说、王说两种，不太遥远的历史，现在已经难确证哪个更有说服力。可见，当初铁观音被发现，只是无意间。而发现铁观音的，定是极懂茶的人。意外发现了一株好茶树，然后精心呵护，从一株母树，经二百余年，开枝散叶，遍及安溪。当初那植茶人，怎么也不会想到，他的那一个小小举动，竟然福荫整个安溪。

一行人驱车往山里走，往高处走。我们要去寻访当年那株铁观音母树。那是天下铁观音的根。山路越来越难走，城市已远在脚底，而暮色已经漫过车窗。车终于在路尽头停了下来。魏说铁观音的传人，我叫他魏茶人吧，已候在山道上。带着我们一行，往下坡走，他要带我们去见铁观音母树。

整座山，都是他的茶园。魏茶人说。

他手指一挥的方向，全是荒山，不见茶树。

你往细里看。

往细里看，果然，荒草丛中，是有茶树的。

在安溪，铁观音茶树，和自然的草树杂生在一起。这样的茶园，保持了野茶树生长的原生态，而且因为植物多样性，茶树反倒没有病虫害，也因此不用农药，不用化肥。茶树种植密度小，很远才能在杂草中见到一株。魏茶人指着一株铁观音茶树，告诉我们，铁观音的树叶有个特殊的卷，这是观音菩萨当年将茶树赐予他的先祖时，手指捏出来的。

见铁观音母树，还要往山险处走，往路细处走，往灌木密处走，往杂草多处走。忽然转过一块巨石，有飞瀑悬空。魏茶人指着飞瀑旁的一株茶树，说那就是他祖上经观音梦里指引找到的铁观音母树。

一株普通不过的茶树，紧傍石根而生。比前面见过的茶树也大不了多少，只是显得更加苍劲。我想象中，铁观音的母树，应该更加高大的。不过一想，铁观音是灌木，漫说几百年树龄，就是几千年树龄，也只能是这般大小。

我兴奋地攀过去，摘两叶嫩芽，清香满舌。

回到山路上时，暮色已苍茫，远山不见。魏茶人热情相邀，去他茶室，他要为大家亲手泡一壶他种植、制作的"魏十八"。据说以一斤茶叶价值十八万而著称。泡茶时，魏茶人讲着他对茶的认识，茶与人的关系，与自然的关系。讲泡茶要心里对茶有敬意。"魏十八"当然是名不虚传的，茶色如黄金，我没见过这样金黄纯正的茶色。可惜，再好的茶，在我这喝粗茶的嘴里，也品不出更多的好来。

下山时，远处半城灯火，从山腰一直到山脚，我们是天上来客，奔着人间而去。到宾馆，已是晚上十一点。刚洗毕准备睡，安溪的朋友来电话，说是约了几个写书法的一起喝茶。小巷，老楼，推门而进，四人，一几，正围着喝茶说话。朋友一一介绍了。就像认识许多年的老友，喝茶，看满室书法，看新认识的朋友的书法，谈练习书法的心得。朋友的字，在我看来，是下了很深功夫的。写得散淡之极。大家有一搭没一搭聊，也没什么主题，也没半点客套。

书法家的妻子，一个朴素的女子，话极少，只是静静地泡茶。刚开始喝清香的茶，我说我喜欢味更浓一些的。书法家的妻子于是换了茶。喝一杯，我说，好，有炭焦香。我喜欢。书法家的妻子说，你懂茶，这铁观音，是我们自己做的，只有这小半罐了。凉青、晒青、摇青、炒青、揉捻、初焙、复焙、揉、文火慢烤，每一道工序都要极有耐心。烤时用的是木炭，所以有炭香。

我说，你这茶有名字吗？比如"魏十八"。

朋友笑笑，做一点自己喝，就叫安溪铁观音。

于是说茶，说安溪人的生活态度。说茶字，原是"人在草木间"。

我喜欢"人在草木间"这个说法。

说这茶，为什么不同的人，或同一个人，不同的心境，泡出来的，味道也不一样。书法家的妻子，倒不说对茶叶的敬畏，对天地的敬畏。她只说，泡茶不过是用心。心到了，茶就好。

大家都说，今晚这泡茶格外好。她也觉得格外好。

翻看着一本书法集。一幅书法，字好，内容也是我喜欢的。

> 细雨斜风作晓寒，淡烟疏柳媚晴滩。入淮清洛渐漫漫。
> 雪沫乳花浮午盏，蓼茸蒿笋试春盘。人间有味是清欢。

喝了有一个钟点，天已很晚。我起身告辞。书法家拿了个小纸袋，将刚才那半罐茶包了，说，拿上吧，只有这半罐了。

也只有这样散淡的朋友，没把你当外人，才拿半罐茶送人。

我不客气地收下了。此刻，喝着这茶，写这篇小文章。此刻，已是深夜。

老铁引

——赠安溪茶园诸友

王久辛

　　我们有很多向往，其实一直就埋藏在我们的心底，只是因为那向往不切实际，或还有点遥远，于是便被我们自己的意志给压抑下去了。一个月前，作家徐则臣打来电话，问我是否愿意去安溪——铁观音的故乡采风？我不假思索地笑问：好啊，什么时候？于是，安溪之行就被提前安排好了。向往，随之便成了即将实现的一个现实，在一天天向出发的日子挺进；而我的心，也随之变得急切了起来……

　　上午十一点的飞机，而我却是早上五点多钟就醒来了。时间还早，懒在床上冥想起来……傍晚时分，一帮子文人墨客沿阶而上，徐行至半山茅草搭起的山屋之中，茶席摆开，铁观音泡上，文人雅士们便开始了"诗钟"游戏。甲来一句"来来往往千帆过"，乙对一句"去去回回百鸟旋"；丙接一句"来世来生都不管"，丁回一句"去愁去病复何求"……茶上来了，嗅香，啜饮，慢品，待回甘，后齐赞曰：好茶。不抬眼的，正待下行"诗钟"之接续，大风伴大雨忽然而至，山屋里文人墨客却与茶香互相依偎，温暖又美好……可惜手机定时的铃声响了，翻身起床，愣怔片刻，心思仍在那浅梦之中不愿出来，真不知今夕是何夕了吧？于是踱至书案，脸不洗，口未漱，便铺纸倒墨取笔，信手便写了"大风起兮慢品茶""茶客多雅士""深秋夜雨茶浓""聚精理气提神""新朋老友茶味浓""妙境：风雨夜品茶，儒生说天下"六幅字，几乎将我刚才的幻境一一写出来了，心满意足。虽然那字写得不尽我意之七八，但毕竟抒却了我之心中块垒，心里还真是有了点儿"其喜洋洋者矣"的味道了。之后撂下笔，潜藏于心的向往，终于落墨成字，即将随我一起奉献给茶乡了。

发思古之幽情，乃文人墨客的一大嗜好。我其实是半吊子文人半截子墨块的闲散之人，是下不得苦的。去茶乡安溪，当然是美事，那里盛产铁观音，这我早已熟知，并且不知也喝掉了几十斤乌龙铁观音了。我觉得龙井与碧螺春，应该是春天喝了才好，明目清心；而云南的普洱与祁门红，则是冬天喝了才对胃口，暖心润肺；要说这铁观音吧，以我的体会，还就得秋天喝，为啥？因为秋雨连绵湿气重，喝了铁观音，发汗去湿有后劲儿，正如我写的"聚精理气提神"，那是铁马冰河入茶来的滋味；又因此茶香气浓郁，经过春夏旺季的发起，正是要步入严冬的过渡阶段，若得闲无事喝上几泡乌龙铁观音，正好大补元气。那天飞机降落厦门，我们出了机场便登车向安溪进发，落脚便赶上了晚宴。张陵兄邀我和龙一、范稳去喝茶，喝茶是茶乡的主旋律，我必须把它唱起来。

张陵兄是老福建，今晚请我们喝茶的主人，是他的老朋友——茶席早就准备好了，同来的还有海峡出版集团的林滨与《福建文学》的曾章团等。茶女一心给我们泡茶，并向我们介绍他们家与茶的历史。我们开始喝的是铁观音，龙一拈着茶盏像拈着一朵花，轻轻地放到鼻子上嗅香，仿佛完全陶醉了。之后，便是轻启玉口，慢饮一杯。闭上眼，好像只有在黑暗中，他才能看到那茶的味道……我等了他许久，才听他说："好茶。"那是天津卫的味儿，他拖了长音睁开大眼说道："能够碰上喝一次好茶，就是一次缘分哪。"说得范稳和我都大赞妙论。茶女一心闻之，便道：铁观音不好存，我们家还有爷爷存了三十四年的老铁，我给大家拿来品品。说着便差人去取，弄得我们都没来得及客气，人家便去取茶了！这三十四年的老陈茶，龙一喝的时候，我特别注意了——他这回始终没有闭眼睛，仍然是慢慢地入口细品，眼睛睁得溜圆而且贼亮亮的，真是比老奸巨猾的地主老财见了金子还亮。这是品茶吗？龙一，有这么夸张吗？龙一再次开口了，他说：缘分哪！是吧？他问谁呢？是问我吗？我急忙将他绝妙的神情用手机快速地拍了下来，以见证这个当代大作家的贪杯之色……

还是秀丽的茶女一心提醒，我才放下拍照的手机开始品茶，心里话：我是品不出什么名堂的，但是这三十四年的老铁喝下去，却有一种入口回甘的甜香之气，直顶着我的鼻梁子，三杯五盏下肚，上打嗝、下出气，气贯五体，脚趾脚心发热不说，更神奇的是——我的牙疼居然明显地缓解了。我刚说出感觉，张陵便立刻命令我：再喝，再喝几杯就彻底不痛了……那晚我喝多了茶，害得我起了五次夜，这觉还怎么睡呢？第二天早上我才想起来，有一本关于陆羽《茶经》的书上说过的，大意是：文人骚客常常会把持不住自己而贪杯，若喝了夜茶反复起夜，是一定要睡到日西斜方能获补，此之谓养生之道也。

早上阴雨迷蒙，湿气弥漫。我们去参观茶场、观摩铁观音的制作工艺，电瓶车将我们送至山顶，饱览万亩茶园层层叠叠的翠绿景色。雨雾中，苍山如海，粉黛淡施，轻烟自层叠茶田轻轻缭绕轻扬，我猜想：这样的景致怕在艳阳高照下是不可能有的吧？此刻……张陵、范稳、则臣与金仁顺、林筱聆、周大新等在廖团长的指挥下，一个个头戴斗笠，翩跹而至那一簇簇的茶树，他们在茶园工艺师的指导下，开始了采摘新茶。我欣赏着这些大作家们在山上采茶的神情，感觉到他们犹如儿童一般的欢喜，真是年轻了十岁不止呢！

夜晚，在茶场的职工食堂，主人拿来了自酿的土酒"女儿红"，县文联林筱聆主席介绍：此酒是女人生完孩子之后的补酒。我设想着，安溪的男人对自己的女人说，那坛酒，给你生孩子时喝。我豁然明白了山里人的智慧，他们是连生孩子这无师自通的事儿，也被巧设的一个美妙的愿景所前置，进而变得充满了向往与俗世的诗意。

清晨，我被一阵狗吠叫醒。拉开门，从未有过的强烈的阳光如高铁列车的车头迎面向我压下来，我下意识地迅疾捂上了双眼……许久之后，当我的双手慢慢从双眼移开，却仍然不能直视眼前的一切景物。像那狗的吠叫声惊得我心打战，我慢慢地抬起头，逐渐地放眼望去……只见昨天雨雾中的万亩茶园现在崭新如初的阳光下碧绿得像假的一样！哦，这蛮荒之绿，这蛮荒之吠，这蛮荒之太阳——竟然全都麇集于此，不正是天地精华荟萃之地吗？安溪者，茶乡也，此乃独放芳华绝代之地也。

在安溪喝茶想到苏东坡

王必胜

"雪沫乳花浮午盏，蓼茸蒿笋试春盘。人间有味是清欢。"在苏东坡的众多咏茶诗中，令人难忘的是这首《浣溪沙》，虽游历之作，却在赏景饮茶的平常物事中寄寓深意，茶与事，茶与情，茶与时光人生，尽显其中。

对于茶，我十分喜好，有点依赖，有如饭食，一日数餐，凡饮水多是热茶，外出坐车或开车，无论冬夏，都带上一杯。可我只是个简单的茶客，不大讲究。平时喝绿茶多，什么毛尖、瓜片、春芽、火青、银针等等，精的粗的轮换着，多因北方干燥，需祛火除燥，所以亲近绿茶的清淡纯和。当然，也并非专一，有时青睐红茶或是乌龙茶，比如大红袍、金骏眉、冻顶，以及滇红之类，更多的则是早负盛名的铁观音了。

没想到，这就有了机会，走进铁观音茶的腹地。深秋某夜，在安溪龙涓乡一个群山环绕的茶园，住木制的华祥苑，与作家朋友世旭、阮直、青梅三人喝茶夜话。木楼板房，人一走动，吱吱作响，更显山野静寂。屋外，皓月如镜，山鸟啁啾，夜气明丽，可见影影绰绰的山坡茶林，话题由桌上"金凤凰"茶，说到茶事、人情，也说到文事和世情。茶是闲聊助兴的一盘好菜。夜深人静，茶味渐淡，却谈兴不减，回房间了无睡意，就想起古人的咏茶诗文，苏东坡这诗跃然眼前。

在铁观音的家乡想起苏东坡，缘于诗，还是缘于茶？

历代诗文大家中，苏东坡与茶，留下诸多话题！据说，他写有五十多篇有关茶的诗文。"且将新火试新茶，诗酒趁年华。""从来佳茗似佳人。""酒困路长惟欲睡，日高人渴漫思茶，敲门试问野人家。"这些诗句朗朗上口，意境清新，过目难忘，流传至今。他的千字长文《叶嘉传》，留下了中国诗文传统中写茶的别样风景，也为文章大家所仅见。文中以茶喻人，说茶议事，托物言志，为小品文极致。描绘茶人叶嘉（有说是茶叶的拟身，脱化于陆羽的"南方嘉木"句）为八闽人氏，其德行清正，几可比肩时代人物。我好奇，东坡老人为何写此独特文字，他的"记游"文字多多，专门写人的却寥寥，文章大家，诗词宗师，为何对一个似有似无、籍籍无名的福建茶人，有如此的描写和关爱？

苏东坡笔下的"叶嘉"，生活在闽西北建安、壑源（今建瓯）一带，离闽南安溪有三百多公里之遥。当我们在安溪喝乌龙闽茶，想象着他写此文的情景。九百多年前，一代文豪、茶客，虽几番江浙盘桓，杭州湖州诸地留足，并不曾行旅附近的八闽，却写武夷山一带的茶事，以"风味恬淡，清白可爱"的叶嘉，抒发一个文人的心志。东坡一生坎坷，"问汝平生功业，黄州惠州儋州"，颠沛流离，芒鞋竹杖，风雨无情，却性情豁达，超然自适，煮茶品茗，心性淡然，恰似他所咏吟的这茶人叶嘉的品性。

都说中国饮茶赏茗，多是唐代始盛，茶艺茶道，渐兴于宋。宋代以后，种茶焙茶，先是在西南、北方的兴隆，后渐有东南之后发，海禁之开，丝绸之路的海上通道的形成，于是，闽中茶事也由武夷一脉渐成气候。苏东坡专为闽中茶人立传，也可看出当时福建的茶事在文人中的地位。他写的建溪茶，声名响亮，如今的安溪茶也属此一类。据考证，安溪在唐代就大量产茶，铁观音的名声是在清代以后渐为扩大。一说是清乾隆的青睐：尧阳乡的文士王士让，从家乡带去朝廷赠予侍郎方苞，后呈贡皇帝，乾隆十分喜爱，见其乌润如铁，形似观音，赐以这个流传的芳名。这以后，铁观音作为乌龙系列的佼佼者，其声名日隆，广为流传。

有幸来到当年王士让采摘进贡的老茶树遗址，圈围起来的门楼上写着颂联，石碑上镌有"正铁观音母树"。"母树"一人高许，长出十数枝条，其叶青翠，瘦小得辨不出它的年份。为保护此树，专修有大理石的纪念牌楼，高六、七米，更衬出她的矮小，旁边有当年发掘母树并送茶朝廷的王老先生纪念室。铁观音的故事，比起中国其他名茶来，已是简单得小巫见大巫了。

不说唐代的陆羽，有专门论述茶叶的名著，即使在汉代，茶叶与西域的交往曾是重要盛事。但这个后起却独特的茶品，对闽南山乡经济和文化的影响，岂可了得。清以降，因了海上丝绸之路的延伸，自福建泉州港始，经济带促成了安溪茶叶的快速发展。到了乾隆年间，因铁观音的命名，如虎添翼，安溪茶叶才逐渐走出山里，为世上知名。

中国的名产或名胜，多与文化典籍有不解之缘。特别是时下，这儿申遗，那儿命名挂牌，拉老祖宗当门面。文化先贤与某名胜或名产的瓜葛，就可能成其为流行走红的一个点，比如酒，比如风景点，比如菜肴，甚至一石一树等等，多贴上名人或古人标签，成为一种流俗。而只有这茶，好像还能守住自我，没有被庸俗风气浸染。即使像苏老夫子有这么多的喝茶故事，写茶的诗文，不曾见有某某茶品与他套上近乎。从饮食文化和生活趣味看，茶，比之酒或菜肴，更有纯正的文化气息，更体现生活情调。三两好友，一壶在桌，素心静虑，超然自适，方可得其"清欢"真味。所以，世上唯有茶道、茶艺之说。道，是文化精神的升华，也是一种仪式和礼数。唯此，才有苏东坡这些文人大家，从咏茶品茗中阐发人生，体味人生。作为茶客，他的诗文中，有对制茶、泡茶、饮茶的描绘，千百年后，这茶的味道，或许与当年苏老夫子们品味欣赏的没有多大变化，但是，品茶之道，茶艺之术，却随着时光的流转，是愈益精进的。

作为一种经济作物，茶是安溪县经济支柱。安溪地广人稀，多山区，从国家贫困县到脱贫致富，连续六年获全国综合测评的百强县称号，短短十来年，安溪成为中国"茶都"，诚如本土诗人讴歌的"一片伟大叶子（茶）带来了巨变"。在2015年茶业博览会上，满城的茶香，熙熙攘攘的各地采购大军，我们见证了"这片叶子"的收获盛况。坐在古色古香的茶室里，安溪朋友泡茶、请茶，尽显茶艺功夫。红木条桌上，置有专门器具，透明的玻璃杯放上一撮绿色的铁观音，手指压住杯盖，手腕轻轻摇动，洗茶、热杯、续水，慢工细活，温和娴雅，颇有仪式感。小口杯摆放成一个圆圈，清香四溢，一饮一品，轻取慢放。想想我等先前生猛大杯的豪饮，真是有点作践轻慢了这茶之道。于是就想到，喝茶，是生理之需，享受口福，好茶养身；茶叶来自大自然，"草木本有心"，团团绿叶，随水散开，喧嚣与浮华此刻隔绝，喝茶，又养心怡情。而做到这些，要有相应的心绪情怀。或许，我们说到的苏东坡们，当年看重的正是这些，不急不火，戒浮去躁，禅心而佛意，闲处静适，物我皆忘，我们从他的《超然亭记》《定风波》《临江仙》等诗文中，不难领会到。

人间有茶，幸也：人生有茶，福也！

茶师傅

王国平

　　茶是一门学问，种植、管护、采摘、炒制、冲泡、品鉴之间，都是规矩，都是门道。就拿跟人有关的来说，称谓上就有不少说道。茶农、茶商，都好理解。真正的茶商，并非在家里坐等当年的新茶送上门，再通过自己掌控的销售渠道去赚取利益，他们在茶季是要到现场的，摸摸青叶，闻闻茶香，心里踏实。还有茶姑，可能说的是采茶工，顺着茶季，到茶场打零工，双手轻盈，收集叶子，是个劳苦活。茶人，格调好像要高一点。茶农其实就是农民，干的是农业的事。茶商更多的是从经济角度看待这一片片叶子。茶人有点城里文化人的意思，开始从哲学、美学的角度看茶、品茶。还有"茶亲"的说法，大概是高度痴迷喝茶这事。

　　在安溪县感德镇，遇见"茶师傅"。不由得心头一暖。

　　这里举办茶师傅大赛，内容涉及品评、理论演讲、茶园管理、拼配技术、烘焙技术、初制技术等。感德茶师傅有自己的宣言，其中有这么几句："茶树留高，梯壁留草；禁用草剂，禁止压茶。科学防虫，有机生产；倡导传统，精心制茶。高香鲜爽，定位特色；工艺创新，兼纳百茶。健康之饮，康身健体；灵魂之饮，怡养心灵。"看来好的茶师傅，是个多面手，精通的手艺，贯穿茶事的始终。

"师傅"这个称呼，自有魅力，去除了层级，撑起了平等，还有职业的尊严，一门手艺在身，潇洒走天涯。"师傅"并非纯粹的客观描述，而是渗进了主观情感，又不油腻、不咋呼，刚刚好。

出门跟陌生人打交道，比如问个路，年龄大的，喊"大爷""大妈"没问题；要是年龄处在中间位置，就有点尴尬；或者跟问路者相当的，也是个难题。有位山东来的学长，出门嘴边忙乎的就是"师傅"。逢人喊"师傅"，基本上不分男女老少，除了小小孩。看着比自己年轻一点的，还喊"小师傅"。人家畅通无阻，自然、亲切，不冒犯，不失礼。在日本旅游，需要问路，他知道自己日文、英文都不灵，就指着一个日本老人，在旁边出主意，轻声说："你可以去问问那个师傅，他可能知道。"同是山东人的莫言写有中篇小说《师傅越来越幽默》，张艺谋把这篇小说改编拍了电影《幸福时光》。

在福建，在安溪，"师傅"二字也受到礼遇。在感德，感觉师傅越来越重要。

一片叶子，从茶苗的培育种植到茶叶送到喝茶人的手边，不是直线抵达，而是经历一趟漫漫旅程，其中有很多个站点，都是要茶师傅经手的。比如茶叶采摘，传统上的"虎口对芯"，用上拇指和食指，捏着鲜叶嫩梢，用力适度，一提，即可。要是力度上稍稍猛了一些，把鲜叶捏成汁了，那就坏事了。要是叶片、叶张、叶缘有破损，或者折断了、折叠了，那就坏大事了。

摇青是安溪铁观音的独门工艺，也是安溪铁观音成为"安溪铁观音"的关键一招。怎么摇？茶师傅登场。

一个竹编摇篮，半月的形，一根木头当直径，圆心位置系上一根绳，悬挂在屋顶。摇篮里盛上四分之三的青叶，娇嫩可人。茶师傅一个马步，定定神，握住摇篮的边沿，有节奏、有韵律地甩起来。

第一摇，摇走水。鲜叶经过了晒青环节，部分水分散失了，有点蔫了，所谓"萎凋状"，这次摇，是轻摇，通过摇动，让鲜叶内部的水分移动。这次摇，以两分钟为宜，每分钟32转。摸摸叶子，有润滑感，就行了。

然后是晾青。晾过了一个小时左右，顶多一个半小时，再看青，摸摸叶子，出现消水疲软的状态，"落软"了，就要继续摇了。

　　第二摇，是摇活。这是个唤醒的过程，叶子跟叶子撞击、拥抱、交汇，破损叶细胞，让疲软状态的鲜叶再次活跃、硬挺起来，也就是"还阳"。这一次是 5 分钟时间，每分钟还是 32 转。这次味觉、视觉全出动，等空气中有明显的青叶味，还略带轻微的清香味，青叶边缘有些许的泛红，大致就可以了。

　　第三摇，绿叶红镶边。摇出朱砂红，青叶能闻出花香味。这次的摇青，也要看青，边看边摇，看朱砂红的面积与质感。茶师傅双手在摇，动作轻快、欢畅，有力度，富有美感，双眼盯着青叶，捕捉青叶的渐变过程，等待着刚刚好的那个瞬间降临。摇 10 分钟，停一停，看看茶青的变化，如果火候不到，再续摇，眼看着茶青发酵适度才罢休。

　　这过程，可以说是惊心动魄。都是经验在参与、在创造。快了或慢了，早了或迟了，重了或轻了，都直接关系到茶叶的色、香、味、形。好的茶师傅，得心应手，"无他，唯手熟尔"。

　　在感德，见的好几位茶师傅，一看就是劳动者。利索、干练、步子轻盈，袖子是挽着的，随时准备用双手去做点什么。坐下来、说上几句，你就知道这是懂茶的文化人。他们说："这辈子，活着就是为了心中的那一泡好茶。"还说："好茶是用心做出来的，用心计较，花费心思。"再说："好茶一摇皮、二摇筋、三摇香、四摇韵。"甚至说："茶好不好，关键是看有没有'水'"。

　　这就有"形而上"的意味了。

　　茶，进入日常生活和普通人家，有人感觉是一种堕落。生于 19 世纪 60 年代的日本人冈仓天心，在《茶之书》中写道："对晚近的中国人来说，喝茶不过是喝个味道，与任何特定的人生理念并无关连。……经常地，他们手上那杯茶，依旧美妙地散发出花一般的香气，然而杯中再也不见唐时的浪漫，或宋时的仪礼了。"这个观点，在理又不在理。茶的仪式感，确实已经没有那么雅致了。不过，茶与人的生活起居更亲近了，有何不可？

　　还是那个问题。茶，是"柴米油盐酱醋茶"的"茶"，还是"琴棋书画诗酒茶"的"茶"？是不是后者就更高级、更有品位？我看将之彻底割开有些不妥，其实二者是可以交融的。

　　茶，"上得厅堂，下得厨房"。一盏茶，慢品，轻尝，悠然乐声缓缓飘，岁月静好，心自飞扬。一碗茶，咕噜一声进肚肠，解渴，酣畅，"前门情思大碗茶"，是兄弟，一碗起，磊落时光。

文化是美的，生活是美的，劳动也是美的。茶师傅是劳动者，也是文化人，在享受茶生活，也在创造茶生活。

进茶乡

王剑冰

一

　　进安溪首先见到了那条水，那条围脖样的清漪。接着就闻到了一股异香，其味可是安溪独有？

　　再进有名的中国茶都市场，满满的热情就迎过来，还有满满的茶馨，一整个的大厅都喧腾着。站在高处，会看到茶农一袋袋的新茶敞着口，像一堆花朵，聚成魅人的景象。到这里不怕没茶喝，到处都是邀请你的人。也就知道，这里为什么是茶都，而且茶是多么有名气。

　　筱聆说，你难道不知道？安溪是铁观音的故乡啊！我原本有些孤陋，听了筱聆的话，立时惊异不已。在这里走，到处可见"茶"的组团：茶文化、茶创意、茶食品、茶休闲、茶包装、茶机械、茶演艺、茶会展，好像无时不在提醒你，这是一个茶的世界。而茶的制作，是与"青"有关的：采青、晒青、摇青、杀青、揉青……茶与青，又构成当地人口中最多的一个词："茶青"，这茶乡的专有名词，富有诗一样的表现力。

　　来到茶乡真的会醉的，你不敢沉溺于那氤氲的清韵和馥郁的兰香中。

　　人说安溪168座峰，峰峰叠翠，也就产生道道山溪，层层湿润。这对于十大名茶之首的铁观音是得天独厚的。我奇怪"铁观音"的名字，怎么就安在了茶的身上。是因为观音最有灵慧最为慈和吗？再给她一个"铁"姓，就愈加端重起来。

铁观音在水中舞动，舒展着她的妩媚与温柔，那是透心透肺的倾诉。喜茶的人也都会心会意，轻品细酌。这或许就是铁观音的效果。后来听到了铁观音的传说，我已不在意她是如何得来，我只在乎人们对她的态度。你看，茶商茶农正在为铁观音精心打包装运，让人想起 600 年前的郑和，带着这种茶品，意气风发地扬帆起航。

盘山路上，到处都是绿。那是茶园，一盘盘的茶林整齐地环绕在各个山间，而道路就像一条带子，将茶山扎出美丽的腰身。采茶女在其间，正翻动着手的玉蝶，你几乎看不见手的动，而只看到蝶的舞。

据说茶叶第一大县的茶园有 60 万亩，不到安溪真的体验不到茶山的壮观，那是连山连水的翻涌，接天接地的浪漫。

看着隐在绿海具有闽南特色的民居，我以为这里的茶农家家都过得富裕。然而筱聆说，手指头伸出来哪有一般齐？安溪虽然早入列经济强县，但还是有一些农户需要帮扶的，种茶还有技术的事情、制作的事情、买卖的事情，而且最需要帮助的人，多在深山区。筱聆说，安溪已经摸索出了茶叶合作社、农民讲师团与贫困户结合的脱贫模式，产茶制茶能人指导他们从基础管理做起，打造高标准茶园，同时在制茶、销售等方面提供支持和服务。筱聆也是如茶一般的妹子，不仅熟悉安溪茶，还写有茶的长篇作品，说起安溪，她总是充满了热情。

这样我就关注起那些大山深处的茶农来，我要看看他们现在的境况，以及筱聆说的帮扶的结果。细想起来，组织结对帮扶也不是个简单事，得有那么些热心人，还得有那么多好经验。

我在茶园里见到了农民讲师团团长张顺儒，他正在教如何用传统方式采摘茶青。穿着彩衣的女人们边跟着学，边快乐地笑。采摘完茶青老张又和她们探讨如何晒青。这个时候，经营"张品轩"品牌的张江宝风风火火地来了。张江宝有 4 万多亩茶园，听说家乡搞组团扶贫，特地从外边赶来要求加入。张顺儒的手握住了张江宝的手，张江宝的手很快又和东坑村贫困茶农张德雄握在了一起，他们有了一份扎扎实实的帮扶协议。

祥华乡是安溪茶叶重点产区。讲师团的刘金龙蹲在东坑村茶园里，跟村民讲茶园管理的窍门，"茶树留高一点，不要种那么密，合作社上千元的茶都是留高的老树做出来的。"十里八乡的贫困茶农围在他的身边。他又讲自己的经历：他家原有零散的茶园十几处，采茶费力，更谈不上管理；后来他通过土地流转，把好茶园聚在一起，茶叶的质量也就上去了。茶农张良生显得特别高兴，他是一早就冒着细雨从山上赶来的，虽然家里有七八亩茶园，但是制茶技艺上不去。这回与制茶大师刘金龙帮扶对接了，是多么好。

正是秋茶采摘制作的时节，制茶能人温文溪驱车 80 多公里，来到了大山深处结对帮扶的张艺坤家里，从采摘茶青，到炒制茶叶，细细地传递重摇青重发酵的理念。张艺坤边学边实践，逐渐掌握了提升茶叶品质的技术，很快制作出一千多斤好茶，被上山来的茶商抢购一空。

在茶乡走访，有一个明显的感觉，那就是乡情乡音在茶缘上显现出来，同为一个铁观音，不少人认识到了抱团发展的意义。

在这支帮扶队伍里，不仅有年长的大师，还有青年专家。1984 年出生的李木菊坐上了上官文字的摩托车后座，上官文字的茶园在高高的山顶，山路陡峭，只有一条小道上去，小道旁就是深渊。80 后的小伙子熟练地让摩托车在山间盘旋，城里的姑娘却不适应这种眩晕，她一会儿睁眼，一会儿闭眼，真叫一个害怕。终于到了，定了心，稳了神，立即开始把生态茶园的经验，推广到帮扶对象身上。

筱聆说，现在农民讲师队伍已经扩展到四五十人，累计巡讲超过 500 场。而且还有集体与集体的协助，比如举源、中顿、老固三个知名茶叶合作社，与共赢、珍山、新都安合作社早就有友情帮扶。筱聆说话的时候，我看到了一只山鹰，从高处盘旋下来，随后带来一层好看的云，云边裹着红黄的辉光。

二

效果是显而易见的，你不能不承认，这是一条同茶的发展联系极佳的路径。

站在新房门口，吴顺治畅快地笑着迎接来客。他的宽敞的房子里，制茶机器正在工作。说起以前，70 多岁的吴顺治就感慨，虽然大坂村的茶叶名声在外，但身居深山，没有公路通上去，每逢茶叶收购时节，他就发急，茶不好卖出去啊。恒兴集团与感德镇大坂村结对后，将老吴等五户茶农异地搬迁下来，交通便利了，茶叶也打开了市场。

我们来到了湖上乡，看到茶农苏维金自建的小楼，小楼前停着新买的小汽车。走进他家专门的茶青房，一股香气扑鼻而来。老金不由说起了十几年前，他家破败的房子是用一块黑布遮盖着，哪有专门的茶青房？制茶就在唯一的卧室里。讲师团的刘学忠上山来收茶，看到老苏的茶青不错，只是制茶技术跟不上，就与他结成师徒，他家的茶很快就提升了质量，赢得了市场。再往后，刘学忠又鼓励他承包一些农户的茶青，这样一来，直接带动了身边30多位茶农。

再走进一个场所，琴声悠扬，气氛和舒，评审桌一字排开，整齐的盖碗泛出特有的秋香。这是正在举行帮扶产品考评赛，不仅检验帮扶茶农茶样的优劣，还检验与之抱团师傅的教学效果。愉悦的音乐响起，结果出来了，果然大多获得了认可。前面提到的张艺坤，他的茶样也拿到了优秀奖。一时间热闹起来，大家举茶共庆。

还有大师赛、茶王赛，都吸引了众多茶农。不只图那个奖励，而是要得到一个承认，看看互帮后的结果。我见到了杨连波，他的茶品摆在那里，你能感到他的心里的忐忑。原本是偏远山村的贫困户，通过与有经验的老茶师结对，他就像进入了一个新天地，心变灵，手也变巧。听说县上举办铁观音大师赛，他要来试试。真的想象不到，结果公布，他的茶品竟然进入了20强。他端着奖牌站在那里，合不拢嘴地笑。

茶本带有慈眉善目的温情，整个帮扶工作，也无不充满了友善与和谐。就这样，一个人带动一群人，一个村影响一片村，安溪的贫困村已由原来的71个减少到十余个，贫困人口数也在直线下降。

细雨湿润了整片山原，茶园更显得葱绿如毯。在茶乡游走是舒心的。茶是安溪的民生，茶兴则安溪兴。但是他们不掩饰曾经的贫困，也不张扬脱贫后的富裕，就那么扎扎实实地抱团取暖，将茶园一点点做大，将山路一道道拓宽，将小楼一座座建起。现在的茶农，更是学会了上网，学会了电商，让中国那股特别的味道，弥漫在五湖四海的温馨中。

安溪寻茶

王炳根

一 寻找的理由

安溪是茶的世界，是铁观音的天国，每年产茶量达到6万多吨，120万人口，从事与茶有关产业者众。满世界都是安溪铁观音，海内外的茶人，一提到安溪，便会说出铁观音，那是铁观音的产地，是中国的茶都啊。11年前，福建省炎黄文化研究会与省作协走进系列丛书"走进安溪"那一册，书名就是《铁观音的王国》，从序到文，足有30篇，篇篇言说铁观音、赞美铁观音。而你现在却要跑到安溪去寻茶？

是的，世间万物都在变化之中，"不变是相对的，变是绝对的"。2016年11月，安溪举行斗茶品茗交流会，县委书记高向荣有个讲话，说"要全面取缔压茶机，开展'五个一'专项行动，铁心严打，铁拳整治，确保茶叶品质和产业可持续发展。要加快'去冰箱化'步伐，回应市场诉求，倒逼制茶工艺回归传统"，并且宣称要"走好安溪铁观音'二次腾飞'的长征路"。具体内容不去描述，他说的也就是变吧，安溪铁观音在铺天盖地的市场化中，出现了问题，要加以整治，实现二次腾飞。

就我个人而言，十多年前我去日本、美国等国家访问，均以铁观音为茶礼，携带的自喝茶也是铁观音。每当夜晚的灯下，泡上一壶铁观音，茶香袭人，如在故乡。但近些年来，我的茶礼变成了武夷山岩茶，桐木关红茶，自带茶更不用说，以至今次到安溪采风，还是带了草木人堂的正岩水仙、红天下的金骏眉。

但我在公开场合，仍是尊重铁观音。我在远离它的时候，只是在拷问自己，为什么会如此，为什么会就岩茶而远铁观音？当然，产地的朋友是个因素，但喜好却是要从口腔、从味蕾、从心田生发出来的。我有一枚闲章，曰"茶人王"，不是茶人中的王，而是一个姓王的喝茶人，只是占了王字的光，许多人往往认定前一种说法。也不是完全没有道理，我若得一泡好茶，必与朋友分享，并且喜欢说茶；说茶时不仅说茶的色香味，还常常要说到"山场"二字，品茶不知山场，很难说清这款茶好在哪里。武夷山景区正岩的山场自不必说，"岩骨花香"那条路从头到尾慢慢走过，已不知几回；桐木关的挂墩、麻粟，不仅去过，还住过，并且从山场带回茶树上的老人须（一种青苔），作为标本放在根舍的茶桌上，随时可闻得山场气息，也可作为说茶的标本。

铁观音可能不称山场，而称茶山吧。对于铁观音茶山，以前应是见过的。但当我坐车行驶在安溪崇山之中，看到那一大片一大片的茶山时，还是有些震惊，那从上而下、自下而上茶的梯田，茶树低矮、茶冠平整，如城市大院中的绿篱。显然，那是机割的茶树留下的平整。手工采茶，视觉上是优美的，有色彩的，摄影与绘画均逐之。不知道什么时候，优美的手工采茶，已被机械所替代。这不仅仅是采茶方式的改变，也是对茶叶质量的改变。采茶的方式与时段，对茶叶质量影响极大，机械采摘茶青，第一道工序就可能使茶叶失去个性。朋友告诉我，现在大都如此，人工费太贵，只得改机采。我当然懂，可是铁观音的韵味就可能失去几分了。

二 安溪新品茗

铁观音在变，安溪的茶也在变。在寻茶的过程中，我感觉到铁观音在安溪已非一统天下，不同品种的再开发，新品种的产生，各自以其鲜明的个性之花盛开于安溪的土地上。人人都知安溪铁观音，其实，安溪茶除铁观音外，尚有本山、毛蟹、黄旦、梅占、大叶乌龙等品种，并且纳入农业农村部非主要农作物品种登记。甚至还有大坪乡鹅头峰的肉桂，如岩茶般的简称"鹅肉"，售价高达几千元。尤其是大叶乌龙，已经有了两百多年的历史，但却在铁观音一窝蜂齐上的情况下悄然消失多年，直到长坑乡珊屏村一个叫刘协宗的茶人，在追踪记忆中的茶叶时，才从故乡的土地上寻找出来。在他寻找到了记忆中的大叶乌龙时，树高丈许，树身布满青苔。多么好的生态环境，多么好的茶树，那一刻，一直在外闯荡的刘协宗像是见到了家乡的宝贝，决定潜心下来做茶，要让在父辈手上失去的大叶乌龙重放光彩。长坑乡宣传委员李艺芳告诉了我，并从家里找到几泡珊屏大叶乌龙送我。我在写此文时，就开泡了那包金黄锡茶袋包装的珊屏大叶乌龙，初泡香味并不浓烈，但却是清香悠远，汤色澄黄，回甘立见，几泡之后，清甜甘冽，淡而有味，有种我从未体验过的味道。同样在长坑乡，我还喝到另一种茶，名"淮山茶"，这是山格淮山合作社陈主义开发淮山系列产品中的一个品种——养生茶。在山格听陈主义讲述他带领乡亲脱贫致富故事时，喝到这种茶，完全想象不到淮山可以做茶。他们以山格淮山为主，加入茯苓、莲子、芡实后制作的养生茶，汤色透亮澄黄，炒香甘甜。这大概是因为身在安溪而受到茶思维的启发吧。受到安溪茶思维、茶工艺影响的可能还有虎邱镇芳亭桂花专业合作社的百年香桂花茶，完全保持了新鲜桂花的浓郁，口感极佳，忍不住向主人要了三盒，带回分享。侬好康农业综合开发有限公司开发的辣木茶，则可能也是受到茶思维影响。辣木是一种生长极速的乔树，但它浑身是宝，从叶到枝到籽，含有人体所需的各种营养物质，且对控制血糖、降血压、降血脂有功效。现在他们将其出发成茶，饮用起来十分方便。

三　坚守中创新

安溪的茶在变，在开发新品种，而坚守者仍大有人在，铁观音依然是安溪的主打茶。不过，坚守者既在坚守更重创新，铁观音既具铁韵，又有新香。这方面，"吾之茗"与"肖连地"，则可能是铁观音新宠。

肖连地是一个人的名字，他在茶界不是以大师之类的头衔叫响，而是以他创造的铁观音新品闻名，这个品牌就叫"吾之茗"。吾可以理解为我，它的本意可能是与地名有关，吾培村，便是吾之茗的产地，是肖连地的家乡，茗自然是好茶。于是，吾之茗可以理解成"我的好茶"，也可理解成"产自吾培的好茶"，第一种理解，可以让持茶人有种自豪感。

我在位于安溪城关中山路吾之茗茶叶专业合作社见到肖连地，品茗多款以"天然"序号命名的铁观音。从天然一、二号开始，每回两款，肖连地端坐一旁，他的儿女主泡，我既是品尝者，也是一个采访者，同时也可能是接受提问的学生。说实在的，我对铁观音远不及对武夷岩茶的敏感，但还是接受了这个挑战。两款茶显然都是铁观音，但又不是前些年流行的轻火清香型，也不是近几年流行的炭焙浓香型，其香、其韵、其味、其汤，与我所喝过的纯正铁观音均有区别，我在抿进第一口时，体味一下，到了第二杯、第三杯时可以在肖连地的提示下发言了，其香、其韵、其味、其汤，既是铁观音，又不是纯正的铁观音，第一款有红茶的嫩香与微甜，第二茶兼具普洱的厚重与浓香；第二回喝的是天然3号与市面上的铁观音，前者有改进，我一下就感觉出，有岩茶的岩韵，而市面上的铁观音，则没有那种韵味，无挂杯余香。这款茶是应我的要求，从市面上淘来与他的茶"PK"的；第三回喝的是天然4号与5号，4号的野趣十足，且具绿茶香，5号则品不出某一款特色，但在铁观音的本色上，散发出如兰似桂的韵味。最后是品了非传5号，也就是非物质文化遗产传承茶，这是款典型的铁观音了，香正韵重，似乎穿越经年来到我的面前。至此，停杯，一番几轮下来，改造后的铁观音变得千姿百态、馨香纷呈。

肖连地说，铁观音是个非常好的品种与品牌，其制作工艺十分复杂而精湛，但铁观音的坚守与发展，不能仅限铁观音的工艺，在保持其纵向的传统时，注重的是横向比较与出新，从绿茶、红茶、岩茶、黑茶的制作工艺中吸取特长，让铁观音变得更丰满、更多韵味。这叫铁观音"本色不变，吸取众长"。工艺的出新有时用语言难以表述，主要是制作过程中琢磨，与师傅磋商，寻找到一个新的拐点。铁观音工艺本就复杂，再吸取其他茶类的专长，制作过程十分辛苦，无论多少茶师参与，最后一道工序都必须在他的手上完成。他认为，如此，铁观音才能有旺盛的生命力，有新的市场，可满足不同消费者的需求。

在铁观音走俏之时，不用说，追求产量的农药与化肥，曾对其茶质造成严重的伤害，对铁观音的声誉造成不良的影响。肖连地的茶从2004年开始进入市场，恰是铁观音的销售出现式微之际。从祖辈那儿遗传下来茶的基因，又在父亲一句无意间的话中受到启发，"野山茶的味道更好，更地道。"这"野山茶"三字令肖连地领悟到了茶的生长环境对茶质的重要影响。于是，一个概念在他的心中产生：将过度管理的铁观音茶，放养开去，任其自由生长，不发芽也不催，芽不多也不管。他的理念是：一株茶发5个芽与100个芽是有区别的，求质不求量。果然，放养的茶，也就是不加过多干涉与管理的茶树，制作出来的茶却是甘醇浑厚，有那种过度管理的茶所达不到的境界。在这个观念的宽容下，茶山的杂草与茶树同时生长，但虫子也会在茶叶上产卵孵化。农药绝不用，虫子如何去除，以手逮之、灭之，那百亩以上的茶山，如何办得到？后来从饮食的辣味中受到启发，将那十分热辣的朝天椒、晒干、成粉，在铁锅煮沸，辣味冲天，再以喷雾器在茶树上喷洒，奇效出现了，虫被杀死，叶上无药。如此，还又想出其他办法，都是有机而环保。肖连地说，这个放养式的茶山管理，是他的自然编号、非传编号茶重要保障，没有有机的茶山，不以放养式的管理，要做出纯自然味道的茶叶是不可能的。

如今，吾之茗品牌已不是肖连地一家所有，也不是吾培村一村所属。回到福州后，肖连地先生为我发来一个简介，简述了"吾之茗"的理念与荣誉，附于此：

吾之茗茶叶专业合作社成立于2012年，现有社员150户，分布于吾培村、达新村、桃舟村等地，拥有天然"放养"铁观音实验基地556亩。合作社建立合作经营运行机制，实行统一管理统一经营。在茶园管理和制作工艺上，该合作社积极创新，大胆探索，提出"放养"铁观音"三是五不"的管理制作模式，"三是"即：是自然生长的茶；是原汁原味的茶；是传统制作的茶。"五不"即：不使用除草剂；不使用化肥；不使用农药；不使用空调；不使用冰箱！该模式荣获"2012-2014年安溪茶产业创新创意奖"、泉州旅游局"泉州伴手礼"、"泉州市知名商标"、"农民合作社省、市、县级示范社"等荣誉，被福建农林大学安溪茶学院作为大学生科教实践基地，并创立"安溪茶学院吾之茗博士工作室"。曾被福建日报头版、福建东南卫视等15家媒体几十次的关注报道。天然铁观音是采用不使用化工农药、不使用化工肥料、不使用空调制茶，茶树与草木和谐相处，还原茶树自然生长环境的管理和生产模式。产品深受有关领导、专家和爱茶人的青睐。

将吾之茗自然系列的茶携回家，我想一个爱茶人，会重新爱上铁观音吧。

茶韵深长

王雪瑛

大雨如注，白茫茫的雨水在天地间奔流，汽车在雨水的奔流中穿行。我们在安溪县的虎邱镇下车，走在肆意的雨水中，周围的茶树在雨水中越发葱绿诱人，穿过茶园，一幢百年旧屋在灰白的雨幕后安心地等着我。走近院门，笔墨圆润的"玉环居"在哗哗的雨声中，悠然透出岁月的娴静，跨进院门，木结构的旧屋让我心生亲近。

在宽敞的院落中，铁观音溢出清幽的香气，接过主人奉上的热茶，饮一口，甘醇清冽，我脱口而出詹敦仁的诗句："泼乳浮花满盏倾，余香绕齿袭人清……"他惊喜地问："你熟悉很多品茶诗吗？""哪里，他的诗句是我最近读到的，全因茶香怡人呀。""不错，我们也是循着茶香，从厦门来到安溪，享受茶香萦绕的生活。"

他的妻子在一旁温婉地添茶，他伴随着潺潺的雨声缓缓地讲述自己。70后的他学的是美术设计专业，毕业后曾在厦门的广告公司工作，他热爱帆船，常常扬帆冲浪于碧海蓝天，享受海浪奔涌的澎湃，享受海天之间的辽阔，那是青春飞扬的日子。后来，他辞职，自己在鼓浪屿开了设计公司，他暂别了蔚蓝的大海，走向了安溪绿色的茶园。他的双手放弃了驾驭帆船，端起了茶香氤氲的青瓷，他从海浪间的一叶帆，变成了清泉中的一叶茶。

也许，安溪的清幽，比城市的繁华更吸引他吧。他和这座祖屋的主人一样都姓林，通过他的创意设计，让爱茶的人能在玉环居小住，感受铁观音的制作过程，享受"活火新烹涧底泉，与君竟日款谈玄"的诗意栖居。

雨停了，阳光漫射进了院墙，他带我们走进了另一个院落，我欣喜地看见房主一家人在制茶。种茶、采茶、制茶、泡茶就是他们的日常生活呀，林哥和他的妻都年过五十了，还是那样身手敏捷，身材匀称，那是与茶相随的结果。

"每天的上午10点到下午2点是采茶的窗口时间，晨露的水珠滑落于叶，云雾的精华渗透于叶，在阳光柔和的下午晒青，对吗？"林哥听了我的问题，笑答："你知道得不少呀！""我是昨日刚从西坪茶园学来的。"随后他耐心地为我讲解了如何晒青，晾青，摇青，炒青，揉捻，包揉，烘焙……他还教我如何摇青、炒青，掌握手势和力度，如何摇匀、炒匀。我在瞬间感受到了制茶过程中，身心与茶交流的迷人韵致：制茶的神渗透着音乐的美妙，摇青时妙音温婉，炒青时明亮高亢，揉捻时又成了百转千回的余音绕梁，而制茶的形又呈现着舞蹈的神韵——摇青、炒青、揉捻的动作中要有力度的控制，还要有形态的塑造，尽可能让每一片叶都均匀受力，都被悉心呵护。

整个制茶过程不再是我昨天在茶叶博物馆中看见的规范化流程，而成了一种人与茶相知的形式植入了我的心田。从第一天日光明媚的上午采下鲜灵之叶，轻放至随身的竹篓带回家，到第二天傍晚制成铁观音成茶；从日落到日出，昼与夜的交替中，人的眼看着茶、人的心装着茶、人的手制着茶，把握时间与火候，掌握力度与速度，观察叶面的变化，每一道工序都要精心细心地完成。整个过程需要耐心、悉心的情感投入，这个过程真实而劳累，这个过程辛苦而享受。这个过程历经几百年岁月的流转，几代人心手相传的体味，依然保留着神奇的密码：时变则茶变，地变则茶变，人变则茶变，技变则茶变……

我想，有一条是不变的，好茶分明是用爱换来的！种茶和制茶的过程，就是爱茶的过程，制茶如此的百转千回，犹如深厚绵长的爱，对茶倾心投入，贴心细致地照料，就是对茶相知相惜，体贴入微的爱，只有每一次相遇都珍惜，每一次相对都相知，才会每一次回味都美好。

叶不会辜负人的爱，叶变成了茶，铁观音以外形颗粒紧结、色泽砂绿鲜润，茶色明亮清澈，香气馥郁持久来回报人的爱！将3叶鲜润青翠的叶，夹入我的书中，装进行李箱，我离开安溪了。雨水如瀑飞溅着拍打车身和车窗，我在安溪通往厦门的路上，清水岩的雨神一定会护佑我的吧，我在心里喃喃……

刚到厦门，大雨竟然停了，我终于见到了中学毕业后30年未见的同学。

没有想到隔着30年岁月的长河，我们还有相对而坐的片刻时光。他说："北方人朋友之间相互体现友谊是称，有空来喝酒，而厦门人之间是称，有空来喝茶，我还是请你喝铁观音吧。"我欣然："好，我的安溪之行寻叶之旅就是相遇了铁观音。"

他缓缓道："品庭前茶叶幽香，望碧空云舒云卷，厦门人的淡定是与茶有缘。"我端起茶盏，慢饮一口，甘鲜细润，沁入心扉。我们的话题穿越岁月，在茶香间缭绕。停留是瞬间，转身是天涯。好在茶韵绵延，回味深长，岁月流转，世事更替，更显一叶芳菲，一杯甘醇的珍贵。

站在落地窗前，仰望上海的天空，心里又飘起了厦门的云。转身翻开书本，安溪的叶不再青翠，但依然清香。云还在漂移，叶又在生长，叶与云，人与茶，在时光中回甘，在心海中珍藏。

与铁观音为邻

石华鹏

一

是否可以这么认为：与山为邻，人会变得沉稳、包容，故为仁者之乐，仁者，仁德、宽厚之人也；与水为邻，人会变得澄明、活泼，故为智者之乐，智者，聪明、智慧之人也；那么，与茶为邻呢？人会变得超然、内敛，故为道者之乐，道者，超脱、崇尚草木之人也。

这样说或许有些虚妄，有些生硬的简单。但我们静下来想一想，想想我们记忆中那些与山为伴、与水为邻的人们，无论古人今人，名士凡夫，你会发现他们的品性里一定融有山的沉稳包容、水的澄明灵动之气，比如"性本爱丘山"的陶渊明就有仁厚坚韧之德；比如从湘西沅水走出的沈从文，文字和生命无不氤氲着水的灵性。我相信，当我们与某物长时间或一辈子相伴为邻，此物一定会以某种方式存于我们的身体和品性之中，这或许是所谓的物我相融、物我两忘之境界吧。邻，既有接近、亲密之意，也有某种生存方式选择的哲学意味。如果能与山、水、茶同时为邻，当然是人生之大境也。有这样的人吗？有的，唐代人陆羽。陆羽隐湖州妙喜寺，居杼山，侍泉水，煮新茶，日日与山、水、茶为邻，析茶之术，悟茶之道，写出天下第一部关于茶的专著《茶经》来。陆羽为茶立传，能传之千秋，大概是仁、智、道融合的力量所致。

二

那么，在茶乡安溪，那些日日与铁观音为邻的人们呢？他们或种茶，或制茶，或说茶，或卖茶——饮茶自不必说——日日与铁观音摸爬滚打在一起，茶在他们身上和心里烙下了什么印迹？他们对茶有怎样的感觉和领悟？初夏时节，安溪之行，为这既虚且实的问题，我似乎寻到了答案。

虎邱镇仙景村，离安溪县城 30 来公里，山势起伏，茶园遍野，在一座清末古大厝，我们体验铁观音的手工制作工艺。采摘、晒青、凉青、摇青、炒青、揉捻、初烘、包揉、复烘、复包揉、烘干。在这道繁复得近乎神圣般的工序中，手工的力量与人的思维自始至终与茶叶发生着无言的对话——晒青的温度湿度、炒青的速度火候、烘焙的时间等等，无不在意、讲究。一泡乌润肥壮、香馥味醇的铁观音的出现，总在可控与不可控之间、可知与不可知之间，被宿命般的命运牵引，那"结实沉重似铁，外形美如观音"的铁观音因此被涂抹上一层神秘色彩。

带领我们体验制茶的是林老伯。林老伯一辈子做茶，劳其筋骨、炼其心智的做茶生涯让他拥有了与其古稀年岁不匹配的健硕身体和俊朗精神。林老伯安静而不失热情，摇青、包揉……像玩儿一样，而我们，认真而卖力地学着他的样子，还是做不顺溜。事实往往是这样，师傅做事总是看上去漫不经心，如玩儿，而徒弟总是一副认真、谨慎的样子，这叫作修炼。我问林老伯："怎样才能做出好茶来？"林老伯黑红的脸庞上漾出笑意，道："这个可不好说，嗯——如果要说的话，在于三个因素：天、地、人，缺一不可哦。"我点点头，装着懂了。

茶来自草木，种植、采摘、制作，遵循天、地、人合一的自然之道。种茶，关乎天文与气象，土壤及周边环境，在彼此的对话中，茶农默默观察茶树的生长。制茶过程中，关注茶叶瞬息万变的转化，读懂茶叶的表情和它无声的语言，人与茶互动。这期间的妙道不可言说，这也是为什么茶客们为一泡好茶愿越千里、掷千金而追寻它的原因了。人在草木间，日复一日，年复一年，便有了尊崇自然、敬畏自然的超脱之"道"了。可以说，每一个茶人都是自然之"道者"。

林老伯平静地告诉我，他做出的好茶，在茶王赛上得过头奖。

三

我们中国人向来有认祖归宗、慎终追远的传统，说到铁观音，在安溪有一地不能不提到：西坪。对中国乃至世界茶叶文明史来说，西坪的地理意义非凡：西坪是中国铁观音茶的发源地；是乌龙茶的故乡。就是说，全中国，全世界，任何一株铁观音茶要认祖归宗、慎终归远的话，应该来到西坪，这里是它们的原乡，它们的圣地。

西坪镇距县城 32 公里，疆域 145.5 平方公里，有山山不高，有溪溪如带，烟雨雾绕，上天的眷顾，加上先祖的智慧，"高山雨雾出茗茶"实乃自然不过的事情了。

在西坪南岩山之麓，有三两株铁观音母树倚在巨石边，立有高大的牌坊拱卫它，它的神圣和与众不同便显现出来。在心里膜拜它之后，我们移步到离它不远的南轩品茶。为我们泡茶的是西坪年富力强的镇长。茶杯端起放下，话语起起落落。

说起西坪的茶，镇长如数家珍。从历史文化价值——明成化年间（1465—1487），这里发明了人类独一无二的乌龙茶"半发酵"制茶工艺；清乾隆年间（1723—1736），发现和培育"茶中之王"安溪铁观音；茶树短穗扦插育苗法。说到茶叶产业——西坪的茶园面积、茶叶产量、涉茶从业人员、茶商品牌都名列安溪县前列……在座的朋友提问了：铁观音的农残超标吗？铁观音有加香精吗？镇长谦虚大方，一一解释：农药的使用是与茶产业现代化同步的，现在的农药越来越进步，对人的危害在降低，西坪的铁观音农残没超标，而且引入生态茶园之后，对农药的依赖在降低；铁观音的香味来自自然，添加香精是多余……

四

从制茶的老伯，到推广茶的干部，我感受到了安溪茶人发自内心地对铁观音的那份热爱，茶融在了他们的血液里，带给他们坦诚、洒脱以及内敛的品性。

我也自诩好茶之人，常饮安溪铁观音，也算作与铁观音为邻吧，但与那些骨子里与铁观音为邻的安溪茶人相比，我再来说茶，多少有些矫情了，但是我第一次与铁观音相遇的情形至今不忘。

我长在湖北江汉平原乡下，家乡不产茶，乡人也没喝茶的习惯，但凡有客来，都会拿出平时不常用的青花瓷碗，倒上一碗雾气腾腾的白开水，热情地说："您喝茶，您喝茶。"很是奇怪，一杯白开水，并不见茶，却唤"您喝茶您喝茶"，我至今没弄明白为什么这样。

说来不怕人笑话，我第一次"真正"喝茶是在出生二十多年后，那时我离开家乡初到人生地不熟的福州供职。这个城市有两个特点，一是满街长满榕树，二是随处可见茶叶店和茶楼。

年轻单身，一人饱全家不饿，什么都没有就是有闲，如何打发闲时成为一桩让人头痛的事儿，偶然间结识朋友张君，像得了一剂医头痛的药，药到病除。我住地附近，有一条热闹的夜书市，一溜儿过去，摆的不是盗版书就是发黄的旧书老书，我是这里的常客，比摊贩还敬业，逛来逛去，挑来拣去，一是寂寞的时间耗去了，二是总能淘点好书，如鲁迅的书沈从文的书等。一天我将手伸向一本黄毛边纸封面的《美国中短篇小说选》，心里窃喜，碰到好东西了，没想到另一手也同时伸向了这本书，两只手碰到一起，扭头看，两人都笑了。一聊，两人都是文学青年，这样认识了张君。张君闽南人，一日都离不了茶，用他话说是茶水里泡大的，我们认识第一天，他拉我去喝了平生第一次茶，此后的闲时，我和张君常去茶馆，喝茶聊天，日子随茶水一起喝走了，茶越喝越淡，友谊越喝越浓。

五

那天喝的是安溪铁观音。去的是陆羽茶楼。店主和张君熟，简单招呼我们，不客套也不怠慢，这让我舒服自然。我们在一个枣红色的根雕茶桌前落座，桌上乳白色的碗盏，精致细腻，亮薄如纸，感觉一捏即碎。店主往电壶里续纯净水，接着煮，一根木镊子镊着茶盏，旁边玻璃器皿盛着沸水，在里边丁零哐当转动，很快洗净，水也煮好了，店主取一泡茶，扯开，倒在掌心，茶颗颗粒粒，有绿意，送到鼻尖闻闻，店主自言自语，说不错，他的大手熟练地侍弄那些听话的茶具，一小盏茶，用镊子送到了我面前，汤色清亮，飘着清香，嘬一口，人就醉了。

多年后，尽管我喝过很多价格高昂的铁观音，观看过多次动作繁复讲究的茶艺表演，但那晚的茶味总让我回味，那晚店主淡定自然、简单有力的伺茶手势总在眼前挥之不去，相比，那些过度在价格上"一争高下"的铁观音、那些过度夸张意在表演的茶艺多少有些乏味，茶是俗物，不在价格，不在表演，而在乎生活，在乎真实。

记得那晚带着茶味离开茶楼时，店主问我哪里人？我说湖北天门。店主说，巧了，我这陆羽茶楼，陆羽不是你老乡吗？我说我左眼总跳呢，原来茶神光临了。说完转身取些铁观音塞到我手中。陆羽是天门竟陵人，老家辟有他的纪念馆，小时总弄不明白，家乡不产茶，怎么还出了个茶圣呢？再者，老家人把喝白开水唤作喝茶，是否与老乡茶圣有关呢？

有些事情就是如此——说不清楚。不说了，喝茶去吧。

安溪一刻

龙　冬

这是哪里？

拾级而上，我气喘吁吁钻入村头石砌的阴凉门道，缓缓走进了小小村落石板铺成的一条狭窄街巷。

街道宁静，太阳在头顶火热。两旁砖瓦石块的民居，棕黑的木门紧锁，从石楞立柱护窗的空隙望进室内，刚才强光下的眼睛还不能适应昏暗，黑黢黢的什么也看不见，过了好久，才隐隐约约发现屋子里面空空如也，地上有箩筐、木棍、碎烂布片等杂物，房梁角落垂吊着大大小小的蜘蛛网，灰尘掩盖了所有的遗留物。还有坍塌的房舍，如同戏剧舞台布景，营造了那面"第四堵墙"，空间顿时豁然开朗，全无遮拦，往昔主人的相片镜框悬挂在一壁残存的土墙上；另一面斑驳墙壁上隐约可见几十年至近百年以前的泰国贴图，也有村民亲属邻里他们还不忘记，在新年为这些空空荡荡的老屋房门、室内立柱贴上鲜红的春联。这户人家的祖上已经离开家乡多少年了？他们几代后人什么时候回过这老屋？这一出是宏大的多幕剧，还是独幕多场次戏剧？一切无从知晓。我只是来到这里的匆匆过客。残垣断壁的民居，个别还有房基遗存，杂草丛生，破碎的红砖黑瓦隐现其中；也有生活人家留守，有老人，有小孩子。宽阔的屋门洞开，老人或立于堂屋正中，或站在门槛外头街边，手里拄着一柄长长的扫把，目不转睛注视着我这个陌生的外乡人。孩子们是活泼的，他们一只手托着大碗，站立着，也有坐在竹凳上，晃动身体，用另一只手使劲握住一双筷子往嘴巴里扒拉饭菜。

这是哪里？脑子又在作怪，我站到的是什么地方？我是从雪山之上的高原跑下来的吗？错觉很像是，可并非真实，而真实的情形，我似乎又非常难以认同。我是从北京顺义首都机场飞行了两小时四十分钟，贴着海面降落于福建厦门的高崎机场，然后跨海进山车行七八十公里，来到了泉州市的安溪县。我在灯火通明高楼林立的安溪县城住了一夜，在自西往东穿城而过的蓝溪岸边走一走，第二天中午即乘车翻山越岭到达西坪镇的南岩村。

此刻，我徒步攀上的这条小街，名字是"寨顶角落"。寨顶，也即上寨，又名月寨。对应的有其下方半山腰的日寨，也即下寨。我也很想到下寨看一看，可是时间不够了，非常遗憾。

头一天，安溪县城宽大流动的蓝溪汇入晋江，入海口流注台湾海峡。入夜的蓝溪岸边，还有搭建的临时舞台进行歌舞表演。

安溪，原名清溪，是不是因为这条河水？蓝溪，又名西溪，河流如此宽大，为什么它不是河，也不是江？或许此地水系众多，又临大海，我经验中的江河在这里不过就是一道溪流。我们早已知道，久远以前从东方出发，海上丝绸之路的起点正是这个地方。这就容易理解为什么安溪这个曾经的贫困县，如今村落特别安宁，原住民大都易地搬迁了，也不乏流向他乡外域。有资料统计，今天将近百分之十二的台湾人，都是安溪祖籍。东南亚等地，祖籍安溪的也不少。在大山褶皱里谋生，艰辛可想而知。河水流动，又必然启发人的思想流动，腿脚灵活，总是向外往远迈步。如今安溪，早已经历曲折求生，告别了贫穷面貌，可以说焕然一新。车子总是在山路盘旋上下，海拔大都在数百米千米之多。灌木的茶树遍布高山坡地。山谷狭窄平地间耸立高楼大厦，车子往上走一走，看到的都是一块块灰色楼顶和红绿铁皮屋顶。山里村镇街头两边尽是商铺人家，门户敞开，家家户户感觉都是生活讲究的人的"工作室"，都有长条的茶案，随时恭候邻里熟人、朋友或陌生的过路人进屋落座品茗。

我缓缓地溜达，顺着坡路往下，转弯走到寨顶角落的第二条小街上。这条街道只有一边民居，另一边是陡坡，视野远大，极目所望，墨绿青翠的高矮山峦起伏连绵，猛然令人心旷神怡驻足不动。近处坡下传来鸟鸣婉转。在小街拐弯的地方，一位立于家门的老者正同我讲话，可是他的乡音有一多半我不能听懂。我对地名的请教，总要用手势反复比画着再用猜测才能证明他的回答。我正要转身告辞，老者最后的一句清清楚楚，他说："来屋里喝茶吧，喝茶吧。"时间没有允许我停留。我甚至有些犹豫，有些莫名伤感，真想接受他的邀请，到这户村民家中坐一坐，啊，不仅仅是坐一坐，而是喝喝茶谈谈天。这样的机会今后还会有吗？我大概能够设想，这位老者一边沏茶为我斟茶，一边不间断地夸赞介绍他家茶水的口感妙处。福建人，特别是这回安溪的西坪镇之行，给我加强了一个印象，当地人非常会说话，特别擅长介绍说明，哪怕任何一件极其日常的事物，他们都能说出一大篇头头是道的言辞语句，但是绝对不会令人感到琐碎累赘。他们并非名不符实的"忽悠"，而是循循善诱，如同当地最大特产铁观音茶叶繁复的种植与制作工艺，总归要尽其所能地表现丰富。在此，敬请原谅我的联想不够雅致。曾经我在捷克，特别是那座有享誉全球的比尔森啤酒的比尔森小城，公厕里都是啤酒的味道。我在安溪所到之处，尤其西坪镇"魏说""王说"两大铁观音品牌基地，处处居然都有茶香。

寨顶村民的猪圈都在房屋门外街边。烈日当空，一头大黑猪独卧在圈里的阴凉处，哼哼唧唧。另外一个圈里，两只灰色小猪被我叫醒了，吱吱作声。这里猪圈的气味似乎也有茶香，是我的嗅觉偏离了真实吗？还是我也变成了一个"胡建人"（福建人）？

此次从北京出门之前，天气预报报道安溪未来几天都有雨水。我在安溪西坪、湖头、尚卿两镇一乡待了三日，天空成团的白云翻滚多姿、明媚刺目，空气黏稠湿热，人在室外动一动就要汗流浃背，夜晚微风扫过，完全没有一点来雨的意思。直至离开的时候，阳光还是烫人。据说飞机起飞之后放平，下面的安溪这才风雨大作。如此神奇，绝非瞎扯，真是福人天佑。

平日有喝茶嗜好的人，你们若到安溪旅行，完全不必在行李中带上茶具、茶叶。我告诉你，茶乡村镇任意一家酒店、民宿里，每一间客房里，都有茶案、茶桌、茶具和清香、浓香、陈香多样口感的铁观音免费给你。

如果以后我还有到安溪旅行的机会，我会刻意再来西坪镇的寨顶角落村街走一走，甚至还要住下几天。为什么呢？我也说不出理由。不为什么，就是这样想。

古镇茶韵里的文人气息

北　野

一

　　阳光从香樟树的缝隙间漏了下来，青灰色的街石上便显出一道道彩色的斑驳的光影。行进在安溪湖头小镇，双脚覆落在这些斑驳陆离的光影上，心情格外地凝重而沉静。因为铁观音茶庄园旅游节，我来到闽南绮丽如画的山水美景中，馥郁的茶香清气中处处可以感受到中国第一茶都的茶韵意趣。湖头又是清代名相李光地的故乡，想起了李光地"前代贤君识此志，治效辄得史臣夸"的诗句，陡然感到弥漫在街头坊间的茶韵清香里飘逸着一股浓郁的文人气息。

　　漫步在老城区的东西巷道，新衙、旧衙、问房、贤良祠、宗城土楼，徜徉于连亘一片的李氏故居，寻觅一代名臣李光地的历史遗迹，对这位被《四库全书》誉为"儒林巨擘"的治世能臣不由得心生敬慕之情。青石砌成的古厝之间的高大院墙，就形成了一个个悠深的小巷，有南音闽戏不时从高大的院墙里流逸而出，行走在小巷里的游人不觉间放慢了自己的脚步。阳光掠过院墙栖落在古厝的暗红色的檐角房顶，古厝上空便轻笼一层氤氲的光晕。这座三百年前用红色的砖石建造的院落，连同墙画的红砖拼贴和镶嵌而成的古屋里的一切，似乎都在诉说着李光地清正廉洁的一生。

康熙六年（1667年），清初一代大儒顾炎武移居陕西华阴，二十五岁的安溪才子李光地带着自己撰写的《四书解》《周易解》和《历象要义》等文稿前来请教。顾炎武翻阅文稿，不禁暗暗称奇，厚厚的文稿已经显露出作者丰赡的学术造诣。自此，李光地开始跟随顾炎武学习音韵之学，并致力于宋明理学的探究整理。康熙九年（1670年），李光地考中进士，改庶吉士，授编修，从此名播八闽大地。康熙十六年（1677年）被擢为侍读学士。此后官运亨通，累迁吏部尚书、直隶巡抚和文渊阁大学士等职，可谓"位极人臣"。身居相位的李光地在革除弊政、澄清吏治、发展经济和繁荣文化方面，为清王室的政权巩固做出了一定的贡献。

湖头镇人说起李光地，无不面呈自得之色。然而，他们说得更多的仍是李光地对安溪物产的推介之功和对地方文化的建树之德。例如，已获得国家地理标志产品保护的湖头米粉，就与李光地有着密切的渊源。据说，在康熙皇帝的寿筵上，李光地曾将湖头的笋丝、香菇、肉丝、虾仁炒熟，再加适量肉骨汤和湖头米粉入锅用油翻炒，使之成为康熙"升平嘉宴"中具有安溪地方特色的一道美味，湖头米粉也因此成为皇家贡品。在李氏家庙边上的一个洁净的小店内，我慕名去吃一碗皇家贡品的湖头米粉。当品质上乘、晶莹透明的米粉端上来时，在座之人无不食欲大开。食时感觉细腻柔韧、清香宜人，店内外响起了盈耳不绝的赞叹之声。

二

吃完湖头米粉，店家奉上一壶铁观音，洁净的小店里弥漫一股浓郁又清冽的茶香。从店家口中意外得知，名茶"铁观音"的得名颇具传奇意味，竟是从清代桐城派散文的祖始爷方苞的案几上开始酝酿、升华而成。闻听此言，我不禁纳闷了起来，方苞祖籍安徽桐城亦为名茶之乡，桐城小花茶在明代就素负盛名，曾被封为皇室贡品。方苞又为何对安溪茶情有独钟？翻开《清史稿·方苞传》，才彻底解开了其中玄机，这一切仍和清代名相李光地有关。一壶铁观音，竟然融化了古老的沧桑岁月，滤尽了庸凡生活中累累蒙蔽的历史烟尘，浸泡着两代文人薪火相传、悠远醇厚的个体精神意脉。

方苞初入国子监游学京城时，安溪名儒李光地已是朝中内阁大学士。李光地看到小自己二十五岁的方苞的文章后，惊叹方苞是"韩（愈）欧（阳修）复出，北宋后未有之才"。八年后，方苞参加江南乡试第一，京师会试第四，人人皆以为廷试必中一甲，不料传来方苞因母病而连夜离开京师赶往江宁。李光地闻讯甚憾，曾派快马追他回来参加廷试，方苞却坚决不肯。方苞与功名失之交臂，却和李光地从此结下生死之谊。康熙五十年（1711年），方苞坐戴名世案牵连下狱，被判死刑。李光地惶急之下冒死向皇帝上书施救，康熙遂免方苞死罪。李光地彻底改变了方苞后半生的命运，成为其在学术思想和为官理政方面不可或缺的良师益友。

李光地喜欢饮茶，时常邀约方苞至宰相府邸品赏自己从家乡带来的安溪茶。茶水泡开，常有一股兰花的清香弥漫室内，幽静绵长，韵味无限，丝丝缕缕地刻在了方苞的记忆深处。当时，接踵而至的宦海风波曾一次次把李光地推向风口浪尖，言辞之间常有辞去官累的愿望，而饱经牢狱之灾和忧患之苦的方苞也备感官场政治的昏聩和凶险。某日，李光地望着几案上的茶杯，望着茶叶在杯中舒张跌宕，沉浮不计，舒张如落落君子，蜷缩似林中隐士，似有所感，遂提笔将宋人赵抃《谢许小卿卧龙山茶》中"啜多思爽都忘寐，吟苦更长了不知"的诗句写在了纸上。方苞颔首称是，顺口吟出宋人陆游"石鼎煎茶且时啜，题诗但觉退笔锋"的诗句。叙谈之中，二人真想把繁华的京师当成山高水长的故乡，一杯茶、一本书、一湾溪水、一片山林，清净无为，参禅悟道，恬然闲适如神仙。然而，人在朝中，身不由己，只有在叙茶吟诗中韬光养晦而已。那个时期，常常是一间书室，两杯清茶，馥郁的茶韵清香里蕴涵着两代鸿儒疏淡寥落的文人气息。

三

乾隆元年（1736年）秋天的一个午后，京师三礼官署廊外的梧桐叶在凉风里发出喻喻簌簌的声音。此时吏部尚书、直隶巡抚和文渊阁大学士李光地离世已逾十八个春秋了。时年六十八岁的方苞正伏案捧读《皇清文颖》，侍从呈报门外有位儒生求见，进来的便是李光地的同乡邑人王士让。王士让，字尚卿，康熙二十六年（1687年）生于安溪，自幼苦读经书，却屡试不第。直到四年前，已是四十五岁才考中进士。这次依例奉召进京，前来拜谒礼部侍郎方苞大人。见到昔日师友恩人的同乡儒生到来，方苞非常高兴，便命侍从为王士让沏上一杯家乡带来的桐城小花茶，叙茶间关切地询问王士让的学问经历，大有延揽提携之意。王士让十分感动，又见方苞喜欢饮茶，便将自己带来的一包家乡茶叶奉给方苞。

方苞一见王士让拿出的茶叶便觉眼熟，知是昔日李光地府邸品赏过的安溪茶，但又与昔时所饮之茶略有不同。面前的茶叶曲卷如蜻蜓头，螺旋似青蛙腿，拈一撮似有沉甸厚实之感，投入杯盏竟铿锵有声。尚未注水，已有轻微的香气溢于杯外。于是命人换过杯盏，注入沸水，但见汁液金黄，一股清冽的兰花香气弥漫室内。当年和李光地促膝于室，砥砺学问和品茶悟道的往事便在眼前隐然浮现，方苞不觉双眼有些潮湿。次日，方苞入朝靓见乾隆帝举荐儒生王士让，并把王士让所奉之茶献给皇帝。乾隆发现此茶绿叶赤边、条索密实。命人注水泡开，感觉醇厚鲜爽。一启杯盖，芳香扑鼻而来。轻饮一口，齿颊留香，令人心醉神怡。心下大异，便传来王士让详询此茶来历。乾隆细细观察掂量之后，感觉此茶乌润苗实，粒沉似铁，味香形美，犹如观音，因而赐名"铁观音"。一年后，着令方苞奉调王士让入内阁在三礼馆纂修《仪礼》，后授博学鸿词科，此为后话。自此以后，铁观音遂成清廷皇室贡品之茶，声名遍传华夏。

四

湖头镇东面约一公里之外，便是风光秀丽的龙贵山。龙贵山西麓有成云洞，相传古时幽谷涧水，走壁拖云泻入小三潭，形成"成云观瀑"的奇景。午后的晴阳下，我慕名来到龙贵山下，但见黛山秀水，相映成趣，山间云雾缥缈，绿红掩映。山角茂林修竹，清溪流淙，平旷处有一廊院阁楼，名为"成云书轩"。这是李光地休憩攻读经书之所。至今，门墙上仍镌刻着福建巡抚潘思渠亲笔所书的"李文贞公读书处"七个大字。成云书轩的斋壁上留有李光地亲笔题写的一幅书法手迹，内容是南宋诗人裘万顷的《归兴》："新筑书轩壁未干，马蹄催我上长安。儿时只道为官好，老去方知行路难。千里关山千里念，一番风雨一番寒。何如静坐茅斋下，翠竹苍梧仔细看。"史载，题写此诗的时间是康熙二十五年（1686 年）。是年李光地刚好四十四岁，正处在年富力强、匡时济世的大好年华。然而，这首诗的内容却流露出了远离官场、归隐乡野的恬淡心愿。李光地为官忠贞笃实，耿介自守，故而备受权臣打击陷害，曾多次以"乞假省亲"的方式试图回避。康熙二十一年（1682年）夏五月，"疏乞送母还里，许之。"李光地便在家乡建榕村书屋，与亲友讲学其中，世称"榕村先生"。后来又开拓成云洞并修筑成云书轩，朝夕耽于其间，凭栏观瀑，听溪写诗，烹文煮字，著书立说，开始了生命中比较安逸的一段岁月。四年来，陆续完成了《榕村文集》四十卷，《朱子礼纂》五卷。二百五十多年后，民国总统徐世昌将这些文集收录于《清儒学案》，盛赞李光地"学博而精"。然而，好景不长，康熙二十五年（1686年），朝廷征召李光地赴朝担任掌院学士兼吏部侍郎。皇命难违，李光地在进退两忧之下题写了这首诗。"何如静坐茅斋下，翠竹苍梧仔细看"便是那时候李光地矛盾心灵的真实写照。

康熙五十五年（1717年）五月，李光地疝疾猝发，卒于任所，享年七十七岁。此前两月，李光地向皇帝呈上奏定孝惠章皇后谥号，疏中脱漏"章皇后"三字，部议拟将李光地降三级调用，康熙不准，下旨宽免。李光地磕头谢恩，退朝后病居于家，两月后溘然而逝。殁后，康熙皇帝派遣恒亲王允祺前往吊唁，赏赐黄金千两，谥号"文贞"。其时，方苞正在皇宫南书房任康熙的文学侍从。噩耗传来，方苞大恸，援笔为文，撰成《安溪李相国逸事》，高度评价李光地治国理政的一生"海内号为廉吏，皆得安于其位"。十八年后，李光地的同乡邑人王士让谒见方苞，熟悉的安溪茶香里的兰花气息勾得一代大儒潸然泪下，遂有安溪铁观音终成清廷贡品的历史盛事。

佛说，万事万物皆为因缘。当年安溪鸿儒李光地不会想到，在自己殁世后书房时常常放置的那盏家乡茶叶竟会成为后世名茶。当年儒生王士让在南轩读书发现层岩下的茶树时，也不会想到家乡的这种色泽砂绿、青润起霜的茶叶会成为朝廷贡品。当年文学巨擘方苞撰写桐城古文时，也不会想到会因自己的举荐之功而成就了一座中国茶都。似乎一切都是一种因缘定数。李光地赏识方苞才华，并拯之于牢狱之中。方苞感其恩德遂对安溪儒生情有独钟。乾隆感佩方苞学问品德，君臣引为知己，所以一经举荐便欣然赐名。君惠吾清风细雨，吾报君满庭花树，一种福报，一种因缘便成就了一世名茶铁观音。

五

夕阳的晖光已经为湖头镇的村落沐上一层朦胧的恬静的橘色。在一棵古老庞大的香樟树下的茶室里，行走倦了的我静坐于窗边的一张茶桌上。这时候，我的目光穿透了贤良祠上空绯色的薄云，似乎看到了如血的夕阳已经搁到了龙贵山的峰巅，成云洞周边的那些峦峰巉岩、殿拱檐薨也静沐在橘色的晖光里，一派娴雅安然之态。喝一口新沏的铁观音，闭上眼，脑海中翻腾着唐人李中《赠上都先业大师》中"有时乘兴寻师去，煮茗同吟到日西"的诗句。真想在这个恬静的古老的小镇，久坐于一把老旧的藤椅，执一壶新沏的观音茶，在悠然弥散的茶韵古意里忘却了身外的一切俗念，让久违了的一种原始的诗情画意隽永于心。如果手执一卷桐城古文，啜饮壶中琼汁玉液，吟哦书中清词丽句，心意该是何等的澄澈明净！在湖头小镇，我不禁发出无声的喟叹，若做人如茶，我就选择铁观音。因为铁观音馥郁浓烈的茶韵馨香里就蕴涵着丝丝缕缕的文人气息。像李光地这样的治世能臣，方望溪这样的旷世奇才，他们志节忠贞似"铁"，故能学博精深。他们又兼具"观音菩萨"那样大慈大悲的宽怀品性，故能胸怀黎庶，安邦治国。茶韵悠长，清雅里显至味。人品质朴，疏淡中蕴大德。钟灵毓秀、物华天宝的湖头小镇，古老的茶禅清气孕育了李光地这样的治世名臣，而李光地的喜厚德大才凝成的人格魅力又将家乡的茶叶推向华夏四夷。名人名茶相得益彰，才凝成了这个别致独到的安溪古镇。面前的这一杯铁观音，似乎纤嫩的茶叶尖上凝聚着闽南大地的山光水色，清冽的茶液里浸泡着湖头古镇的历史文化，茶香的气息里蕴蓄着一脉相承的文人情怀。叹一口气，再啜一口铁观音，湖头镇的古厝老街，山岚烟霭，连同苍茫面至的闽南暮色，便一起模糊在我的眼睛里了……

安溪茶乡二题

叶　辛

曲斗香酒

读者要说了，你的题目是茶乡，开头第一节，怎么写起了酒？

因为这是茶乡的酒。而且到达安溪吃的第一顿饭，我们喝的就是安溪产的这种土酒。

写这种酒，是"怪"，觉得这种酒怪。走南闯北的，去过汾酒厂，喝过清香风格的老白汾酒；喝过浓香型的五粮液和泸州老窖；同样喝过我第二故乡的董酒，那是兼香型的代表酒。曲斗香酒却是第一次听说，也是第一次品尝。

曲斗香酒的第一个怪，是怪在味道。既不是清香型，又不是浓香型，更不是兼香型，硬要把它归类，只能归入其他香型。但是它真的香，入口有一种他处不能碰到的美滋味。我觉得这就是它的成功之处了。至于它自己标榜的酱香型白酒，只能说是有一点淡淡的酱香味，老酒师品鉴起来，会给一个评介：酱头。乍一入口，有一点酱香的意思。我喝过以后，觉得不如称之"曲斗香"更准确、实在、贴切、独特。不知厂方意下如何？

曲斗香酒的第二个怪，是它的海派。在它的标牌上，写明了是"中国海派白酒的典范"。它这个海派，不是上海人讲习惯了的"海派"。它指的是这种白酒酿成之后，装入坛口中，要在海边选一个黄道吉日，举行一个海藏仪式，把酒深埋于大海底处窖藏。一藏就是五年。唯独这窖藏五年的时间，和酱香型白酒的鼻祖茅台的窖藏期一致。我始终在琢磨，曲斗香酒怪怪的，带一点奇妙的味道，是不是和这种海藏的方式有关系？得不到确切结论，这就不能不提它的第三个怪。

曲斗香酒的坛口，乍一看以为是大海螺。俯下身去抚摸，才知它这坛口仍是陶制的，只是烧制成海螺的颜色和模样。一坛酒，灌装40斤，深埋于海底整整五年，坛中的白酒在老熟氧化，把杂质通过陶壁排除出来；带有盐腥味的海水，同样也会透过陶壁渗进酒坛，当然这过程都是潜移默化的。曲斗香酒那种美味和奇妙的感觉，也许就是在这过程中产生的吧。

没去过曲斗香酒厂，也没细看过酿酒过程，只是在品尝之后，写下一点感悟。并不是为曲斗香酒做广告，只把体验写出来，让天下酒客和对酒文化有点兴趣的朋友，晓得在福建，在安溪，有这么一款风味独特的美酒。

茶名为何叫铁观音

喝过铁观音，却从没深究过这种茶为何名叫铁观音。

铁观音名声大振，走进任何地方的茶室，服务员询问：喝何种茶？报到茶名时，总要提到铁观音，如同提到龙井、碧螺春、普洱茶、白茶一样。这一次走进铁观音的王国，心想至少要弄明白了，此茶为何冠名铁观音？才不虚此行。

本以为谜底很简单，一讲就能明白。哪晓得乍一问，就引出了三种答案，那便是王说、魏说、形说。

这形说是我的概括，讲的是把一粒粒结实如铁的嫩蕊放进杯中，以滚水冲泡，就能看到那嫩蕊渐次徐徐张开，茶色由青转绿，慢慢舒展开成一片片绿叶。此时，随着茶香悠然逸出，面对窗外照进的明亮阳光，那飘飘然升起的水雾茶汽，宛如超凡脱俗的观世音正升空而远去，似梦似幻。古人所谓"从来佳茗似佳人"之句，就是这么得来的吧。佳茗宛若佳人，佳茗宛似观音，亦是能联想到的吧。

魏说则要具体得多。带有民间故事的色彩。讲的是安溪西坪松岩村上，有个虔诚的村民魏荫，他既种田，又信佛，诚实劳动，以宽容待人。日出而作、日落而息的生活中，他天天要在观音菩萨前点上三支清香，奉上一杯解渴消暑的清茶，几十年风雨人生，从不间断。清雍正三年（1725年），老实的魏荫梦见观世音菩萨飘然而至，指点说地名打石坑处有珍贵的茶树。第二天清晨，他想到菩萨托梦，急急地赶到打石坑山岭上，果然看到一株翠绿的茶树，那树形树叶，竟然与梦中见到的一模一样。魏荫大喜过望，小心翼翼地将茶树挖回家中，专门移栽在一个破铁鼎中，置于园子里精心栽培。春来新叶长出，魏荫以自古传下来的乌龙茶制法，做成茶后泡来品尝，竟然茶香盈室，引得松岩村上邻居纷纷前来打听、品茶、赞叹。因为是观音所赐，制成后的茶粒形似炭，沉实似铁，魏荫为它取名"铁观音"。

王说更让人觉得有根有据——有遗迹，有几丛茶树，有一座石构牌坊，还有"王说"主人公王士让的画像。清乾隆元年（1736年），尧阳村的书生王士让在他的书房南轩发现了一株生气勃勃的茶树，顿时生出爱心，将其移植于圃内，精心照料。只见此茶树叶片椭圆，叶肉肥厚，嫩芽紫红，青翠欲滴，煞是诱人。采制成茶，泡饮之后，香醇味佳。于是广植于山岭前后。乾隆六年，王士让入京谒见礼部侍郎方苞，以茶相赠。方侍郎品茗之后，感觉此茶叶确为上品，转献内廷。乾隆皇帝饮后大加赞赏："其茶乌润结实，沉重似铁，外形漂亮犹如观音。"故赐名"铁观音"。王氏后人津津乐道祖宗往事，将王士让画像悬挂于厅堂，让一批一批茶客游人来此观赏怀古。

于是乎，关于铁观音的起源，形说、魏说、王说争论不休，各说各的，莫衷一是。赞同"王说"者，还有一个理由，说民间尊观世音菩萨为神仙，只有顶礼膜拜，不敢轻易命名。唯皇帝才会赐名铁观音，也只有乾隆皇帝命了名，这茶才广为流传。名扬四方，从十八世纪一直传至今日。

安溪茶乡的乌龙茶，为何命名为铁观音，读者诸君，你明白了吗？如若非要有个结论，那么我告诉你，这都是口口相传的传说，至今仍没找到文字依据。但有一点是肯定的，铁观音茶的名声，已经传遍海内外。

这是什么原因呢？请读一下我的这首小诗。

安溪茶乡

安溪茶乡铁观音，色炭形铁性亦灵。
蓊郁葱茏连绿荫，清香浓香伴茶韵。

走进安溪，一道碧澄的溪水弯弯拐拐地淌来，溪水两岸，青山如画，墨绿色的茶园从明丽的溪水边顺着山势的起伏铺展到云海深处，轻风拂来，云去雾来，那淡薄的雾气便会送来淡淡的淡香。满山满岭铺展着的，全是铁观音茶芽。茶园傍连着的绿荫，是当代的植茶方式。而经传统工艺制作的片片茶叶，其色如炭；其形成的小小茶粒，沉实如铁；当滚水冲泡之后，那片片结实的茶叶便会徐徐涨开，舒展成有灵性的绿叶。浓香和清香，是铁观音的两个典型品种。初品铁观音的人，会对浓香喜不自禁，久久难忘。而一般的老茶客，更喜欢的是清香型铁观音那股幽然气息。

这算是我对小诗的一个小注罢。

听 茶

叶 梅

    茶是有声音的。这是到了福建安溪之后才突然领悟到的。

    其时秋分过了，转眼已是寒露，北方的雾霾不期而至，灰蒙蒙的不顾人情冷暖，沉着脸。老天爷不高兴的样子实在让人无奈，到底人做错了什么呢？我们应该做什么检讨，才能换回蓝天？怀着这样的心情，应邀到了安溪，扑面而来的青山绿水顿使眼前一亮。

    那山，向大海倾斜而去，挺拔入云，也不免有着婀娜，显出对海的一往情深。山脉的名字为戴云，有着古来的诗意，试想那云字用繁体书写，会更为美妙。从远处看，高低起伏的山也是层层叠加，让我不由想起自己的家乡三峡。大约南方的山，都会郁郁葱葱，近者似墨远处如黛，白云缭绕之间是天工的大笔作画，亿万年的笔墨都在眼底，无尽的沧桑，却又是无限的青春。

    看山的模样，从来不会觉得疲倦，千姿百态的，犹如好看的男人女人，也都有着性情，吸引你走近，与之细语，交付心事。转身时便会有了种种牵挂；忍不住一次次回首相望，却也不能停步，人生只能朝前。还好低下头来有一缕茶香飘然跟随，那便是与这山相伴的古茶，有着贴心的茶名，叫铁观音。

从小喝惯了茶，各种茶的味道都略微知道一些，但这沁香扑鼻的铁观音对我而言，咽下去熨帖可心，似乎能感觉出一种格外的温暖。在安溪一座颇具匠心的茶史馆里读到："中国茶业，最初兴起巴蜀。清初学者顾炎武在其《日知录》中考说：'自秦人取蜀而后，始有茗饮之事。'也就是说，中国和世界的茶叶文化，最初是在巴蜀发展为业的。这一结论，统一了中国历代关于茶事起源的种种说法，也为现在绝大多数学者所接受。因此，常称巴蜀是中国茶叶或茶叶文化的摇篮。"

要说巴蜀之地，我便出生于长江巫峡与瞿塘峡之间的巴东，古来当属巴国，那一带峻峭起伏的大山里喜好种茶，随口唱出的茶歌数不清。"正月采茶是新年，手拿金簪点茶园，一点茶园十二卯，采茶姑娘笑开颜……"一首《顺茶歌》从正月唱到了十二月。还有一首男女对唱的《六口茶》，"喝你一口茶，问你一句话，你的那个爹妈（噻），在家不在家？"很得当代人的喜欢。这回在安溪的茶山上，写过《水乳大地》的范稳先生开口便唱"喝你一口茶，问你一句话"，我说这是我们土家人的歌呢，心里却很感激他，远远地从云南昆明把《六口茶》又带到了安溪。

但其实，是安溪人一贯的开放和笃定引来了这些异乡的歌声。安溪早年素以农业为主，境内山多地少，有"八山一水一分田"之说，即使种些水稻、甘薯，也是"小旱小忧、大旱半收"。后来于明末清初创制出乌龙茶，传至闽北，后又传入台湾，渐渐名扬天下，多山的安溪才一年年繁荣起来，得以"小泉州"的美称。而今这座建自于唐宋时期的古城可谓茶都，天下名茶汇集，人与茶相濡以沫，街市上随处可见闲坐饮茶的老人、店前沏茶的少女、行走担茶的男子或少妇，茶显然是这座城市最为亲密的伴侣。行走之间，可感觉到空气里茶香弥漫，馥郁芬芳，又奇妙地掺和着稻谷花生的焦香，成熟醇厚，正如这秋日的山野，让人纵然是不喝也醉了。

再上得山去，便可看出安溪人对茶的娇宠，一垄垄、一排排的茶园，修剪得如时尚人儿的美发，用尽了心思和工夫。陆羽在《茶经》里写道："茶者，南方之嘉木也。一尺、二尺乃至数十尺，其巴山峡川有两人合抱者。"在安溪的山上，也有那高大的古茶树，好些已过千年，总在云雾山上静观人间，看似淡定却是经历了无数风雨摧折。有道是铁观音好喝树难栽，但看它，虽天性娇弱但执拗不衰，时光流逝则愈加高贵不凡；也有那后起之秀，满树嫩枝叶儿，青翠欲滴，若是伸手去掐，片刻就染了指尖。

难怪采茶女扬起的手，总是绿得天真，仿佛也成了摇动的茶枝。

所以才会有那么多唱不完的茶歌。"十月采茶下长江，卖茶挑起花箩筐，一担茶叶一担歌，挑起百货转回乡。"

过去我只知道，采茶的最好时节是在清明前后，来到安溪才听说春水秋香，即便北方的枫叶红了，这地方还有一轮秋茶可采。上天赐福，借着亚热带潮热的海风，这里秋分过了也并不觉凉意，只是风爽气清，正好上山采茶。我们循着茶园登上了戴云山脉的一峰，天空碧蓝，刚下过雨，茶树上点缀着一颗颗露珠，在初晴的阳光下闪烁不定。那灌木型的茶树枝条斜生，叶儿肥厚，光润浓绿，顶上的嫩芽却显出一点紫红，种茶人称这是"红芽歪尾桃"，所谓紫者上，绿者次，正是乌龙茶的纯种。一行人斜挎了竹篓，在茶山上左手一把，右手一把，好歹摘得半筐，天已是黄昏，茶师傅喊叫收工，说采茶要趁日光，再晚就不好了。

万物皆有灵，而茶则是格外讲究，天色早晚，采茶人的心情好坏，下手如何，都会影响到茶品。"采不时，造不精，杂以卉莽，饮之成疾"。茶与人的对话古来早已有之，千万不可忽略。

从山上回到茶庄，迫不及待地将嫩叶倒在桌面大的竹筛上，听茶师傅指点铁观音的制作综合了红茶发酵与绿茶不发酵的特点，属于半发酵，采回的鲜叶要力求完整，然后晾青、晒青和摇青。茶师傅摇晃竹筛，说摇青也叫浪青。通过旋转，使叶片碰撞，激活芽叶酶的分解，会产生一种独特的香气。我上前试了试，所幸当年知青插队时推过石磨，也摇过筛子，功夫还在，摇一摇居然还算得心应手，但见叶片翻滚，如推波助浪，转转停停、停停转转，窸窣声又似窗外细雨，果然散发出一阵阵清香。

接下来是杀青，以高温将茶的青味炒退，大力搓揉至不再出水为止，时辰把握一点都不能耽误，否则就会发酵过度成红茶。茶工们为此常常连夜守候，小心翻弄，直到天明。而后，杀青过的茶要进行揉捻和包揉，这是一道更为繁复辛苦的工序，要将茶裹在白布包里，用机械加手工使劲挤压搓揉，然后再热炒，再裹在白布包挤压揉搓，一遍遍地，要重复进行二十五回。

虽是秋日，但厂房里热气难当，茶工们汗水滴答，恰也是"谁知杯中茶，片片皆辛苦"。香茶好喝树难栽，更难侍弄，但得如何相谐，才能交付一缕馨香呢？人问茶，茶有声，那话语只有真正爱茶的人才懂得。这让我想起安溪的一位女子写出的一位懂茶、惜茶，与茶共命运的茶王，他做出的铁观音绝无仅有；又让我想起在家乡三峡那边，能够做出绝品"玉露"茶的一位聋哑师傅，他听不见人语，却能听懂茶音，茶晓得他的亲昵，将感受到的珍惜与抚爱渐次融入茶意，因此成为极品。

人与茶的对话，从种茶开始，培茶、采茶、制茶……经历了无数回合，一直到最后，那饱满成颗粒的茶叶，色泽砂绿，状似蜻蜓头、螺旋体、青蛙腿。再用细细的文火焙炼，如凤凰涅槃，就是人们期待的铁观音了，面世之前的梳妆是免不了的，去掉杂芜，留下精粹，是人与茶共同的愿望。

这时轻取一撮放入茶壶，便清晰可闻当当之声，这是茶在真正的绽放之前，小小的序曲。其声清脆为上，声哑者为次，俗称"音韵"，只有理会的人，才能听出那茶韵的山高水长，余音缭绕。高明的茶师则不仅可以听出茶的优劣，还能听那茶出自何地，树龄几何，甚至为哪位大师所制。

《茶经》道："天育有万物，皆有至妙，人之所工，但猎浅易。"说的是苍天养育万物，都有奥妙，人类所知道的不过只是一点浮浅的皮毛而已。回望北方的白雾，便想一片小小的茶叶尚且如此奇妙，那天地之间该有多少奥秘不为人知？人类对大自然的探求从来没有停歇，但敬畏之心断然不可无，只有谦恭地聆听它们发出的声音，读懂它们的表情，才能求得彼此的和谐。

这也是茶传出的声音。

在安溪喝铁观音

叶兆言

常有人问爱喝什么茶，顿时语塞，不知道怎么回答。说老实话，我就一俗人，好茶都喜欢。好茶都有好茶的道理，喜欢好从来不值得吹嘘，仿佛抽烟喝酒，仿佛美女，告诉别人你喜欢抽好烟，喝好酒，喜欢看美女，这算什么事。

平时喝最多的是红茶，在网上买，高黎贡山生态红。这茶最大优点价廉物美，我对烟酒没感觉，总觉得能静下心，好好喝几口茶，才是人生大享受。有人问喜欢不喜欢铁观音，免不了心里又咯噔一下，然后毫不犹豫回答，当然喜欢。

既然喜欢，为什么不喝。不能说不喝，只能说不常喝。说出来不怕别人笑话，是觉得铁观音太贵，性价比不够高。很多年前，在福建初次品尝正宗的安溪铁观音，听袁和平兄说门道，说好的铁观音首先要重，手抓上去要有分量，要能感觉到茶汁存在，要让人感觉到它的铁骨铮铮。

从此对铁观音有几个印象，第一是价格贵，第二是压秤，第三还要会买。坐那儿品尝，要知道什么是真好，识货才不会买错，识货才不会成冤大头。当然，第四最重要，要有闲情，要有禅心和文化，有了好的铁观音，必须静下心喝，要洗手焚香，要恭恭敬敬，不能牛饮。不能一边写作一边喝，那时候心思根本不在茶上。也不能旅途中喝，心情还在赶路，用保温杯喝铁观音，是暴殄天物。

正欲清谈闻客来，有了好的铁观音，你要对得起它。时间要对，地点要对，茶具要讲究，最好是面对好友，而且还必须懂茶。好白菜不能让猪给拱了，千万不要招待不知味的伧夫。福建出好茶是因为讲究，因为认真，高手不断切磋，斗茶斗出来的。

很少喝铁观音的原因十分简单，太贵之外，整日一门心思在写作，没那份闲情，没那个雅致，也说明自己的生活，有情调时间太少，禅心和文化不够。好的铁观音，在写作中消费，稀里糊涂喝完，喝了也就喝了，真是罪过，真是俗不可耐。

到过好多次厦门，知道安溪离这不远，一直没机会拜访。福州林那北女士电话招呼，问想不想去安溪喝铁观音，手头文章焦头烂额，家中小学生正准备赖学逃课，立刻一口答应。干吗不去呢，当然要去，一闲对百忙，这机会不应该错过。飞厦门，再去安溪，青山环绕，不用一个小时。

在安溪，空气中都漂浮着铁观音的香气。酒店大堂旁就是典雅的茶室，赶紧坐下来喝茶，喝正宗的安溪铁观音。一边喝，一边喊过瘾，都说好喝，太好喝。接下来几天，无疑天天如此。味为甘露胜醍醐，服之顿觉沉疴苏，乾隆皇帝与大臣聊天，一老臣拍马屁，说"国不可一日无君"，皇上听着高兴，回了一句"君不可一日无茶"。

很想知道乾隆爱喝什么茶，应该是福建的茶，必须是安溪铁观音。

金汤之源

田　瑛

　　高：2.6 米，主干直径：22 厘米，冠：1.8 米，龄：158 年。

　　这是关于一棵茶树的记载，类似一个人的简历。在茶的家族中，它实在算不上显赫，置身在任何茶园，都形同大海中的一滴水。但正是这一株不起眼的小树，其地位之尊世人皆知。它有一个很好听的名字——黄金桂。在福建安溪虎邱镇，有它专属的公园，一块巨型石碑为它作证，上书"黄金桂发源地"六个大字。石碑俨然威严武士护卫着它，树的矮小与碑的高大形成反差，使慕名而来的游人无不肃然起敬。

　　在我们悠久的茶的国度，历来不缺少茶的故事。每一款茶都有其来历，且众说纷纭，它们各属一脉，如涓涓细流，然后汇聚成茶文化的长河，横贯古今。安溪是铁观音故乡，单表这一支，有观音托梦的"魏说"，有皇帝赐名的"王说"，二者相得益彰，互为引证。而同处一隅的黄金桂，与之相比，来头也不小，一直在茶界久负盛名。倘若时光倒回到 100 多年前，定格在清咸丰年间（1850 年），这株黄金桂母树茶还是一个无名无姓的路边弃儿，独自生长在山间的岩缝里。是一个农人无意中发现了它，此人叫魏珍，平生爱茶，也懂茶，可以说嗜茶如命。某日，他去福洋探亲，返回时途经北溪天边岭，竟然鬼使神差般放缓了脚步，对路边的景物多了一份留恋。

草木青翠，一片夺目的绿，绿中却又有一抹微黄，异常醒目。当然，他并不知道，这是上天特意为他和一株神茶安排的约会。茶的历史上多了一段经典佳话，正是源自他的这一次奇遇。

魏珍视这一株茶树为神赐，小心翼翼地将它移植到湖尾山下园地的一口陶缸中。多少个日夜，他走近茶树，凝视、呼吸，陶醉其间久久不肯离去。又一度冬去春来，清明节快到了，他特意挑选了一个雨后初晴的早晨，细心采摘了第一批嫩叶，置于掌心反复察看，观其颜色在阳光下的细微变化。制茶过程不必细述，但茶制作好以后是需要人共同品尝的，于是请来友邻。应该说，这次茶聚非同寻常，堪称茶文化史上一件盛事。这绝非人们经验中的普通茶水，而仿若金色汤汁，澄明而透亮。人们根据茶体金黄、口感滑淡的特点，并结合谐音，给它取了一个贴切的名字：黄旦。后来，人们对其压枝进行繁殖，遍及罗岩、美庄、双都等村落，一个茶的"黄旦"家族便得以繁衍开来。

在这里，我们不能置另外一个版本于不顾，就如一枚铜钱的两面，缺一不可。又传，西坪女子王淡，嫁到安溪罗岩灶坑，从娘家带来茶树苗，栽种在祖祠旁园地里。移植来的茶苗没有辜负主人，吸天地之精华，以独有的色泽和如桂之香征服了当地人，从而也给自己留下了美名。为了感恩和纪念王淡，特以其谐音命名为"黄旦"。前后两种说法，到底哪一个更为真实，已经无从查考，也无须查考。其实二者并不矛盾，无论哪一种说法都不重要，重要的是"黄旦"真实存在，这就够了。虽然各说其词，但彼此的指向一致，不管它们缘起何处，经历多少曲折，最终都能够殊途同归。

从咸丰年间到民国初年，长达数十年的光阴里，"黄旦"仅限于为本地人所知晓，像待字闺中的少女，养在深闺无人识。直到一个叫林金泰的人出现，它才走出安溪，进入外人的视野，从此声名鹊起。这个罗岩的茶商，起先把茶销往东南亚各国，没想到大受欢迎，一度供不应求，价钱贵过黄金，于是就干脆定名为"黄金桂"。"黄金桂"的正式得名便是为林金泰所赐。

我们明白，毕竟是传说，不过为茶道提供津津乐道的话题而已，它本身并不能够当饭吃、当茶喝。把好听的故事讲上千遍，远不如一杯清茶入口来得实在。安溪是所有茶人的圣地，来这里，除了聆听茶典故，开眼界、饱口福才算是真正目的。如今,《小说选刊》创作基地在安溪挂牌,给了文学与茶结缘的机会。作家中,爱茶者不在少数,许多产茶的地方,都曾留下过他们的足迹,但几乎都属于匆匆过客,其造访注定是浮光掠影式的,关于茶的描写难免浮躁,而鲜有名篇佳作。在最著名的茶都辟出一块地来安营扎寨,这是一块文学的自留地。我们以文学的名义虔诚地拜谒了这棵黄金桂母树,同时品尝了由此发端的金汤之源。我们相信,后继者将陆续抵达,扎根写作,其文字和满坡满岭的茶树一同生长,不求参天,只为金贵,这样的文字或许才能够让读者读出一种真正的茶味,文字本身像黄金桂一样贵如黄金亦未可知。

茶在安溪

吕　魁

　　安溪，古名清溪，隶属福建泉州市，自古以来就是海丝之路的起点。算一算，这是我第三次来到历史悠久，古韵十足的泉州，而闻名中外的乌龙茶之乡，铁观音发源地安溪，却是头一次来。

　　细说起来，我和泉州、安溪还是有些不解之缘的。往大了说，我的家乡山西省运城市是一代武圣关公的故里。在我家乡至今还保留着供奉关公一家五代的家庙，以及历代皇帝祭祀关公，有"关庙之祖"之称的天下第一关帝庙。具备忠、义、仁、勇等优良品质的武圣关公，自古以来，在民间就有很多信奉者。据资料显示，目前全国范围内大大小小的关帝庙约有三十余万座，而在素有宗教博物馆之称的泉州，官方和民间就有大大小小关帝庙千余座。相传，因明太祖朱元璋信奉关公，自明朝洪武年间，泉州七个古城门修建了七座关帝庙，泉州的各大关帝庙信徒多达数万人，各座庙宇香火十分旺盛。泉州民众对关公的崇拜在全国可谓首屈一指，可举一例来佐证，在我家乡的关帝庙中，有一处碑林，皆为近些年全国乃至全球华人来此祭拜关公时捐的功德钱所建。信徒功德钱捐款越多，石碑自然就越高越大。一眼望去，碑林里但凡气派的石碑多为福建香客出资所建，其中，最高，最宏伟的那几座石碑皆为泉州信众捐赠。有此也可见泉州一带民众对关公的敬仰之情有多深厚。

说完家乡与泉州的关联，再说回我个人。我自幼是由爷爷带大，爷爷嗜茶，每天从早到晚，杯中茶水从不间断。记忆中，似乎就从没见爷爷喝过白水。爷爷家客厅茶几上方，有一面贴墙而建的茶柜，里面放有其多年珍藏的各地茶叶。每每打开，茶香扑鼻。爷爷泡茶时，通常我会在一旁侧头观看，渐渐地，自爷爷口中，我懂得了一些关于各地名茶的历史，以及相关文化典故。记得有一年冬日午后，阳光和煦，爷爷坐在自家院中，边用沸水冲泡青叶边对我说道，这款茶名叫铁观音，乌龙茶，产自福建安溪，是我国四大名茶之一。望着瓷杯里上下翻腾的茶叶，好奇的我忍不住问爷爷，这款茶名为何如此独特？一杯茶过后，一脸满足的爷爷，笑着说，因为叶子本身肉厚，形似观音，故得其名。也就是从那时起，安溪铁观音作为地域美味的代表和北京烤鸭、四川火锅、上海大白兔奶糖等一并深深存储在我脑海深处。就像有人会误以为内蒙古到处都是草原，山西人人都是煤老板一样，去安溪之前，我也曾先入为主认为作为乌龙茶的发源地，安溪应该到处都是茶叶店，即便能在城区看到茶园也不会觉得突兀。

初到安溪，刚一下车，我便独自一人在县城里四处走了走。安溪县城不大，却不失干净整洁。站在城中向四处望去皆能看到被郁郁葱葱植物覆盖的青山。用手机随手百度搜索了下安溪县的介绍，得知全县海拔千米以上的高山就有一百一十余座。有山就有水，西溪（晋江的支流）举溪（九龙江的支流）两条河流穿成而过，千回百转，滋养着一方水土，自然也滋养着安溪域内的万亩茶园。在城中漫无目的走了十余分钟，竟没看到一家茶叶店，这多少让我有些意外。不过，没多久我就知道，这只是个美丽的误会，在安溪三日，从早上睡醒睁眼，到晚上入睡前，只要愿意，你能随时随地喝到清爽怡口的乌龙茶。安溪当地的文友告我说，在安溪，无论男女，小到刚上学的儿童，大到近百岁的长者，喝铁观音已经是生活中不可或缺的一部分。文友的话或许多少略带夸大，不过在我入住的酒店房间内，茶几上有一组精美的茶具，和两三款不同包装的茶叶供住客品茗。这些年，我全国各地，乃至世界各地出差游玩，也只有在福建才见过这般齐全的茶具。安溪人对茶的钟爱由此可见。

自古以来，茶叶与酒并为国饮，然而有趣的是，酒和茶，前者如同血气方刚的少年，后者则像温文尔雅的淑女。史书中记载，无论是战士上战场之前，还是伟人做出某项重大决定之后，往往都会喝掉一碗醇酒，所以才会有"将进酒，杯莫停""烹羊宰牛且为乐，会须一饮三百杯"等骚人墨客在酒精促使下写出的千古名句。关于酒的诗句听上去，就是那么独立于世，潇洒自如。而茶呢？相对于酒来说，茶就灵性得多。生于青山，长于幽谷，饮尽山灵水秀，自然蕴蓄着人间风情。唐朝诗文推崇的茶之道，精髓在"和、清、敬、寂"四个字。说到茶，是"寒夜客来茶当酒"描写的寒冬夜行者在雪夜赴约，等待他的是一杯滚烫香浓的热茶。也是"萧然幽兴处，院里满茶烟"的深夜一人在萧萧竹林中，听着飒飒风声，品着一杯清茶，幽幽地品尝着寂寞与孤独。更是"茶里乾坤大，壶中日月长"的人生哲思。由此可见，酒喝得越多越乱性，使人癫狂，而茶则养性，一杯清茶能使人心静如水，远离世俗尘嚣。

说来惭愧，在都市待久的我，日常喜欢喝咖啡，每逢节假日或好友小聚，也喜欢小酌几杯好酒。唯独没有养成喝茶的习惯。我无喝茶的喜好，自然就更不懂茶。在安溪三日，无论是在现代化的星级酒店茶室，还是在千年古寺清水岩，抑或是在农家茶园都喝到清甜回甘的铁观音。一路作陪的当地安溪文友，依照茶的发酵程度和制作工艺，给我介绍我所喝的那杯茶是属于清香、浓香，还是陈香型，以及不同类型茶汤入嘴的口感区别。茶喝多了几杯，听人普及些铁观音的常识，似乎也能喝出茶与茶的区别。这一路，喝到最好，也是最贵的一泡茶，当属在西坪镇的深山中喝到的传说中的"魏十八"。落日余晖中，国家级非物质文化遗产乌龙茶（铁观音）制作技术代表传承中魏月德先生，在自家的山中小院中，拿出一小包装金灿灿的袋装茶，名为"魏十八"。看到这样的名字，难免好奇有何典故。魏先生边手法娴熟地冲泡着茶，边笑吟吟地对我说，"魏十八"这个名字叫法有几层含义，也有几分巧合。首先，魏先生的姓名"魏"字笔画数是十八画，再有铁观音的制作手艺不多不少需要十八道，再次，十八岁是一个人一生中最风华正茂的年纪，故取此名。听完魏先生的解释后，再喝那杯茶仿佛口感都起了变化。一旁同行的西坪镇向导看我喝茶的样子欲言又止，在我追问下，她轻声说道，"魏十八"之所以是"魏十八"，魏先生有一点没有说明，那就是这款茶叶，年产量极少，好年份也不过十斤出头，少时也只有两三斤，不达标准的，魏先生是绝对不会做成"魏十八"这个品牌的，所以这款茶在市场上卖得略贵，一斤售价在人民币十八万左右，所以，这也是"魏十八"的内涵之一。听到此言，望着杯中晶莹剔透的茶汤，财迷的我粗略一算，若一斤售价真为十八万，那一泡茶的价格在三千元左右，而我手上这一杯看似普通的清茶也得有五百元。而在这幽静深山中，仅魏先生当天拿出来招待我们的茶叶，粗算一番，差不多顶得上我在热闹的帝都一个月的工资还多，这不免让我哑然失笑，一时间找不出在大都市拼搏奋斗的意义所在了。

离开安溪时，我从来时对乌龙茶的略知一二，到已多少能品出一杯好的铁观音的美妙出所在。这算是此次安溪之行我最大的收获。在回北京的飞机上，不知为何，闭上眼睛我又想起去世不久的爷爷。我十八九岁时，爷爷不止一次品着茶笃定地对我说，待你人到中年，你一定会像我和你父亲一样，身材发胖，好酒，抽烟，嗜饮茶。每次他说这话时，我都不以为然，心想这几件事对我来说是如此的遥不可及。但随着年纪的增长，我真的应验了爷爷当年所说，偶尔抽烟，聚餐时小酌，且身材也一年比一年发福。只剩饮茶的习惯，尚未养成。不过我想，这趟安溪行结束，爷爷当初对我的预言恐怕全要实现了。

性灵之物

朱以撒

　　经常赠送我安溪"铁观音"的大都是我的学生和朋友。他们赠我好茶是有理由的，认为我终日读书、写文，尤其是手执长锋挥洒，需要安宁之思。还有我个性中的喜好独处、默坐，那么，绝对需要一壶好茶相伴，不仅神清气爽，也许还能借助这一缕缕的清香，悟出一些新的道理。

　　后来我到的安溪，亲眼见到了绿油油的茶园，茶树是世界上最平凡的植物，它本身就是朴素和静默的，没想到汲日月精华、山川灵气，却给人如此清灵的韵致。

　　一个渐渐爱茶的人，也会渐渐走入宁静，注重他自己的内心世界。我曾经在一篇散文中写道，现在要办一些事情，靠品茶来解决是无望的，因为随着清茶入唯入心，思维变得清晰起来，增加了理性的思考，更能够冷静地来看待眼前发生的一切。而在酒楼上解决问题，进展要顺利得多，这些白的、红的液体，功能与茶迥异，它使人放松警惕，忘乎所以，陌路人也成了亲兄弟——酒的结果形成亲热、亲密，继而在东歪西倒中完成交易。无数的茶园在僻静、崇高之处，它们远离喧嚣的市声。一些悟道的茶人，避开尘世的灯红酒绿，于茶园中结庐，过着闲云野鹤的生活，在料理茶园的同时，培养起一种简朴的生活方式、简单的精神追求，在静寂中感受节气的轮换。青山绿水天籁自鸣，在人生长期的田园劳作里，他成了一株精神的茶树，言行朴实、素淡。植物原本是无所谓审美价值和审美品位的，由于人的进入，茶的品性，从细微上比较，无一相同。

当时代的列车走向迅疾，越发助长浮躁情绪的飞扬，我们通过品茶来按捺自己躁动不安的内心。我是一个轻看时代进程的人，甚至，我主张慢下来，像古文人那般安稳地坐着，产生意义。为什么品茶的从容会在社会的进化中变得仓皇起来，我想这与"只争朝夕"的人生信念有关。生活是可以在另一个方面也产生意义的，那就是像品茶那样，在缓慢中体验、感受。生活的进度无须太快，只有慢下来才能心气平和，使许多浮华自行脱落。我看那么些急匆匆地持茶杯一饮而尽的人，由于坐不下来，许多体验化为虚无。有人认为品茶，尤其细品铁观音的功夫，未免太耗时日。从时间的运用上说真是如此，而从另一方面看，有些内修内求的心理状态，就是靠时日的投入、积攒来抵达的。"素处以默，妙机其微，饮之太和，独鹤与飞"，有人从品茶中提升了境界，其中的哲理让他受用无穷；而有的纯属解渴，对于同一种物质的运用，由于心性不同，产生了决然二致的效果。

看协调的茶桌、茶具和相适应的空间浑然一体，未饮铁观音已进入它们氤氲的氛围。和谐交融，这也是品茶给予的启示——我想这理应成为要义，此时，心绪安宁下来。那种在品茶时大量佐以其他食品，已经使茶的本然芳香发生变化。品茶需要远离他物，譬如酒，它们的精神距离应该越来越远，而不是逼近，有的人嗜酒，酒力不胜时，以茶解酒，并引以为经验之一。这种对茶的糟蹋随处可见。品茶以助文思，起诗兴，疏瀹五脏，澡雪精神，在一些酒徒面前，茶的风雅消失无遗。

不同价位的铁观音，不同的风格。除了茶叶品种差异，可以延伸到更广大的时间和空间，从培育到烘焙整个漫长的过程。什么样的气息、格调的主人，就产生什么情调的铁观音，对此我深信不疑。土质品种固然重要，但是更倚重主人的精神投入，他们像艺术家创作一件作品那样，尽心竭力地进行着。除了辛劳，还有期待、渴望和憧憬，这些感情一起融入每一阶段的劳作之中。就像我进行书法创作，我认为机器研墨机固然可代人研墨，只是没有情感在内，只能是机械手毫无知觉地运动。待到自己动手研墨，或轻或重，或快或慢，在宁静中延伸，情感的细微之变，尽融其中。

许多过程都是这样，铁观音这种灵性之物，我更乐意从精神这个层面上来看待。在我们安宁地坐下来品味铁观音，时光慢了下来，变得有滋有味，清赏——这是我们十分需要的，正是在清赏之中，过程的意义超过了茶的本身。

君子怀土

朱寿桐

    过厦门，到安溪，访湖头，颇多感触与感慨，竟都聚合于一个"土"字。来到安溪，过访名相故里湖头，除了品尝中国名茶铁观音的纯美滋味，就是瞻仰历史名相李光地的风采遗存。李光地诚为有清一代的传奇名相，他一生正直勤勉，赤胆忠心，且廉洁自律，政声显赫，朝野景从，又兼学植深厚，攻书习文，著述丰硕，书生本色，人人钦敬。

    然而就是这样一位一生官运亨通，君王用为肱股，群臣尊为良辅的李光地，也不一定始终坚守"君子怀德"的古训，内心中还总是有一股挥之不去，抹之不灭的"怀土"乡情与亲情。他身处庙堂之高却总是心怀故土，乘着得丁父忧时机，他终于偷得数年之闲，在家乡田亩之间著书立说、设馆开课，远离朝廷鼓乐与君臣倾轧，力避狗苟蝇营与诟诲谣诼，痛饮家乡水，细品家乡茶，吃着家乡的饭食，闻着家乡泥土的芳香，那段故乡生活应该是他最自由、最惬意的人生体验。后来母亲故去，已经年老体衰的李光地仍想仿效丁父忧故事，动了归故里养老之心，但未获恩准，令这位怀德君子终于无法在有生之年实现怀土之梦。古人云："君子怀德，小人怀土。"怀土，便是怀有乡土，怀有乡情，古人糊涂，怎么将这样真挚而美好的"怀土"情感归结为"小人"所有呢？"君子"怀德又怀土，才体现健全的人格和完美的心性。

出得李光地的纪念地，一路步行在湖头山都幸福小镇，看着经过夏雨清洗的光洁的路面一尘不染，不禁感叹：如今的村庄路面也这么干净，除了少量的积水和光裸的水泥石子，几乎不见一点灰红的尘土。当地朋友立即说明，安溪的土特别珍贵。安溪为什么能够生产出闻名遐迩的铁观音？归根结底是安溪的土质好，至于地理环境、气候包括云雾等原因都还在其次。湖头的土质中含有石灰石、铁、煤、铜、铝、铅锌、稀土、高岭土、花岗石、叶蜡石等10多种矿物元素，这些微量元素所组合成的优质好土非常珍贵，所以即使你走在田埂上鞋子也不会沾上土，要拜识那土的真相须扒开植被才可以一睹土颜。果然，顺着田野放眼望去，除了一片青葱便是裸露的水泥路，瓷色的建筑墙和星星点点的石头，就是不见泥土的铺陈与展露。

也许正是因为泥土的珍贵，这个镇所拥有的光电产业园正在大张旗鼓地进行无土种植的产业开发。借助于现代科技以及正拥有良好发展势头的光伏技术，三安光电正以难以想象的无土栽培技术快速度地生产高质量、无污染的蔬菜和名贵药材。进入无土培植的生产车间之前，热情的主人让我们品尝了他们的产品，有生菜、白菜之类，生嚼细品，觉得菜类菜品较之日常所食的更加脆嫩，隐约带着甘甜，但原味相对差一些，细观整株，则青葱有致，洁白分明，颜色纯净，尘土不沾，令人非常放心。进得车间，只见从事种植的"农人"一律白衣白帽，白手套口罩"全副武装"，他们手操试管、烧杯——与泥土相关的农田耕作在这里早已退避三舍，这里成了名副其实的工业甚至是科技实验室。这个产业园除了向闽西各高档商场提供高品质、无污染的蔬菜而外，还培植石斛、牛筋草等名贵药材。由于可以根据植物生长的需要调适并充足地提供光照与水肥营养，这样的无土培植植物其生长周期比自然环境中生长的周期要短得多，又由于离开了自然的土壤，土壤中被污染的成分便不会对这些植物造成影响，故而这样培植出来的蔬菜、药材便绝无污染。

离开湖头镇的车上，眼望着不见泥土的大地与山坡，想起无土种植的新型产业，作为一个曾经与土地最为亲近的农民子弟，我有一种深深的失落。我还在回味光电产业园无土种植出来的蔬菜的味道，它再纯净而无污染，但毕竟失去了我们熟知的泥土的纯净、芳香，当然还有泥腥气。确实，远离污染的食物是我们的期盼，但如果必须以远离泥土为代价，则未必是一种福音。"自然的土壤"应该是纯净的，是芳香的，带着我们人类需要的充足养分一如婴儿需要的母乳；土壤被污染多是人类自己的罪愆，离开土壤的种植是一种暂时的避害取向，而远不是根本的救赎行为。根本的救赎行为是尽可能还土壤的纯净与芳香，洗涤掉强加给她的污染物质，让它重新生长无污染的蔬菜、水果和各种食材、药材，一如母乳提供给婴儿的营养一样单纯而丰富，干净而健康。

这需要对泥土，对大地，对大自然有强烈救赎意识的科学家和决策者做出他们的努力与贡献。而能够做出这种努力与贡献的人其实就是当代的君子。于是，面对今天的泥土极其尴尬，作为一个文字工作者，我觉得应该修正古人的说法，在社会时代的倡言簿上大书特书："君子怀土"。

铁观音的梦

朱谷忠

一

在重重叠叠翠绿的群山里，在清清澈澈流淌的山溪旁，在飘飘浮浮游移的云雾中，有一种凝青绽绿、清婉绝奇的茶叶，总是以一种挥之不去的醇香，缠绕在世人的意绪之中，这种茶叶，就是中外驰名的铁观音。

铁观音，多么清亮、甘美的茶名。每一次听到这个称谓，我就仿佛听到春天里水鸟的鸣叫，一种"鲜、香、韵、锐"的味感，一种"纯、雅、礼、和"的内涵，也会即刻汇聚到心头。现在，仅有三百多年历史的铁观音，这些年来又异军突起，不仅摘下了中国茶界首枚驰名商标，还在茶产业的发展方面创立了自己的独特模式，使中国和世界许多地方的人，都知道了铁观音，并且向往铁观音、迷恋铁观音，而铁观音的名字，也就永远留在他们的心里。

铁观音的故乡，也有一个好听的名字——安溪。

二

第一次品尝到铁观音，是20多年前一个秋末的夜晚。那时我还在一家刊物任职，在安溪组稿的几天里，认识了一位写诗的女子。那晚，她执意请我到她家里，在一张周边镶有木格花雕的八仙桌上，用一把瓷壶装了茶叶，再以滚烫的水，沏出了两杯金黄淡绿的茶汤。我刚呷了一口，就觉得有一股馨香沁入心肺。她问我："这茶好吗？"我沉吟一下，说："我不懂茶叶，但觉得这茶好极了，清鲜香醇，且十分的耐人寻味呢。"她笑道："你说对了嘛，这就是我们安溪的铁观音。"

那天晚上，我和她就这样一边品茶，一边谈诗。我记得，她拿出一沓有关铁观音茶叶的诗给我看，在一首题为《铁观音的梦》的诗中，开头她就写道："在铁观音欲滴的绿芽上／香嫩着我的安溪；"其中还有几句，我至今依然记得："莫说茶叶是无言的／那壶嘴划出的半弧／那四溢的清香／就是茶的细语茶的梦"。我当时看了，不禁脱口称好。事实上，那时我还完全不谙茶事，对茶文化更是了解甚少，但我想，在安溪这样的山区县城，有一个女子，能如此准确、形象地勾画出故土，勾画出铁观音的梦，确是十分难得的。从此，"铁观音的梦"几个字，也就悄悄地镂刻在我的心里。

二十多年过去了。令人遗憾的是，由于当时工作变动，我离开了编辑部，便和那位写诗的女子一直都没有联系。我至今也不知道她是否还在安溪？到如今，她也在我的记忆中消失了很久，以至于那天晚上有关铁观音的梦的深入交谈中，有许多细节都已无从追寻了。

三

说到铁观音的梦，那只是诗人笔下一种美妙的联想。倘若生活中的人一定要问茶叶会不会做梦，我倒想说：这是个未可究诘的问题。然而这些年来，我有了喝铁观音的习惯后，很多时候都会神秘地领会：铁观音确实有梦的。比如闲时在家，掏出一包铁观音，倒出一粒粒别具资质的嫩蕊，以滚水冲泡，就会看到，那杯中嫩蕊张开，颜色渐次转青透绿，最终舒展成一片片娇嫩的绿叶，茶汤的颜色自然也幻化为金黄溢绿；待清香逸出，捧杯轻啜慢呷，肺腑里尽是珠绿和流云的恩惠；小饮半杯，恍恍然像吸纳了青山绿水的精华，真是心旷神怡，思绪飞越。此时细观茶叶，在杯中沉浮，似脱俗精灵，天生丽质，醇香悠远，韵味无穷，一丝一缕的梦境，便由此飘逸而出了。不过事后细细想来，任谁也会顿然悟觉：原来铁观音的梦，正是通过人的载体得以挥逸出来的。所谓饮茶如入禅、品茗乃韵事，也许说的也是这个道理。由此，再想到"从来佳茗似佳人"的诗句，更会领略其譬喻之妙了。

四

安溪灵山秀水，乃铁观音佳茗之源。这次重访，深感天翻地覆，变化万千；特别是名茶铁观音屡有创新之举，硕果累累，令人振奋。我观察到，数日里，无论在茶山、茶园、茶厂，都会听到茶农、茶商、茶人介绍说，安溪的铁观音，之所以能跻身为乌龙茶极品，其品质特征，除了独特的地理环境、气候、土壤、水质等因素，也有赖于优良纯正的茶树品种栽培以及精湛的采制技术。一位技术人员对我说："实际上，任何一种茶叶的出产，都要经过许多辛勤的劳动、认真的伺候、繁复的工序才得以实现的，许多人的辛劳和梦想，从一开始就孕育在茶叶之中，铁观音尤其如此。"听了技术人员的话，联想到近年安溪县提出的"安溪铁观音，和谐健康新生活"的兴茶理念，我突然悟到，以茶为伴的安溪人培育出名茶铁观音，造就安溪人自强不息、开拓进取的精神，也成了百万安溪人富裕之梦的承载；铁观音的梦，原来就是安溪人的梦啊！

五

在盛产名茶铁观音的安溪西坪，在一片一片的茶园里，我看到铁观音茶树总是以翠绿招引阳光，同时看到一群群身着各色衣裳的女人，或手挎竹篮，或身背竹筐，缓缓穿行在茶树间。她们像水一样缓缓漫过一丛丛茶树，也让晶莹的汗水从她们脸上、身上细细流下。她们略显粗糙的双手，犹轻犹重地从绿叶上掠过。采和摘这两个动词，让我真正近距离地认识了其中包含的辛劳和希冀。我也俯身摘下一片茶叶，把它捧在手中，看着翠润的色泽，闻着馥郁的微香，想起铁观音充满神奇色彩的梦的暗示，想起二十多年前那个写诗的女子用自己的语言去勾画铁观音，演绎铁观音，我的心中不禁充满了一种莫名的想象。只是相隔的季节，不能一同出现，秀美的茶山，也容不下两个时间。也许，她早已离开了安溪；也许，她还在安溪的某地，和所有的安溪人一样，以她的聪慧和禀赋，让更多的人领略铁观音的芳醇，演绎铁观音凝聚的世代茶人的梦。甚至也许，在某年某月的某一天，我和她竟然又会在安溪相遇，在一支好听的闽南茶歌里，相互劝茶，言笑晏晏。

而安溪的铁观音，也会在走动的时间里，继续延绵和展示着永无止境的梦想。

发现安溪

刘 琼

对于我，喜欢一个地方，很简单，两个条件：吃得好，有好友。基于这个标准，不合口味的地方，只能叶公好龙，遥想半辈子，也不涉足。没有好友的地方，肯定住不久。所以，鸡形地图上有些地方会总去，有些地方总不去。

一个地方对于一个人，可能是缘分。厦门就是总去的地方。日前因为申遗再次进入公众的视野的鼓浪屿，曾经是厦门最大的吸引力。20世纪90年代末，因为殷承宗和郑晓瑛，第一次拜望鼓浪屿。鼓浪屿与厦门隔着窄窄的水，郑小瑛和女子爱乐乐团的大幅照片醒目地挂在岛上，据说天天有音乐会。殷承宗当时正是好年华，带着他那台斯拉夫钢琴，一丝不苟地在世界各地巡演。女子爱乐乐团在半山腰上，有人指着旁边的路说再往前走，就是舒婷的家。真奇怪，那几年对文学特别不感兴趣，听到舒婷，还不如看到"鼓浪屿馅饼"眼睛放光。黄昏，在鼓浪屿的沙滩上，那张照片后来放大了，一直放在玻璃台板下。还有一张，是在钢琴博物馆的一架壁立式古钢琴边装模作样地弹琴。去年底搬办公室，这些带着岁月的照片匆忙中不知道搁到哪儿了。照片不见了，鼓浪屿也变了。我喜欢古老、安静又开放的小镇。古老的鼓浪屿曾经安静又开放，成为当年外国商人和传教士进入中国首选之地，钢琴和音乐会也是那个时候带上岛。但是，近年来真的太闹了，熙熙攘攘的游客只知道馅饼和肉脯，或者在日光岩上到此一游。肉脯行生意越来越好，音乐厅的观众越来越少。小瑛女士也病了、老了，很少登台指挥了。殷承宗这些年杳无音信。舒婷倒是一直住在那里，面向大海，春夏秋冬。

夏天再去厦门，不喜欢鼓浪屿了，特意去了趟一直安静的集美，虽然是嘉庚先生的旧居地。老榕树的气根树桩一般横亘在街头，最意外的是上百年的老建筑时时会冒出来。堆在地上的青杧果如小号京欣瓜一般大小，用刀切下一块，先尝后买。饭店不大，却热闹，原来也开了二十年，挂在墙上的菜单每一桩都让我这个吃货垂涎。五个人吃了两百元。最喜欢的还是集美大学，除了近年修的两栋楼，几乎每栋建筑都美到无懈可击，包括建筑之间那条蜿蜒的长河。集美大学的气质比今天的厦门大学，更像厦门大学。

中国传统上是农业大国，但99.9%的小镇在盲目拆建的浪潮中不是太闹、太新，就是太破、太乱。那年去集美后，又去了厦门旁边的泉州。大概没有人会不喜欢泉州，大学时最要好的女同学，已经是泉州一家全球五百强企业高管，每天从厦门兴致勃勃地驱车两小时上班。泉州是弘一法师终老之地，弘一法师聪明绝顶之人，他喜欢杭州，喜欢泉州，他喜欢的地方哪有错！

泉州除了自己出名，还有一个出名的县：安溪。陪我去泉州的伟捷兄就是安溪人。我总算说到正题了。

认识伟捷兄似乎很多年了，那个时候，他刚刚以作曲家的身份出任厦门歌仔团长。跟我认识的许多院团长很不一样，跟我认识的大多数作曲家更不一样，伟捷兄寡言、仗义、真诚、炽热。我原以为只有我这么认为，后来发现是共识，伟捷兄的朋友特别多，特别真，大家都愿意无条件地帮助他——其实他也不需要什么具体的帮助。常常，都是他在惦着大家。伟捷兄的特点是不功利，从来是情义在前。甚至因为伟捷兄，我开始喝起铁观音。每到春秋两季，都会收到茶叶快递，没有落款，我也知道是伟捷兄的杰作。

喝了那么久的铁观音，前不久，才第一次踏足安溪。目的却不是铁观音，目的是看康熙年间名相李光地的故居。出产好茶叶的地方都是酸性强的黏土，酸性强的黏土需要充沛的雨水。在安溪的这几天，天天下着细雨，还有暴雨。晚上，我们在街上吃小龙虾——"麻小"看来是撬动了全国的美食行业，雨水哗哗地打在临街搭建的顶棚上，我们安之若素，嚷嚷的声音似乎想盖过雨声。在那之前，我们已经在雨声中喝了若干壶三十年前的老铁，第一次喝全发酵的铁观音，舌尖顿时麻酥酥，像吃了河豚一样"断崖式"晕茶，沏茶的妹妹却风淡云清，只说是出生那年家里藏的茶。这是舌尖开了荤。

雨下了一整天。白天的时候是细雨，远远近近烟照雾笼，看不清，便以为带叶子的都是茶树。却不是。路边一嘟噜一嘟噜小杞果挂下来，是本地芒，据说好吃。最稀罕的是凤凰树，已经冠盖如伞，树型已经好看得不行了，走近点，还开着一树一树的红花。李光地的故居，我们看了两处，一处是新衙，一处是李氏家庙。家庙的后面，是一片空旷的院落，院落里，最吸引我的是那棵凤凰树，连看庙的李光地的后人也说不清它的年龄了。雨还在下，我喜欢李光地的这个后人，一个干巴老头，从我们进去到出来，一直在用一把长扫帚进进出出地清扫积水。看着我在大树下照相，他突然指着厢房外墙壁上整幅彩图上的老中青三人，说："这画的是我的祖宗李光地和儿孙，你应该照下来。"虽然时间久了，颜色暗淡，但我还是欣喜地照了下来。图案下面写道"榕村雅集图原作收藏于泉州市博物馆"。其实，我最喜欢的是他接下来说的话，他说他共有两个孙子，都读了大学，一个在国外，一个在厦大教书。为什么喜欢？因为他没有说有多少人当了老板发了财，而是说孙子都是"知识分子"。不是因为"万般皆下品，唯有读书高"，而是对于文渊阁大学士出身的李光地，我想，这大概是一种恰当的继承。

说实话，我还有个奇怪的发现，在安溪博物馆和李氏家庙看见的李光地画像，不知为什么跟伟捷兄很像，或者说伟捷兄很像那个画像，或许，这是泉州安溪人的一种典型长相，虽然伟捷兄不姓李。

一叶小镇，人文振兴

刘大先

　　世间有很多地方，有因为名人的足迹遗踪而为人所知，也有在绝妙文辞中留下记录而声名广布，更多是以某种特殊景色、风物、产品、手艺、习俗而成就自己在外界的形象。说到泉州的安溪，无疑是因铁观音闻名，以至于安溪铁观音几乎成了乌龙茶的一种独特分类——套用一句广为流传的广告词：不是所有铁观音，都叫安溪铁观音。

　　安溪坐落在闽南群山之间，从地理上来说堪称偏僻，但夜晚登上山头的楼阁回望县城鳞次栉比的楼宇和迷离堂皇的霓虹灯光时，会让人恍若置身大都市。人们无法想象这个二十年前还是贫困县的地方，如今已经提前进入小康社会。

　　其中的关键当然是茶。传说南宋末年抗元人士谢枋得避乱隐居此地，从江西带来茶树，从此落地生根，开花散叶，谢枋得也因此被乡民尊为茶王公，立祠祭祀。种茶、喝茶固然在中国早有传统，但乌龙茶的发明其实迟至清雍正年间，并且真正意义上的规模化生产的历史并不久远，一则囿于地理交通，二则受困经营规模，茶农与茶商并未形成最佳的良性互动机制。至于品牌的形成与茶农较为普遍的富裕更无从提起。

　　我在安溪下辖被称为"中国茶叶第一镇"的感德镇考察，爬了云中山老固茶叶基地，拜访了两固、琦泰、庆芸三家茶叶公司，发现此地最突出的特色是合作社制度，乡民、合作社、公司形成了风险与利益共同体，保证了以集体化、规模化、组织化超越个体性的种种缺陷。在感德镇可以看到中国改革开放以来农村产业转型与振兴的一个缩影，从合作化形态来看，正体现了中国特色社会主义的理念与实践。晚近四十年中国社会结构最为突出的变化无疑是从城乡中国转型为城镇中国，从而形成了独有的中国特色发展道路。从改革开放初期的苏南模式、温州模式，乡镇一直是新型经济形态的前沿。我想如果一个有魄力的社会学家或经济学家也许能够从感德镇崛起中发现当下城镇经济的秘密，从而提出一种类似"苏南模式"之类的命题也未可知。

感德镇靠茶叶振兴，但除经济与生计之外，我更感兴趣的是文化，这与茶的特性息息相关。唐代陆羽、皎然等人开创茶学，注入了农、儒、释、道等诸家思想，茶雅文化兴起，宋代欧阳修、苏轼、范仲淹、沈安老人等把茶的内涵提升到人格高度，所谓"茶德即人德，茶格即人格"。明代文人文化使得茶空间得以广泛出现。

冈仓天心在《茶之书》中说，紧随中国文明步调的日本，熟知中国茶发展的这三个阶段，并且随着南禅宗在日本的传播，形成了日本的茶道。所以，茶不仅仅是华夏物质精神的缩影，还称得上是东方文化的某种象征。

可能很少有其他饮品能够像茶与酒这样与文化高度结合，它既依赖文化的深厚积淀，并且形成了深厚的传统，同时也在当代创造与生产出相应的观念与实践。感德文化在这个意义上可以视为一个有意义的人类学个案。从器物、生计到精神层面大致可以看到茶成了文化的核心，无论是关于铁观音的制作工艺流程（采摘、晾青、摇青、炒青、簸拣），还是有关它的高香、鲜爽、典雅的品质阐述，或是茶园中杂草与茶树杂错丛生而不施农药的解释（和谐共生），都构成了比较成熟的叙事。此地的老建筑与信仰也颇具特色。龙通土楼便是一例，这座建于康熙年间的方形古堡形土楼，显示出中原南迁民众聚族而居的生态。保生大帝吴本据说出生于感德镇石门村，原本是医术精湛的民间神医，后来则成为一尊超越了地方性而覆盖到东南亚的道教神祇。它们也被整合到有关茶的叙述之中。

考察期间，我正好赶上在茶王公祠举行的"2020年感德镇秋茶庆丰收感恩仪式"。这个祠堂供奉了谢枋得夫妇，书记与村主任带领乡民代表敲鼓吹笙，唱念祷辞。他们身着类似道公及民国期间的长袍，头戴礼帽，看上去颇有些不伦不类。这种场景其实在中国广袤地域的乡村中屡见不鲜，他们的行为可以视为某种与当下生活相适应的新发明的传统，并非某种"伪民俗"——所有的节日、庆典与仪式发明出来，一定是为某种目的服务，发挥特定的社会功能。

茶王公祠的感恩仪式在我看来，一方面意在塑造感德镇"感恩尚德"的文化底蕴——显然这是一个望文生义而顺理成章的文化阐释；另一方面则凝聚民众，达到一种集体性的欢腾，也突出了以茶叶种植、制作与贩卖为中心的生计系统。基层官员与民众合为一体，同时又形成了带有表演性质的场面，在媒介发达年代具备了一定的传播价值，可以说所有参与者都皆大欢喜。值得一提的是，茶王公祠的二楼还供奉着佛、道、释、儒诸家的仙佛圣贤，甚至还有关帝与财神，这个众神和睦的神圣空间显示出民间的包容并生。乡镇文化之于都市文化的另类现代性的意义可能就在于此，它细大不捐，包罗并举，体现的是民间的生存智慧和对于幸福的渴望。

一片神奇的树叶赋予了感德镇乃至整个安溪县的丰硕收获，但如果从整个全球范围内来看，茶在与可可、咖啡并称的三大饮品当中仍然还有很大发展空间，事实上中国茶叶更多是内销市场，在国际上无法与英国、印度相比，甚至还不如斯里兰卡。一种广为分布的商品一定要在物质层面之上附着上文化与观念，才能焕发出持久而广远的影响力，就此而言，茶叶的人文振兴依然任重而道远。

《论语·子路》中记载，孔子去卫国时，曾经对冉有说人口繁盛后就要让他们富裕，而富裕了之后则要兴起教化，文明昌盛。这可以是文化发展的进阶论：当经济富足之后，文化的更新就自然而然地提到了日程之上，这两者当然原本就齐头并进，而小康社会对于文化的创新与提升则尤为迫切。一段时间以来，我们谈论乡村振兴，重点放在产业升级与转型上，其实如果从更长远与更高层次的发展来说，乡镇文化的传承与创新更为重要。期待未来某一天，当我再次来到感德镇的时候，人们不仅津津乐道于铁观音在本土的销售传播，还让铁观音更具有在海外的文化影响力。

国风清兮茶风盛

——虎邱茶乡山水人

刘兆林

一方水土一方人

秋与冬行将握别之际，我忽从北方南下，受邀到乌龙名茶铁观音的故乡，福建安溪虎邱镇，做了一回茶客。此行仿佛神助，让初为候鸟的我，既省了专程南飞的时间，又难得在茶乡重悟了一方水土一方人的道理。我所在的北方，喜饮酒者，比南方多得不知多少倍。而南方人喜茶，不分男女，比北方也多得不成比例。这现象，其根源，就在一方气候和水土。北方寒冷，南方酷热，皆因地域所至。而酒能帮北国抵御严寒，茶能助南国消解酷热，日久天长，南北的人，便各自发明了对待寒与暑的不同武器，酒与茶。茶因水土和气候关系，只能生长于南方热土，且独具消暑提神功效，北方寒冷气候下生长的高粱玉米酿就的烈性白酒，则最能立竿见影热身御寒。所以喝惯烈性白酒的北方人多性情激烈易冲动如烈酒，南方人则多性情温和文静如清茶，此皆地域气候水土天长日久陶冶的结果。但茶酒相较，显然茶是君子。茶君只助人兴奋与聪明，无论自饮他饮群饮，饮者都不会忘乎所以发疯发狂，顶多，兴奋得思维敏捷、话多、妙语连珠，或唱唱歌而已。但烈酒则不仅热辣辣沾火能燃，使饮者饮之难却饮多必醉，醉则失德，若醉者本就无德，醉后便更无德，许多无耻之事都做得出。当然，什么事都有特殊，比如，说李白斗酒诗百篇，李玉和临行喝妈一碗酒，浑身是胆雄赳赳，等等，但李白酒后那些惊人的句子，如白发三千丈啊，潭水深千尺啊，天子呼来不上船啊，不都是醉后狂言吗！不管哪里，一旦酒风大盛不衰，必国风人风日浊，久而久之，必家败、国败。回想前些年，大江南北不分寒暑的酒局上，高官显贵也有，贪官污吏更多，平民百姓芸芸众生也不少，屁大点事就支起偌大酒桌，大点的屁事还可摆上几十上百桌酒席，当场喝倒者有之，过后进医院的也不鲜见，更有甚者，把酒会喝成追悼会的也有。当然，嗜酒成瘾无酒便不能活的，即人称酒鬼者，也不显见。实则，酒桌已变成形形色色大小交易场。若酒风若不衰，国运何以兴？值得举茶杯庆幸的是，国风日清，酒风日衰，茶风正日盛。朋友们，以茶代酒吧。己所不欲勿施于人，这是我南下茶乡所获欲施之于己的一大收获。

一方水土一方茶

我去做客的安溪虎邱茶乡，是东南沿海福建泉州近海而不直接临海，却可隔海峡与宝岛台湾遥望，既山水相依，又山清水秀风调雨顺的一方风水宝地。说是风水宝地，因那里山多而少陡峭，坡缓而溪多，水土气候特别适合茶树生长，于是优茶名茶辈出。一丘丘的茶山，起伏绵延，层次分明，错落有致，忽然也有鹤立鸡群般的异峰突起，煞是爽眼。更爽眼的是，那突起的异峰，还为错落有致的茶丘抖下一挂雪白瀑布，那天生不知疲倦的瀑布，是专为茶和种茶喜茶的人们而扬水欢歌的。茶山上，采茶人和被采的青青茶叶，吸着山间荡心涤肺无一丝尘埃的湿润雾气，渴了，及时喝一口随身带着的茶水，哪个会累？！即使哪个弱者累了，那累也会被随口可饮的亲亲茶水及时驱走的。不论缓丘奇峰，多有溪水或湿云瀑雾陪伴，加长年不断地和风细雨眷顾，一座座茶山，天然一幅幅版画，茶人便是画中人。

尤其金秋十月末，山高雾浓极具茶叶生产优势的芳亭村一带，年可育优质茶苗几千万株，素有华东桂花第一村美誉，现有百年桂花一百多棵，集中生长于百年桂花园一带。每年十月中旬，是桂花纵情盛开时节，满村桂花香气弥漫，村里装不下，随风散向满山满谷。我们正赶上一株株高大的桂花树，拥拥挤挤竞相开放着密密麻麻金黄耀眼香气扑鼻的桂花。桂花树们，棵棵遮天巨伞似的，肩挨肩站满一面山坡，树叶也密密麻麻，阳光根本射不着绿叶下黄黄的只有玉米粒大小的花朵。朵朵桂花都小得不起眼儿，但它奇异的幽香，离几丈远就扑鼻了，诱你不得不跷脚仰头细细端详它，细细品嗅它独特的味道。那天无风，也没赶上有人来收桂花，惹得爱花女只好自己跷起脚，抻长脖子和胳膊，从最低的桂梢儿一朵朵摘，摘一朵，嗅一下，连连唏嘘好香，不由令人联想，与桂花相邻的茶，若添了桂香，其味岂不奇异！一位安溪朋友为我们放了段桂花雨视频。所谓桂花雨，即每年十月末，桂花最香最盛时，茶农们便在桂花树下埔了宽宽大大的雨布，然后用长长的竹竿轻轻扑打桂枝，一会儿，宽阔的雨布便落满厚厚一层桂花，当地茶人便命名为桂花雨。那满带香味的一地金黄，如诗如画之后，全身的精华，都附体到虎邱的乌龙茶极品之一黄金桂身上，成了黄金桂茶之魂。

以前不知，茶树在虎邱茶乡，几乎是最矮的树种。在茶山附近游走，说不定哪会儿就碰上一株高大如巨伞的榕树，或者菩提树，但这在茶田附近显得顶天立地格外高贵的树种，在茶人眼里，并不见得有比茶树重要的位置。茶村和虎邱镇领导特意带我们参观的清朝咸丰年间被发现的，与乌龙茶中极品铁观音齐名的又一极品"黄金桂"，该茶由于品种和制作上"萌芽早""采制早""上市早"和外形的"黄、匀、细"及内质的"香、奇、鲜"，具有"一早二奇""透天香"的特点。虎邱的乌龙茶中，还有一种叫佛手的名茶，它的制作工艺有何独特不说了，单听这名儿，就一身的文化。一身文化气息的乌龙茶铁观音系列里，除黄金桂、佛手外，还有雪梨、乌金桂、金观音、毛蟹、梅占等等，不等沏饮，听来就已提神起兴。所以，别看茶树身材不高，样子也不是最美，但在茶乡，身份和地位却最高。虎邱遍野茶园里，特意辟有古茶树保护园，园中茶树，样子很不起眼，枝不繁叶不茂，瘦骨嶙峋有点寒酸，但那是古代留下来极有辈分的名茶种。只一人高，也不粗壮的一株清朝初年存活下来的祖母茶树旁，立有一块比茶树高许多的巨大卧碑，以传承铁观音的优良茶性。当地茶人眼里，任何树都不如这株祖茶树尊贵。

茶乡茶人

虎邱镇所在安溪，置县于五代后周显德二年，距今已逾千年，既是清朝名相政治家李光地的故乡，也是台湾同胞祖籍地和著名侨乡，又是著名山水茶乡，属"闽南金三角"中心地带，山川明秀，胜景天成，古籍众多，虽曾一度名列福建最大国定贫困县，但目前已跃升综合实力全国百强县，最具投资潜力百强县，且连续9年位列全国重点产茶县首位，安溪铁观音品牌价值目前已连续三年位居中国茶叶类第一名，入选中国十大茶叶区域公用品牌。而安溪的茶乡重镇虎邱，既有始建于南宋时期的洪恩岩、骑虎岩观光朝圣的千年古寺，也有一百多年前传入的布袋偶戏，和太祖拳等非物质文化遗产，及新兴的白石岩等多处新名胜景区，全乡镇不仅风光旖旎，文化底蕴也独特，终年雨水充沛，气候温润，朝雾夕岚，是茶、烟、樱、蟹盛产地，尤以茶名最盛。这方优良水土，不出一批优秀茶人就怪了。限于篇幅，只简介一二。

一是首届安溪铁观音大师评选赛当选大师李金登，获奖金为100万元茶大师研究经费，和所制代表性茶作品拍出的108万元人民币/斤，悉数捐给县扶贫开发协会。他本人被评为泉州市劳模、技能大师，国家一级茶师、中国茶叶领军人物之一，国家级非物质文化遗产技艺传承人，等等数十个头衔。这些头衔列出来不费吹灰之力，但获得的过程将付出多少心血，尤其呕心沥血做好茶师傅、推广茶文化、培养茶事业后继人等等感人事迹，非洋洋几十万言不能写透。

二是从业事茶16年，跟随李金登全身心投入铁观音、黄金桂等乌龙茶传统工艺研究，深入探索"观音韵""黄金礼"本乡品牌名茶新经验，接连获"李金登大师杯"铁观音茶王赛奖、"飘香虎邱"基地茶争霸赛奖后，带头成立家庭茶场，带动周围近300家农户发展茶叶生产，他自己的家庭茶场获评虎邱十佳茶园示范基地，培养一批徒弟深耕自家茶山同时，逐步闯向全国茶叶市场。他自己创设的"黄金礼""湖尾格"等品牌茶，在全国爱茶人群中拥有广泛知名度，吸引一批"铁粉""金粉"远来上门问茶拜艺，使得他名下的品牌茶畅销海内外。他还坚持与师傅李金登合作，不断在安溪全县24乡镇讲茶道，传茶经，到33个省份300多个茶市推广虎邱和安溪好茶，以此为家乡争名致富不遗余力。

分别与二位师徒面对面，听他们讲茶，看他们弄茶，又一同倾心品茶，不仅加深了对茶文化的敬重，更被他们以茶为命，以茶为家乡造福，用茶文化陶冶乡亲文明素质的热心感动，以至我对无意接触到的几位虎邱男女老少，都深感既温文尔雅，又热诚实在，皆有茶的君子之性。

第三位喜茶却不算茶师，是守家在地教书育人当过20多年中学校长，退休后成了以美化茶乡为己任的民间艺术家林瑞温。当年他20岁刚出头时，曾从虎邱的山沟沟出发，徒步不是百里千里，而是万里迢迢，翻山越岭到外地经风雨，见世面，历时两月有余，终于到达首都北京，开了眼界后，才返回家乡。那时他既不会喝茶，也不懂，若懂，定会徒步之外，再挑担茶叶去北京的！回头数数那次自己的脚印，从福建沿海起步，穿越五六省大地，到北京怕有万里迢迢吧？经了风雨见了世面，直到已经72岁的今天，一直在本县，读完师专，再回虎邱本乡教书，当过语文、音乐、美术老师，做了20多年中学校长，60岁退休后反而成了茶乡大名人。但他的成名不直接在茶本身，而在为美化茶乡苦心孤诣，废寝忘食的劳绩。虎邱好几处颇受游人喜爱的景点，都是他精心设计的作品，连他自己的小家，也成为独具匠心美化茶乡的一处亮丽风景。他住山坳的一条溪边，是开门见山那种人家。一座三层小楼，除一楼的厨房厕所外，其他屋，甚至卧室，都一圈圈一层层摆满各等瓶瓶罐罐为地座儿创作的盆景瓶景。那众多景里，当然少不了本乡本村的景儿。他把茶乡的山水和胜迹，以及从外面世界得到的有再创作价值的物，都浓缩于自己收藏的瓶瓶罐罐里，组成新的艺术收藏品。在养育他的山水茶乡，有许多他发掘设计的园林作品，如安溪茶校园林景观、安溪茶博会中国重要农业文化遗产系统景观，洪恩岩、骑虎岩、白石岩等重要历史文化遗产景观，都有他倾注的大把心血。我们在他家楼顶自造的小园林里喝茶，小园林中有草有溪还有花木。溪是楼下小河的水用泵循环上来的，小草和矮花木，也是野的。这位林瑞温老人，家里满是山水茶，心里也是，梦里也是。

茶香入梦来

刘建东

中巴车在山间穿行，盘山公路弯急且坡陡，坐在车子里感受到了上下抓狂的颠簸。已经分辨不清方向，向车窗外望去，渴望在满眼的绿色中去找寻那历经岁月和传说洗礼仍然健在的茶树，确切地说是铁观音的母树。

这是十月的中旬，东南沿海的山脉间，山风习习，我们循迹而去，目标是铁观音发源地传说中的一个，魏荫说。它隐藏于西坪镇松林山深处。

我一向是个潦草的喝茶人。向来都是抓到什么茶就喝什么茶，只求得比白开水略有些味道，不至于那么寡淡而已。至于喝茶的讲究及背后的文化意味，更没有去深究，所以，安溪一行并没有太多的奢望。但是两天下来，却处处被茶包围着，谈论的是茶的故事、茶的传说，闻到的是茶香，到哪里主人都是先把上好的茶递过来，这才渐渐地醒悟到，这里真的是铁观音的故里。铁观音既是一个符号，代表着从茫茫大山里声名鹊起的茶树的荣耀与辉煌。它更像是一位当地的名人雅士，名播天下，而我们是来寻芳与瞻仰的。在如此环境之下，想着自己用一个大大的玻璃杯，泡上一杯茶喝上一天的情景，开始暗自为自己对茶的无知惭愧，自己怎么能这样无礼地对待茶。

中国的茶文化博大精深，喝茶的历史源远流长，陆羽的《茶经》里说：

"茶之为饮，发乎神农，闻于鲁周公。"西汉的《神农百草经》也说："神农尝百草，日遇七十二毒，得茶而解之。"茶是与我们祖先的血脉紧紧连在一起的。在安溪县城城关的茶叶市场"中国茶都"里，看着忙碌的营业大厅，拥挤的茶农与大包大包的茶叶，据知情人说，高峰时每天的成交量达数百万吨，我这才真正地体会到，那些生于山间的绿叶，与我们的生命竟然有那么无法割舍的情怀。而在茶博物馆里，看到茶叶从一片片普通的绿叶经过摇青、杀青、揉青、烘焙等重重考验与磨难，具有了某种优秀的品质，也才感悟到，茶叶的一生其实就是人的一生。

铁观音茶是安溪的骄傲。而也正是因为铁观音，我们才知道安溪。铁观音的来源一直未有定论，大致有两种说法，是流传已久并被世人所接受的，其中之一就是魏荫说。每一个成功案例背后都会有一个光彩夺目的传说，铁观音也一样。说是清雍正年间，西坪尧阳松林头的种茶人魏荫勤劳善良并信佛，常年供奉观音。有一天晚上梦到观音指引自己到了山谷一处溪涧处，在石缝中出现一株茶树，奇香诱人，一觉醒来，茶香仍然弥漫在身体四周。第二天，魏荫依梦境而去，果在一处山涧中寻得一株盛开的茶树。于是魏荫将此株茶树移到自己家的一铁鼎内种植，经悉心培育，叶片肥厚，嫩芽紫红，制作成茶后香飘四溢，引得族人纷纷来品尝。因茶树由观音梦中引导而得，又因种植于铁鼎之内，故取名铁观音。从此芳名留世。我不大相信观音托梦的说法，大抵这是一种惯常的套路，为了显示自己茶叶的出身尊贵，编造一套美丽的说辞，但铁观音茶能够延续上千年的美名，其实早已经与传说无关了。我更相信跨越历史的辛勤与智慧，相信努力与创造，正是因为魏家后人们一代代的传承与发扬，经过一代代的积累，才让我们能够分享到他们的劳作之美、成功之美。

因了铁观音在脑海中突然放大的光芒，才顿悟似的觉得这个词有了仙气，这个物有了别样的内容与意义，它不再仅仅是一个词一棵树，就如同我喜欢杭州的西湖似的，西湖无非与大多数城市的湖是没多大区别的，但当你早早地被白蛇传说，被苏轼、白居易的历史所浸染后，目光所及的景致是完全不同的。所以，被绵延山脉间的颠簸折磨着的我，好像有了一丝的期许，是期待看到铁观音母树真颜的惊喜，或者能见证一下，被历史的美丽装点的此情此景。

　　朝圣的路途与山路一样，蜿蜒曲折。终于抵达山峰的一处尽头，在当地人的指引下，从柏油山路下到石阶小道上，拾级而下，向着山坳间进发。一路其实看不到什么真正规模的茶林，只是不经意间，路边会闪现那么一两株矮小的茶树。先是被水流的声音所吸引，循声望去，即将到达的地方有一山涧，细小的瀑布自石缝间涓涓流出，在寂静的山谷间声音颇为响亮。瀑布正上方，隐约可见一尊观音石像。路旁立一硕大石碑，碑上刻红色的"魏荫铁观音发源地"八个大字。山间绿草树木杂多，却并不晓找寻的茶树母树在哪里，此时，才忽然发现我们的队伍中多了一个穿红色外套的中年男子，他领着大家来到观音石像下方一开阔处，指着对面的四棵树中的一棵说："就是那棵。"于是，在他的引领下，我们穿过一石板桥来到近前。四棵树高低错落排列着，位于石块下方一块平缓坡地上的那棵毫不起眼的小树便是传说中的铁观音母树。而围绕其四周的其他三棵都是从此棵压条而成。四棵茶树安静地立于看似有些荒凉的山谷中，平淡无奇，越是轰轰烈烈的生命才越发地不着痕迹，不霸道，不张扬。

　　我们以为今天的惊喜已经足够了，没想到，随行的着红色外衣的中年男子突然说："到我家去喝杯茶吧。"此时我才知道，原来他是魏荫的第九世孙魏月德，关于他的一些传闻几天来已经不绝于耳，据说，产于母树的铁观音老茶被拍到 18 万一斤，人称魏十八。他的话在我们中间引起了共鸣，这是多么难得的一个邀请。抬头一看，因为出来得晚，天色开始暗淡，远处的太阳已经躲进了云层之中，黄昏正慢慢地逼近。因为还有其他的安排，带队的团长犹豫着是不是答应他的邀请。福建作协秘书长林秀美女士坚持说，错过了就再也没有机会了。她带头跟在魏月德的身后已经向那个村落走去。错过其实是最令人遗憾的，大家默默地跟在身后，都暗揣着一份别样的期待，向山村走去。魏月德善言辞，一路上在给我们讲茶树的事，他戏称自己家的茶树住的是别墅，不像别人家的茶林都拥挤在一起，住的是居民楼。仔细看看路边的茶树，确实很随意地散落在杂草间，间隔也很大，独自拥有着自己宽阔的空间。

　　魏月德的家在村子的边塞上，正对着整个山谷，视线辽阔，站在那里向山间远眺，竟有一种胸襟开阔的感觉。好山好势！坐在魏家大厅里，终于喝上了一杯魏十八。气氛反而凝重了一些，大家都不说话，或站或坐，只是看着茶王沏茶、倒茶、讲茶，各自把杯里的茶小心地喝下去，仿佛是守住了自己的宝贝一样。

回程的车上，仍然感觉茶的香气在，像是把那棵树，那杯茶的味道永远留在了心里，留在了梦里。

安溪记

汗　漫

山顶茶馆

月亮起身，沿一棵银杏树，走上更高远的位置。我摸摸茶壶，依旧是热的。朋友们围坐在树下桌边喝茶闲谈，没注意这个细节。

安溪城中央，凤山顶上这一茶馆，砖木结构。屋脊是闽南建筑常见的燕翅，充满飞扬的势能，与凤凰状的山脉相呼应。屋檐下，悬挂红灯笼和木匾。灯笼上写着"茶"，在霜降后的凉风里微微晃动。木匾上只写"茶馆"，显出孤高不二的气质。我的确没有在山上看到第二家茶馆。偶尔有卡车像老虎般爬上来。茶馆建在山路拐弯开阔处，路边竖一巨大凸面圆镜，提前反射出车灯也即虎眼的光辉。不知车上是茶叶还是藤铁——本地用竹子围绕铁材编织而成的器具，装饰或实用，如花瓶、茶几、椅子等，畅销海内外。有司机停车，到茶馆内给茶杯加满热水，又爬上卡车急急赶夜路，像骑老虎的人。

我们喝的自然是本地名茶铁观音。周遭夜色如铁铸，满月像观音脸，铁身玉脸慈悲心。茶过数巡，碗盏中茶水依然香冽，颜色如黄昏。茶叶舒展开来，瓣瓣似铁，锋芒暗藏，直指内在的暗疾、病灶、软肋。

茶馆旁，三十余级石阶，通往峰顶一座空亭。"地位清高，日月每从肩上过；门庭开豁，江山常在掌中看。"亭中镌刻的对联，系南宋朱熹所作。他在安溪流连甚久，留下碑刻诗文甚多，日月江山就有了神采人意。朋友们陆续沿石阶上来，清高开豁一番，再回到茶馆，继续喝茶。我也随本地朋友小林上来。

满城灯火如繁花。穿城而过的西溪、举溪汇成晋江，下达泉州，上通内陆，是海内外物资与人事往来的重要水路，在夜色中微微泛白，势如长龙，与凤山一起注释"龙凤呈祥"的意义。安溪城自然是一方宝地，码头商栈云集，龙凤般的人物代代不绝，如名相李光地、诗人林鹤年等。抗战时期，厦门集美中学搬迁到安溪避乱，在文庙内办学，十二岁的湘西少年黄永玉在孔夫子像前埋头练习木刻、绘画。多年后，回忆在水池中乌龟背上刻字描红的往事，黄永玉哈哈大笑。

小林为我一一指点，清水岩、溪禾山、金钱山、大仑岭……那些远远近近、重重叠叠、浓浓淡淡的峰岭轮廓，在教导一个人如何深刻、冷峻，不像平原，注重培养一个人的开阔。安溪，八山一水一分田，自古就是兵家不争之地、百姓避世安身之所。山水田园外，远处、更远处，是泉州、厦门、大海、世界。海上丝绸之路，以泉州为起点，以茶叶、陶瓷等事物为动力，把黑眼睛中国推广到蓝眼睛里去，也让欧风美雨次第而来，吹拂华夏大陆。在闽南，在这一边缘而又先锋、古旧而又新锐之地，人们的世界观蝉蜕蝶变。

空亭中，有三两本地人四望闲谈。"咱安溪房价都三万元了，快赶上厦门了哩！""那么多茶农、茶商富了，来城里安家，房价抬起来了啊。""也有外地人来买房养老。安溪风水好、空气好，四季如春嘛……"这些对话，是小林低声翻译后我才听懂的。

闽南语，也叫"河洛语"，就是黄河、洛阳一带最初的汉语，表达现代物、事也能流畅无碍。闽南一带的汉人，大多是历史上数次南渡而来的中原人。冲州撞府，越山涉水，在大陆东南角，他们用口音保存一个故乡。安溪人现在还是将"锅"说成"鼎"，"稻子"说成"粟"，"干活"说成"作穑"，充满美感和庄重。我也是中原人，历经辽、金、元、清各朝治理的那片土地，汉语词汇表与闽南语截然不同。处在不同的汉语里，就是处在不同的人间。类似于我穿着厚重外套在十一月的北方登机，落地后瞬间回到夏天，在安溪，穿一件短袖随风晃荡，但这毕竟是一个现代化的安溪。

从空亭下来，与朋友继续喝茶。一片银杏树叶幽幽飘落桌面，半绿半黄，是山中来信，写着某人与我分别后的种种感伤与倦意。如何回信？这些年，除了两家银行的生日问候，我再没有收获任何抒情的表达了。

黄永玉在文章中写到安溪城外一个村子："上天给这些好人特意安排下来的这块长满粮食和果木的大盆地。全村人都姓叶，树叶的叶。周围山上、平地、河边、鱼塘周围长满高高低低的花木果树，不姓叶姓什么？"这个目前已经九十多岁的老头，依旧保持少年的天真，让我这个不姓叶的人，在一片落叶、无数茶叶面前，惭愧。只能用花白头发，向白露霜降后的这一杯热茶，致歉。

茶馆老板娘身穿红衣蓝裤，是否姓叶，我没好意思问。壶内荡漾着她家新采的秋茶，她的父母在茶山上操持，兄弟分别在上海、福州开了茶馆、茶叶店。"安溪人都感恩铁观音啊，先生们来看看我供奉的茶王像吧。"众人起身去茶馆内看：一尊黑脸男人雕塑，旁边是一尊赤面女子雕塑，一束细香袅袅点燃。"男人是茶王谢枋得，女子是茶王娘。"我大吃一惊："谢枋得？叠山先生？宋末元初那个隐居福建、宁死不降的谢叠山？"小林笑了，说："是他，他在我们安溪避祸时，鼓励山民种植茶叶，后被元朝官员发现，押解到北京后，绝食而死。安溪人供奉他为茶王，建德镇上有茶王公祠呢！咱们明天去看。"我问："这茶王娘，是谢枋得的母亲还是妻子？"小林和老板娘也困惑："说不清，自古以来有各种说法。"同时供奉一男一女两座神像，我还是首次遇到。安溪乃至闽南文化中对女性的敬重，由此可见。

茶王像两侧，贴一副红纸黑字对联："福与土而并厚，德配地以无疆。"大概是老板娘手迹，稚气中充盈寥廓与庄敬。

铁观音茶的醇厚在舌尖肺腑缭绕。小林边品味边说："这茶，是感德镇大岭山茶园里出产的。"大家笑说："你看见茶叶包装盒上的地址了吧？"我扭头问那位正在用手机对着月亮、松树拍视频的老板娘："您是哪里人呀？"老板娘回答："感德呀，大岭山上呀！"小林得意："怎么样？我是一级品茶师呢！安溪每一座山上的茶，味道差别细微，能品出来。这是大岭山阴坡处的茶，最好，阳光没直射。我能品出这茶大致上所属的十米左右的区域。是的，这茶附近，有一棵高大的老榕树！我去过——是那里！"我震撼又感动，看着小林。她写小说，应该能写出滋味细微而独特的文字，书桌前的大脑，像台灯没有直射的阴坡。一个好作家，应该如好茶叶，携带着河山与时代的隐秘信息和生机。

来自大岭山的一壶铁观音茶，携带一大团白云，把我改造成莽苍山野。一壶清茶天地宽。我与中国东南的土地，并厚而无疆，就必须幸福、怀德。

致叠山先生，或秋祭

叠山先生，我在感德镇槐植村一派茶山下的茶王公祠，与您隐秘交谈。

自安溪城来此地，高速公路两侧时时闪现各种地址路标：蓝田、蓬莱、尚卿、龙门、桃舟、福田、翔云、金谷、西坪……您熟悉这些地名，步行或骑马，悲怆、孤寂地穿越而过。我与您大概都最爱其中的一个地名"剑斗"——短剑上，星斗闪烁，照破古中国的漫漫长夜。

此时，茶王公祠中正为您进行一场秋日祭奠仪式，庆秋茶丰收，感激您与天地四季的赐福佑护。

祠内，您和茶王娘的塑像，比安溪城内凤山顶上茶馆中那一对壁龛中的塑像，巨大百倍，背景墙绘有云海、绿色长龙、红日。供桌漫长，苹果、橘子、橙子、枣、葡萄、萨其马、糖果、卤蛋、花生……盛满数十个圆形红色漆盘，向您表达喜悦和祈祷。排成三行的祭祀者，一概身着红色长袍，头戴黑色礼帽，在小乐队伴奏下，揖手、诵唱、鞠躬，与周遭围观的村民、游客对比，像两个时代的人。一对穿汉装的少年少女，洗杯、温杯、斟杯、缓慢动作里有无限深情。两杯铁观音茶放在您和茶王娘面前。我似乎看见您黑脸上的一抹笑意，像夜晚流水闪烁的一抹微光。

1271 年，蒙元军队越过长江，南宋君臣纷纷被俘或逃亡。您，一个诗人，在故乡江西招募士兵一万余人抗元，与文天祥等义士苦撑危局。孟子曰："文王一怒而安天下。"您、文天祥等书生的愤怒也能移山填海。接到被挟持往元大都的南宋太皇太后的投降诏书，您回应："君臣以义合者也，合则就，不合则去。"直到 1279 年 3 月，得悉年幼的南宋后主及辅佐大臣蹈海于崖山，您才彻底崩溃，身穿丧衣逃亡于武夷山中，痛哭不休。您靠占卜与授课维持生命，拒收元朝货币，只取粮食、蔬菜等食物。元廷获悉您的踪迹，钦慕您的才华与品格，欲重用。新朝官员即前朝同事，纷纷来安溪邀请您出山，您拒绝。1288 年末，强押您北上入京，囚于文天祥当初所拘之悯忠寺，您高呼："荣幸！荣幸！"绝食数日，一头倒在地上，终年六十三岁。

我去江西弋阳祭拜过您的墓地。那里，群山与修竹苍茫无尽，与您前世知音辛弃疾长眠的铅山一脉相承。墓地前，有游客留下作为祭品的《千家诗》。那是您在闽南避祸期间编选的一部唐宋诗选，影响后世人心。其中，就有一首您写于安溪的诗作：

十年无梦得还家，独立青峰野水涯。天地寂寥山雨歇，几生修得到梅花？

叠山先生，您已经修成一束山中梅花，在寂寥与变幻的时代里，持道义而凌寒怒放。您就是名副其实的叠山万重，独立青葱，不动不移。您的同道同乡文天祥号"文山"。叠山与文山，山山辉映天地间。

曾在一博物馆，我看见您收藏后转赠文天祥的岳飞砚台。其上，深刻两种不同字迹："持坚守白，不磷不淄。岳飞。""砚虽非铁磨难穿，心虽非石如其坚，守之弗失道自全。文天祥。"或许，正是这一砚台中的墨汁狼毫，生发出岳飞《满江红》、文天祥《正气歌》，以及您《却聘书》中的名句："人莫不有一死，或重于泰山，或轻于鸿毛……慷慨赴死易，从容就义难。"这砚台，采自山川，像三个伟大者共同的遗骨。

茶王公祠周围，梯田状的茶园像一层层台阶，逐步把我的目光引向茶山高处的云朵霞光，再落实到深谷里的溪水、农舍、人烟。您主动选择在 1288 年末扑向大地，升起，进入神仙行列，与建德石门村出生、由名医而成为保生大帝的吴夲一样。在闽地、台湾乃至东南亚各国，您与吴夲，拥有许多寺庙与壁龛，让漂泊四方的汉人的目光，从现实的困厄里抬起来，在高远处获得慰藉。石门村外，穿过几块巨石组成的大门，我曾去山坡上的玉湖殿祭拜，那是一座从北宋开始祭祀吴夲的祖庙。正是吴夲，以茶为药，赐福于闽地百姓：茶叶加盐，可明目消炎、化痰降火；茶叶加糖，和胃暖脾、化瘀通气；茶叶加姜，发汗解表、温肺止咳；茶叶加蜜，止渴养血、温肺益肾……

安溪人选择您而非陆羽作为茶王公，祭奠、感恩，是由于您在闽地演进、推广制茶技艺，声动远近，被元廷发觉并追捕；也因为您清敬不二的士子精神，如铁如观音——您就是铁观音。在离乱逃亡的时代里，您常常端茶吟味前贤诗篇以自安："无由持一碗，寄与爱茶人"（白居易），"休对故人思故国，且将新火试新茶"（苏轼），"酒阑更喜团茶苦"（李清照），"晴窗细乳戏分茶"（陆游）……

我更爱您在安溪写下的《觅茶》：

茂绿林中三五家，短墙半露小桃花。

客行马上多春日，特扣柴门觅一茶。

茶叶加诗，可怡神、祛忧、壮志、散心。

安溪数年间，您在茶香里、纸墨间，获得暂时的解脱和安放，"山自青青水自流"。安溪人选择在这茶山下建设祠堂，请您的魂魄从元初定居至今，很合适。"感德"地名，内含感恩修德之意。这里的人，感恩您的出现与永生，感恩四季的轮回流转，在铁观音的静气暗香中修养美德。茶王祠内外，感德镇内外，安溪内外，我看见那些行立坐卧的茶人、饮茶人，一概内敛淡定如茶。

请听，祭祀者正在颂咏。这是南音——南方之音，您懂，我懵懵懂懂。仍然是小林为我一句一句翻译：

雪中松柏愈青青，扶植纲常在此行。天下久无龚胜洁，人间何独伯夷清。义高便觉生堪舍，礼重方知死甚轻。南八男儿终不屈，皇天上帝眼分明。

他们在诵唱您被押解着离开安溪时所作的《北行别人》。

笙箫与笛子声声慢。一面小鼓、一面铜锣，像您与我隔世融通的心跳，在鼓面与红铜之间回响。铜锣上，用红漆写着两个楷体小字，我俯下身去细看，是"集福"二字。收集幸福，在负重与沉痛中集福，从一片一片采茶叶，到一句一句写诗，乃至一里一里赴死不归，为自我，为众生。

叠山先生，我沉默着说出这些话，您听见了吗？如果写在纸上，在茶王公祠内的香炉里烧掉，像把一封信投入邮筒，您很快就能收到吧？

岐阳村一夜

傍晚来到岐阳村，一个四面群山围成的小盆地。住下来，才知道这是茶人王建取的家，而非途中所意想的民宿。

位于山坡上的这座三层大理石贴面建筑，一层是茶室，接待客人或家人们团聚自饮，墙上挂着王建取父亲 2002 年在福建电视台演播厅接受采访的照片，于是有了一个自创品牌"那年这味"；二层是茶叶作坊、库房，为女儿出嫁而备的铁观音老茶，已经藏了二十年，价值不宜询问；三层是两大套叠加式别墅，内有十多间客房，常常空着，等待谈生意的茶商、采访的记者、蹲点调研的官员、春节时从外地回家团聚的兄弟儿女。

几个朋友围坐在一楼茶桌旁聊天。王建取大约四十来岁，穿短袖 T 恤，身板壮实。他捏起一撮黑沉沉的铁观音，动作有着女子般的柔情、细腻："注意听啊！"随即有茶叶入壶发出的有力、清脆的触底声，像铁屑，铮铮作响。"这样的声音，才是好茶叶，无声或声音浑浊，茶叶品质就一般。"建取说。他家的极品铁观音，一年只能制作十多斤，每斤价值在一万元以上。其他茶品，则每斤几百元、数千元不等。我暗自庸俗地揣摩，这一晚，建取盛情招待的铁观音价值多少？

建取是岐阳村乃至感德镇的著名茶人，通过茶叶合作社和公司化运营，组织村民经营数千亩茶园。安溪境内，海拔一千米以上的山脉约一百一十余座，湿度与光照适宜铁观音生长，茶园共计约六十万亩。全县目前一百万人，劳息与忧欢一概系于自唐末肇始至今的茶叶、茶事，直接或间接。清明前、立夏前、霜降前，是安溪最忙碌、最喜悦的三个时节。每一时节，茶人们只有十天左右的时间可掌控，提前或滞后，茶叶就沦为一般树叶。制茶，每天须在十八小时内完成十六道工序：采青、摊青、晒青、晾青、摇醒、摇水、摇青、摇韵、炒青、揉捻、初烘、包揉、烘焙、塑形、焙味、收藏。"精微烂金石，至心动神明。"曹子建《精微篇》中的这句诗，可献给一代代精微至心的安溪茶人。

"看看我的手指，裂纹、老茧，都是在铁鼎中炒青落下的。"我握了握建取的手，感受到铁的热息："您采茶怎么样，能赶上女孩子吗？"建取憨憨一笑："采茶就不灵光啦，女孩子手指尖尖，采得快，姿势也好看，记者们、摄影家们最爱照采茶女！采茶舞也是女孩子们跳好看。"我大笑。建取举起茶碗，很沉醉地抿了一口："女孩子采茶也辛苦哩，趁天晴，上午十点到下午三点间采摘，品质好。采茶不能用机器。摇青、炒青没以前辛苦了，有机器了——这是我父亲的功劳！"

建取的父亲王奕荣，之所以能进省城、上电视，名闻安溪乃至闽地，在于琢磨、发明了空调除湿恒温机、摇青机、炒青机等现代制茶设备，模拟手工制茶的环境和细微过程。这一发明异常艰辛，他屡败屡试，在各种疑虑、非议、观望中，最终获得成功并推广。如今，在安溪，许多土旧房舍外也挂着空调外机，室内一定就是茶叶作坊。正是这些工具演进，使制茶期可以延长，规模化生产得以实现。"现在，世界茶叶市场，外国人占大半，粗暴直接，就是让制茶过程工业化。咱中国的茶叶有故事，有人情味，可也得进步，继承、发展祖宗手艺，不能满足于吃老本、过小日子。"建取经常出去给茶农讲课，他口才好，说话流畅，像门前哗啦啦的溪水，在夜晚异常响亮。

从王奕荣到王建取，是民间生活中的先知，赋予一方地域以智性、活力和戏剧性。

说得高兴，喝得畅快，建取起身带领我到二楼茶叶作坊开动摇青机。那机器，果然像一个人端着圆竹匾摇动怀抱中的茶叶。建取也端起一个圆竹匾，演绎摇青动作，与摇青机的节奏、姿势神似魂温。一团团碧绿的茶叶摇荡着，酷似恋爱，在摇荡中散发出越来越浓烈的香气。

摇青，这种充满美感和抒情性的技艺，据说来自一只古代野兔的启示：它反复穿越茶园，茶树摇曳不止；一个猎人东奔西窜追逐，茶树继续摇曳不止。这块茶园中的茶叶，炒制后散发的香气，明显强于其他没有野兔出现的茶园。自唐、宋、元、明、清，到今天，人于茶叶，如逢美色；茶叶于人，终成知己。

一个老人推门进来，矮壮。建取介绍："老父亲，老父亲，呵呵。"我忙起立，邀他入座，老人摆摆手："您坐，您喝，我走走，走走。"我赞美他一头黑发："喝铁观音的缘故吧？精神！"老人咧开嘴笑了："染的。喝铁观音，头白得慢一些，但还是要白的。"老人处于退休状态，茶事由建取和另外两个远在厦门、香港经销茶叶的儿子打理。孙辈都从事与茶无关的职业，让他惆怅："年轻人都跑得远远的，山里茶园怎么办？"这些年，岐阳村乃至整个安溪，茶园荒废的现象屡屡可见。老人告辞转身，后面寸步不离的一只狗，像在认真回味由种种传奇故事所造就的一个人的独特气息。

建取一家人住在旁边另一座红楼里。红楼与我所处的这座楼之间，是老人在20世纪70年代盖成的砖木结构四合院，风吹雨打，蚁噬虫啄，仍舍不得拆毁。我从阳台上俯瞰这座四合院，瓦片密集如鱼鳞向天空游动；屋脊飞檐也是燕子翅膀形状，代表春意、吉祥。

一夜无梦。鸡鸣声、火车声突然响亮，为黎明的到来和人间觉醒，广泛制造舆论。我赤脚跑到阳台上，一列从漳州开往泉州方向的绿皮火车，沿着深谷之上的高架桥缓慢掠过，车头蒸汽像白手绢朝我挥舞了几下。小盆地以东，名为"旗鼓山"的峰顶，为我呈现了一次日出全过程。从灰苍苍中的一抹微白，到忍无可忍的赤身跃出、大放光彩，前后历时约五分钟。一个逐渐进入暮境的人，仰望山顶，眼神在支持还是拖累日出？在上海，我多年没有看见日出，也未目睹一个婴儿的出生。

小盆地传来国歌声。岐阳学校的孩子们，在绿色塑胶操场上列队、升旗、做体操。鹰在天空飞翔，我像一只高处的鹰俯瞰他们。我刷牙、洗脸、走下山坡，来到学校紧闭的大门前窥视，被一高大保安目光炯炯地盯了几秒钟。我忙转身，在岐阳村里晃荡半小时。村民打量我，邀请我进家喝茶。我谢绝，心里很感动：大清早就邀请陌生人进家喝茶，这是其他地域没有的事情吧？小盆地里散居的数百户村民，都姓王，源自中原迁徙至此的同一祖先。我母亲、妻子也都姓王，不知道彼此间的血脉是否存在隐秘关联。

溪水边，矗立着一座"深厚王氏祠堂"。悬山屋顶，土木结构，墙上有"明代保护建筑"铭牌。门紧闭，楹联醒目："深高阅历，方知世味如尝胆；厚丰乡土，别管人情且看花。"

我俯身看过茶叶开出的细碎花朵，是白花瓣、黄花蕊，像娇嫩的小女孩。

在岐阳村乃至安溪、闽地，茶园里按时序夹杂共生着如下花草：灯芯草、白叶菊、野淮山、金银花、弯枝花、耳筋草、米粉草、五根草、鸭母草、玉碗抱金珠、山葡萄、无根草、石橄榄、水甘草、鸡骨蓝、将军草、金钱莲、接骨草……茶人们不会清除这野生的草和花，任其萌发与枯萎。草好花好茶才好，是我在安溪获悉的地方性知识——看花尝胆德深厚。

一个骑摩托车的少年，疾风般从我身边掠过，沿溪水旁的石子小路，蓦然掉头，冲向山坡上的树林。在唐代或晚清的早晨，他的某个祖先，或许也疾风般冲向山坡上的树林，骑一匹马，从我的某个祖先身边掠过？

南方嘉木与个人饮茶简史

1849 年 5 月罗伯特·福琼走在武夷山中，两个仆人紧跟着，一人挑担，一人牵一匹马，周围是山雾水声、鸡鸣狗吠。每当茶园出现，福琼便尤为激动，止步，钻进去……

身高一米八的福琼，用中国人装束掩盖英国人身份，长袍、马褂、假辫子；说一口流利汉语，熟练操持筷子，聊《西游记》《水浒传》，喝黄酒。当然，更用诡异眼神闻着茶杯盖上的余香，盯着茶壶中叶子的沉浮舒卷，随时掏出笔记本书写。中国人好奇询问，他解释："我是游记作家，是文人、写书人。我爱你们的生活，爱你们的茶叶，要记下来，让远方的人羡慕。"中国人笑了。他下意识按按鼻子。剃去茂密胡须后，这鼻子更显嶙峋，令他有些不安。

从苏州、石门、塘栖、杭州，至徽州的屯溪、婺源，又到宁波、金塘，现在进入武夷山，这条神奇而危险的路线，福琼走了一年多。中国人完全忽视了对他身份的探究，热情接待，有问必答。地方官员也没有觉察到辖区内有某种异常。一旦被地方官员觉察的严峻后果，这个英国人明白：牢狱之灾。他正肩负英国政府和东印度公司赋予的秘密使命：猎取最好的茶种，带回英属印度的加尔各答和喜马拉雅山，并招募茶人协助移植、传授加工技术，以摆脱对中国茶叶进口的依赖和重金支出。

资料表明，自 17 世纪中叶，茶叶被引入伦敦，英国人对这神奇的中国树叶的需求不断上升。18 世纪末，中国七分之一的茶叶出口到英国，每年达到两千三百万镑。喝下午茶，不仅是贵族阶层、文人雅士间的流行风尚，甚至还会吸引一个码头工人迟到早退去喝茶。如此巨大的商机，怎能丧失并受制于东方大陆？东印度公司为福琼开出的年薪，约合今天的一百万元人民币，以支持这一意义深远的隐秘行动。福琼成为第一个深入中国未开放地区的茶叶猎人。此前百年间，英国人几度尝试从中国公开或隐蔽地引入茶树，均因清政府禁令或漫长海路运输中的环境变化，而宣告失败。1843 年，福琼曾作为植物学家首次来中国，三年后带回一百余种植物，出版游记《中国北方的三年漫游》。显然，他是这次新尝试的合适人选。

行走于中国南方茶树、茶人间，福琼口袋里装着一本陆羽的《茶经》，手摹神追。

安史之乱时期，陆羽结束在南方产茶区的旅行，于湖州隐居、写作。《茶经》，这部世界上最早的茶叶经典，对茶叶缘起、采摘工具、制茶工艺、泉水、茶器、分布地区、茶叶分类、功能、茶事等等，都详加叙述。从神农尝百草以"茶"解毒的遥远传说，到陆羽自己眼观、身历、心得，由"荼"字生发、确立"茶"字，整部书文笔雅致、从容开阔，完全是一篇七千余字的散文。从此，中国茶，被赋予诗性美感和禅意的幽深。

《茶经》开篇，福琼常常在途中自言自语地背诵：

茶者，南方之嘉木也，一尺、二尺乃至数十尺。其巴山峡川有两人合抱者，伐而掇之。其树如瓜芦，叶如栀子，花如白蔷薇，实如栟榈，蒂如丁香，根如胡桃。

由《茶经》，我知道陆羽没来过福建。他所经历的产茶区，有峡州、襄州、荆州、光州、黄州、湖州、常州、杭州、睦州、润州、苏州、越州、婺州、台州、彭州、绵州、蜀州、泸州、邛州等地，涵盖当下湖北、安徽、江苏、浙江、广东、云南、四川诸省。陆羽坦言，对岭南、闽地茶叶所知不详，"往往得之，其味极佳"。也就是说，陆羽品尝过武夷山中的红茶和安溪介于红茶、绿茶之间半发酵的乌龙茶，即清代乾隆年间定名的铁观音。

嘉木在南方。福琼用自己携带的测量工具，以现代科技语，确定中国茶叶分布的边界线：北纬 25° 与北纬 31° 之间。查看地球仪，我明白：中原的信阳毛尖，位于茶叶版图的最北端，再向北，喜欢温湿、云雾的茶树就止步不前了。茶马古道、丝绸之路也就必然出现，向辽远寒冷地带，输送中国南方浓缩、暗藏的生机与暖意。

以《茶经》为行动指南，福琼从 1848 年起步，至 1849 年 5 月，在中国南方的嘉木暗香间寻访、记录，将收集来的茶种，移植于密闭的玻璃容器"沃德箱"。他根据中国与印度的气候、土质差异性，在沃德箱内同时种下桑树苗，使其蒸腾出的水分均匀支持茶种发芽。可以说，在沃德箱内，福琼模拟构造出一个微型的中国南方：平均气温在17℃到21℃，平均海拔1000米，年平均降雨量1800毫米，酸性土壤……两年后，即1851年，福琼和八名中国茶人所携带的数万株苗，乘船抵达印度加尔各答植物园，落地生根，化名为印度茶，与中国茶竞逐世界市场。

"求知去吧，哪怕远在中国。"这是先知穆罕默德的名言，非穆斯林信仰的福琼，亦践行之。

正是在武夷山和安溪，福琼才明白：红茶并非红色茶树上的茶叶，乌龙茶与"龙"这种虚无缥缈的动物毫无关系。茶叶滋味与功能的种种微妙分野，全赖于中国茶人的双手，在光线、云雾、火焰、铁鼎、泉水间，研磨追索数千年，渐次形成制茶工艺中的简劲与繁复，继而在人类的舌尖肺腑焕发幸福和感动。茶，就是"敬天时、惜地利、重人和"的中国智慧之佐证。例如，发酵术的出现，就源于自然的赐予：茶叶在运输途中偶遇骤雨，抵达目的地后晾晒，这干湿交替后的茶叶品尝起来，比出发时的滋味又醇厚许多。于是，此后茶叶加工过程中，就以人工模仿骤雨、日晒，骤雨、日晒……

这些年，我常喝简单、快捷的袋泡立顿红茶，契合于这扁平、提速的世界，也凸显个人生活的单调平庸。这种红茶，显然是福琼中国行之后才会出现的工业化产品。它拒绝传说和梦境，符合我的渴饮方式：鲸吸、牛饮、马狂吞。回忆大半生所喝饮料，自远至近如下：井水、溪水、自来水、柳叶茶、菊花茶、信阳毛尖、咖啡、立顿红茶、绞股蓝降压茶、枸杞菊花茶——这样一个饮料序列，配合的相应饮具如下：双手捧成凹形、粗瓷碗、水壶、玻璃杯、一次性纸杯、保温杯。这充分暴露一个人的清寒来历和窘迫现实。目前，也杂乱喝着苏州碧螺春、杭州龙井、云南普洱、武夷山大红袍、安溪铁观音，品不出彼此的差异，辜负嘉木南方，惭愧。某年，一友人在山中发现一处野茶林，惊喜万端，就亲手采青、晒青、炒青，用小陶罐装满寄给我品尝，滋味难忘。

马可·波罗曾经在帆樯林立的泉州港观察，并大为震惊。那奔赴世界各地的大船，装满陶瓷器物和茶叶。陶瓷为中国赋形，茶叶为汉人乃至全人类赋魂。所谓"味道"，就是万千滋味中隐含的一条道路。什么样的味道里，走着什么样的人，抵达什么样的远方。所谓"斟酌"，就是围绕一个茶壶，对世态人心深切玩味、清醒决断。

一百二十回的《红楼梦》，有一百一十二回出现了饮茶情节，在花园与客堂之间，是自然而然的事情。就像《水浒传》《三国演义》总是出现烧酒，在杀伐与盟誓之间，也自然而然。《红楼梦》中出现的茶，有如下九种：枫露茶、凤髓茶、六安茶、老君眉、杏仁茶、女儿茶、龙井茶、暹罗茶、千红一窟。这些茶，真实存在或纯属虚构，参与了人物性情的塑造和命运的达成。显然，曹雪芹是一个懂茶爱茶的人，故而叹惜春天的到来与消失。

绿茶凉性，红茶热性，铁观音在凉与热之间保持平衡，这是我在安溪掌握的另一个地方性知识。美国人类学家克利福德·格尔茨认为："所有知识都是地方性知识。"显然，我的知识谱系，完全来自一个又一个偏远之地，如眼前的安溪。热爱安溪的朱熹，也在此地获得启示：乌龙茶或者说铁观音，可作为儒家中庸之道的最佳诠释和载体——不偏不倚、中正、恒远。

于我这样时而狂热、时而冷静的人而言，喝铁观音，是合适选择。当然，它价格有些高。当然，我盼望那个制作野茶的友人，再寄些小陶罐来。

她们的美

龙通村的阳光，从四面悬崖般的三层土楼围合而成的"口"字形庭院之上，自四方形的苍穹深处，倾泻而下。我坐在这一庭院里，像野兔，处于峡谷底部。抬头，眯起眼睛看云朵和飞鸟，欢迎一种温暖、美好的洗礼。

三个茶桌旁，围坐茶人和朋友。十二个女孩在略微高出地面的戏台上，表演茶艺。她们是龙通小学的孩子们，穿深蓝长裙、浅绿上衣，双鬟间系一缕长长的红绸带。如果不是脚上的运动鞋泄露现代感，她们完全像处于汉唐，保持一个民族早期的清新喜悦。

此前，我在土楼外绕行一周，用时十五分钟。这一个充满危机感和责任感的堡垒，矗立于周遭山野茶园间，醒目、巨阔。闽地多土楼，一因平旷之地稀缺，须向上索取生存空间；二因强盗来袭时，可据此安身存命。一座土楼往往耗尽数代家人积蓄，历十年、二十年方能建成。形状呈圆形、椭圆形、方形、五角形、交椅形、连环套形、簸箕形，让异国卫星掠过中国东南时，屡屡惊诧、误判："此地藏有无数秘密飞行器！"龙通土楼是四方体。走向它，感觉自己像清末土匪来踩点，寻找深夜进攻的角度与门径；又像民国初的贫寒青年，爱上这凭借经营茶叶而富庶的豪门内某一少女，忐忑不安，上门提亲；更像是私塾先生或茶叶商人，即将受到一个家族的盛情款待。我缺乏匪气，也不再年轻，只适宜用小算盘在身体内盘算酬金和利润。

这一福建省历史保护建筑，正门朝向西北，石质门额镌刻"崇墉永峙"四字。两侧分别有"甲申年""瓜月立"小字，说明始建于1644年瓜果成熟的阴历七月，历时八年落成，"土楼公"许尔塈家族得以荫蔽、繁衍。每逢兵匪来袭，全村乡亲涌进土楼，紧闭大门和西南侧另一小门，即可在其中无忧度日，最多时据说有三千人在土楼内生活。庭院一角，井水清澈，粮仓充实。

与闽地其他土楼一样，龙通土楼以石头作为基础，向下深布两米，防止外人挖掘地道进入内部。墙体厚度为两米，以黄土掺杂米汤、红糖，增强黏合力，一寸一寸向上夯筑，至屋顶，覆以青瓦。从一层到三层，均无开向外部的窗户，只设有数十个眼睛般的观察口和射击孔。无数房门与窗户，朝向内部这一巨大庭院，"千门万户曈曈日"，贴上红色或绿色的春联——红色代表喜庆，绿色意味着有老者去世不久，这是中原与闽地共同的风俗。红茶的暖意，绿茶的凉意，似与此相贯通。许氏后人星散四方，土楼现成为民俗博物馆。楼内没有一缕蜘蛛网。红灯笼在走马廊高悬，随风摇荡，写着"许""茶"字样，装点当下游客的目光。端肃、矜持的许氏先祖不会这么张扬，故能家业存续三百余年。

我从一楼走到三楼。被炮弹击中的墙体造成的一个硕大的窟窿，像大眼，含着山间茶园的暗绿和云雾。许家一直留着这个窟窿未予填补，昭示着一种自信：如此而已，无伤大局，且有光照、风吹沟通内外，甚好。

各房间内，收藏有一系列装满铁观音茶的大小陶罐。雕花大床或简陋木床空空如也，那些从前的身体，身体中的欢爱、沉痛、疲倦、空寂、炙热或幼弱，何所去？玻璃柜中或墙壁上，陈列着本地明清以来的往事前情：地契、雇佣契、婚约、请柬、日记、茶叶账册、镇纸、砚台、东南亚地图、手提箱、马鞭、马灯……

位于三层正中的一个房间内，两支红烛和几碟水果、点心，敬奉在土楼公许尔堦和土楼嫲的小雕像面前。一男一女，平等并立，让我想起谢叠山及其身边的茶王娘。当然，那是已经上升到云端的神仙，而眼前是人间烟火中的一对夫妻。

土楼嫲，一个李氏女子，在八年建造土楼的过程中留下许多传奇：数月不洗头，操劳于灶台、土楼间；为那些即便来土楼送一块砖瓦的人，也端上一碗米饭以示谢意；回娘家运来一车车粮食。在面对这一壮大土楼深感震撼和忧虑的父亲前，跪下，发誓：许家与李家乃至远近乡亲，世代交好，决不恃强凌弱、招灾惹祸……她应该是美的，否则不会嫁入这一世家。她是智慧的、有力的，否则不会有土楼的艰难造就。她是善良的、动人的，否则不会在感德乃至安溪广为传颂。

闽南女子的力量，来自群山与大海两相夹持的地理形态，源于茶业、渔业、海洋运输业的勃兴。男子们出远海捕鱼，漂泊四方经商，数月、数年甚至终生不归，在异乡落地生根。仅安溪籍旅居东南亚等国家者达一百余万人，大都经营与茶有关的事业。一代代闽南女子，荷载起丈夫们暂时甚至永远放弃的责任，最终形成强大的自我。担石抬轿、织网造船、种稻制茶、赶车策马……在咸腥海风和连绵山雨间，她们绝对不是家庭的附属、男性话语的旁白，而是第一人称单数"我"，负重，独立，以汗水、泪水获得尊严、造就传奇。

中国东南这一片孤绝强悍之地，有茶王娘与谢叠山并肩而坐接受崇拜，理所当然。

在安溪，我才知道郑律成作曲的《延安颂》，作词者莫耶就是本地女子。1934年，缅甸归侨、原安溪县县长陈铮的女儿，原名"陈淑媛"的十六岁女孩，离家出走，只身闯荡上海，成为《女子月刊》记者。她改用笔名莫耶，向神话中那个南方铸剑者莫邪致敬，并以此寄托自我解放之心志，创作出以女性自由、抗日救国为主题的众多剧本、诗歌、小说。我惊奇于这个少女笔下的歌词，高拔迥阔："夕阳辉耀着山头的塔影，月色映照着河边的流萤，春风吹遍了平坦的原野，群山结成了坚固的围屏……"

当写到"群山结成坚固的围屏"这一句时，莫耶，你是否想到了故乡安溪的万重峰岭？

一束阳光，突然投向我所在的、目前处于阴影中的茶桌。它穿越三楼的一个观察孔，照亮眼前茶杯上的一行字"老固野实"。"三点了。"为我斟茶的女子说。我表情大概很困惑。她笑了："每天下午三点，这个观察孔中就有阳光直射下来。土楼公当年有意设计的，很准啊！"我赞叹，喝茶求教："'老固野实'是成语吗？没印象啊。"斟茶女子又笑了，解释："老固"，她公公的名字；"野"，指老固在戴云山深处寻找到的一棵百年茶树；"实"，茶人须以诚心实意为准则。真好。野与实，真好。感德镇每年秋天在这土楼举行"茶师傅比赛"，即古人所言的"斗茶"，比斗牛内敛温和，比斗蟋蟀端庄正大。老固在这戏台上领过奖，现在成了制茶大师，坐在戏台下评点新一代茶人的技艺。每年茶师傅比赛，镇政府颁发数万元奖金，获奖者都捐给村民以助脱贫。

闲谈间，知道她是惠安女子。大学毕业初，在厦门一茶馆偶遇安溪铁观音，看主人斟茶姿势很美，她开始爱茶，继而爱上茶馆里出现的老固儿子，来感德结婚，学会采茶、斟茶、网上销茶，成为这一制茶世家的顶梁柱。她斟茶的姿势也很美，十指纤细，大约不同于她母亲、祖母等先辈大手大脚划大船的海边身姿了。

土楼中庭这一戏台，三百多年来，有无数面影、背影浮现流转。它举行过历代许氏家人的婚礼、葬礼，演过高甲戏《审蛇记》《凤冠梦》《孟丽君》《吕布与貂蝉》一类剧目。现在，十二个女孩表演完茶艺，一边歌唱一边走下戏台，头上的红绸带像蝴蝶一样飞起来：

采茶莫采莲，茶甘莲苦口。采莲复采茶，甘苦侬相守。

我起身，追随她们从侧门向外走，像追随着安溪一个村庄的记忆和梦寐，向前走。阳光从门口沛然涌入。那两扇门上，贴有庚子年春节的红纸门心，以楷体写着两个巨大的词语："国泰""民安"。

一片修行的叶子

江 子

依我说，福建安溪的铁观音，是中国茶的谱系里，天生带有佛性的生命体。

不然，何以其他的名茶，得名往往来自于所生长的地名，或者因其让人产生美好感受的形，如曰龙井，曰毛尖，曰瓜片，曰雪芽，曰寿眉，曰太平猴魁，曰天柱剑毫……而铁观音却仿佛是佛门弟子，被赐予了与佛门有关的名字。

铁观音，这个由铁与观音这两个本就风牛马不相及的词组合生成的奇妙的名词，自有一种放下屠刀立地成佛的意味，一种由恨生爱、由深渊到云端的曲意语境，一种沉重又轻逸、混沌又澄明的气质，一种阅遍人间苦难的悲悯情怀。

安溪人对铁观音的得名有两种解释。

一种说，清乾隆元年（1736），安溪西坪南岩村有个读书人叫王士让，经常与朋友在南山之麓自己筑就的一个书轩谈诗论画，或者在夕阳西坠之时在书轩之旁流连忘返。一日，王士让见层石荒原间有一株看起来特别的茶树，就把它移栽到了书轩并对之精心培育。乾隆六年，王奉诏晋京，通过关系转献此茶给乾隆皇帝，乾隆饮后大悦，以其乌润结实，沉重似铁，味香形美，犹如观音，赐名"铁观音"。

另一种说法，是清雍正三年（1725）前后，安溪西坪松岩村有个茶农叫魏荫，他每日早晚必在观音佛像前敬献清茶一杯，数十年不辍。一夜，魏荫梦见自己荷锄出门，在一溪涧边的石缝里发现一株枝叶茂盛、叶片闪闪发光的茶树。第二天，他按梦中指示前往寻觅，果然在一个叫观音仑打石坑的地方发现一株与梦中所见一模一样的茶树，就将茶树挖回种在家里的一口破铁鼎里。第二年春天采摘此树茶叶制作成茶，结果发现茶质特异，香韵非凡。魏荫以为是观音所赐，又因种植在铁鼎之中，就命名为"铁观音"。

第一个故事，满含书香，似乎是验证铁观音的文化基因。第二个故事是说，铁观音乃是天赐之物，被民间对菩萨的数十年如一日的信仰浇灌而成。

两个故事都美好祥瑞。而且，都寓示了这一点：这是一片天然带有佛性的叶子。

同时，人们愿意把铁观音的佛性，归功于安溪这地方的灵性。

一方水土养一方人，当然也养一方草木。"安溪"，从字面上说，安静之溪也。它当然更适合做隐士向往的归隐之地，百姓安居乐业的桃源，修行人的修行之所。

它不像"赤壁""荆州""幽燕"这样的地方，仅从发音就感受到一种不祥的干戈之气，一种关隘才有的凶险意味。

安溪在音调上是平缓的，低速的，安静的，小声气的。而安溪的历史和地貌，正与安溪的语调和字义相同。它历史上少有战火，少有重大历史事件。

今年七月，我去了安溪，但见到处是连绵起伏苍苍郁郁的山。山势不高，可植被苍翠，满山的树木碧绿皆有如新漆。

如此的水土自然就让草木天生带有佛性。我看到了安溪的山上到处是整整齐齐的茶园。已经过了采茶的季节，可毫不影响我对这块土地的春天想入非非。我想既然乾隆皇帝认为铁观音味香形美，犹如观音，那在春天，那满山遍野的茶树上的崭新叶子，那些雨天里带着透明雨珠的新鲜叶子，岂不就像坐在莲花盘上的滴水观音？

安溪的朋友跟我说，一片在安溪的茶树上生长的叶子，要经过采摘、凉青、做青、炒青、簸拣等工序，才能成为可以泡饮的铁观音茶。

哦，这多像在说一个有佛性的人，通过布施、持戒、忍辱、精进、禅定、智慧六度修行，终成正果！

在安溪这一草木殿堂，一片叫铁观音的叶子在修行。满目青山就是它的经卷。一棵茶树就是它的禅房。春天的雨水声就是它的诵经声。

修成正果的铁观音茶自然就法力无边。半发酵的它，除了一般茶叶的功效外，还可以抗衰老、抗动脉硬化、防治糖尿病、减肥健美、防治龋齿、清热降火、敌烟醒酒……

就像佛祖，以苍生为念，以普度众生、救苦救难为本。《心经》曰："照见五蕴皆空，度一切苦厄。"

清香雅韵，冲泡后有天然的兰花香，滋味纯浓，香气馥郁持久，有"七泡有余香之誉"……自 1723-1735 年由安溪县西坪镇开始发现和种植近三百年来，铁观音以其独特的魅力成为中国最闻名的茶之一。它由福建开始，迅速风靡全国，并且漂洋过海，为全世界茶客所热捧。

这一片有佛性的叶子，用自己独特的香味和功效，在人们的舌苔上建起了有着三百年传承的、属于自己的庙堂，有了自己旺盛的香火，普天下的茶客都成了它的信众。

——在中国，有谁不知道铁观音呢。喝茶的，都喝过它。它是酒店、饭馆和茶馆里的标配。它的香味，仅用鼻子就可以闻出来，舌头只要沾上就可以指认出来。或者你不喝茶，你也会对铁观音这个名词耳熟能详——这是多么独特的、慈悲的、美好的名字。

观音按照所求称千手观音、送子观音、南海观音。铁观音也依发酵程度和制作工艺，分清香型、浓香型、陈香型三类。

我也是铁观音的信众。我偏爱的是陈香型铁观音的味道。在南昌，我家对面就是一茶街，全中国的茶都在这条街上聚合。我最爱去其中福建人李某开的铁观音茶楼喝陈香铁观音。我们爱亲热地称它"老铁"，就像称呼一个有着深厚交情的老友。

我曾经喝过 1985 年的铁观音。是在我所在的南昌，朋友带我去一个福建的商人朋友家喝茶。福建商人朋友是在南昌旅居，房子是租赁的，可房内根雕茶台、工夫茶具一应俱全，为营造良好喝茶气氛，墙上还挂着有着人生深意的书画。听我朋友介绍我，福建朋友就以为我会写文章，必然是资深的茶客，如捧神明般捧出了一小袋茶，说是 1985 年的铁观音。

那是我这辈子喝过的最美好的茶。那滋味老派，馥郁，沉着，持久，明亮，它在舌苔上登陆，在口腔盘旋，然后在肠胃唇齿间弥漫。整个五脏六腑都似乎有金光闪耀，整个茶室仿佛一间光明广大的殿堂，而每个人俨然都是一尊被精心雕塑的金身佛陀。

我们同去的人大约都七八位。可是这一小包茶喝了十余泡依然香味不减。最后，福建朋友把泡过的茶倒在水壶里煮着，那香气竟然还如原初。——多像一座有着经年历史的佛寺，远比普通的佛寺有更高的法力。藏经楼里，也有更加经典的经文。

在安溪，我寻着铁观音的足迹。我发现县城有很多设施都与茶有关。山有观音山，楼盘有铁观音山庄，公园有茶叶公园，酒店有茶叶主题酒店。福建省农林大学在这里专门设立了茶学院，湖滨东路上，一家挨着一家的是茶店铺。还有茶博汇、明珠茶业城、铁观音博物馆、茶叶大观园……

安溪，这是一座带着茶的胎记的城。

我相信我经过的所有安溪人，从胎里就有喝茶的爱好，就接受了过铁观音茶的施洗，天生就是铁观音茶的信众。

也因此，天生就有了铁观音一样的慈悲心。

我去了安溪的田间地头。我看到漫天遍野的茶园。茶文化主题公园、茶庄园开在了安溪的大地上。很多村庄开办了茶主题的乡村游。由茶衍生的产业深入安溪的每一个角落，每一个皱褶处，每一个毛孔。

据官方统计，安溪县一百多万人，其中有 80 多万人从事着与铁观音有关的工作。

在安溪，我听到过很多关于铁观音让很多人过上了好日子的故事——

比如一个叫桃舟乡的地方，建起了一个茶文化庄园，庄园名叫添寿福，不仅包含了铁观音茶的种植生产，定制销售，还搭上了休闲旅游。这样一个以绿色为理念的庄园，带动周边数千户农民建设无公害茶园近万亩，从业农民每人平均年收入 3 万元。

比如祥华乡冠和茶庄园，瞄准了养生的理念，建设茶文化交流中心、茶文化博物馆、制茶体验加工区等，带动周边近千户农民增收。

一个双格村的村庄，以茶为媒，走出了一条茶旅结合的路子，年接待游客 5 万余人。一个安溪县的小村庄，被国家旅游局评为了全国旅游扶贫重点村。

一个叫举源村的村庄，别出心裁，一方面让茶农开展互助合作，一方面建立了从种植到仓储和销售都可全程跟踪的"有身份证茶追溯系统"，让无数茶客趋之若鹜。举源村因此摘除了贫困的帽子，举源村生产的铁观音茶，获得第七届世界名茶大赛银奖、2011 年福建省铁观音名优茶金奖……

而在另一个叫灶美村的村庄里，传统的铁观音踏上了网络快递的云朵。在这个全国知名的淘宝村里，每天都有无数铁观音茶被快递到全国的客户手中。

听着这些故事，我知道了一片天生带有了佛性的茶叶，从来就没有中断她的修行之路。她访贫问苦，她慈航普度。她从来以黎民苍生为念。谁有苦难她都愿意搭一把手。

是一个黄昏，我来到了安溪尚卿乡的五阆山顶，看到四面山峦如围，山下的茶园层层叠叠葱葱郁郁，仿佛天地间在晾晒着小楷书写的古老经文。而天空云霞纷飞，色彩斑斓。

这多么美！天地间仿佛就是一杯铁观音茶，青山是茶杯，清风是泡茶的水。层层叠叠的茶园就是这杯中的观音。

而整个安溪，四面环山，清风徐徐，茶山葱郁，天空干净，不也是一杯更大一些的铁观音茶吗？

我似乎看到了这青山里茶在奔跑，在诵经，在修行，在念着苍生。天地间忽然有了浓郁的茶香和佛堂里特有的气息。

我忽然问自己，我是谁？

我也是这茶杯里的一片茶叶吗？

我配当这茶杯里的一片茶叶吗？

相比这满山的茶，我肯定是龌龊和污秽的了。我有嫉妒心、贪心、嗔恨心。我想要的太多，可又得不到满足。

我的皮囊里积累了太多的恐惧、悲伤、痛苦、暴力，乃至不明形状的得意。我无法做到佛祖要求的无受想行识，无眼耳鼻舌身意，无色声香味触法。

如果把我比拟成一片叶子，我只能算是一片有罪的叶子。

这么想着，我唤了朋友，急急下了山去。

观音滴翠茶似铁

李 舫

年轻时喜绿茶。透明玻璃杯中，放几片雨前龙井，透出青山绿水意境，轻轻啜一口，春天的气息便流淌在唇齿间。后来钟情祁红。冬日午后，临窗握卷，屋外薄薄的阳光照在白雪皑皑之上，室内一只红泥小火炉，一壶祁红冒着淡淡的水汽，满室茶香伴着书香，时光荏苒，此生何求？再后来，迷恋过普洱的质朴与醇厚，粗粝的叶片透出岁月的沧桑，黑红色的茶汤散发着时间的陈香。

及茶龄日长，品尽千山茗香后，渐渐喜好上乌龙，乌龙之中，又独爱铁观音。绿茶胃寒，冬日或年长者不宜饮，红茶及熟普性燥，多饮虚火上升。而铁观音实茶中君子，温润雅致、甘醇中庸，有陈年黑茶的厚重，又兼绿茶的清香，不偏不倚、不急不躁，文武相济。

曾与擅茶道者饮铁观音。置老鸡翅木盘于乌木茶案之上，以竹质茶则从茶盒中取茶，呈于茶荷。叶芽厚实、均匀，形卷曲，青蒂绿腹，状如蜻蜓。投入紫砂壶中，细听有金属声。炉上有山泉水，沸若蟹珠，倾汤入壶，能听见茶叶舒展身体的滋滋响动。一泡冲暖茶具，芬芳四散。二泡入闻香杯，饮者双手护杯，于鼻端轻转，香气浓郁，凝聚不散，直感七窍得开。三泡始入茶海，分注白瓷杯中。入口滑爽、滋润，芳香入腹，天地间灵气尽停驻唇齿间。

去岁冬，应邀入闽，访铁观音故里——安溪。安溪位于东南名山戴云山东南麓。戴云山山势雄奇，众峰拥翠、林深谷幽、层岩叠嶂，终年云雾缭绕。山中清溪缓流，晋江发源于此。行于安溪茶山之顶，见轻云薄雾与冬日暖阳共存。有茶人宏声鸣唱，顷刻间，云雾化为雨露，阳光照射下，片片嫩叶绿得滴翠。戴云山于安溪境内各峰平均海拔达 700 米至 1200 米，正是茶树最佳生长带，东南方向海风带来了湿润的空气，充足的日照以及独特的铁质土壤，因此成就了东南千年茶乡之盛名。

中华为茶叶原乡，上古神话中就有神农尝百草茶解百毒的传说。有史记载，西汉蜀人吴理真将野生茶树转为人工种植。其时，巴蜀文豪司马相如、杨雄的文辞中多有关茶的记录，但仅从现存史料看，西汉时期，以茶为饮，仅在巴蜀一地流行。至东汉末年、茶叶方传至中原，三国时渐次东吴。晋时士林尚清谈，饮茶之风大盛。及至五胡乱华，晋室东渡，世家南迁，茶饮之道普及民间，南方才有了大规模的茶树栽种。有史料可考，正是西晋末年战乱，闽地有了第一批中原移民。南北朝时，福建建州（今武夷山一带）引入茶树种植，茶叶焙制技术，乃至唐代，建州因其得天独厚的自然条件，已与剑南道的雅州（今雅安、眉山一带）齐名，成为当时的贡茶产地。相传唐代流行的茗战（斗茶）就始于建州。

如果说以武夷山为代表的闽北茶源于唐，以安溪为代表的闽南茶则兴于宋。安溪种茶制茶历史，同样上溯唐代。安史之乱时期，第二次大规模中原移民入闽，带来了先进的农耕技术和种子，也带来了茶叶种植和制茶工艺。其时，佛道盛行，僧道修行，均过午不食，无论打坐参禅，还是静修正道，均喜以茶止渴破睡，寺庙均需种茶制茶，茶叶种植和制茶多在寺庙。宋初官府推行榷茶制，福建等地施行"民营官榷"，寺庙种茶制茶方向民间普及。宋代贸易业进入历史鼎盛期，尤其泉州一带，泉州为当时世界第一大港，海外贸易发达，安溪茶叶出泉州通过海上丝绸之路，行销至世界各地，安溪茶业得到空前发展，因此有了千年的兴盛。

南宋大儒朱熹终生未离开福建，长居武夷山中，也许这和他一生爱茶相关。他曾作《咏茶》诗一首，以记录隐居生活：

武夷高处是蓬莱，采取灵芽手自栽。地辟芳菲镇长在，谷寒蜂蝶未全来。

红裳似欲留人醉，锦幛何妨为客开。啜罢醒心何处所，远山重叠翠成堆。

朱熹还常以茶喻人，以茶道入学理。他借品茶喻求学之道，通过饮茶阐明"理而后和"的大道理。他说："物之甘者：吃过而酸，苦者吃过即甘。茶本苦物，吃过即甘。问：'此理何如？'曰：'也是一个道理，如始于忧勤，终于逸乐，理而后和。'盖理本天下至严，行之各得其分，则至和。"他认为学习过程中要狠下功夫，苦而后甘，始能乐在其中。朱子所谓"理而后和"，"理"乃是自然界严实的规律，是社会人际关系严格的礼仪。礼是和的前提，有礼才能有和，循理是一种苦修，而只有"行之各得其分"，才能领悟到"至和"的甘甜。这是朱子对茶之"礼"的思想升华。茶之重礼，大大地提高了茶人生活的文化素质。茶使人清醒、社会和谐，所以中国茶道中吸收了"礼"的精神。历代儒家都以茶这种亲和力作为协调人际关系的手段，达到互敬、互爱、互助的目的，从而创造出尊卑有序上下和谐的社会环境来。让这一代大儒热爱一生的茶，就是当时武夷山出产的名扬后世的建茶，即一直为宋代宫廷贡茶的建瓯北苑所产龙凤团茶。这种半发酵茶，冲和相宜，不偏不倚，朱熹将其茶理提升到哲学的高度，认为其符合"中庸之德"。

安溪所制乌龙茶脱胎于北宋龙凤团茶，不仅是北苑建茶工艺的继承者，更是建茶的"中正平和"精神内核的传承者。铁观音作为安溪乌龙茶中的极品，更是把这"中庸之德"发挥到了极致。

在安溪，铁观音的由来一直有两个传说。一个是清代仕人王士让，通过大学士方苞进献给乾隆皇帝。乾隆品后，大悦，观该茶芽形如观音叶壮似铁，故御赐茶名为"铁观音"。另一个传说是一个虔诚信仰观音菩萨的茶农魏荫得观音托梦，在观音仑打石坑觅得茶树异种，移栽家中铁鼎，因此繁衍而成。

我更愿意相信第一个传说是古人的一种"商业策划"。而第二个传说，则有"诚信以待万物"的君子之风。

虎邱黄金桂

李晓东

　　说起桂花，似应首推杭州，柳永《望海潮》有句"有三秋桂子，十里荷花"，不仅金国国主完颜亮起了"投鞭渡江之志"，而且使桂花和湖、荷、鱼、桥等，一起成了杭州的标志。有一年九、十月间，因工作原因，我在西湖边的西子宾馆住了一个多月，院中桂树多有，恰值桂花盛开，香气沁人心脾。一直不明白"桂馥兰馨"之"馥"实际为何感觉，遇桂花而知也。

　　桂分金桂和银桂。金桂金黄，银桂洁白，于浓密的树叶间，点缀闪烁着金黄或者晶莹的小花，如夜空的繁星，又似害羞的孩子。自古以来，桂树在中国就是高洁美好的象征。最高最美的桂花树，不在地球，而生长在月亮上。广寒宫、嫦娥、玉兔、吴刚、桂花树，构成了美丽的天上人间。"蟾宫折桂"，是中国古人对考取状元，或获得竞赛第一名者最高的褒扬，一直沿用到今天。这枝桂花，和古希腊奥林匹克运动会冠军头上戴的橄榄枝一样，成为胜利者的标志。毛泽东著名的《蝶恋花·答李淑一》有句"问询吴刚何所有，吴刚捧出桂花酒"，桂花酒，成为告慰英烈忠魂的最佳选择。和桂枝一样，桂花酒同样是献于胜利者的，"忽报人间曾伏虎，泪飞顿作倾盆雨"，英烈愿望终于实现，虽"杨柳轻飏直上重霄九"，依然是胜利者姿态。桂花有酒，佳酿如此，是否有茶呢？

　　答案是肯定的。桂花茶，就在福建泉州安溪县虎邱镇。安溪，中国著名茶乡，安溪铁观音名扬天下。有人说，在安溪境内行走，最不用带的就是水，不管到哪个地方，都有人请你喝茶，而且喝的都是好茶。

　　我生长在中国北方的山西，故乡贫苦，农村人的"饮料"只有三种，白开水、面汤，还有一种是浆水，用面汤和菜叶发酵而成的，极酸，夏天喝了可以解暑。如果能加点白糖或者红糖，就是莫大的享受了。红糖水，简直可谓饮料中的极品，非尊贵的亲戚朋友，是喝不到的。1996年我到兰州读研究生，第一次到导师家里，师母端上一杯褐色的液体，我想，兰州也喝红糖水啊。一喝，才知道原来是咖啡。22岁的我，第一次喝到了只耳闻而未亲见过的洋饮品。后来逐渐了解到，原来咖啡有那么多品种，那么多喝法。

　　见识茶叶，当然比咖啡要早，但也有限。爸爸在煤矿工作，单位偶尔会发茶叶，二两一盒装的茉莉花茶。盒子里装的，是一个个孩子小拇指肚大小的颗粒，圆圆的，透着一种周围没有的香气。很长时间，我都以为，茶叶，就是这个样子。正如煤矿过年发带鱼，直到上大学前，一说吃鱼，就是油炸的带鱼段，再没有第二种。但这盒装的茉莉花茶，也不常见，家里常有亲戚来，但似乎只有个别人，才喝到妈妈用碗盛的开水里泡着的茶叶球。和茉莉花茶一起发的，还有冰糖。泡茶时，放几粒冰糖，现在想来，不可思议。但来人似乎更喜欢甜味，往往茶叶还没泡开，而水已见底。

　　第一次真正的"喝茶"，要到高中时期了。一天晚饭后自习前，到校门外的足球场看台上散步，忽然发现墙边的砖缝里，居然生长出一支西葫芦秧。秧上，青翠的小瓜静静地卧着。我窃喜，像小时候发现了草窠里的一颗鸡蛋。摘下来，却没地方煮。自习也不上了，拿了瓜直奔青年教师宿舍，囫囵煮熟，小刀子切开，我和老师"大快朵颐"。食毕，老师泡两杯绿茶，说西湖龙井，尝尝。我吓一小跳，名茶龙井，电视里听到过，从未敢想自己能亲口喝到。水烫，小心翼翼地抿一口，没有茉莉花茶香。一口口慢慢喝着，体会"品茶"滋味，一杯喝完，茶叶也嚼着吃掉，自习课早下了。博士毕业在上海参加工作，领导偶然送一桶大红袍给我，白锡铁的桶子，也属第一次见。很珍贵，舍不得喝，过年时拿回家里。两三年后，我已喝茶多矣。又过年回家，一同学来访，爸爸泡茶待客，特地拿出锡桶说，大红袍！我后来查看，还有一半，不觉心中微酸，眼眶略涩。

孟子云：饮食男女，人之大欲存焉。民以食为天，而饮在食前。至圣如孔子者，犹啖不厌精，脍不厌细。饮将何如呢？《论语》里，孔子评价颜回"一箪食，一瓢饮，在陋巷，人不堪其忧，回也不改其乐，贤哉回也"，这里的"饮"，应该是饮冷水，在孔子看来，属于应该被高度赞扬的低标准生活方式。孔子之于"食"的标准是明确的，那么"饮"呢？其时之"饮"，主要指饮酒，而"酒"与"礼"紧紧联系在一起。柳诒徵《中国文化史》云："周之饮食精备如此，而礼制寓于其中。所谓夫礼之初，始诸饮食也。盖周之尚文，即一饮一食之微，亦必寓其意焉。"之于酒，礼数更多。《乐记》："先生因为酒礼，壹献之礼，宾主百拜，终日饮酒，而不得醉焉"。孔子生时，已有茶。陆羽《茶经》："茶之为饮，发乎神农氏。"但茶真正成为士阶层所广泛接受的饮品，当在魏晋。

魏晋尚空谈，好饮酒，著名的如竹林七贤狂饮不羁，醉态百出，"两月不醒""死便埋我"等故事流传至今。然而，喝醉者，为狂呼乱语可，做清峻奇崛，雄辩滔滔的清谈就不合适了。于是，由酒转而饮茶。西晋刘琨《与兄子南州刺史演书》有语："吾体中烦闷，恒假真茶，可信致之。"与服药后饮酒散热、发足狂奔，以动为主不同，饮茶偏向于静。静则好礼。周代以来以酒为礼的传统，被"越名教而任自然"，蔑视礼法的名士毁弃，承担这一使命者，转而为茶。

直到今日，饮茶之礼仪依然繁复，且以茶为雅、酒为俗也。"茶道"唐代时形成。唐代封演编撰的《封氏闻见记》中记载"又因鸿渐之论，广润色之，于是茶道大行"。这里的"鸿渐"，不是《围城》里的方鸿渐，而是《茶经》作者陆羽，陆羽字鸿渐。《茶经》是中国茶学史上划时代的巨著，也标志着茶道的出现。至宋，茶道大兴，宋徽宗赵佶云："至若茶之为物，擅瓯闽之秀气，钟山川之灵禀，祛襟涤滞，致清导和，则非庸人孺子可得而知矣；冲淡简洁，韵高致静……"可见，至迟到北宋，福建茶已属其中上品。以宋徽宗之眼界见识品味，所言自是千古之论。

福建产茶佳地，品类自多。著名者有铁观音、大红袍、正山小种、金骏眉、白毫银针、肉桂等，黄金桂亦为福建十大名茶之一。查文献可知，黄金桂又名黄旦，原产地福建安溪县虎邱镇罗岩村。虽名为桂，但与真实之桂花并无直接关系。然而，虎邱镇芳亭村却有全国最大的桂花树林。

我们到时，十月下旬，桂花盛花期已过，落英缤纷，坡上坡下，皆是金黄。芳亭村有"华东桂花第一村"的美誉，全村百年以上树龄的桂花树168棵，有一定年纪的树超过4000棵。和城市里、花园里的修剪得树形圆润、亭亭玉立的桂花树不同，虎邱的桂花山生野长，天然去雕饰，既没有统一的规划设计，也不见修剪的痕迹。我离开农村多年，到天水工作下乡时，才知道现今农村调整产业结构和种植方式，苹果、桃、梨都成片栽种、植株矮化，剪枝、疏花、疏果等环节严谨繁复。小时候村子里梨树、核桃树众多，都在田间地头，荒山坡上，村中崖畔，一棵、一棵地立着，树都有些年头了，树干粗壮高大，枝杈横出如盖，随山就势，既年年结实，岁岁收获，又为村人遮阳挡雨，还是儿童永远不厌的乐园、锻炼胆量的器械、争强好胜的战场。虎邱的桂花树，也似如此。每年寒露霜降节气一过，桂花的馨香便弥漫氤氲在这个风光和名字一样美丽的村子。一树树金色的小小花朵，仿佛天上的繁星挂在枝头，游客、艺术家接踵而至，在花树间流连、拍照、摄影、创作。而芳亭村民，更愿意把这花视作金黄的果实。于是，有了"打桂花"这一年一度的丰收仪式。村民爬上树，使劲摇晃树枝，或用长竹竿敲打，桂花纷纷落下，树下铺大被单或塑料布，以免花落尘埃。人在树下，金桂如雪，"拂了一身还满"。桂花收集、筛选、晾干，用途殊多，可制成桂花茶、桂花酒、桂花糕、桂花蜜、桂花露等。桂花茶的制作历史悠久，以窨制法为常用。先铺一层老茶，再铺一层鲜桂花，如此反复。茶叶和桂花堆积后，盖上布，放在通风、阴凉处发酵。还需不时给发酵的茶堆"量体温"，掌握发酵的温度，在50度时效果最佳。12小时后，桂花和茶叶充分拌匀，24小时后，充分发酵的桂花茶烤干，便制作成功了。桂花茶香味馥郁持久，汤色绿而明亮，具有温补阳气、美白肌肤、排解毒素、止咳化痰、润肺生津之功效。如今"嫦娥号""玉兔车"已登临月球，当把这一消息告知广寒宫主人，有客来访，亦可捧出桂花茶相待了。

黄金桂、桂花、桂花茶，名相近，色相衬，俱为虎邱名产而相得益彰。更与黄金桂齐名的，是布袋戏，其内容，正与黄金桂相关联。

虎邱采风第二天夜晚，住乡间民宿。屋子所见俱木。木的檩、梁、檐、墙，木的桌、椅、台、床，木的楼梯，甚至久已不见的木屐，也静静地，如期待曾经的故人。山中所多者，原生态的建筑材料，自然是木石。以木为屋，以石为阶，阶下天井，演出布袋戏《黄金桂》。

锣铙喧响、华灯璀璨，微型的戏台上，衣着绚丽的女主角登场了。她羞涩、喜悦、期待，而又依依不舍，一步三回头地向前走着。这是新婚后第一次回娘家的王淡。"左手一只鸡、右手一只鸭，身上还背着一个胖娃娃"的回娘家，是"老媳妇"的回法，仿佛恨不得把夫家都搬回娘家去。安溪风俗，女子新婚一月，要回娘家"对月"。返回夫家时，要有一件"带青"的物事让女儿带回栽种。既祝愿她像青苗一样"落地生根"，早日生儿育女，繁衍子孙，也是"睹物思人"，寄托着父母女儿之间血缘亲情、生生不息的思念。

王淡的父亲登场了。虽然我根本不懂闽南话，但蓝衫蓝帽，白发白须的长者，一看就让人可亲可敬。记得一副对联："有声戏曲传人物，无字文章说古今"，并没有因为布袋戏偶休型小而产生不真实感，沙哑的老人声调和清脆的少妇之音问答唱和，父亲眷眷的爱和女儿拳拳之心，弥漫在这百年民居，也浸润在每个人的心头。

亲情的表达，就是一株茶树。全场演出一个多小时，我只听懂半句念白"女儿，送你一株茶树苗，带回栽种……"王淡夫妇把小茶苗种在祖祠旁的园里地，精心培育，两年后茶树长成。与众不同的是，清明时节刚过，这株茶树就芽叶长成。炒制时，房间里飘荡着阵阵清香。制好冲泡，茶水颜色淡黄，奇香扑鼻。入口一品，其味似桂，甘鲜醇厚，舌底生津，余韵无穷，有幸尝之者，无不交口称赞。因此茶为王淡移植引进，就以其名为名。闽南语，"王""黄"不分，于是定名"黄旦"。再因茶汤金黄，有桂花香味，遂以"黄金桂"名之也。

我转到布袋戏台之侧，见台后隐二人，一人每只手上持一布袋戏偶，时而王淡与其父，时而王淡与其夫。双臂时而位于台之两侧，时而缓缓移向台中央，手在布袋偶中，食指操头，五指各有分工，一举一动，见微知著、神气活现，无生命而灵魂毕现也。一人伴奏，鼓、钗、锣、梆一起操作，忙而不乱，杂而有序。口中还要唱念，时而青春女子，时而年迈老者，时而壮年男子，年纪不同，身份各异，表情心态，一如其人，却均出一人之口。忽然想起，著名散文《口技》作者林嗣环的墓，就在虎邱。其乡人，承铁崖先生推崇之技艺，将黄金桂的美丽故事生动形象地演绎流传开来。

虎邱罗岩村。村内大路旁，一丛两米多高的茶树茂盛而孤独地生长在那里，树后一巨石，上有丹书"黄金桂发源地"。树前有介绍"黄金桂母树，植于1850年，树龄158年，高2.6米，主干直径22厘米，树冠1.8米"。这应该是2008年立的牌子，至今又过11年，树更茂盛高壮了。不同于城市里古树苗木用栅栏围起来的做法，这株现存最古老的黄金桂树无遮无拦，前是路，后是屋，就在烟火人间。数步之外，大树几棵，虬枝四出，横逸当空，仿佛为茶树护卫。人之品质，首先于诚，"诚信是金"，黄金桂乡人的诚信，体现在对茶树传承的严谨态度上，更表现在黄金桂茶的品相上。

"明前茶"，一直是茶叶珍贵的标志之一，"明前龙井"尤其为人珍惜追捧。黄金桂发芽亦早，一般为四月中旬采制，比一般品种早十余天，比铁观音早近二十天，是乌龙茶中发芽最早的一种。虽非"明前茶"，亦早早上市，用茶香，庆祝新的春天，是为"一早"。还有"二奇"。一奇，外形"黄、匀、细"，叶为椭圆形，先端梭小，叶片薄，发芽率高，芽头密，嫩芽黄绿，毫少。二奇，内质"香、奇、鲜"，炒制时，即飘阵阵清香，茶在壶中，香气隔壶可闻，似桂花芳馥之气，"未尝清甘味，先闻透天香"；制好冲泡，茶水颜色淡黄，奇香扑鼻；入口一品，滋味似桂，甘鲜醇厚，舌底生津，余韵无穷——黄金桂，其名不虚也。

名茶盛地，亦有好酒之人，然所好却雅，无纵酒呼啸之声，有桂馥兰馨之韵，那就是林瑞温的酒瓶盆景艺术。

走进林瑞温的家，闽南庭院风格跃然目前，而大家立即被堂前、走廊、屋内，台几案头、博古架上、窗前桌边，几乎无处不有的酒瓶盆景吸引住了。一只淡黄色圆方形酒瓶，"山西特产，飞云香，万荣国营酒厂"。我生在山西长在山西，却从来没有听到过这家酒厂和这个牌子的酒，"国营"也早已被"国有"取代，酒厂大概也消失多年，但它的生命却在数千里外延续下来。一枝苍老遒劲的崖柏从酒瓶脖颈处伸出，仿佛在问候我这远来的故乡人，"君自故乡来，应知故乡事。来日倚窗前，寒梅着花未？"太行崖柏，是太行山的标志，山西的酒瓶与之相匹配，含义自然不一般，而创作者的心血心意，更令人赞叹。

自然之妙，鬼斧神工，令人叹为观止，而因形就势、妙趣天成，自然别具匠心。酒瓶盆景的设计，不同于通常盆景，或者说其独特过人之处，正在于此。有一年，我曾参观过安徽黄山的大型盆景种养植基地，品类之盛、造型之奇、姿态之丰，的确不同凡响。略感遗憾的，是无论多么美、奇、怪、特的盆景，都整齐地摆在场内，感觉真的是产品或者商品，失去了生命的美感和灵动。林瑞温先生，却让每个"酒干倘卖无"，内容空了，在常人眼里成了废品的酒瓶子，和生机苍翠的绿枝对接共生，获得了长久的生命。金黄的葫芦型酒瓶，是好酒的八仙遗落人间的吗？酒瓶斜斜地放着，两枚翠枝从两腹中伸出，又一齐向左横长，仿佛搭起遮阳的绿荫。枝下一仙人坐定，如休息，似沉思。陕西的西凤，也翩翩而至，飞落虎邱。松枝从瓶中长出，如松之盛，茂密成荫。其下树根，宛如一驴，张果老倒骑驴上，"世上千万人，记住这老汉。不是倒骑驴，万事回头看"，哲学意蕴，和仙家意境，浑然如一。

意趣从来就不是沉重的。林瑞温的酒瓶盆景中，所多的是生活情趣，甚至不乏幽默诙谐。武松打虎，椭圆形中空的酒瓶，颜色淡雅，底部一痕青草、一朵野花。上部绿枝飘逸，猛虎沿瓶而下，气势汹汹。一旁树根如山，虎已倒伏，武松犹挥拳痛打也。两个场景，好像连环画，武松打虎的故事，栩栩如生。盆景是文人雅士、才子佳人最喜欢的，他们当然不能缺席。看，梁山伯与祝英台来了。根雕如桥，酒瓶如山，山头有树，桥上有人，木案如湖，小爵立于桌上，亦有青叶田田，如湖中小岛然。祝英台在前，梁山伯在后，是楼台会，还是十八相送？

禅茶一味，酒去其烈，淡雅如茶，瓶育绿枝，青翠如茶。佛本不饮酒，却陶醉于酒瓶的盆景世界。淡黄的崖柏根雕弯曲如龙，佛端坐其上，一枝细藤弯弯而上，为佛打伞。酒瓶隐于根后，半藏半现。墙上，一幅古朴的草隶《心经》，也是微黄色的，如岁月积淀的痕迹。酒与茶，在美妙的盆景里，和谐相融。

医神与茶香

杨少衡

北宋明道二年（1033年），闽南漳州、泉州一带瘟疫流行，百姓相继而死，田园荒废，景象凄惨。有一位医生带着他的徒弟在疫区奔走跋涉，对病人施以丹药，拯救生命无数。这位医生堪称神医："按病投药，如矢破的；或吸气嘘水，以饮病者……是以厉者、疡者、癱痘者，扶升携持，无日不交踵其门"。"虽极沉痼奇形，无不立效。"且他还"以医名天下，以济人救物为念，而义不取人一钱。"我在福建安溪邂逅近千年前那场瘟疫和那位医生，心里有一种奇异感，因为恰相逢于现时一起抗疫事件中。那一天，我们一行数十位朋友从四面八方而来，前往早有"中国茶叶第一镇"之誉的山乡感德访茶。

石门村有座玉湖殿，香气环绕。这里的香气很特殊，不在香炉，不在烟火，却在周边。有一种淡淡的，隐隐约约，似有若无的香气弥漫于天地，却是茶香。说来也不奇怪，我们在一个秋茶制作的时节到访铁观音茶的一个核心产区，茶季之际此地几乎家家摇青，户户炒茶，自是茶香四溢。若干年前我曾到过感德，也在茶季，当时便记住了遍地茶香，此次再来，却在茶香中与一位古人意外邂逅于玉湖殿。之所以称为邂逅，因为这位古人早为我熟知。在我出生成长并工作多年的故乡漳州，出城约三十公里，有一座著名的建筑叫慈济宫，其东数百米处另有一座慈济宫，两宫以"白礁""青礁"区别，也有"西宫""东宫"之称。由于数百年间行政区划的变动，近在咫尺的两座慈济宫眼下分属漳州与厦门，它们纪念的是同一位真实存在过的人物，名吴夲,（一说吴本），他就是北宋明道年间在漳泉瘟疫中治病救人的那位医生。他也是一位道人，白礁是他的生活、成长之地，青礁则是他的修行之所。近千年前那场瘟疫过后三年，北宋景祐三年（1036年），这位医生在青礁龙池岩因采药坠崖不幸辞世，时年五十八岁。而后以至明代，因其事迹得到众多敕封，直至被封为"保生大帝"，民间则多称为"大道公""吴真人"。因工作和地利之便，数十年间我曾多次到过白礁、青礁，对相关事迹耳熟能详，知道当年的神医已在漫长历史里演化成民间医神和地方保护神，以"慈济"为名的宫庙遍及闽南、台湾地区以及其他海外华人聚居地，资料称有千余座。玉湖殿未冠"慈济"，以往我未曾更多留意，直到本次到访，才得知也是吴夲的纪念场所，所在石门村竟还是"真人故地"，也就是吴夲的家乡。其有清康熙年间著名人物李光地笔证："吴真人者，石门人也，乡里族人在其山麓建庙立祀。"原来保生大帝是此地人，其父母从石门迁居白礁，而今石门村仍生活着三千多吴姓族亲。这于我可称意外发现。

玉湖殿坐落于石门村赤血仑，殿后青山蜿蜒而上，殿前是百级石阶。资料称该殿始建于宋，尚存宋代柱础等遗物，殿中吴夲像造型为当地独有。或因深居茶乡，这里有不少医神与茶的传说。据说吴夲精于茶道，擅长用中草药茶治病，至今茶农使用的茶叶治病药方就是他传下来的。石门村玉湖殿祭祀，以敬奉铁观音为一大仪式，叫作"茶为礼，奉献诸高真"。据说各地慈济宫多有各种药签，其中以茶入药签比比皆是。我试查一份《保生大帝吴真人药签》，果然找到多条涉茶药方，入药的有"清远茶""普洱茶""普庆茶""旧远茶""回香茶""去岁午时茶"等。这些药签是宋时吴夲留下，或也有后代医者的贡献难以考证，可想而知的是，在医疗资源缺乏而瘟疫常发的漫长历史年代里，慈济宫作为祭祀灵医之所，当是缺医少药的黎民百姓求医问药的一个去处，那些平实药签为当年普通民众提供的医药帮助，一定比现今我们所能感受到的要大得多。就此而言，吴夲医生无论在生前或者离世后都在护卫生灵，

"保生"实至名归，不在封赏光环耀眼，只在治病救人，值得后人尊崇与纪念。

我倍觉玉湖殿香气环绕，沁人心脾，因为当地茶季，更因为其中人物。古往今来都一样，为苍生黎民，其心至诚，其香自来。

且慢且吃茶

杨新岚

前天，北京惊现了彩虹、蓝天和白云，多久没有这么纯净了？在高楼和堵路之间，仰望天空？没时间没心情。

我们像兔子一样地终日奔跑，常常赛不过乌龟一样慢活的古人。古代饮茶图中透出的那些精神的定力、文化的高度和生活的情致，令人汗颜，我们还来不及品茶品人生，时间就唰唰地跑了。

急得我这两年自驾都奔着茶去，去过澜沧江的景迈千年古茶园、武夷山的大红袍树下、黄山毛峰和西湖龙井的产地，都没有找到十几年前川藏线上那杯茶的感觉。

那是德格，一个格萨尔说唱老人，把问路的我们带到他家——一个古老的藏式木楼，用竹筒吹红了白灰下常年不熄的炭火，一边给我们斟茶，一边絮叨孙女不肯跟他学唱……

今年五月中去了安溪，茶感又找到了。

从泉州到安溪一个小时，进宾馆后见有两小袋铁观音，我烧好水就泡了一袋，一口下去，大惊，宾馆的茶尚且如此，那安溪的整体水平得有多高？

朋友很快告知是她们放的茶，宾馆不供茶。

我很惊讶，全国第一大产茶县的宾馆竟然不供茶？

在安溪转了几天后，明白了，铁观音千差万别，不知你好哪一口，索性不放。茶有外安溪的，有内安溪的，有酸多的酸少的，有国礼级的大厂，也有通宵炒制的农家茶，有清香有浓香，外观有的铁色重有的偏绿，发酵有长有短，工艺有传统有现代……

想喝茶，上街去！不论买或不买，这里的任何一家店面都摆着茶具，有水有茶，随时给你泡。这里任何一个家庭也摆着茶具，老老少少，都会泡又香又烫的铁观音。

城里的茶叶交易市场基本是几十元一斤的毛茶和低端茶，市场的二楼有铁观音博物馆，西坪是铁观音的发源地，祥华是供应钓鱼台大酒店的产地，感德是中国茶叶第一镇，虎邱仙景村手工制茶的场景令人想到天工开物！

满山的茶树，满口的茶香，行走在时断时续的雨丝中，飘飘欲仙。

几天品下来，印象最深的还是西坪南岩村的铁观音。因为是发源地，母树便被几根大石柱围成的石坊护住，貌不惊人地站在巨石的一侧，正前方的石阶云梯一般地垂向山底。石坊旁的瓦屋中，一个西坪汉给我们泡了一瓯西坪的铁观音。

我最关心农药残留，西坪汉说茶是安溪十万人的饭碗，现在每个茶农的茶都有身份证追溯制度，安溪有两个国家级检测中心，还搞退茶还林，生物治虫，放心喝吧。

杯子太小，我一口就吞了，一嗓子的清香，是不是有添加呢？西坪汉笑了，说你应该从头看一遍做茶的过程。最好的采茶时间是晴天的上午十点到下午三四点，茶的水气最少，采回来要晒要晾要摇青要杀青要揉要焙，一番发酵后再用山泉水一烫，茶香就飘出来了，你闻闻这个瓯盖。

真香，我说道，在所有茶里，铁观音恐怕是最香的。西坪汉说，香气扑鼻的不一定是好铁观音，我们讲究的是兰花那种幽香，讲究铁观音的音韵鲜明、回甘绵长。

怎么看西坪的铁观音呢？西坪汉说：本地讲青蒂绿腹红镶边，三叶一心，红芽歪尾桃，茶汤金黄色。我们内安溪几个乡的茶都很好。

我照猫画虎地去街上买了三斤铁观音，回北京用瓯杯展示我的茶功，倒茶时烫得我龇牙咧嘴，招致友人一顿爆笑。好在茶清香回甘长，算是学有所成。

江南的茶因为人口密，大环境不够理想，云南的茶环境好但阳光烈不够润，安溪茶符合中庸之道，安溪人泡茶又讲功夫，茶就格外出色。水烫杯小，烫好就倒不焖茶。我们一大口等于他们的三小杯，每一小口都在嘴里各个部位滑过才肯咽下，眼睛鼻子还跟着转。安溪人对茶的感情深厚，以致地产商都用"以茶换房"来打广告。

大城市很难慢生活，满眼都是急吼吼的建筑急吼吼的车，把茶元素引入到建筑和住宅中，会不会在茶境中，寻找到我们那些远去的乡愁？

从西湖到安溪

吴　玄

　　这个题目，一看就是关于喝茶的，很多人来杭州，是来喝茶的，很多人去安溪，是去喝茶的，而我从杭州到安溪，不喝茶，还能干什么呢？不过是换一种茶喝喝。

　　此前，我从未写过关于喝茶的文字，那些关于喝茶的文字，不是哲理，就是人生，都太有文化了，让我感到害怕。喝茶如果分级，我大概就是吊丝那一级吧，我不懂茶，我不敢说饮，我只敢说喝，每天都喝。每天醒来，我第一件事就是喝茶，不喝上两大杯，我就醒不过来，每天睡觉，我也要喝几口，不然，就睡不着觉。这习惯已经有三十余年了，每天，我醒来似乎就是为了喝茶，然后喝，继续喝，然后又在茶水里睡去。据说，人体成分百分之七十是水，那么我身上那百分之七十应该是茶水，如果茶水就是文化，那我大抵也可以算个文化人了。

　　我通常喝的是绿茶，好像浙江人大多都喝绿茶，可能"西湖龙井"就是绿茶的缘故吧，就像安溪人都喝"铁观音"，或者倒过来说，因为浙江人好绿茶，所以"西湖龙井"才是绿茶。绿茶，曾经是茶的正宗吧，我以前看过几本茶史以及"茶与诗"之类的闲书，好像历史上也是以绿茶为尊。绿茶清淡悠远，有虚无感，所谓"茶禅一味"，指的应该是绿茶吧。禅，体验的似乎也是人的虚无感，具体到味觉，追求的大概是无味吧，至于茶的香，茶的甘，茶的醇，这些触动味觉的东西，都会勾起人的欲望的，是低级的，在通往"禅"的路上是应该排斥的。

近些年，绿茶的地位好像没那么高了，据说绿茶性寒，伤胃，很多人不宜，还有很多人只宜在阳气足的午前喝绿茶，午后至晚上则宜喝普洱和红茶，养胃。就是说，大家喝茶，目的是养胃，而不是养禅，禅远没有胃重要。现在，市场也是朝着养胃的方向走的，所以普洱动辄几万几十万一斤，大红袍几万几十万一斤，铁观音也几万几十万一斤，而绿茶在市场上反而像个吊丝了，名贵如西湖龙井，也不过三五千一斤。前几年，龙井好像也想跟普洱比比价格，龙井村里那十八棵乾隆皇帝敕封过的御茶，十九万元一斤。这消息我在媒体上见过，也不知有没有人买，反正是没有下文了。龙井太有名了，很多人都知道，那十八棵茶树是新种的，跟别的茶树没有区别，跟乾隆也说不上关系。此后，西湖龙井再也没有用价格表达过自身的尊贵，还是三五千元一斤，差一点的几百元不等。

幸好绿茶也不再昂贵，我还可以继续喝，我一天从早到晚，换三五遍茶叶，几十年了，日日如此，从没伤过胃，不知道是我的胃贱，伤不了，还是绿茶其实并不伤胃，总之，我喝茶，跟胃没太大关系，我不知道我为什么这么需要茶，就像喜欢一个人，不需要理由。

两个月前，我的同学北北说："有空不，有空就来安溪喝茶。"于是我就来安溪了。安溪是铁观音的原产地，我也是知道的，之前我并没有对铁观音的名称产生疑问，但从去安溪的路上直到现在，我一直在跟铁观音较劲，不解这茶叶怎么会叫"铁观音"。茶与佛教相关，叫观音什么的还可以理解，但叫铁观音也太唐突了，我查了查资料，有两种解释，一种是此茶甚好，进贡给乾隆皇帝，名字系乾隆所赐。又是乾隆，不可信。另一种解释是观音菩萨托梦，观音说："南方有嘉木，此间有好茶，我帮你找。"但是，但是，福建人干吗要在那么慈悲的观音前面加个铁字呢？用铁来形容观音，观音会高兴吗？这会我又想起福建的另一名茶大红袍，听起来更不像是茶叶，原来福建人命名就是这么任性的，天马行空的。

到了安溪，我才发觉福建人好茶好像比浙江人更甚，浙江人喝绿茶，福建人喝乌龙，两种茶虽然都叫茶，其实大不相同，是两种人生。绿茶工艺简单，喝也方便，乌龙工艺繁复，喝也繁复。譬如我喝绿茶，只需一个玻璃杯，然后默默看着茶叶在沸水里醒来，缓慢地一根一根地站起来，那茶杯确实就有了山水意境，就重现了一个小小的春天。绿茶有形有色，只能泡在玻璃杯里，若是将它闷在紫砂之类的壶里，它立刻就萎了，口感也是混的，壶再名贵也不行。而铁观音泡在玻璃杯里，我也试过，口感也不行，它必须得泡满一壶，闷在里面，才能逼出它的香味和回甘。茶确实有很多种可能性，绿茶大概是它的本性吧，而乌龙则近乎人的想象和虚构，它的制作工艺太复杂了，居然成了非物质文化遗产，杀青、揉、捻，把它弄得面目全非，然后又有一道工序叫摇醒，似乎人知道它什么时候死去，又知道它什么时候复活，苦尽甘来？我不知道摇醒最终对茶叶意味着什么。

喝绿茶，是一个人的事情，是孤独的，喝铁观音，一个人抱着一把壶，好像就没意思了。在安溪，房间里就备着铁观音和整套茶具，但是我没有动过，我们不约而同地去宾馆一楼的一间茶室，这是一间精致的茶室，上书"茶禅一味"，原木长桌，有美女茶艺师表演茶艺。一坐下来，一种强烈的仪式感就来了，紧接着，身份感也来了，人模狗样的顿觉人生庄严。在安溪那几天，我们每天晚上都聚在此间茶室，喝茶聊天看美女，把架上几千几万十几万价格不等的茶叶都喝了一遍两遍，我原以为是活动主办方买单的，正准备赞美一下北北主办有方，但北北笑笑说，来这儿喝茶是免费的，你若买茶叶才需要付费。我不可思议地看着北北，觉着这真是一间有禅意的茶室，我们一直在白喝。

来安溪，当然还得去看一看茶王，茶王指人也指树，茶树就是观音托梦的那棵，铁观音是扦插培育的，据说所有的茶树都来自那棵母树，我们要看的这棵母树大概就相当于神话中的女娲。母树在一个叫打石坑的地方，名字很乡气，离县城很远，我们翻山越岭，总算到了一处山坡，眼前的母树在一道细小的溪涧旁，是从岩石的缝隙间长出来的，矮矮瘦瘦的一蓬，看不出已经有三百多年的树龄。这确实就是铁观音的母树了，这样一棵不起眼的母树，我觉着真不容易，人确实不好找，确实需要观音菩萨帮忙，那个观音托梦的传说还是蛮真实的。

最初，观音托梦的那个人姓魏，应该就是铁观音的创始人吧。现在的茶王也姓魏，从姓氏看，好像是世袭的。茶王看上去只是个普通的茶农而已，住的也只是一间有点破败的老屋，但茶王是铁观音这种复杂工艺的传承人，他的茶采自那棵母树，一斤十八万元。见我们远道而来，他把十八万元一斤的茶叶泡了我们喝，又每人送一包，我们十几号人，我算算，转眼间近十万元就没了。我直为茶王感到可惜，说真的，像我等并不懂茶的人，没必要送那么贵的茶叶。我真的不懂茶叶为什么越老越好，我还嘴贫，开玩笑说，不是说从来佳茗似佳人，佳人也是越老越好吗？

上个月，几个老友在宾馆，我忽然想起包里还有一包茶王的茶，我狠狠吹了一通牛，然后泡了大家喝，好像茶不是茶王做的，而是我做的。朋友说，老茶确实好，真好。我也突然觉着，我终于有点懂茶了，母树确实与众不同，好，真的好。

隔天，我在包里意外发现，茶王送的那包茶还在，我拿错了，我给朋友喝的只是一包很普通的铁观音。

佳茗似佳人

何　为

　　中国的茶文化是一门高雅的学问，品茗乃韵事也。小时候爱喝家乡自制的桂花茶，只觉得甘芳好喝，不知品茶为何事。及长，烟与茶俱来，饮茶也只是因为烟吸多需解渴而已。茶香似不及烟香诱人，尽管有烟瘾者是少不了要饮茶的。吸烟四十余年，现已戒绝五载，总觉若有所失，生活中减少了一大乐趣。这时候茶叶就显得分外重要，渐渐体会到苏东坡诗句"从来佳茗似佳人"的譬喻之妙。

　　中国的茶叶品种繁多，各取所需，不遑细述。三十年前初到福州时参观茶厂，进入门帘严严的窨制茉莉花茶工场，骤觉浓烈的花香袭人，几乎令人晕眩。福州花茶名扬海内外，确有其齿颊留香的独特风味。不过饮茶总以茶叶自身为上，一切形形色色花香窨制的茶叶，除茉莉花茶以外，余如玉兰花茶、玫瑰花茶、珠兰花茶、柚子花茶和玳玳花茶等等，虽然各有自己的香味和风韵，而茶叶的原味则大为减色。《群芳谱》载："上好细茶，忌用花香，反夺其味，是香片在茶中，实非上品也。然京、津、闽人皆嗜饮之。"至于摩洛哥等国家用中国绿茶加重糖和薄荷叶子煮而饮之，简直有点不可思议了。

　　我喜欢头春新绿，这是在清明前采撷焙制的绿茶。狮峰龙井或洞庭山

131

碧螺春新茶当然是佳茗，然其上品殊为难得。五十年代在前辈作家靳以家里啜饮龙井新茶，沏茶饷客时，主人说这是方令孺特地从杭州托人捎来的。方是我敬仰的前辈女作家。当时只见茶盅的边缘上浮绕着翠碧的氤氲，清亮鲜绿的龙井茶叶片透出一种近乎乳香的茶韵。我慢慢啜饮，冲泡第二次时茶叶更加香醇飘逸，那堪称极品的龙井茶至今难忘。有时一杯茶可铭记一生。遗憾的是龙井茶泡饮三次后便淡而无味了。碧螺春比龙井耐泡，新茶上市时，饮碧螺春也是不可多得的美的享受。这两种茶叶倘若是真正的极品，历来售价奇昂，即或有那么一斤半斤，多半是用来馈赠亲友的。

入闽后，每年春茶登场，我倒是常有机会以较为廉宜的价格，从产地直接向茶农购得上好绿茶。绿茶不易保存，贮藏如不得法，时间稍久便失去香味。因此新茶一到，最好不失时机地尝新。试想在春天的早晨，一杯滚水被细芽嫩叶的新茶染绿，玻璃杯里条索整齐的春茶载沉载浮，茶色碧绿澄清，茶味醇和鲜灵，茶香清幽悠远，品饮时顿感恬静闲适，可谓是一种极高的文化享受。面对绿莹莹的满怀春色，会感到名副其实是在饮春水了。

每一个饮春茶的早晨仿佛是入禅的时刻。

我总认为，福建的工夫茶是真正的茶道，陆羽的《茶经》便对工夫茶有详尽的记述。到闽南一带做客时，主人辄以工夫茶奉客。烹治工夫茶，大有讲究；从茶具到泡茶品茶的整个过程便足以陶冶性情，更不用说那小盅里精灵似的浓酽茶汤了。曾见闽南一业余作者到省城修改剧本，随身携带小酒精炉烧开水，案头茶具齐备，改稿时照烹工夫茶不误，乍见为之惊叹。据说闽南有喝茶致穷者，也有饮茶醉倒者，可见爱茶之深。

日本茶道无疑是从古代中国的工夫茶传过去的。他们有一整套繁文缛节的茶道仪式，崇尚捧场，近乎神圣了。在日本家庭里做客时，侍奉茶道就随便得多，也简单得多。不论繁简，茶道用磨研成粉末后泡制的浓茶总是苦涩的。不过细加品尝，确乎也有几分余甘足供回味。

旅闽岁月久长，是这几年戒了香烟后，对半发酵的乌龙茶家族中的铁观音就更偏爱了。铁观音的魅力倒不在于乌润结实的外形，它的美妙之处是茶叶有天然兰花的馥郁奇香，温馨高雅，具有回味无穷的茶韵，是即所谓观音韵。

　　我的生活中赏心乐事之一，便是晨起一壶佳茗在手，举杯品饮，神清气爽。一天的写作也常常是从品茗开始的。最好是正宗的安溪超特级铁观音，琥珀色的茶汤入口清香甘洌，留在舌尖的茶韵散布四肢百骸，通体舒泰。此时以佳茗喻佳人愈见贴切，铁观音真是丽质天生、超凡脱俗、情意绵长、举世无双了。

　　今春从香港带来台湾产的铁观音，取名"玉露"。湖绿色的圆茶罐，用墨蓝的棉纸包裹，衬以带着白斑点的鹅黄色夹层纸，外面的白色包装纸上是明人唐寅的山水小品，古趣盎然。文字部分力求雅致，说"冲泡与享用佳茗，是一种由技术而艺术、艺术而晋至一种奇妙境界的历程，贯穿这个历程的基本哲理在一个'静'字"。这段文字深得广告术之三昧，别具匠心。开罐泡饮，茶汤呈嫩绿色，茶味中依稀也有几分观音韵。奈何橘枳有别，总不如得天独厚在安溪本土出产的铁观音味道纯正。据说在台湾类似的铁观音茶叶很多，有一种叫"春之韵"的，这一芳名庶几配得上佳人之称。

　　"从来佳茗似佳人"，确是千古绝唱，此生若能常与佳茗为伴，则于愿足矣。

印象安溪（二题）

何子英

人到安溪始知茶

凡爱茶之人，大概无人不知铁观音。铁观音的产地是福建安溪，安溪以铁观音名扬海内外，而铁观音的美丽传说也在安溪广为流传。

追溯安溪的产茶历史可至唐代，唐末翰林学士韩偓有诗云："石崖觅芝叟，乡俗采茶歌"，其诗中描绘的情景反映出当时采茶已比较常见。到宋代，饮茶风俗已经相当普及，上流阶层茶会、茶宴、斗茶之风颇为盛行。18世纪以降，安溪种茶者愈多，清代诗人阮旻锡在《安溪茶歌》中有诗云："安溪之山郁嵯峨，甚阴常湿生丛茶。居人清明采嫩叶，为价甚贱保万家。"诗中描绘了安溪茶叶的生长环境，采摘时间以及茶农的辛苦。而铁观音的发现和命名则在清代。相传乾隆年间安溪有一老农名叫魏荫的，勤于种茶，笃信观音菩萨，在一次夜梦中受观音菩萨指引，第二天在岩崖石缝中发现一颗茶树非同一般，叶肉肥厚，叶芽紫红，叶面闪闪发光，遂移回一个铁鼎里栽培，翌年采摘制出的茶叶竟香韵非凡，村人竞相引种。魏荫觉得是此茶是梦中观音点化所赐，又种在铁鼎里遂命名为"铁观音"。另有一则传说，铁观音为安溪读书人王士让所发现，后被乾隆皇帝御赐名"南岩铁观音"。这些美丽的传说，为铁观音罩上一种神秘的色彩，我宁愿相信前一种说法，希望它真是神仙点化造福百姓的仙草。

年轻时我不懂茶性，曾经喝过一款铁观音，那茶一打开就有扑鼻的清香，香气比一般绿茶要浓郁，待泡开之后，茶叶阔大，茶汤碧绿，喝之满口滋润，大概贪恋其茶香，接连喝了几次，然后发觉胃部不太舒适，后来经内行人指点，说这铁观音属寒性，胃寒体质者不宜多饮。自此，我就很少喝铁观音了。这次来安溪，一番品茶，听安溪作家朋友筱聆指点，方知此前对铁观音的认知实为大谬。

到达安溪的第一天，我们就去了一家特殊的茶坊品茶。这里是一家高山有机生态茶园，他家的茶坊自然就在茶园附近，四周清幽安静，路边鲜花绽放，一派田园风光。茶坊古朴，由竹木搭建，坐在这里，只见远山青翠，云雾缥缈，使人顿觉飘然欲仙。茶园主人杨先生拿出自家研制的几款私茶，供我们品尝。杨先生的父亲是非物质文化遗产传承人，这几款茶叶单看名字和包装，已经让人馋涎欲滴了。第一款茶叫"熟香"，汤水黄亮，香味醇厚，全不似我以前喝过带有青气的铁观音茶味道，倒有点武夷岩茶的韵味，感觉胃部暖暖的，很舒适。筱聆说铁观音的味道是非常丰富的，茶性也是根据发酵的程度有所不同，轻发酵的茶会寒性重一些，我以前所喝的铁观音应是轻发酵茶，像熟香这种发酵稍重，所以我才感觉像岩茶，这种茶是养胃的。看来我对铁观音的误解久矣。我们品过了熟香，主人又拿出第二款茶"铁霸"，果然名字霸气侧漏，说是适合男士用茶，又有一款叫"红贵人"，包装是粉红色，说是女士用茶。我虽不善茶道，但常年饮茶，也算半个资深茶人，这些年也品尝过不少品种的绿茶、红茶、白茶、乌龙茶、普洱，但是像这样分男女适用的铁观音茶，我还是头一次听说，其他人也颇觉好奇。主人一边讲解，一边请我们品尝，"铁霸"果然味道霸气豪迈，香高味冲，口感饱满，像霸道总裁出场。而"红贵人"入口温润丝滑，香气细腻柔和，幽香顺着舌尖在唇齿间弥散，韵味悠长。

主人说这几款茶都是珍品，产量较少，一般都是做私人订制的，价格当然也高昂。

品茶之前，我们实地参观了杨先生的大宝丰茶园，深知好茶的来之不易。生态茶园的管理秉持绿色环保观念，不用化学杀虫剂，而是采用电子干扰器通过干扰虫子的神经系统，抑制其繁殖生长，达到杀虫目的。而且杨先生还有一独门绝技，在茶园里播放大悲咒音乐，他说，这是给茶树听音乐，让它们听了欢喜，茶树欢喜了就长得快，茶叶品质也好。第一次听到这样的高论，我们甚为惊奇，但转瞬间，却会意一笑，似乎都认可了主人这种说法。中国哲学中自古就有天人合一、道法自然的观念，相信万物有灵，万物有情，焉知茶树不懂大悲咒呢？杨先生又笑眯眯地说："这里满山都是欢喜呀"。是啊，此时漫步在这静谧的山林间，耳畔回荡着悠扬的音乐声，谁能不满心欢喜呢。

晚间，我们来到"老固茶庄"品茶，茶庄的主人是安溪铁观音制茶大师、省级非遗传承人。老固的茶叫"老固野实"，号称是来自大自然的回馈，它采自深山野茶树，所以产量不大，茶叶具有良好的收藏价值。进入老固茶庄一楼，迎面就是一张长方形大茶台，上面摆放着成套的白瓷工夫茶具。茶庄主人取来三包茶，分别泡开，顺序倒在三排白瓷小茶杯里，然后请我们依次品尝，我端起第一排一只茶杯先闻香，香气十分清醇，喝了一口，顿觉清香四溢，满口生津。再端第二杯，觉得比第一杯味道浓厚一点，还保留着清香味，但不及第一杯飘逸。第三杯，感觉茶水不及前两杯茶香清冽，有点滞重，但更为浓郁醇厚。同行的朋友也有两位与我有同感，我们顿时像遇到知音一样开心。后来，主人解开谜底，三种茶的口味的确有区别，价差也很大。不得不承认，人的味觉还是很奇妙的。此时方明白，原来铁观音有这么多丰富的层次和口感，每一种茶都可以根据鲜叶的采摘时间、发酵程度和制茶人的手感做出不同的口味。铁观音的魅力也许就在于它的变化无穷所带来的无限可能性吧。我想，在历史悠久、名品众多的中国饮茶历史上，铁观音能后来居上，享有国际盛誉，固然有安溪得天独厚的天地造化，山川滋润，应该与制茶艺人们这种工匠精神是分不开的。

在安溪第三次品茶，是到安溪的第二天晚上。白天我们一行人在蓬莱镇走访，登临宛如仙境的清水岩，在始建于明代的九峰岩欣赏到明代书法家张瑞图的古匾"真相"手书。观赏了龙居五凤山木偶剧团的布袋戏南曲表演。奔波了一天，晚饭后，在我们住宿在风景秀丽的石镜山景区内，宾馆依山面水，环境清幽，热情好客的毅达主席请我们一行人喝茶聊天。他表演了工夫茶道，只见他手法娴熟地冲点、刮沫、淋罐、烫杯、筛茶，泼乳浮花，香气缭绕，看得我们啧啧赞叹。工夫茶这第一泡叫头道茶，是用来醒茶烫杯的，同时也有敬茶之意，敬天地神灵赐予人间如此佳茗，因此会倒掉。民间有俗语曰："头道水，二道茶，三四道是精华"。这第二泡，茶叶还是半醒半睡，懵懵懂懂地让开水催出些香味，味道尚未充分释放，茶味自然不够醇厚；第三、四泡味道最好，茶的香气已经给充分激发出来，饮之若醍醐灌顶，如醉如痴……

一边喝一边聊，我才明白这工夫茶要一帮人一起围炉煮茶，别有一层意思。铁观音茶每一泡的香气和滋味、口感都是变化的，大家一起饮茶就有了分享和品评的意思，如果一人独饮，太没意思；若像喝大碗茶那样牛饮，岂止是对茶的冒犯和不敬，简直就是暴殄天物了，所以古代名流雅士才有斗茶游戏。

铁观音不仅要观色品香，看汤色是否透亮、有光泽，还有要看香气的持久性、丰富性，茶叶的耐泡度，茶底叶片的颜色。上好的铁观音，耐泡，汤色晶莹剔透，茶底叶片黑亮中镶有一圈红边，筱聆说这叫"绿叶红镶边"，我们仔细端详壶底茶叶，果不其然，真美！这一壶茶喝下来分明就是在品评一门艺术。

贤良自古出蓬莱

安溪蓬莱镇，地处安溪县中东部，这里山清水秀，人杰地灵。高僧大德，民间贤达，共同培植了这片文化和文明的厚土。

那天，我们冒雨登临清水岩，有一种朦胧与神秘的感觉。位于蓬莱山的清水岩是清水祖师修行与仙逝之地，这里峰峦叠翠，云雾缥缈，宛如蓬莱仙境。清水岩庙宇依山而筑，外观呈"帝"字形层层叠叠排列，殿宇是红砖红瓦的闽南建筑风格，富丽堂皇。殿内雕梁画栋，金碧辉煌，颇为壮观。据记载，清水祖师"祈甘霖于焦土，降福祉于苍生。悬壶济世，修桥利人，功德惠及四方"（引《清水岩赋》）。闽南民间相传，清水祖师多次为民祈雨，甚为灵验。今天这场大雨，莫不是祖师显灵？

据传清水祖师是宋代仁宗时泉州市永春小岵乡人，他初到清水岩时，有畲鬼也穴居在内，于是相约斗法，胜者乃为清水岩的主人。祖师居穴中七天七夜，任由畲鬼在外烟熏火燎；祖师出来后，毫发未伤，却满面乌黑。

畲鬼终于被祖师收服，成为祖师属下的张、黄、苏、李四大将军。至今，清水祖师的塑像均为黑面金身，造型不同一般庙宇神像。清水祖师生前保民济世，广施善缘，仙逝之后在宋代即被朝廷敕封为"昭应慈济大师"，此后，又多次获得敕封。

对清水祖师的民间信仰是闽南文化的重要组成部分，经历代变迁，具有丰富的文化内涵，也成为闽南地区以及东南亚一带华侨信仰文化的重要部分。清水祖师文化中"多行善事""以物济世"的理念，在今天的蓬莱乡风民俗中依然绵延传承，发扬光大。蓬莱镇自然环境优美，但在历史上曾经是山高路险的贫瘠之地，而这样的环境也激励着蓬莱人向外开拓进取的精神。所以蓬莱镇是安溪第一侨乡，在海外奋斗的华侨众多。蓬莱的华侨多仁爱之士，他们在海外奋斗成功之后，不忘反哺家乡，有人投资兴学，开山修路，有人投资设立医院造福乡里。位于蓬莱镇联中村的梧桐中学就是旅居马来西亚的著名华侨林梧桐捐资兴建的。他早年漂泊海外，艰难谋生，在马来西亚办矿山，修铁路，后来在云顶建成了马来西亚最大的博彩娱乐城。事业成功之后，他屡次携家人为家乡捐资助学，累积捐资达5000多万元。在梧桐中学的大门口，耸立着一座青铜雕像，上面镌刻着：丹里斯林梧桐博士（1918-2007），家乡人民将永久怀念这位德泽桑梓的著名侨领。在联中村林梧桐祖厝大门的牌匾上，书写着"仁美居"三个鎏金大字，仁厚待人，美美与共，大概是林梧桐先生所倡导的家风吧。我们在与林梧桐的侄孙后辈们交谈中得知，他们对这位先辈充满敬仰之情，那天中午我们在仁美居喝茶聊天用餐，感受到这个大家族其乐融融，和善友好的家风家貌。

祖籍蓬莱镇温泉村的唐裕先生，是新加坡船王，印尼航运巨子，他又是民间亲善大使，为中国与新加坡、中国与印尼的邦交友谊做出巨大贡献，受到几代国家领导人的接见。唐裕先生晚年带着对家乡的热爱多次还乡，帮家乡农民发展果园经济，投资温泉中学，兴建龙门隧道。在温泉村中学的校园一角，矗立着一片珍贵的硅化木化石，在学校展厅里，我们看到墙壁上挂满了张大千等名家字画，展柜展台摆放着巨大的贝壳化石和玳瑁标本，这些珍品就是唐裕先生所捐。据称，唐裕先生还捐献出3万多个不同样式和材质的茶壶，在安溪的万壶馆展出。

我们去温泉村唐氏家庙参观那天，天气晴好，温暖和煦，唐氏家庙是一幢燕脊重檐的宏伟建筑，典型的闽南建筑风格。青石红砖红瓦，门前排列四座古式旗杆柱础，表明唐家祖上出过显赫人物。门前有一方月牙形池塘，大门口一对石狮子，走进家庙，大厅屋架横梁上高悬着宋明清历代御赐的进士匾额及"操履端严""硕德流芳""椿节长龄"等十八面御赐牌匾，气势宏大，令人肃然起敬。唐氏"三朝七进士""四世五明经"，在宋、元、明三朝曾出过七位进士，还有多位举人，足以彰显这里深厚的文化底蕴，也让我们更加理解唐裕先生的拳拳爱国之心其来有自。

林梧桐先生和唐裕先生只是安溪蓬莱籍爱国爱乡侨领的杰出代表。在蓬莱的青山秀水间穿行，不时会有高耸的现代化教学大楼，富丽堂皇的红色屋舍以及中西合璧的明清古厝映入眼帘，这些建筑凝聚着几代华侨的心血，也饱含着他们对故土的眷恋和浓重的家国情怀。从蓬莱走出的海外游子们给家乡带来了富裕和文明，同时血脉中深植的爱国、仁孝、济世、拼搏等中华优秀传统文化基因，将无疑是留给蓬莱人最宝贵的精神财富，它们正在激励着新时代的蓬莱人披荆斩棘，开拓美好未来。

安溪茶记

何立伟

采风，由《小说选刊》同安溪县文联组织，一众人于是来到素以"中国茶都"闻名的安溪。但凡喝茶的，鲜有人不晓得安溪，中国乌龙茶之乡嘛，铁观音发源地嘛，中国茶业第一县嘛。

行程只有二日，然在安溪，在西坪，在月寨，在泰山楼，在尚卿乡，在湖头镇，喝了多少遍茶呢？不记得！

总之到一地，坐下，便开始喝茶。工夫茶，讲究，有仪式感，使人于慢慢啜饮中对茶生出同茶汤一样醇厚的敬重。喝的多是铁观音，这中国十大名茶之一的茶种，是乌龙茶大类中的上品。何况，安溪是铁观音的原乡，是每一个安溪乡民的骄傲。

在中国，真正爱茶同懂茶的人，是有圈子的，圈子里的人，被称为"茶客"。我不是茶客，虽然我每日离不开茶，但说到懂茶，确是十足的门外汉。就像我不懂酒一样，然而我舌尖的味蕾，什么是好酒，什么是好茶，终究还是品得出的。在安溪，每到一地，所喝到的铁观音，无论是清香的、浓香的、陈香的，我舌尖的味蕾皆告诉我，这是好茶。醇正，浓郁，雅韵沁心，回甘中齿颊间涨出兰花一样的馥香，令人神往。

一面品茗，一面就听泡茶的老乡谈茶。在安溪，你随便遇到一个乡民，都能跟你谈茶，娓娓道来，如数家珍。当然谈得最多的，是铁观音的起源。铁观音发祥地在西坪，这是世所公认的。然在尧阳村同松岩村，却存着"王说"与"魏说"两种起源说法。前者的代表人物是王士让，后者的代表人物是魏荫。前者与乾隆皇帝有关，后者与观音菩萨有关。两种传说皆有趣生动。王家同魏家的后人，皆将母本保护起来，立碑建亭，供之如神。我们在王姓族人家中喝茶，听的是"王说"，在魏姓族人家中喝茶，听的是"魏说"。又将两株母本都瞻仰了。皆好，皆信。

但人有取舍，并不一律。在最后一日下午的座谈会上，轮到张者发言，他就说，"魏说"真是一个完整生动的故事呵，基本上不要怎么改动，就可以拍出一部好电影来！

印象里，关于茶，尤其是关于一个茶的品种的电影，似乎还未见到过。如果按张者说的，将"魏说"拍一部铁观音起源的故事片，或者对铁观音品牌美誉度的传播，将起到很大的推动作用也未可知。

我们爬上月寨，我跟龙冬一起四处东张西望，走进一间瓦房，外头艳阳高照，屋内光线幽深。黑咕隆咚里坐着一位老者，慢慢起身，咕哝着低沉的闽南话，半天才听明白意思，原来是叫我们进来，坐，喝茶。

喝茶，喝铁观音，就是安溪人的待客之道。

我们在尧阳村王士让后人的堂屋里喝茶，县文联的人把纸墨拿来，叫我们留点"墨宝"。采风团长徐贵祥命我画张画，我就在四尺对裁的条幅下端画了把茶壶和斟满茶汤的杯子，上书四个大字：好茶待客。然后采风团里的每一个人，在画上签上自己的名字，以作纪念。

晚上，我们在魏月德家中吃饭。魏月德住在山顶，堂屋外，天光云色，一片墨蓝。堂屋通亮，摆下两桌酒席。吃饭之前，当然是喝茶，喝老魏自己种的铁观音。他说，你们在外头，吃不到这么纯正的好茶。我也以为是。老魏善谈，侃起茶经，口吐莲花。他是唐朝一代名相魏徵的第三十六代后人，也是魏荫的第七代子孙。他居然育有四个女儿，三个儿子。他赠给了团长徐贵祥两个金属的小筒，里头装的，是最上等的铁观音。徐贵祥顺手递给旁边的人拿着，但他忘了是递给了谁。

告别安溪的时候，徐贵祥念念不忘魏月德赠给他的那两筒茶，在微信群里留语音，切切而悻悻，说哪位拿了，请璧还给他。

没有谁承认拿了他的好茶。

于是这一趟采风活动，留下了一段关于茶的公案。

茶乡生态美

——安溪感德小记

何镇邦

地处闽东南戴云山区的安溪县，是出产铁观音的著名茶乡。虽说我已有七十多年的茶龄，遍饮了全国包括铁观音在内的各种名茶，且故里距安溪只有咫尺之遥，可是一直无缘于茶乡安溪。今年初夏时节，机会终于来了！福建省一些文化单位会同安溪文联准备在被称为"中国茶叶第一镇"的安溪县感德镇，举办"茶乡美·感德情"采风活动，福州、泉州和厦门的文友将参与盛会，我也在被邀之列。我提前几天由北京飞到厦门，等待到安溪参与盛会。从某种意义上说，这是一个老茶客一次圆梦之旅，心情当然特别激动。

五月六日清晨，安溪感德镇的陈钦洲书记亲自带车到厦门迎接我。我们走了一个多小时车程，到达安溪县城凤城镇，参观过茶叶博物馆，用过午餐，继续赶路，用一个多小时走过蜿蜒的六十多公里的山间公路，到达位于安溪西北部的感德镇。只见潇潇夏雨中的"茶叶第一镇"坐落于环山拥抱的小盆地中。陈书记告诉我，全镇面积221.78平方公里，全镇人口5.7万人，拥有茶园面积近5.8万亩，产量4700吨，茶叶产值超过12亿元，茶叶收入占农民人均纯收入 80% 以上，并已有"龙馨""琦泰""庆芸""溯源"等品牌的铁观音名茶享誉海内外。再从入夜之后小镇上热闹的茶市来看，这安溪西北部的小镇的确是名副其实的"中国茶叶第一镇"。

翌日清晨，陈书记陪我们到茶园采风，同行者有福建省文联副主席杨少衡和安溪县文联主席林筱聆等。我们先来到距镇政府约十几公里的岭西村茶园。但见薄雾轻笼山头，飞瀑倒挂前山，树木蓊郁茂密，沿着山坡开发的茶园层层叠叠，成一种不规则几何图形的梯田。一场阵雨刚过，采茶女正抓紧时间在茶园里采摘春茶。我们把车开到茶园旁，下车走进茶园同正在忙着采的采茶女交谈，她们手中忙着采茶，口中又要回答我们的提问。她们说，天晴时的茶采下来加工起来质优，可这些天来天天下雨，让茶农们很是着急，现在天放晴了，要抓紧采摘新茶。像她们这样忙着，一天下来也只能采摘十几斤鲜嫩的茶叶。

我们不敢多打扰她们，走出茶园，准备找一家茶农尝尝新茶。站在山坡上的山间公路边，一眼望去，雨过初晴的茶园分外翠绿。近年来，感德镇把生态茶园作为茶乡可持续发展工程来抓，注重打好茶园建设的"生态牌"，正在探索一种"带状退茶还林"新的建设模式，即在一片茶园中，顺着坡面间隔一段距离，等高地退出部分茶园种植树林，建设茶园的护林带。因此远望过去，一片片茶园被分割包围在树林之中。这种"带状退茶还林"，表面上看来要毁掉部分茶园，缩小茶园面积，但有利于茶园的生态保护，提高茶叶的质量。经过一段实验性探索，这种模式已在感德镇的茶园建设上全面铺开。我们在片片茶园中还看到，为了改善茶园的生态，在成梯形状的茶园的梯梗上大都套种着黄花菜，这些黄花菜把片片茶园镶上了边，不仅美观，更重要的是涵养了生态，提高了茶的生态质量。

我们走进山间公路旁的一户茶农家讨茶喝。岭西村的村舍稀稀落落地散落在茶园之间，我们走进的这一家农舍，一边是茶叶加工和出售的处所，一边是他们的住家，两处紧紧相连。与这户茶农攀谈时，得知他们姓上官，且岭西村的茶农都姓上官。据说是唐朝初年被满门抄斩的上官仪家族的幸存者，在逃亡时途经闽南茶乡便隐居了下来。一家三口，夫妻都以种茶、加工、出售茶叶为生，一个女儿在城里读书。我们边喝茶边聊天，还参观了他们朴素而整洁的家居，他们对当下的生活还颇为满意。杨少衡的司机还买了他家几斤新加工的春茶，颇便宜。后来到另一家茶叶公司试喝了一下，口感还不错，他认为此行他的收获最大。告别了岭西村的茶农，我们驱车来到感德镇最大的一家茶叶公司庆芸公司品茶。这个公司不仅有座相当气派的大楼，还有名扬海内外的名茶"庆芸茗茶"。我们到达公司时，只见茶农们挑着新出的春茶排着长队等待收购。公司经理从收购茶叶的繁忙中分出身来接待我们，安排我们品茶。在茶乡安溪，品茶的方式也很特殊，通常是一溜儿摆开三四个德化出的细瓷盖碗，冲泡三四种茶，倒在小白瓷杯里，让茶客品尝。庆芸公司的经理熟练地冲泡着刚刚收购到的春茶，让我一一品评，并评出等次来。看来这是对我这个具有七十余年"茶龄"的老茶客的考验了。好在我的味感还正常，经验也发挥得正常，几道茶下来，评得还准确，没有贻笑大方。

也就在这时，听到另一个抓生态建设提高茶叶质量的动人故事。据说近些年来感德镇党政领导和茶叶专家为了提高茶叶的质量绞尽脑汁，在茶叶施肥上做了大胆的革命性尝试。那就是不再简单地施用化肥，改用从内蒙古大草原收集调运羊粪蛋作为有机肥。在内蒙古大草原上，羊粪蛋到处都是，不是什么稀罕物，但一旦收集调运闽南茶乡，就成了宝贝蛋。而且长途运输价值也不菲。这种羊粪蛋，对于茶叶来说却是一种难得的有机肥。但开始用时也不怎么顺利，茶农不认账，镇政府只好垫付肥钱，供茶农免费使用。尝到甜头后，茶农们舍得花钱了，之后或由镇政府联系调运，或由茶农们组织的茶叶合作社调运。就这样，内蒙古大草原遍地皆是的羊粪蛋一个专列一个专列地源源不断地从万里之外运到闽南茶乡，改变了茶乡的土质，提高了铁观音名茶的质量。

在告别茶乡返京的前夜，感德镇领导和文友要我留点字给他们，于是我就挥毫写了十几件书法作品，有给友人的条幅、斗方，也有商号的题匾，有一件是送给感德镇镇党委和政府的四个字："生态感德"。我以为这是我近年来最满意的书法作品，它凝聚了我在茶乡三日的深刻感受，也是我对茶乡的深情祝福。

茶伴儿

宋小词

　　二十岁时，我的一篇小文章在县城的文学刊物上发表了，父亲从收发室里拿着我的样刊，到处宣扬，从来没有给父亲长过脸的我，在那个下午让父亲脸上有了十足的光彩。晚上我还没到家，一路上就有许多老师向我道贺。他们曾经一度认定我会成为父亲这一生的败笔，一个女孩子不肯好好读书，到处打架惹事，甚至他们还说总有一天父亲会为我送牢饭，但这一切都在那个下午发生了改变。回到家，是父亲给我开的门，他看到我有些激动，从来对我板着一张冷脸的他破天荒给了我一个笑脸，这个笑脸令我有些局促，我没有理会，径直进了我的卧室。过了一会儿，我听到敲门声，父亲进来了，他一手拿着那本样刊，一手端着一杯茶，他没有说话，只是将这两样东西轻轻放在我的桌子上就出去了，他带门带得很轻，好像我的卧室里有什么珍贵的东西似的。我看着父亲端给我的茶，高高的玻璃杯中，几片茶叶上下沉浮，茶汤绿得像抹春天，杯口冒出一缕缕热气，我心下一动，小啄了一口，童年时对茶的那种苦味感觉竟奇迹般消失了，只觉得茶香扑鼻，一种说不清的味道盘旋在口腔里，纠缠在齿缝中，慢慢地便有一种清爽的甘味从喉咙处反扑过来，特别的滋润，特别的怡神。

　　那一晚不知是因为父亲对我从未有过的态度，还是茶的原因，我久久没有睡着，索性起床看书写点东西。此后的每个晚上，父亲都会在我桌上放一杯热茶。他说，茶是文人的伴儿。我震惊，在父亲的心中，我已然是位文人了，他对我的高看，令我差点掉下泪来。从此，喝茶便成了我生活中不可少的一件事了。

二十三岁那年，我以县优秀文学青年的身份到市里去开表彰会，散会后，一位文学长辈将我们带到长江边的一个茶室里喝茶，喝的是铁观音，那次我才知道喝茶竟有这么多的讲究，木质的大茶海、紫砂壶、公道杯、闻香杯。泡茶的女子一身粗布衣衫，皮肤有红有白，十指纤纤如出水菱白，她像拨弄琴弦似的拨弄着壶和杯，一支支细高细高的白瓷杯列队似的站一排，六个核桃似的瓷杯像帽子似的盖上去，然后女子优雅地翻转，将茶汤落在核桃杯中，把细高的空杯递过来，让我们闻，那深深的细高杯留存了茶的味道，趁着这热，茶的余香还在，不浓不淡，吸一口沁人心脾，让人蹙鼻子上脸地更加觊觎那杯茶。那茶果然不同凡响，不同于我素日喝的绿茶，那茶入口便是甘甜，便是清香，不需要磨合不需要迁就，就像是上天注定的一段缘分，一接触便心生欢喜。次日，我便在荆州的一家茶店里，花光了一千元奖金，买了一个茶海、一把紫砂壶、六只茶杯、一个茶道组，当然还有两盒铁观音。坐在巴士车上，我心急如焚，我想快点回到家中，烧壶开水，给父亲冲泡一杯铁观音，双手奉在父亲手中，不需要任何言语，我想父亲就能明白这杯茶的意思。在我跟父亲之间，茶就是一张嘴巴，它化解了我跟父亲之间多年的隔阂，它替我和父亲说出了彼此间的很多心意。

买茶时茶店的老板告诉我一个窍门，喝工夫茶就得喝一个烫字，不像绿茶，水烧开了非要等到跌了气才能冲泡，这就是绿茶的矫情。回到家中，我将父母拉到餐桌旁坐下，我从厨房取来一壶正翻滚的水，我照在荆州茶室那位粗布女子的样儿在父母面前展示了一遍，滚水烫过的壶和杯，指肚子一挨着瞬间就有一种烧灼感，但我忍着，不露出一丝破绽，那个下午我含着一颗滚烫的心给我的父母奉上了一杯滚烫的茶，父亲抿一口，咂摸着嘴，说，这才叫茶。茶过三巡，我瞥见父亲的眼眶有些泛红，我料想父亲那一刻一定是欣慰的，一定是落意的。我曾听父亲轻轻哼过一段戏文："将身儿来至草堂内坐，桂英儿奉茶来为父解渴。"在多少个清晨或晚上，父亲

147

一定有过这样的奢望，希望他的"桂英儿"能为他奉茶解渴。

此后，只要我寒暑假在家，吃过早饭后第一件紧要的事便是烧水烹茶，只要我在家，父亲也不再喝绿茶，有时候我心生懒意，不愿烧水，一杯温吞茶或是冷茶，父亲也照样喝得津津有味。听母亲说，我去学校后，父亲有时候会独自在我的卧室里把玩那些茶具。我听后，心里总是一阵阵发酸，为从不表达爱的父亲感到一种疼痛。

在我二十六那年，父亲身患癌症，这种病像一记闷棍将父亲打倒在荆州肿瘤医院的病床上，每天承受着放化疗给身体带来的痛苦，脱发与呕吐，终于将相貌堂堂的父亲折磨成了一具皮包骨，走一步路双腿都微微发颤。每天要挂七八只吊瓶，可他像奶奶一样倔强，在病中也要饮茶，他喝不惯白开水，他受不了寡淡的滋味，任我如何劝说，他都不听，为此事，我每天要与他争吵一番，他总说，人是要死的，喝不喝茶都是要死的。而我是如此害怕他说出这个字眼，我多么希望他能长命百岁，我多么希望他能逃过此劫，可是他却一天到晚以这个字眼来恐吓我，来辜负我。一气之下，我将病重的父亲全部甩给了母亲，我辞掉工作，孤身一人来到了武汉，眼不见为净。他不妥协我亦不妥协，直到父亲弥留之际，我才重新回到父亲的病榻前，父亲终于让步了，他每天都喝白开水，喝牛奶，喝鸡汤，一边呕吐一边喝，再也不提茶字。然而无论我怎么挽留父亲，父亲在过完年后还是走了。母亲张罗着找车运送父亲的遗体回老家，而我则坐在父亲的病床上久久不愿离开。那一刻，我坚信人是有前世今生的。

安葬好父亲后，我将那套茶具和铁观音摆在父亲的遗像前。生活往前，我的日子渐渐有了起色，许多茶也不动声色地走了进来，普洱、猴魁、金骏眉，有一段时间身边的朋友都以喝金骏眉为风尚，见我喝铁观音都觉得我有些不跟趟。喝茶不是为赶时髦，我确实是喜欢铁观音，这种遇上就喜欢的茶，一定是有某种说不清的生命密码。这茶真的成了我的伴儿，在夜深人静的时候，在神鬼出没的时段，我常常会泡上一壶，我希望那个人泉下有知，能心生感应，因为我这一生永远都欠着父亲一杯茶。

关于茶的想象和传奇

张　者

　　人们都说烟、酒、茶不分家，说的是朋友间的亲密。朋友聚会席间必有这三味——喝酒、抽烟、吃茶。我不抽烟，也不反对朋友抽烟；我喝酒，却不喜独饮，需等好友来共饮；茶那是必需品，宁可三日无肉，不可一日无茶。得到茶就喝了，茶喜独饮，亦可分享。

　　茶在我的生活中是不可缺少的。早晨起来第一件事是泡茶，然后静静地端坐在那里吃茶。不是喝也不是饮，是吃。一杯茶进口，望着窗外正开放的花，吸吮，舌根搅拌，咀嚼，就像吃饭一样，就像茶中有茶。如果不了解的还以为我在嚼茶叶末。其实，我没有咀嚼茶叶的爱好，我咀嚼的是茶本身。任何美好的东西不咀嚼是无法品味其内涵的。在咀嚼中舌苔生津，深喉回甘，牙会幸福。因为牙往往要干硬活儿，可吃茶不同，吃茶时牙齿只享受而不出力。这时，牙的另外一个功能就被激发出来了，那就是品味。牙齿当然是重要的味觉器官了，否则你吃酸试试，肯定倒牙。

　　吃茶是静的，慢的，有一种静水流淌的孤独。茶汤下肚，充盈解燥，人就像鱼儿一样慢慢活泛了。清晨寂静，孤独会像晨雾一般开始包裹着你。这时你会目光迷离，意情绵绵，文思如泉……

　　即便是一群人品茗，茶汤下肚，也孤独顿生，那种孤独是集体无意识。

有人会闭眼晃头，心往下沉，张口吐出来了很多内容，那当然是呵气如兰。如果用一个字表达，那个字不好找，应该是：啊，吁，嗯，呵之类的。性格爽快的最多会发出两个字：好茶。可见，茶性是安然静止的，这比不了酒，喝酒是动的，快的，酒性是有激情的，但是，喝酒最后也会走向一种热情奔放的孤独。喝茶是从静中走向孤独，喝酒是从动中走向孤独。

酒进愁肠愁更愁，茶入愁肠愁更多。

茶，一年四季是要换的，换茶就像四季换衣服一样重要。一年四季喝一种茶就像一年四季穿一件衣服，就如酷暑盛夏穿棉袄和数九寒冬穿衬衫。茶是不可反季节喝的。春天要喝安溪铁观音，夏天是喝绿茶，秋天应喝普洱，冬天喝武夷山的岩茶。这种喝当然有科学道理。绿茶性寒，应该夏天喝，解暑；普洱去燥适合秋季；岩茶暖胃当然冬天喝；铁观音香气迷人，在春天尝鲜，能喝出春天的味道，能喝出鸟语花香。

在不同的地方也要喝不同的茶。在北方喝乌龙茶、安溪铁观音、武夷岩茶、普洱都好；在南方应喝绿茶、西湖龙井、碧螺春、信阳毛尖等。

如果在西南最好喝永川秀芽。那里有茶山竹海（就是拍《卧虎藏龙》的地方呀），特别是在夏季的川、渝之地，绿茶永川秀芽能清热解毒、防暑降温，一杯秀芽解千愁。秀芽而秀雅，是我绿茶中的最爱。泡秀芽当然要用玻璃杯泡，泡乌龙茶的那套茶具都抹到一边了，只需要一个晶莹透亮的玻璃杯。一撮秀芽被烫水一冲，秀芽在杯中翻滚，一下就还原了一个春天，就有了春风杨柳万千条的激荡，有了水墨山水的意境。喝一小口，春意尽在胸中。泡秀芽不能闷，那样绿色会变黄，茶水也失去了那种清香。把春天泡成了暮秋，只剩下苦水。正相反乌龙茶却不能在玻璃杯中泡，无论是铁观音还是武夷山的岩茶，在敞口的玻璃杯中泡，温度不够，香味激发不出来。乌龙茶要在紫砂壶中闷，逼出醇厚，激发香气，泡出色彩。喝时却要用玻璃杯。从紫砂壶中通过茶漏斟入公杯，再从公杯泻入私盏。无论是公杯还是私盏最好都用玻璃杯。通过玻璃杯你才能看到茶的形状和色彩，那是流动的琥珀色。端起杯一闻，醇厚怡甘，香气宜人，入口光滑如丝，有重量。这时，喉咙中突然回升出甘甜来，就像出来迎接老友的到来。这时的茶不是你喝进去的，而是茶主动滚进了你的内心世界。

喝安溪铁观音能激发出灵感，产生文学的想象。喝永川秀芽却能喝出中国茶的历史。

永川秀芽产地在重庆永川，这里是茶的故乡。清初学者顾炎武在其《日知录》中说："自秦人取蜀而后，始有茗饮之事。"中国茶业最初兴起于巴蜀，这一结论统一了中国历代茶事起源上的种种说法，也被现在绝大多数学者所接受。因此，常称"巴蜀是中国茶业和茶叶文化的摇篮"。

茶，经历了药用、食用，直至人们最喜爱的饮料，已经有数千年的历史。秦汉时期，四川产茶已初具规模，制茶方面也有改进，茶叶具有色、香、味的特色，并被用于多种用途，茶叶集散市场在蜀地已经形成。

华佗在《食论》中说，长期饮茶可以提高思维能力。于是饮茶就成了脑力劳动者的最爱。茶不但醒脑，而且还可以入药，清热解毒。西汉《神农本草经》上说："神农尝百草，一日遇七十二毒，得茶而解之。"特别是陆羽《茶经》的问世后，对中国茶业的发展影响非常深远。

华佗说饮茶可以提高人的思维能力，这就和文人墨客分不开了。到了唐初，文人学士饮茶成癖，大开饮茶风气。有些人就著文写诗，宣传饮茶的好处。随着茶叶生产的大发展，饮茶风气愈加盛行。茶叶生产和贸易在唐朝成为历史上的一个高峰。

茶不但和文学有关系，和宗教也有关系。南北朝时期，佛教盛行，和尚坐禅破睡，饮茶发挥了很大功效。饮茶风气流传各大小寺庙，推广佛教的同时，也推广了饮茶。饮茶和佛教是分不开的，有"茶佛一味"的说法。这样一来，就找到了安溪铁观音的渊源。所有的人也许都想知道，为什么安溪的乌龙茶叫铁观音，这茶和观音菩萨有什么关系。我带着疑问去了安溪后，才知道有一个关于铁观音的传说，这就是"魏说"。

据传，在清朝时，安溪西坪松岩村有个茶农叫魏荫，种茶为生，由于茶质粗劣，收入微薄，生活贫困。魏荫信佛，在家中供奉观音，早晚必拜，一拜数十年。魏荫祈祷大慈大悲的观音菩萨保佑全家妻儿老小过上好日子。一天夜间魏荫梦到自己出门，在山野中转悠，发现不远处金光闪闪，那分明是佛光。魏荫见那佛光中似有莲花宝座，观音菩萨端坐莲花之中。魏荫匍匐便拜，见那佛光慢慢而去，魏荫便随那佛光走，来到一个山洞边，魏荫似乎见观音菩萨莲花指一挥，指向溪边，然后忽然消失。恍惚而又疑惑中的魏荫，便向观音指的方向而去。魏荫来到一块岩石上，见岩石上有条白线，顺那白线而下，魏荫在石缝中发现一株茶树，枝叶茂盛，光彩夺目。魏荫近前一闻，芬芳醉人。魏荫大喜过望，猛然醒来。

天亮后，魏荫便以梦而寻，来到打石沟，果然见那岩石上的白线，顺白线而下，在石缝中居然就发现了茶树。魏荫将茶树挖回，种在家中一口破铁鼎里，经悉心培育，春来采撷，以古法制茶，成茶后沉实似铁，茶形似炭，茶质特异。魏荫泡来品尝竟然茶香盈室，香韵非凡。魏荫邀乡亲们品尝，大家都赞不绝口。邻居纷纷打听这是什么茶。这时，魏荫想起了那个梦，望着铁鼎里的茶树，就说是"铁观音"。后来，魏荫并没有独享那棵茶树，通过插扦繁衍，让乡亲们家家种植。于是，铁观音名满天下。

这是一个神奇的传说，在所有关于茶的故事中，唯有安溪铁观音最有想象力，最接近文学的虚构。把一个传说编织的密不透风，不容你质疑。这种编织已经达到了文学高度，并且还有了宗教和文化加持。传说就成了神一般的存在，并在茶的芬芳中传遍天下。

当然，当地还有一个"王说"，传说铁观音是乾隆赐名，并且两种说法还不断考证，为谁的说法为正宗而争论不休。

铁观音茶的命名考，其实没有必要，因为本来就是传说。无论是"魏说"还是"王说"都是"传说"。考证一个传说，就像考证小说中的人物一样吃力不讨好，因为，那人物本来就是虚构的。如果非要找一个关于铁观音茶的命名的真相，可能和佛教有关。大胆想象，也许在一个香火鼎盛的庙宇中，和尚为了打坐，做功课，不瞌睡，只能饮茶。方丈把这能醒神的茶称为铁观音，以表敬重。茶就是观音圣水，喝下不打瞌睡，如此种种，亦未可知。

到了"魏说"的现场，我脚踏岩石上的白线，还是被震撼了。顺着那白线我看到了一丛瘦小的灌木，这就是魏荫梦中的母树。它太不起眼了，要不是梦见，在现实中根本不可能发现。当你反复打量它后，又觉得它就应该是一个传奇。世界上的所有传奇在现实生活中都是沉默的，显得渺小和孤独，透着低调、内敛和严肃。它在岩石上生长了三百多年，枝条坚硬，叶片收敛，情绪低落，就像生育了太多儿女的老母，瘦骨嶙峋。它又是长生的，几百年来不变，不生，不老，不死。它就站在山石上睡着了。每年的春秋两季，它需要人们把它摇醒，通过它和它的子孙们被摇醒，才能焕发出让人沉醉的香味。怪不得在铁观音的制作中要有摇醒这道工序呢，原来所有的茶树都是沉睡的，它们等待着人类的唤醒，最后焕发出终极的光彩。

　　茶和文化是分不开的，文如其茶，茶若其人。种茶是一种传奇，制茶需要一种灵感，喝茶需要一种想象。无论是灵感还是想象都是文学、都是文化，都需要修养，最后才能走向永恒。

月　寨

张　陵

　　从安溪县西坪镇驱车出发，绕着一片片的茶园，一直向山里开去，就能到达月寨。远看，和其他村子没什么两样；近看，则感觉比其他村子要更老旧一些。村子不大，一些民居错落散在山坡上。此时，正是采茶制茶的淡季，村子里静悄悄的。几个老人在村头的一个小院里慢慢地喝着茶。一只狗趴在不远处，车过的时候，连头都懒得抬一下，更没有冲出来对陌生人一阵狂吠的野性冲动。

　　前来接待的村干部介绍说，因为建在形如弯月的山坳里，故得名"月寨"，是一座有着数百年历史的古村落。证明村子古老的标志性建筑则是一座方形的土楼——泰山楼，建于清光绪十八年，经历了百年风雨，仍然保存完好。说是土楼，其实是用花岗岩大石块垒砌而成的二层楼。拱形的石门、精心设计的回廊，以及精巧的天井，加上楼上楼下二十多个房间，显示出了大户人家的气派与格局。在那个年代的山里，要建这么一幢楼可不容易，称得上是个大工程。直到现在，村子里还没有哪一幢楼房能够与"泰山楼"相比。

　　楼主王三言从小跟着父辈学着种茶、做茶。心灵手巧的他爱琢磨，悟性高，很快就成了一个制作铁观音茶的行家里手，他种出来与制作出来的铁观音茶，品质优良稳定，最受客户欢迎，卖得最好，也得到了当时的商业中心的厦门重要商行"源泰茶行"和"同兴茂茶行"的认可和信任。商家不仅要他的茶，而且让他代理组织货源，运到泉州、厦门等大码头。渐渐地，他发现了自己的商业天赋与才能，于是就在城里创立了"梅记茶行"。从那个时候起，王三言的生意顺风顺水，逢凶化吉，发展得很好。据说，当时"梅记茶行"推出的王三言独创的品种足火茶，受到消费者的格外青睐。靠着这个自主品牌，"梅记茶行"生意红火，财源滚滚，很快成了安溪最大的茶行，生意遍及海内外。王三言先生也成为远近闻名的大富商，业界的领袖人物。王三言发了大财，就荣归故里，回乡盖了豪宅，因此，这"泰山楼"又称"梅记土楼"。

春天和秋天，是茶农们最忙的季节，也是月寨最有生气最热闹的时候。村子里突然多了好些打工人，平时好多空房现在都住满了。清晨，女人们就开始进入茶园采茶，山坳里不时传来笑声、喊声、叫骂声；男人们在作坊里摇青炒茶，一直要忙到夜里，整个村子日夜都飘着铁观音茶特有的醉人的清香。"泰山楼"里，每一个房间，都堆满了准备运出山外的茶叶。工人们进进出出，把一担担茶叶挑向山外。

商家们在树下一边喝着茶，一边漫不经心地对当年的茶叶品头论足，与茶农们讨价还价。随着最后一批挑夫挑着茶叶担消失在山那边，茶叶季节也就接近尾声。忙了一个季节的男人们、女人们也开始收拾行当，准备离开村子，到别处讨生活。几天以后，月寨又恢复了往日的宁静。

多少年来，这样的场景周而复始，不断重现。采茶、做茶用的还是老技术，运茶的路则越修越好。如今，运茶不必肩挑人拉，改用汽车了。终于有一天，人们才发现，许许多多的人靠着铁观音茶发家致富，过上好日子。更多的人也许没有发家，没有致富，但也靠着铁观音茶过得和和顺顺，平平安安，把生活一天一天推向前去。可以说，铁观音茶养活了一代又一代的安溪人。不过，很少有人注意月寨在一天天老去。好多老房子已经倒塌，没有倒的也成了残垣断壁。后来陆续盖一些新房子，也早已变成了杂草丛生的老房、破房。随着人口向外迁移，新房盖得越来越少了。"泰山楼"半个多世纪前，虽然经过王三言先生的后人翻修过，但是现在也人去楼空。不忍心者想方设法在楼里楼外挂了一个个的红灯笼，贴上红对联，布置了家族文化陈列室，算是增添了不少人气，也算是对先人的一点歉意和怀念。

这些年，当地的文化专家学者的目光越来越被古村落月寨的历史文化所吸引。多年前，他们就研究出月寨是铁观音文化重要的策源地，考证出王三言先生是把安溪铁观音茶推向海外的第一人。靠着"梅记茶行"，安溪的铁观音茶源源不断地运送到中国香港、中国台湾及海外各地，形成了一个发达、生动的茶叶贸易网络，对安溪铁观音茶走向世界，起着至关重要的作用。直到今天，"梅记"仍然在发挥着深刻的影响。新加坡有南美茶行，印尼还有梅记茶行，中国台北有圣峰茶行、梅香茶行，中国香港有梅美茶行、集友茶行，中国澳门还有道记茶行。据统计，数量要超过二十家。这些茶行的经营者，大都是王三言先生的后人；这些茶行的历史关联，大都可以追溯到月寨。小小的古村落，像魂一样，牵动海外游子的心。

专家学者的研究进展很快。泉州是著名的"海上丝绸之路"的起点，大量的商品从那里运向世界各地。近现代以来，安溪铁观音茶是这条"海上丝绸之路"的重要商品，贡献相当突出。甚至可以说，在相当长一段时间里，安溪铁观音是中国茶叶开拓海外市场最重要的先行者、引领者。从这个层面上看，王三言先生不光是一个出众的商人，更是一个安溪铁观音茶的文化使者。"梅记土楼"则是安溪茶文化的重要文化地标，月寨因此不再是一个普通的古村落，应该说是一个凝聚着安溪铁观音茶文化精神的古村落。

实际上，村尾的一座不起眼的小院落，才是月寨最古老的房屋，它有三四百年的历史，也有人说超过五百年。村干部领着我们走过高高低低的石板路，来到屋前，打开木制院门，院子多年无人居住，堆满了柴火。推开里屋，一股潮湿的霉味扑面而来，墙皮不断脱落，墙壁斑斑驳驳，房间低矮，光线昏暗。不过，村干部还是能指出墙角位置上，依稀可辨的一片外文字，说那是泰国文字，内容还有待进一步搞清楚，泰文确认无疑，文化上的重要性也可确认无疑。虽然还无法证明当年外国客商到过月寨，但可以确定，住在这里的主人应该很有文化，能读写泰文，可能是走南闯北的茶商。这个院落看上去已破败，如果来一阵大雨，就有可能完全坍塌。要是这样，那面珍贵的文字墙，命运该会怎样？

茶是好茶，村是老村。弘扬茶文化，就得抢救保护好老村子。有了老村子，茶文化才厚实，才有根基。像月寨这样的老村子，在安溪可能不止一个，但也不可能太多。有一个算一个，都是安溪茶文化的瑰宝。有故事的老屋子也不可能太多，有一个算一个，都是不可再生的精神财富。任其风吹雨打，自生自灭，破败下去，实在是不小的文化损失。村干部说，我们也很痛心，好多专家学者也在帮我们呼吁。我们每次带人来参观，都想得到一些专家指点，探讨怎样才能保护好这些历史文化遗存。镇上的领导们也在积极想办法，已经开始组织专家学者，探索形成科学有序地把古村落打造成文旅产品规划思路。如今国家实施乡村振兴战略，更会有力引领支持古村落的保护和开发。

虽然相信月寨的明天会很美好，但离开时仍难免还会有些惆怅。也许，这就是人们常说的乡愁吧。有了乡愁，我们懂得敬畏自然，敬畏先辈，敬畏古老的村庄。我们得留住美丽的茶山，留住古老的村庄，留住心中永远的乡愁。

两棵树

张　菁

安溪，有两棵树让我印象深刻。几日后，我竟然又一次想起它们的树影，那样清晰——我无法将树"移植"到北京的院子和我的房间，但我感觉自己"移植"了树影。它会，并且一直会在我的心里获得根深叶茂的生长。

一株是茶树，它的一侧立有一块石碑，"铁观音母树"。如果不是这块石碑，我大约不会注意到它，它有着它的繁茂，有着飘浮着淡然的清香的叶子，现在想起来感觉它并不是一株树而是一丛树——对我这个北方人来说，让我把它和"铁观音母树"联系在一起是万难的，如果不是那块竖立在那儿的石碑，我想我可能以为给我介绍的人是在说谎，他不过是随意给我指了一棵怎样的树，就开始夸夸其谈。可是，它是，它就是。

这是一个不张扬的母亲。一个甚至有些"蓬头垢面"的母亲，她没有因为自己女儿（包括她自己）的显赫而如何如何，她只是那样坚持着、生长着，开枝散叶，奉献着……它让我实在惊讶。当我拿到主人递过来的茶、闻到那种独特的茶香的时候依然有着恍惚，澄清的茶汤颜色，如蛋白一般润泽的质感，不耀目，却仿佛把眼睛都洗亮了。面对它的时候，你无法喧嚣，也难以躁动，它安然地走进你心里，不张扬，不霸道，默默地陪伴。再想到那棵树，它怎么会是……

在火车上，我突然觉得它就是，就应当它是才对。这株母树，它不应当高大雄伟，它不应当有怎样的独特和突出，它不应当。在我们的传统中，中国的母亲与它又何其的相似！它没有炫耀，无论是不是具有炫耀的资本。即使有，它也不看重。它大约也不喜欢那种被拔出的"高度"，它不需要，它需要的只是生着活着，用一种含辛茹苦的平常样子将子女们养好，养大，然后由它们四散而去，拥有自己的成长和生活。在中国，这样的母亲，这样的故事是何其多啊。那，作为"铁观音母树"的它，为什么不可以如此呢？为什么不能如此呢？

它当然能，当然可以。它就是这样地存在着的。在我看来，它，是一种特殊的提醒。对我来说。

另一棵树在清水岩。米什莱曾对树木说，你看着人们走过，而你已存在千年。看到清水岩的那株古樟，也是如此感觉。在古树和瓦片之间，树有着更多的生命力。这另一棵，是樟树。和"铁观音母树"的那株茶树不同，这棵古樟极其高大、威壮，"须仰视才"——即使我们伸长了脖子，也无法在树下看清它高达 31 米的树冠之顶。树围则是让人惊叹的 6.9 米，同行的朋友们在树下"枝枝朝北"的石碑旁合影，这一比较更让那棵樟树的高大雄壮显现得淋漓。

"枝枝朝北"——是的，它枝枝朝北。这是一棵完全不顾自然的生长规律而坚持着"我行我素"的大树，它是一棵把骨子里的坚韧和强硬硬生生地表现在外在的大树，它是一棵绝不肯有半点儿妥协以换取什么的大树。在我所读到的关于它的资料中说，"枝枝朝北千年古樟在蓬山主峰中仑、觉亭之畔，耸天雄踞"。此樟相传为祖师手植，树高 31 米，围 6.90 米，主干劲直，而枝叶均迂回北拂，故得名"枝枝朝北"，为清水古地一大奇观。朝北古樟颇具灵性，其北拱之枝叶回护三忠庙，似以表证"三忠"向北之耿耿忠心。又传，祖师家乡永春在岩之北，此树枝枝北向，表达了祖师的思乡之情。另据旧志载，"昔有官府派人到岩，欲砍此樟造船，岩寺住僧极力劝阻不止，匠人动斧，差人七孔鲜血，匠亦自伤其足，始知乃神树也。"

祖师是谁，大约无从可考，而我也不愿意他是一个具体的人，我更愿意他是抽象的代指，是一类人，是一群人：他们是北方人，中原人，是一个或一群命运多舛、被迫背井离乡的人，是一个或一群心怀着天下和苍生，却郁郁不得的人，是一个或一群被旧有的命运放逐到远方却始终有所牵绊的人……是的，是他们，植下了这棵樟树，而这棵樟树出自他的灵魂，于是，它沾染上了那位祖师的相思，倔强，和不移的信念。于是，这棵樟树，竟然把每枝伸展出去的枝条都拧绕着向北，其实对这棵樟树来说也是一件极为艰难和有着痛苦感的事。但它坚持，不肯放弃。这一坚持它竟然用了数百年，甚至是上千年，之后的岁月大约它还会如此。《清水岩质》中收有一诗，诗云：

> 岩外名樟占一隅，
> 枝枝向北与他殊；
> 无知草木犹如此，
> 寄语人间士大夫。

无知草木犹如此，寄语人间士大夫。这句话读得我血脉贲张，甚至——它，如果有个名字，应当就是"士大夫树"吧，但愿我们的士大夫们能够像它，都如它这般……

两棵树，在安溪清水岩，这两棵树让我挂怀。它，在我看来应当是中国传统精神中的两种象征：母亲的，士大夫的。母亲的树，不张扬不显赫，只有安静和自然而然的呵护，那些爱与苦都是内敛的、含着的，如果不去细品它的味道不会传到你的味蕾中；而士大夫的树则是高大、坚韧和固执的，它真的是威武不能屈，能让它有所屈的只能是它的信念，怀望和精神的故乡。

安溪人

张 鸿

"凯伦，我要去安溪了。""去干啥？"

"喝茶！""喝茶，跑那么远干啥，来东莞！"

去安溪前，我打了通电话给在东莞办企业的我的战友凯伦，他是安溪人，说了好几年和他一起去安溪，都没能成行。

我知道并熟悉"安溪"这个地名，是我十六岁参军入伍后。我被分配到了江西庐山的部队疗养，班长小吴是安溪人，比我早两年入伍，她说话的腔调是软柔软柔的福建普通话。我那时不太合群，习惯一个人看书、学英语。同科室的理疗师陶霖也爱读书，我们常会有一些交流。有一天去陶霖宿舍还书，遇到了我们这些新兵人见人怕的安溪兵凯伦。

说起这个凯伦，还真有故事，我们新兵刚分配到庐山上，排队去大食堂吃晚餐，走到门口，就听到旁边别墅里传来大吼的北方话，以及轻轻慢慢的"福普"，似乎是什么纷争，吴班长对着我们队伍说，不要停下。后来我才知道，是安溪兵凯伦不听领导的话，所以给关禁闭了。越来越多的各种说法纷杂在一起，他在我们这些小兵蛋子的眼中成了"黑社会"，但和凯伦同年兵的吴班长他们对他很好，一直说凯伦是好人。

凯伦长得实在是不好看，个子不高，还有些弓背，特别是那一对小眼睛，加之他不苟言笑，让我心生畏惧。那天，我在陶霖宿舍门口进也不是退也不是，陶霖对着我说："进来进来，别被他的丑吓着。"凯伦笑出了声。那时凯伦十八岁。

我们在一起相处了三四次，没有想到的是，如此不出众的他，却读过很多的书，对社会、对人情世故，甚至对文学都有自己独到的见解，我和陶霖都很欣赏他。可以说，他开阔了初入社会的我的视野，对我今后事业的发展有过提示。那时，我们互相取外号，凯伦的声音粗哑，是"唐老鸭"，陶霖皮肤那个黑呀，他自己说是古巴人，于是他成了"黑乎乎"，新兵的我一上山胖了快十斤，他俩说我是胖女孩，于是我成了"胖乎乎"。然后，他就不见了。

他不见后的某一天，我与吴班长聊天时提起他，我说他不像是个坏人呀，班长说："当然是好人，他是为了帮助一个同年兵，得罪了领导。"

离开部队多年，我与陶霖保持偶尔的联系，也一直寻找凯伦，但几十年过去，没有任何消息。突然有一天，一个福建南平的战友打来电话，给了我一个电话号码，那时我正在东莞出差。我有点儿紧张，有一点儿担心凯伦还是那么直冲冲地对我说话，我会没有面子，我没有立即与他联系。我把号码输入完毕，居然是东莞的手机号码。一个小时后，我们见面了，他冲着我说："你还是那么胖啊！胖乎乎。"

那年他离开部队后，回了安溪，做了很多份工作，也想重新考学，但最终都没有做成。结了婚后，他来到了东莞，与人合作创办了一家织带厂，很辛苦很拼，也很有成绩。很快他就自己独立开办了一间工厂，订单越来越多，与不少国际大品牌合作，前几年，在越南又开办了分厂，他要两边跑。我问他为啥不和其他安溪人一样做茶商，他说安溪人在全国各地都有，都是做茶叶，这一行不好做也没有挑战，来钱不快。

他说我胖，可如今他的体重是当年那个他的翻倍，我说他才是"胖乎乎"，沙发都被坐塌了，眼睛也变成了一条缝，满脸横肉。他得意地说："胖有什么不好，又没有毛病，啥指标都正常，就是因为天天喝茶呀。"凯伦媳妇说："他泡茶是满杯茶叶，苦得不行，也只有他喝得下去；又不运动，胖得难看。"凯伦怼了过去："你爱运动，可是没有我身体好啊，乌龟不动活千年，是不是？"

凯伦对着我家先生卖弄他的茶叶有多好："十年养肝、二十年养心、三十年养寿，就是说铁观音。喝上好茶不容易，你要经常来我这里。你知道制茶有多少道工序吗？采摘、晒青、晾青、摇青、炒青、包揉、解块、松散、烘干、挑选、储存，很不容易，要珍惜。"

凯伦家有三个兄弟两个姐妹，他和大哥在广东，姐妹出嫁了。每年过年回家，他和大哥都会给在家的兄弟姐妹每家一笔钱，另外给村里捐一笔钱，用于改善老年人的生活，建一些便民设施。"好人就是我这样的。"他得意地说。

他的二哥一家在老家陪老母亲，种茶，他们自家的茶只供自家喝，每年采茶季，七十多岁的老母亲亲自采茶，也参与制茶。凯伦说："不要让她去，她也要去，还被蛇咬过，烦人。"我却理解老人家，她手中的这些茶会出现在广东的两个儿子的杯中，她的心思也在其中。凯伦办公室里的两个大冰柜里全是茶，是新鲜的铁观音，铁观音被分成了小包。每年新茶一到，他就给我打一个电话，来东莞，喝茶！

我很喜欢安溪的女人，比如我这次相识的安溪文联主席林筱聆，她与我的班长小吴长得很像，说话腔调也一样。实际上，安溪人讲话就是这样，不论男人女人，说话都是节奏徐徐，语调和缓，斯斯文文，也许这就是安溪的气质吧。

说说我的班长小吴，她退伍后去了泉州，在一家企业工作，在那里结婚成了家，有了一个女儿。她与丈夫的父母和兄弟住在一起，一个大家庭，她是长嫂。凯伦曾说，她是大家庭里的"定海神针"。她退伍后我们也没有见过面，最近的相逢也是在凯伦东莞的家中。凯伦和吴班长说着安溪话，我一句也听不懂，他笑着说，我们还是不说安溪话了，免得她以为我们在说她坏话。

吴班长现在在一家国企从事党务工作，说话很有条理，很严谨，她说起凯伦当年如果不是"拔刀相助"，为了帮助战友而影响了自己的事业，也许今天他会发展得更好，他豪爽正直，为人豁达，敢拼敢闯，他对人是"爱你就爱得要死，恨你就恨得要命"。这是不是安溪人的性格特质呢？

我们一众作家到了安溪，品了几天的茶。随筱聆去拜访一位铁观音世家魏荫家族的掌门人魏月德。

当然，见到"真神"之前，我们要去游览他家的茶园，欣赏一株充满传奇色彩的茶叶母树。茶园与别家的也无差别，除了大。茶树是不一样的，小小一棵，甚不起眼，可已有三百多岁，枝干却只有拇指那么粗细，它的传说充满了神奇，因为魏荫，它成就了"铁观音"的来处——"魏说"。

清雍正三年（1725 年）前后，安溪西坪尧阳松岩村（又名松林头村），有个茶农叫魏荫，勤于种茶，又信奉观音，每天早晚一定在观音佛前敬奉一杯清茶，几十年如一日，从未间断。有一天晚上，他睡熟了，蒙眬中梦见自己扛着锄头走出家门，来到一条溪涧旁边，在石缝中发现一株茶树，枝壮叶茂，芬芳诱人，跟自己所见过的茶树不同……第二天早晨，他顺着昨夜梦中的道路寻找，果然在观音仑打石坑的石隙间，找到梦中的茶树。他仔细观看，只见叶形椭圆，叶肉肥厚，魏荫十分高兴，遂将茶树移植在家中的一口破铁鼎里，悉心培育，因这茶是观音托梦而得，故取名"铁观音"。

与其他的传说相比，我还是愿意相信这一个说法。

茶园深处有人家，人家自在逍遥中。魏荫的九世孙魏月德，一个笑中透露出精明的中等身材男人，话虽不多但很到位，肯定是见人无数。"来了这么多作家，那我亲自泡茶，先喝普通的，再喝我的独家秘藏。"

酷暑，读着魏先生有关茶叶制作、茶文化专著，听他侃侃而谈"魏说"，喝着一小杯一小杯的热茶，大汗，透爽。所谓独家秘藏，就是不轻易拿出来的、十八道工艺手工制作的、价值十八万元的魏家铁观音。

一圈人，看着这一小包团卷在一起的茶叶，置入盖碗，冲泡出清澈的茶色，浸入肺腑，神清气爽，聊着徐贵祥是否能再写就一部《历史的天空》的安溪篇，魏微为她的本家写出一篇《魏月德与他的铁观音》，魏月德听着、笑着，安静着。

站在魏家宽敞的大场坪上，放眼望去，都是坡地茶园，空气中飘散着隐隐植物的清香。傍晚，天空似要下雨，天空出现特别的靛蓝，何立伟兄用他时刻不离手的单反，为我们拍下了天人合一之佳照。今晚的每一位作家，心中都会有自己的"铁观音"，有着精细的制作工艺，有着沁人的茶香溢出，也或者有着深厚的蕴藏。

我不知道，凯伦、吴班长、林筱聆、魏月德是否可以算作安溪人的代表，可我知道，因为有了他们及他们的先辈，才有了安溪人的精神气质、性格特征，也正是有了历代安溪人才有了安溪文化的形成、积淀与传承。安溪人，行走在时空中，平静生活或者成就伟业；安溪茶，永远是伴随他们的那一缕安溪的魂爽。

"凯伦，喝茶还是要去安溪，地道。""那是！"

遇见安溪

张应辉

　　闽南人的生存能力向来是我所钦佩的，他们对家乡的资源开发、利用与推广，几乎到了极致。我与泉州交往更密一些，泉州人的豪气与对外拓展，应当是闽南最具代表性的，泉州下辖的几个县城各自有鲜明的标识。德化的瓷器，晋江的品牌，石狮的服贸，南安的石材，永春的芦柑、惠安的石雕……还有就是安溪的铁观音。这些城市标牌历经沉淀，已成为各个小城的名片为世人所知。倘若把这些摆在一起让初到泉州的人选择去熟悉，恐怕问得最多的应当是安溪铁观音。观音被凡间所敬，乃一至善至美的形象，当是温润玉洁，有普济天下的情怀。世人祈愿各不相同，人人心中皆有一座观音，然而观音前面加一"铁"字就显得不那么可爱了。想象一下一尊铁铸观音立在眼前，敬拜就不那么轻松了，总觉得分量太沉，失去了观音的飘逸与轻盈，愿望实现起来就似乎不那么迅捷了。

　　但恰恰是这安溪铁观音，虽与那玉观音、瓷观音看似不同路数，实则相融相通。安溪铁观音乃一叶香茶，承续了这一方水土的精华，清泉注入杯中，缕缕香气升腾，千年茶事便慢慢在闲适的氛围里晕开，凡世的愿望也随着茶香飘向南海观音居所。折一枝仙柳，洒一滴甘露，观世音菩萨的素雅与庄严弥散在千家万户，也映现在这浅浅的一杯清茶里。

可以说，只要有茶叶贸易的地方，就能闻到铁观音的清香。京城的马连道茶铺林立，多为福建茶商经营，而清一色的闽南口音，大都是安溪人辛勤的吆喝声。这样的吆喝与北京胡同的吆喝奇妙应和，谁也听不懂说什么，却都是满满的热情与艰辛。在清初时，安溪湖头人李光地贵为文渊阁大学士，是一代名相。他要操持一口闽南腔的普通话纵横清廷官场，该是多么不容易；而从天涯海角的一个小山村往北求学为官，个中的艰难恐怕也只有他随身相伴的铁观音能体会到。

我一直好奇这样一个闽南汉子，总想好好走近他的世界。终于机缘巧合，我与一些小说家前往他的故乡安溪湖头镇采风。这个地方古时叫阆湖，是一个挺文雅的地名，后来不知为何改成了湖头，大概叫起来通俗罢。当地产的米粉很出名，吃起来很劲道，无论是水煮还是爆炒，米粉都条分缕析从不纠缠，也自始至终坚韧而不糊涂。想必当年进京的李光地行囊里也有如此传统美食，他在思乡的时候，那稻米的清香与泥土的醇厚融合在一起，造就了他的为人处世哲学。走在清新的小山镇，山野葱绿，溪水清甜，处处皆可闻得到茶香，那三三两两田间地头的农人，在静候着灶台散出的米粉香气的呼唤，随时踱回家，享受那份古已有之的家的温暖。

李光地的老宅被完整地保留了下来，并无高楼，几乎是平房，占地不大。我们被一个声音洪亮的老人迎了进去，他口不离"老祖宗"三个字，将李光地的传奇一生声情并茂地讲出来。我竟入了迷，他对老祖宗李光地的崇拜已然化为日常言语。如果拍摄一部纪录片，这无疑是一个好选题，这个受李光地家规家训熏陶出来的老者，本身就是阆湖文化浸润的一个缩影。街边穿着朴素围观的农人，似乎是当年李光地榕树下著书立说的见证者；我们这一群衣着光鲜的舞文弄墨人，稍显正经，反而带着些许世俗，与榕村的古朴气息不相融合。生活本就是属于生于斯长于斯的当地人，他们眉宇间的淡然是外人无法仿效的。好在小小的村子有许多皇家墨宝，因为有了李光地，想必那些年外人也没少到阆湖村驻足敬仰，于是我便心安，堂而皇之地在这个可爱可敬的乡镇左顾右盼，像是走在自己的家乡。我的故乡朱口镇也有可口的米粉，是我的所爱。外公曾是压榨米粉场的管事，我自然少不了沾染了米浆味儿，因此内心与这湖头有着莫名的亲近。其实这种亲还在于我的一名安溪籍恩师对我影响很大。

但凡受教于汪文顶老师的，无不被他为人为学的魅力所折服。对于我而言，恰恰自己人生变化的轨迹都直接或间接地与他有关。我中文系毕业留校随颜纯钧先生学影视，本想独设影视教研室，后未果，于是随颜老师辗转于写作教研室、文艺理论教研室、外国文学教研室……汪老师任系主任后升格为文学院，我们直接就设传播学系招收广播电视新闻专业，几条枪拉起队伍，汪先生倍加扶持，倾注了大量心血。因发展需要，传播学系从文学院独立出来成立传播学院，文学院对此帮助颇多……在我看来汪先生平日里有"五四"风范，但更有运筹帷幄的大帅气度。尽管我不像他一样研究现代文学，但他一直关心着我个人的成长。他总说安溪也是小地方，他自己很努力地一步步坚持走过来，他以小城的真挚来触动我的心灵，令我终身受益。

我长于闽北小城泰宁的一个小山村，很能体会苍翠大山给予农家子弟的坚韧基因，但我骨子里有些不安分的顽劣的元素，总让恩师担心，我深深地感念这位生于安溪的老师。此刻我突然悟出些许李光地能驰骋于清代而为世人景仰的道理，一方水土养一方人，汪先生身上所秉承的传统儒风，不正是安溪虽偏于一隅却名扬四海的根本原因吗？现在想来，我所接触的安溪人，大都心地善良，温文尔雅。来自闽之北的我，与这闽之南结缘，恰如遇见一盅工夫茶，心香弥漫，清甜绕舌，余味袅袅……

名词铁观音

陆春祥

福建。安溪。西坪。我将一片宋朝的茶叶夹进了唐朝的书页里。

此时，嘴里含着一小口铁观音，馥香，醇香。手里翻着《教坊记》，这是唐朝音乐大师崔令钦的传世著作。盛唐的音乐，歌舞，戏曲，和这几天的安溪之行，正幻化成美丽的曲目。

满园春。

安溪 60 万亩茶园，正勃发出无限的生机。这里是铁观音的王国。王国的缩影，就在安溪茶都综合交易大市场，整个市场都浸在浓浓的茶香里。人声鼎沸，讨价还价，成千上万个摊位前，茶商们正将满园的春色带往全国各地。

醉花间。

清晨，华祥苑茶庄，我在贪婪地呼吸。微雨滴在脸上，轻轻抚摸。茶园的小道两旁，茅草伸展着青春的枝叶，叶尖上，圆润的露珠，正欢快地舞蹈。映山红，栀子花，花枝招展。茶垅一行行，绕着山脊，一圈又一圈，将数座山头都围上了绿腰。

天外闻。

在安溪的日子，只要见茶，我都想要闻一下。到交易市场，抓一把乌黑的条索闻；泡茶时，对着白色的盖碗闻；喝茶时，对着小瓷杯闻；在墨绿色的茶山，蹲下，附着茶蓬，掬着新叶闻。贴近鼻子，再贴近鼻子，兰花香，桂花香，椰子香，我只想让铁观音，那纯正的浓香清香，停留得久些再久些。天外人闻天外香，安溪老乡见了我们这些茶痴，往往笑着掩口。

其实，这一片茶叶，在宋朝就很有名了。

整个大宋王朝，全民吃茶已成风尚。连宋徽宗都写有茶叶的专著，《大观茶论》，看看，皇帝也不是不务正业，他是在倡导一种健康的生活方式呢。皇家吃茶是要讲究的，品质乃为第一要义，正因为有皇家这个标杆，茶叶的制作水平才会好中有优，优中更好。不想，北宋的天气一下子转冷，原本太湖地区的明前贡茶，发不了芽，于是往南延伸到了福建。

这是老天爷在帮福建的茶叶提高知名度呢。于是，宋人写福建一带贡茶的书就特别多，至少有二十多本，欧阳修就是著名的吃福建茶的茶客。

于是，我盯着这片宋朝的茶叶看，想看出一点名堂来。他身材魁梧，肥壮，不，应该是健壮，铁青色的脸庞，澄澈明朗，神采奕奕，力量十足。

这应该就是铁观音的祖宗了，他的遗传基因一直强壮而健康。时光迅速流逝到大清王朝。

一场斗茶好戏，正在我的《教坊记》中上演。

A 主角：读书人王士让。

乾隆年间，西坪的读书人王士让，为了应试，努力而认真苦读。有一天，这王生读书累了，就拿了把锄头到茶园里劳作放松，低头松土，抬头远望，脑子里仍然默默在回味故纸堆里的经典。突然，他的目光在远处聚焦：山腰岩下，一棵高大的茶树，叶片在阳光和微风下闪闪而动，哎，这说不定是一株好茶呢。读书人的好奇心，促使他来到这棵树前。茶乡人，爱茶的感觉似乎是天生的，王书生，费了好大的劲，将这棵茶树移植到他家的茶园里。

果然，这是一株生命力相当旺盛的好茶，野性不改，朝气蓬勃。来年，王家人就收获了一罐好茶。

王读书人终于去京城应试了。他将那罐舍不得喝的野茶，送给了宣传部副部长方苞，这方部长呢，知道皇帝喜欢喝茶，估计也想拍拍乾隆的马屁，就将这罐茶叶转送皇上，当然，送的时候，自然有一番他文人的美辞，一定说得天花乱坠，说得乾隆嘴里痒痒。乾隆果然懂茶，但见此茶，条索粗壮扭结，颜色乌黑润泽，犹如观音双手合掌，放在手心里一掂量，沉沉如铁，嘿，这茶，真野得可以啊，像观音，就叫铁观音吧，吉利！

B主角：老茶农魏荫。

雍正年间，西坪乡松林头，住着一位叫魏荫的茶农。这老魏，一生种茶，喝茶，又笃信观音菩萨。早晨起来第一件事，就是在观音菩萨像前点三根香，敬三杯清茶。

有天夜里，老魏做梦了。他来到一座观音庙旁，但见古树参天，溪涧流水潺潺，云雾缭绕中，有三条巨龙在游戏，忽然听得观音菩萨对他说：庙旁龙潭边的大石头缝中间，有一株野茶树，这是茶中极品，喝它可以延年益寿，念你虔诚待我，特赐给你，你只要将茶树的叶子采下，拿回去插进土里就会成活了。你要悉心培养，造福人间。

老魏种茶，本来就是一等高手，对于这神来之物，自然更加用心。他将茶树移植在几口旧的铁鼎里，万分用心培育。

一私塾老师到老魏家做客，喝到了天外之茶，其人其境，遂取名铁观音。到这里，一个名词，铁观音，就这样诞生了。

这两折戏，王说魏说，都是传说，尽管有这样那样的不合理情节，但人们都乐于传诵。

南方有嘉木，安溪铁观音。回到标题。

从词性看，依我猜测，铁观音应该是这样的发展过程：

先产生名词，犹如孩子的诞生一样，孩子生下来，有一个称呼的姓名。王说和魏说，都是名词诞生的基本土壤，自宋以后，历元明，五六百年间的累积，让安溪铁观音有了足够发酵的可能。王说和魏说，都是孩子的母亲。

后累积名词，这里的名词，就是有名气的词了。自清以后，三百多年来，特别是改革开放三十年来，安溪经历了巨变，安溪茶在竞争中胜出，被人欣赏，茶叶让安溪真正脱了贫，茶叶成了安溪的主产业。

于是，一片茶叶，一片叫铁观音的茶叶，闻名于中国，闻名于世界。叶片含着厚重的历史，文化是水，精神是汤，铁观音里传递着一种平和安详的理想。

　　吃茶，吃茶，请吃茶，安溪人实在太好客了。

　　合上唐朝的书籍，带着宋朝茶叶的回味，今天就让鼻腔好好休息吧。

嗯，安溪，安慰了我的铁观音，明年我要再来吃的！

安溪记

——铁观音似的群山

陈 武

1

　　商务车在崇山峻岭中穿行。山路弯多，弯里水多（当地人称为溪），宽宽窄窄、肥肥瘦瘦的河床里，分布着大大小小的硌石、滚石、鹅卵石，溪水就在乱石间蜿蜒而下，大多呈湍急状、跳跃状，涌起白浪，翻起水花，奔腾的水流声传至很远。还来不及细看溪水的来处，车子便从桥上横穿而过，那条山涧两侧逶迤的深黛色山峦便也一闪而退。脑子里的思绪还在迷茫中，商务车又一头钻进山体夹道间，山体和树木都是扑面而来。甩了几个急弯之后，车子于爬坡中钻出山体，又行至悬崖峭壁之上了。这又是另一种险峻，另一道风景：一侧是垂直的山，向上，望不到顶；另一侧的大涧如万丈深渊，往下看去，宛如绿色的海洋。那一座座大大小小的山峰，便沿着"海洋"绵延起伏、层峦叠嶂，而迷蒙的白雾，也适时地缠绕在山腰或山尖上，像水墨画一样神奇、浪漫，像仙境般让人迷恋、神往。关键是，无论商务车如何转弯，如何上坡下坡，如何时缓时急，从窗口看出去的风景都是山，近看是山，远看是山，山外还是山。

我想起美国作家海明威著名的短篇小说《白象似的群山》。这部小说描写的情境和蕴含的寓意当然是另外一回事了，和我们这次安溪之行的目的以及我要表达的思想大相径庭，我想到的只是群山，还有白象——那是雪山。我知道，安溪的山上，除了高大的树木、乔木和各种修竹、藤花外，还遍植无数的茶树。安溪是世界闻名的茶乡，也是铁观音的故乡和原乡。那么，我们这次安溪记行，可不可以借用一下海明威小说的标题，加一个副标题——《铁观音似的群山》呢？这个模仿看起来不太高明，读着似乎也不通，其意思是说，满山都是铁观音——我们这次采风第一次出行的目的地，是西坪的打石坑，这里有一株已经三百岁的铁观音原本母株，也即魏说铁观音的发源地，这是藏在安溪深山里的一株宝树，圣树，由它而衍生出来的一山一山的铁观音，不仅哺育了安溪人，给安溪人带来了无尽的财富，也滋润、安抚、慰藉了全世界一代代虔诚的茶客。

2

西坪的小蓝溪是西溪的上游，也可以说是晋江的源头。在西坪松岩松林头打石坑，我们一行十数人，来朝拜铁观音母树。

从一个崖头沿陡峭的踏步拾级而下，七拐八拐，看到山下一处溪水被拦水坝挡住，从坝上翻越的激流，形成瀑布，发出轰鸣声，像是为我们鸣奏的交响乐。本以为会从拦水坝下的石桥经过，再上到另一边的山头，没想到领着我们参观的魏月德先生抬手一指说，到了。我们转头看去，看到的是另一条较小的山涧，在一泓水塘的上方，涧壁悬崖上，有碎石围起的一株茶树，植株并没有我想象的那般大，但却枝繁叶茂，舒缓有致，朝气蓬勃，气象不凡。这就是茶母树了。我们惊叹着，纷纷拿出手机拍照。在一番喧哗之后，细观周围环境，发现这儿真是风水宝地。这是两条溪水的汇合之处，一条大溪于正前方，像是文学作品中的引子，这儿可作"引流"。而这条小溪从山坡上、林密处奔腾而来，才算是正文——小溪即将和大溪会合之处，有一挂瀑布直挂而下，流经几十米长的平缓河滩后，再次从悬崖上一跃而下，形成的天然小水塘，正好可以把溪水蓄成一汪。正是这一汪潭水，滋润着崖壁石缝里生长出来的茶母树。可以说，这株茶树，得山水之灵气，山风之精华，才从容生长并生发出一代一代的茶树来。在茶母树周围，立有几块石碑，一块碑上刻有"铁观音母树"，还有一块碑上的碑文为："安溪铁观音发源地，魏荫种茶处遗址。"在茶母树上方，同样用碎石垒起的围墙里，还是一棵茶树，魏先生介绍说，这棵茶树是茶母的"女儿"。"女儿"的植株却比茶母还要大，正所谓青出于蓝而胜于蓝也。在茶母树上方、溪水边的平台上，能看到崖壁上有一尊魏荫的浮雕造像，半卧状的魏荫，慈眉善目，长须飘飘，一手托腮，正闭目小睡。在他腿边，是一个采茶的竹篓——观音托梦、指引他寻找茶母树的故事即从此而来。在魏荫摩崖浮雕造像的边上，有一条很容易忽略的登山小径，攀上之后，看到一块巨岩上，有一条齐斩斩的白色直线，细看，原是嵌在岩石里的石英。魏先生说，这就是观音托梦给他先祖魏荫的线路。

伫立于巨岩之上，放眼周遭的山川绿野，听远处的瀑布轰鸣、近处的溪流潺潺，内心便轻松、恬静起来。再回看茶母树，品味观世音托梦魏荫的典故，平时积聚于记忆中的铁观音茶香像得到了回甘，禁不住生发感慨，一生中我去过很多地方，看过很多树，只有铁观音母树才真正和我们的生活融为一体，密切相关。

3

采风团成员中有人在茶母树旁的山坡上采到一朵栀子花，几经转手，最后是我有幸得到了这朵花。已经开成六瓣花朵的栀子花，淡黄中发出奶白色的光泽，并飘散着无与伦比的奇香。由于上午在几次茶聚中，都特意闻了茶香，还至少有三次闻了盖碗的盖，那铁观音的香味便悠久而绵长地留在嗅觉里。初闻栀子花香，感觉花香中窜有茶香味，心想，莫非因为栀子花开在茶树边，天天耳鬓厮磨，香味互相感染？再一回味，先前饮茶的茶香中似乎也有栀子花的香气。我便有点凌乱了，究竟是茶香中有栀子花香，还是栀子花有茶香味？为了得到证实，我把这朵栀子花带下了山——下一站是参观茶禅寺，并在寺旁的茶室里品茗，我要切身验证一下。

茶禅寺就在茶母树的山脚下，商务车几个急转弯就到了。茶禅寺是由安溪乌龙茶（铁观音）制作技艺国家级非遗传承人魏月德先生倡导发起、集资兴建的，他也是铁观音的先祖魏荫的后人。在魏先生带我们参观并听他讲解了禅茶寺的概况之后，我们在大殿的门前广场上稍作停留时，魏先生的一个学生给我们讲了铁观音茶的制作方法，重点说到了摇青。摇，即摇晃之意。在茶禅寺一处殿外的廊檐下，我们正巧看到一个很有年代感的圆柱体竹笼，长约两米，直径约有六十厘米，魏先生的学生告诉我们，这是旧时摇青的工具之一。后来的摇青，不用这种笼式了，都是用吊着的一个竹匾，把晒青后的鲜叶放在竹匾里，进行倒8字式的摇晃，鲜叶间互相碰撞，叶片和叶片之间会产生轻微的损坏，就会产生香味。正巧广场边缘植有一行茶树，魏先生的学生便采了几株嫩头，叠在一起，在手上捽打几下，让我们闻闻，果然香味奇特，而且更为奇特的是，其香味，居然和栀子花香有着异曲同工之妙。这是一种其妙的感觉，明知也许不是，或毫无根据，或只是我的主观臆想，但我确实有此感受。在茶室品茗时，我又特意闻了闻魏先生亲自冲泡并奉送的好茶，陈香中，再一次浮泛着似有若无的栀子花香。

这本是我的秘密，不想告诉别人，但还是忍不住在这里公布了。

上午的活动还未结束——先是商务车中看到的一路青山一路茶绿，接着是品茗，朝拜茶母，参观茶禅寺，听制茶程序中的小小片断——摇青，再到品尝铁观音茶，每个环节都很紧凑，就像文章中的承上启下，相互完美衔接。而栀子花香、鲜茶叶子捽打后的沁香和铁观音茶的清香、浓香和陈香，相互交错、交织、中和、感染，我已经彻底沉醉在香中了，虽然略感疲惫，但因有这股香的支撑，居然还精神十足。

4

官桥国营老茶厂的厂房是全石结构的。一幢幢厂房高大气派，巍峨壮观，据说始建于 1957 年，是当年茶厂老工人就地取材、自力更生兴建的。因主体建筑是石头，而内部梁柱和装饰又全是实木，加上如今做老陈茶的仓库用，便称作"石木仓库群"了。而实际上，这里又是铁观音的博物馆，不仅保留完整的厂房，当年制茶的设备也大都保存了下来。在其中的一幢大房子外，我们看到有一排紧挨着的三座无烟灶，讲解员说，这是厂里自主研发的第一代烘干机炉灶，整灶由鼓风机、燃烧室、沉降室、火星消除器、混合室、生火烟囱等部分组成，在燃料充分燃烧的情况下，产生无烟味的烟道器来进行茶叶的烘焙。当年这套设备在提高茶叶品质方面成效显著，被评为国家专利。我们参观时，看到其中的一个灶炉上，喷着这样的说明文字：其特征是炉内设有 5 个灰粒沉淀室和 2 个火星清除室，炉内风速为 10M/S 以上。本炉灶的优点是：可降低能耗 64%，消因除尘彻底，无环境污染，烘焙温度达 250 摄氏度。烘焙时，用 10 年以上的桂圆木材，目的是提高茶叶的香气，改善茶叶的滋味，提高茶叶的品质。看过无烟灶，紧接着是一组共 8 件的塑像，形象地展示了铁观音的制作流程，即晒青、摇青、摊青、做青、炒青、包揉、烘干等，最后一件塑像为品茶。这些塑像，人物造型逼真、形象，动态感很强，配合的物体也非常接近实物。

走马观花般地参观完室外景点，我们在讲解员的引导下来到室内，这里更是完整地保留了当年国营茶厂的许多生产设备，甚至相关的照片、文件、报告等材料都十分齐全，如商标注册证书、乌龙茶烘焙匀堆自动控制系统项目可行性研究报告、铁观音易拉罐茶水包销合同书、速溶乌龙茶技术开发引进项目计划书等，都陈列在玻璃展柜里，连一道道"厂长令"都完整地保留，从这些实物及文字材料中，仿佛我们又回到那久远的历史河流中，感受到当年制茶的一道道工序。

在参观陈茶仓库时，我们又被整个仓库里一口口巨型的封缸所震撼了。封缸上都贴有字条和安溪铁观音集团物资登记卡，记录了哪一年入缸的铁观音茶和其重量，各个年代的都有，为了醒目，有的缸上还贴上菱形的大红色"茶"字，再用毛笔标明年代。用陶瓷大缸保存茶叶有什么特点呢？讲解员也有详细说明：茶叶储存于密封的陶瓷大缸内，茶香不易扩散，茶叶内含有茶多酚、维生素、游离氨基酸等会自行发生反应，茶叶的芳香物质从几十种，转化到几百种，茶红素和氨基酸又合成新的香味，香气出现陈香并更为内敛。听着这些专业的术语，虽然并不完全懂，却也不能说不懂，体会的就是一个字，好，经长年储存的茶，是好茶。有多好呢？讲解员进一步告诉我们，这些陈茶，通过严格控制储藏时间和烘焙温度发生的关系，使茶多酚合理氧化、缩合，使茶汤中的收敛性和苦涩味降低，氨基酸发生降解转化，糖类、果胶、淀粉化合物中的多糖纤维素，降解成碳水化合物和可溶性糖类，使得茶汤变得甜稠，滋味醇厚，浓郁生津，柔顺润喉，回甘快速，香浓韵长。

这次参观，让我明白了一个道理，铁观音茶，是陈的香。

5

"八马"是安溪铁观音的著名品牌，也是全国名声很响的连锁店，据说全国"八马"的自营店和加盟店已经超过了三千家。就在我写这篇短文的前一天，苏州吴江作家周浩峰在朋友圈发了一条消息并配上照片，从照片上看，是几个文友在品茗闲谈，投影屏幕上有"冰雪秋笛"四字，落款署"八马茶话会"。我猜测，这个雅集茶会是"八马"连锁店赞助的。可见"八马"已经深入到各行各业的各个角落了。我们到八马茶叶有限公司采风、参观、品茗的时候是在和风徐徐的下午，到敞亮、舒适的接待室刚一坐定，就有美丽的茶艺师给我们泡茶了。茶喝了几杯之后，意犹未尽间，茶艺师便热情邀请我们到茶园观光，并告诉我们，看了肯定不后悔。

随茶艺师（也是讲解员）走进园子，顿感清气爽人，满园都是各种名贵的树木，有的正花开枝头，而鸟鸣声更像是对我们致欢迎词。茶艺师用自豪的口气说，没有哪一个老板舍得拿出几十亩地来种树种花，只是因为我们八马茶业董事长有着爱茶爱树的情怀，所以才不计成本在生产企业里搞这么个园子。说话间，我们已经穿过重重树木，从一个亭子边走过，来到"百茶园"——这便是八马的特色之一，吸纳百家茶树、茶艺之精华，为自己品牌的提升和发扬创造一切可能的条件。走在百茶园的小径上，我看到那么多名扬四海的茶树一垄垄排列着，和林间欢迎的鸟鸣形成统一的阵势。我第一眼就看到了铁观音，圆石上雕着这样的说明："原产安溪西坪尧阳国家级良种，红心歪尾，有独特'观音韵'，适合乌龙茶。"需要说明的是，在茶叶界，都是茶树名和茶名"混为一谈"的，比如铁观音，有时是指一棵树，有时又是特指茶，甚至特指一杯茶，本文也时常这样混叫，不算违例，只需阅读时细心分辨而已。福建地产的茶还有"本山""毛蟹""八仙""梅占""悦茗香""九龙袍""软枝乌龙"等。外埠的茶树更多，"平阳特早"是来自浙江的茶树名种，"尖波黄"来自湖南，"金凤"来自四川，"雀舌"来自武夷山，还有"白鸡冠""太平猴魁""老君眉""碧螺春""西湖龙井"等等来自全国多个产茶区。我看到浙江台州的作家金岳清在"羊岩勾青"的茶树前双手抱拳地拜了拜，我便知道他对他家乡的名茶是多么的崇敬，同时也是对八马这样一个胸怀宽阔的老板的崇敬。

在八马博物馆里，我看到了八马礼茶的二十四定律：产地、土壤、阳光、温度、湿度、采青、晒青、晾青、做青、揉捻、初烘、初包揉、复烘、复包揉、烘干、筛分、风选、捡剔、拼配、烘焙、摊晾、检验、包装。这二十四定律，实际上就是八马茶的整个流程。我之所以不厌其烦地介绍这个定律，无非是一再地说明，安溪为什么出好茶的原因——所有安溪的茶人都有这一套规范的定律。更难能可贵的是，八马茶业还自行研究了茶叶自动化生产线，该生产线包括初制系统、精制系统、小包装系统、自动化控制系统、物流输送系统和除尘系统等六大系统。我们以前只知道喝茶、品茶，也大略知道茶的来处，通过在安溪的走访，特别是对国营老茶厂和八马茶的了解，才算是初有印象了。

最后让我们震撼的是，参观"信记号"年份茶的储藏室。这是一间巨大的储藏室，在一排排橱架上，整齐地摆放着一罐罐信记号年份茶，栗色的茶罐，和同样色系的橱架，在灯光的特效下，显得富贵而堂皇。我和小说家潘灵禁不住诱惑，隔着玻璃墙，在一条金色的走廊前留了影。

6

"国心绿谷生态茶庄园"在黄岭村的山巅之上。我们晚上就宿在茶庄园里。

庄园，这个浪漫而浸润着诸多个人情怀和心灵寄托的地方，似乎只有在外国小说或电影中才可见到，那是大户人家的处所，能想象到城堡似的大屋，肥沃的田地、农场、牧场，茂密的森林，纵横的河流。朱自清当年在英国游学的时候，就曾到伦敦郊外的庄园里参观游览过，日记里有关于那里美丽风光的描述。而中国的庄园，旧时真的是村庄，如陶渊明当年的园田居，那是典型的中国旧式庄园，他在自家的农田里自耕自足，读书作诗，喝酒会友，好不自在。在当代社会，能宿在生态茶庄园里，不能不让人期待一番，特别是一个茶字，更彰显了安溪人的本色。

果然，茶庄园的气象就是不一样，晚间，躺在庄园宾馆的房间里，室内灯光从后窗照射出去，能看到高大的毛竹和毛竹下的茶园。可能是室外路灯和房间里的灯色不同吧，被照耀的山体呈现深浅不一的光影，平添一种斑斓、神秘，还有几分仙境般莫测的效果，不知那星星闪烁的夜空下、竹林深处或茶园垄间会藏着什么。推窗一望，顿时又是另一番气象——吹来的山风里，带着淡淡的清甜的嫩香，好几种夜虫在鸣叫，如琴如笛，争先恐后，此起彼伏。人的心在这样的光影、山风和虫鸣中，突然静了下来，一种美好的情愫悄悄浸润心间。虽然一天的奔波，致身心俱疲、瞌睡来袭，却也不忍睡去，怕睡眠之中错过这如此妙境、神秘的初夏之夜。

第二天一早，照例还是四点多醒来，烧水泡茶、漫漫品饮，几杯之后，身心清爽，立即出门、下楼，沿着主楼门口的山路徒步上山。山路曲折，坡度时缓时急，身边的绿植伸手可触，总会忍不住轻抚一下，感受一下。一条小溪，突然从身侧的山体密林中钻出，奔越而下后，流进路边的水槽里，向山下流去。在某个弯处，有一个小小平台，平台下的一垄垄铁观音，经一夜山岚润洗，越发的水灵、青绿。极目眺望，空气清澈，远山叠嶂，太阳升起的东方，天空中透着潮红，含黛的远山便也水洗一样沐浴在这抹潮红中。那些偶然从山林中露出的红色房顶，也如点缀于林间的花朵，或风景画中的廊亭，装饰着群山。我知道，朝阳即将升起，我们又迎来新的一天，用完早餐之后，这次采风也就结束了，踏入归途的我们会奔向各自的岗位，我也将回到我惯常的生活状态中。但这短短三四天的安溪之行，这满山的铁观音，会是我人生中不会抹去的美好记忆。

这篇小文就要结束了，该收个尾了，或再简单解释一下这篇小文的副标题吗？把这六个小节的印象比作"群山"似乎有点夸张，或许干脆一点，叫《安溪的群山》更好。要不要再感叹、礼赞一下几天来的安溪之行呢？想了想，就这样吧。

再见，安溪！

神韵 和韵 雅韵 乡韵
——访安溪有感

陈世旭

一

我之把"茶"当作开门七件事，是从十几年前在闽南的旅行开始的。那次旅行的一个直接结果，是工夫茶成了我的嗜好之一。

闽南人的日常生活，看上去安静而从容。最能显出这种安静和从容的，莫过于工夫茶。街头巷尾，拐弯抹角，高屋深院，风景名胜，凡有人处必有工夫茶。人们不管怎样有事无事，只要坐下来，哪怕只有片刻，便少不了工夫茶。少则二三，多则五六，男女不论，少长皆宜，团团围坐，轻言微语，细品慢啜。工夫茶是程式化的，有许多讲究，一招一式都不容省略，每个程序都必须到位，一丝不苟。主持者一脸庄重，不厌其烦，受茶者恭敬如仪，一团和气。即便谈论商业交易，也不能离茶。闽南岂无忙人，不同的可能只是比别处人更能忙里偷闲罢了。

我理解的"工夫"，就是俗称的"闲工夫"，就是闲，闲适，气定神闲。喝工夫茶乃是生活的一种姿态，一种修养，一种境界，由此派生出一种恬静自足的人文风习，一种深蕴内在的"道"的精神，亦即"闲"的哲学。

"闲"作为一种人生哲学，其实是生活的艺术。懂得了这哲学，便会懂得节制，懂得松弛，懂得收敛，懂得舍弃，懂得有所不为，懂得适可而止，懂得得其所哉；懂得谦恭，懂得宽容，懂得优雅，懂得豁达洒脱，懂得冲和淡远，懂得把人生当作一个审美的过程，懂得抱了诗意的情怀，饱满丰盈的精神，去领悟生命中更为实在的深刻内容。

六十多年前，对于人类为自己的疯狂粗鄙行为所做的种种辩解，闽南人林语堂嘲讽说："今天我们所有的哲学是一种远离人生的哲学，它差不多已经自认没有教导我们人生意义和生活的智慧的意旨，这种哲学实在早已丧失了我们所认为是哲学的精英的对人生的切己的感觉和对生活的知悉。"

在物欲横流的时尚中，这意见似乎更显出警醒的意义。而"工夫茶"，其实也包括所有的"茶"的"茶道"，即"闲"的哲学，便是对那"远离人生的哲学"的最平和雍容的否定。

二

我由此开始留意与茶有关的事情。特别注意到茶成为举国之饮，文人在其中的推波助澜。

元稹有一首一至七字《茶》诗："茶，香叶、嫩芽；慕诗客，爱僧家；碾雕白玉，罗织红纱；铫煎黄蕊色，碗转麹尘花；夜后邀陪明月，晨前命对朝霞；洗尽古今人不倦，将知醉后岂堪夸。"对茶的特点、加工、烹煮、饮用、功效作了全面概括。李白、刘禹锡、白居易、孟浩然这类旷世酒徒，也无不嗜茶，无不遗有诸多茶诗。这些茶诗，直接和间接地几乎涉及茶叶作为产业和文化的所有方面：

"倚溪侵岭多高树"（杜牧），"尧市人稀紫笋多"（释皎然），"春桥悬酒幔，夜栅集茶樯"（许浑），"三军江口拥双旌……水门向晚茶商闹"（王建），"……商人重利轻别离，前月浮梁买茶去……"（白居易），讲的是茶叶的收购、运输、贸易，使荒野变成繁荣的集市、军营变成茶樯林立、茶商喧闹的商埠，使商人抛下哀怨的令大诗人泪湿青衫的妇人。

"牡丹花笑金钿动，传奏湖州紫笋来。"（张文规），"动生千金费"，"所献愈艰勤"（袁高），讲的是宫廷贡焙。

"圆似月魂堕，轻如云魄起"（皮日休），讲的是从一般饮具炊器中独立形成起来的茶具，不再是早期"或吟诗一章，或饮茶一碗"那样的平常饭碗或汤碗。

"茗爱传花饮，诗看卷素裁；风流高此会，晚景屡装回"（释皎然），讲的是由客坐敬茶而兴起的茶集、茶宴、茶会以及有明确目的和主题的社交活动。鲍君徽、王昌龄、钱起、李嘉祐都详细描写过这种饮茶礼仪。

"或饮一瓯茶，或吟两句诗……此日不自适，何时是适时"（白居易），"空堂坐相忆，酌茗聊代醉"（孟浩然），"水淡发茶香……钟声振夕阳"（刘得仁），"罢定馨敲松罅月，解眠茶煮石根泉"（杜荀鹤）……《全唐诗》凡提及茶事的诗词中，僧道写作或诗人们在寺院和僧道一起饮茶的诗词，竟占到总数的十之近二。很显然的，唐代上至帝王将相，下至乡闾庶民，茶叶已成为"比屋之饮"。

丰富多彩的茶诗"通道复通玄，名留四海传"（吕岩），极大地开拓和提高了茶的精神意义，使饮茶从单纯的物质享受升华为高尚的精神享受，成为艺术和哲学。

茶与酒同为国饮，酒易乱性，茶为养性；饮酒尽可豪放，人皆呼作英雄，饮茶则宜雅致，否则难免"牛饮"之讥；醉酒固然造就了大诗人，也惹出了许多麻烦。虽然也有"醉茶"之说，却没有听说过醉了茶在茶楼题反诗的。"脑如冰雪心如火，舌不饫钉眼不花。协力免教天下醉，三闾无用独醒嗟"（郭沫若）。某种意义上也可以说，茶的"参百品而不混，越众饮而独高"正对了文人们孤芳自赏的胃口。茶之为道，在"和、清、敬、寂"四字。此其所以西人认为茶"是东方赐予西方的最好礼物"，"是人类的救主之一"，"是伟大的慰藉品"。而唐人诗文推崇的"和、清、敬、寂"则成为后来的日本茶道的要义。

听茶歌、观茶道，品新茶、谈茶经，以茶会友，以书会友，以诗会友，经由对茶的品位的追求，促进对自身品位的追求，早已成为一种时尚。

因为认识到这一点，时下许多茶叶产地大办"茶文化节"，广邀听茶歌、观茶道，品新茶、谈茶经，以茶会友，以书会友，以诗会友。倘旨在经由对茶的文化品位的追求，促进对茶的自身品位的追求，自然是有远见、有胸怀之举。躬逢其盛，我也不揣浅陋地在一次"茶文化"盛会留下这样一副手书联句：

> 竹露松风蕉雨，茶烟琴韵书声

希望在一个喧嚣躁动的世界，至少在与茶有关的事情上，能多少保持一点文雅和安静。

三

因为那次闽南旅行受到的感染，我渐渐养成饮茶的习惯。不过以我的嗅觉和味觉的粗鄙，任何珍馐美味到我这里纯粹是暴殄天物。我的饮茶，与品位无涉，主要是实用。

随着茶业的空前繁荣，各地各类茶叶名牌浩如烟海，仅凭包装的精美、声势的煊赫以及关于品质和功效的神奇的文字说明，你会选不胜选因而也就事实上无从可选。除了专家和具备了专业水准的茶客，对我这样的门外汉，唯一的标准最后就只剩了价格。据说在富裕阶层，茶叶的豪赌竟成风尚。某种茶叶新宠，价格已炒到令人瞠目结舌的程度。但以当下的社会诚信状况，纵是珍珠也早被鱼目混淆。除了那些以炫富为乐事、也有能力视钱财作粪土的上等人或上等人的寄生者，庸常之辈有多少面对举凡商品的价格而不会疑虑重重的呢？

仅因此我便无从进入饮名茶者流。除了精于此道的朋友的馈赠，我日常饮用的是我插队的乡间农民自种的家茶：面积很小，产量不高，纯为自用，只略有盈余；不施化肥，不喷农药，不必麻烦"国际论证"；一无名分，二无定价，但确保不致吃亏上当。一次在外省某茶叶基地采风，偶尔同当地一位企业家谈起这点心得——他也是这次邀请科技界、文化界名人来为当地茶业"打造品牌"活动的主办者之一，我说完便自觉冒失，怕引起他的不悦，没想到他静静看我一会儿，起身从檀木包装的茶叶样品柜里取出两袋只有内芯、上面连一个字也没有的茶叶送我。

这是当地农家有数百年传统的"熏茶"，原材料可说是百分百的时下叫得震天响的"绿色"，可惜因为没有来头，"炒"不起来，除了保证自己和至亲好友的需要，停止了批量生产。企业家言语之间不无怅然，他视我为茶道知己，令我感动，也更坚定了我饮茶的务实主义。

那年我与当地一帮青年文友在人烟稀少的幕阜山中徒步旅行数天，涉深涧，越索桥，皆惊心动魄。那个中午正当饥渴难耐，忽听云烟之上有人歌唱，细听是唤远来的我们歇脚。我们奋力攀上高坡，见一小村，村民视我辈如天外来客，欢欣鼓舞，称此间几十年连乡干部也不曾来过。我们由此喝到自认是此生最好的茶：粗瓷大碗，盛爆炒芝麻黄豆、盐渍姜末菊花；大叶野茶，无名无姓无包装；清澈山泉，松木烧沸，滚水冲泡，色若琥珀，香若初蕾，醇厚如读古书，通透直穿心脾。佐以农家小点，一干人不禁大呼：天下至茗，莫过于此！

野茶不入市井，遑论庙堂：自生自长，得天地精华，无污染之虞；或荣或谢，怡然自在，无邀宠之虑；山民采之，自制自饮，无赢利之欲。在这个意义上，此茶可谓神物。养在深闺人未识，也许是一种遗憾，但正因此，混浊的时世保有了一份本真，让有幸见识的人激赏恨晚，从此怀念终生。

这次饮茶经历，让我有两点觉悟：一，世上最有名的固然不乏最好的，然最好的却未必是最有名的；二，世上最珍贵的常常是无价的，凡有价的其价值都是有限的。

曾向一位著名作家请教喝茶，他颇认同我的感觉：对某些茶商开发品牌时非要扯上皇帝和贵族很不以为然，至少在饮食上，皇帝和贵族的喜好未必就必须是草民百姓的喜好，还是自己的口鼻胃肠更信得过。这样说并非排斥皇帝和贵族喜好的茶，而是坚持以为各人自可有各人的选择。

饮茶如此，推及世上其他人事，又何尝不是如此。这可以算是我的茶道吧。

不久前，有机会访问中国名茶铁观音产地福建安溪。让我对茶有了更多一些认识。进入茶农的田园、作坊，亲闻茶的种植、采摘、制作，其艰苦辛劳自不待言，仅铁观音的品鉴、冲泡、饮用就是一门极高深的学问，这辈子我恐怕难有这样的修养了。中国是产茶、饮茶的绝对大国，享誉世界的名茶甚多。我的朋友中，精于茶道者亦甚众，我因为愚钝，无从进入品茶高士者流，又因为收入水平远不可企及非高价茶不饮者的项背，也没法讲究价格。凡茶，只要是品质纯正，感觉醇厚甘爽，清香也好，浓香也好，对我来说就是佳品，就能充分体会茶叶"清水高峰，出云吐雾……饱山岚之气，沐日月之精，得烟霞之霭"（《清水岩志》）的妙处，得到"饮之不觉两腋风生"的享受了。

铁观音茶有观音韵一说。究其故，盖出于铁观音茶树发源的传说。观音托梦，茶得其韵，为名茶平添了神秘的气息。韵者，和谐之音也，风度也，气质也，情趣也。倘将观音韵谓之曰神韵，则茶之和众，可谓之曰和韵；茶之诗缘，可谓之曰雅韵；茶之实惠，可谓之曰乡韵。

得此四韵，茶之为国饮，其名自当不虚矣。

茶话三题

陈志泽

一

西去旅游列车上，一对老夫妻又从窗口小桌下的行李袋里摸摸索索掏出小茶具，泡起铁观音来了。一路上，不知多少次了。他们招呼我一起喝，我说我不渴，谢谢。这当然是很"土"的回答。喝不喝茶与渴不渴哪有直接关系？想喝茶更纯粹就是因为想。我的目光没有放过窗外一闪而过的风景，但还是注意到这一对老夫妻三杯两盏过后，就不见了旅途的疲惫，悠闲地聊起家常来了，话音也明亮起来。他们之所以在嘈杂拥挤的车厢里一次次很费事地泡茶，这就是茶瘾的势不可挡了。而过了茶瘾的心花怒放、神采焕发，也是显而易见的。其实我也是有茶瘾的，只是不好意思喝他们带着准备一路喝去的价格昂贵的好茶，很虚假地推辞。

一种爱好日积月累就成了瘾。佳茗的诱惑因了一次次的反复与叠加而形成的牢固的习

惯——喝茶喝习惯了，再也离不了啦，就生成茶瘾。

茶瘾大多在宁静的时刻悄然而来。茶瘾来时绝不急躁、绝不狂乱，而是像冬夜里淡黄色的灯火柔柔地照耀，又像是妻子温顺地款款走来，以微

笑提醒：喝茶吧……也许此时你正忙着，你正好有别的什么瘾在诱惑着，还顾不上茶，茶瘾就会谦逊地退让到一边去，耐心等待。这就是茶的文雅、谦逊。需要熬的时候，茶瘾一时半会儿还是熬得住的，但茶瘾又不轻易消散，她会潮汐般时不时泛波而来轻轻询问：可以了吗，现在？

独处的时候茶瘾常常会极其姣好地来，这时我会突然醒悟，对呀，怎么忘了她呀！便下意识地不紧不慢地动作起来——为了美美地享受这个过程——清洗茶具，达到一尘不染的程度；烧水，听水——听一种预告美好品味就要开始的圣洁的天籁，开启接受的心扉……结果就不必赘言了——这以后一定是要写点文字的，一定是写诗或散文，一定是写得不错的，这时不可写小说，不可写杂文或评论，因为不够纯真，不够优美……

也有茶瘾为践约而来的时候。酒足饭饱之后就是这样的时候。这时一定会想起茶，别无替代。这时的茶瘾是无声的指令。茶来了，迫不及待地，用上等好水冲泡的上等好茶下肚，给胃肠预期的整合与升华，那个滋味难以形容！化油腻为清澈，化混杂为有序，去邪，澄明，让人沉静，让人通体舒泰、神清气爽……

茶瘾是来无影，去无踪的，有点神秘，有点不可思议，可又是实实在在的，深邃的。在某种特定的情景下，坠落茶瘾的深渊还真难以拯救，但话又说回来，拯救也容易——来点茶就行，最好是铁观音，一小撮也就够了。

有一次到外地，某个间歇，突然，就有像母亲的手摩挲着脊背，像思念恋人的涟漪一阵阵荡漾……这是什么？这就是茶瘾君临了。这才记起，已经两天没有茶的陪伴了。"一日不见如隔三秋"，何况两日？距离产生的思念，距离产生的美，如此强烈！昔日在本地，在家中，茶瘾是淡雅的、含蓄的，在远离家乡的异地，久违佳茗的时刻，竟如此波涛汹涌起来。可此时到哪里寻找铁观音呀，急匆匆到附近的超市寻觅，没有。再找，沿着街市找去，到底走了多远，全然不顾，终于找到了。虽不是上等，总算有了，一下子拥抱阔别的情人，魂兮归来。

茶就是这样的风物，叫你迷恋故土、守望家乡，叫你热爱土地、思念亲人。茶瘾是一种心悦诚服的约定，一种道路一样通向美好的、很难改移的行径，一种高雅的召唤，召唤我们去享受生活、创造生活，去迎接健康与快乐……

"瘾"字带"病"字旁？瘾是不是一种病？依我看，茶瘾是一种极其美好的癖好，一定要说是"病"，那真正是一种"富贵病"，得了这种"病"，你就摆脱不了富贵的干系，离不了美好生活，你有福了。

二

茶是美的浓缩、日精月华的凝聚，是茶农辛勤劳动的结晶。对于茶，我有一种天生的怜惜之情。泡茶时注意控制用量，掉一片茶叶都要小心翼翼地拣起。这样，家中的茶，特别是舍不得喝的好茶，就常有剩余，成为旧茶。

我常喝旧茶。像我这样喝旧茶的饮茶人现在不多了。随着人们生活水平的不断提高，喝茶也越来越讲究。存放一年以上的旧茶颜色枯黄，香气低沉，就讨人嫌。有的商家为了销售积存的旧茶，能熏上香味出售，但这就有行骗的嫌疑，内行人也就见义勇为传授识别旧茶的经验，像教人识别伪劣产品、抓坏人。其实民间一直以来有喝旧茶清凉解毒的说法，如果当真，旧茶还是好东西呢。

不是有不少人常因睡眠不足火气大吗？不妨尝试尝试。我是试过的，找出旧茶来，泡上一杯徐徐饮下，不多久仿佛就清爽了许多，再冲泡，乘胜追击正在溃逃的热气火烟，就拥有一片澄明洁净的世界了。

某日，友人送我两盒铁观音茶，着重介绍其中一盒："这是最近推出的'陈年'铁观音。旧茶现在可贵气了，平时可饮，还可作药用。"我心里一咯噔觉得新奇："这不正应了民间对旧茶的说法？"打开一看，说明书写得明白，降火、解毒、止泻、安神、祛痰、健齿，这么多功效，神了！精致的瓷罐古色古香，陈年老茶就安稳睡在里头，据说在这之前是睡在独特的石木结构的窖窖，酷暑不热、严寒不冷，恒温中做着甜美的梦。

友人是地道的茶乡安溪人，早已成为茶专家，有他权威的推介，还有什么疑惑的？我迫不及待将这"陈年"铁观音冲泡出一杯。茶色那样地深沉的橙黄而又透明，似乎，那过去的悠长时光溶解其间，闪耀出平和而明媚的色泽。尝一口，沉香凝韵、绵甜甘醇。我不禁为这家茶叶公司的自信和勇气而惊奇。理直气壮推出"陈年"铁观音品牌，开宗明义宣称是五年、十年等不同品种，不像有的茶商，旧茶也要说是新茶，标榜如何如何的香，显然为了迎合饮茶人喜新厌旧的心理。

旧茶的意外效果令我思索。我忽然记起，曾经在贵州茅台酒厂品尝过三十年的茅台酒，同旧茶一样，陈年的茅台也是韵味独特的。在崇武海边看洪世清的岩雕，经过天风海潮多少年耐心拭擦打磨，现在才那么活灵活现起来，让人美不胜收。许多旧的物品，让时光把来不及修补的修补了，来不及生长的生长了；让时光在它的体内把自己吸取的天地精气不断累积、沉淀下来，才显得那么厚重、隽永，那么风情醉人。

旧茶，是茶中不应或缺的佳品。

三

花与茶都是人类的好朋友。花与茶都离不开土壤，离不开阳光雨露，都是心血与汗水培育的美好、圣洁之物，但花与茶毕竟不一样。花，赏心悦目，以她的造型、色彩、芳香，在短短的时间，把最美的笑脸展示出来。昙花一现，灿烂辉煌，可惜很快消逝。花开了，要好好欣赏，花农得快出手，莫等最佳时刻过了空叹息。朋友小曾是种花玩的"业余花农"，一次路上看到我，急忙把自行车停住。"百合花开得好旺，剪了些，碰到哪个朋友就送"。她从车篮里取出一束花送给我，随即驱车而去。一束束花一路送去，洁白和芬芳一路飘逸。接过她的花我想起那一回，我跟着她气喘吁吁爬上七楼顶层，看她把原来的水泥"地板"改造成的花圃。姹紫嫣红的一片，令我在惊叹"楼顶花园"之美的同时，更惊叹一个女人家为此付出的辛劳。

在我的眼里，因为花的熏陶吧，种花的小曾有花的气质，许多种花人性格爽朗、奔放。而我认识的几位茶农和茶专家则有茶的风姿。在乌龙茶之乡安溪，我认识的茶农，其实都不太熟悉。在山中偶尔认识，交谈不多，一边忙碌，一边片言只语与你交流。重峰叠翠的山岭中，茶园清一色的碧绿，绿出气势。茶树排列得井然有序，简直有些肃穆、有些单调。茶农就在这广袤的茶山上劳作，山的沟回、茶的一垄垄、一畦畦化为他额上的抬头纹。茶专家老李原是文化馆的干部，算是熟悉，但内向、谦虚，我向他了解制茶的工艺，学习一点茶文化，都是问来的。质朴、深沉的茶朋友也成了茶，成了默默生长的给人类带来实惠的茶。

茶谈不上模样的俊俏、绚丽，铁观音制作好了还蜷缩成团，结实得成为粒状，还有点黑。这也是其"重如铁"的缘故。花没有百日红，情愿以美的极致在短短的时间绽放生命的绚丽，无怨无悔。茶只要保管得好，历久弥新，功效不减。茶陪伴饮茶人于旦夕晨昏，从她心灵的根底滋润你，给你健康和精神。陈年的旧茶还能生长出新茶来不及生长的美好元素。花娇弱。但阳台上小小花盆里也可生长。茶非得在高山上大面积栽种，寒冷和风雨不但不怕还喜欢。花得小心翼翼地养护，茶要发酵或半发酵，还要经受火的烧制。花的芳香与美丽完美结合，茶没有吸引人的外貌只有淡淡的清香。花的香，纯。茶的香糅合着或苦或酸或很难说清的特别的味，沁人心脾，并悄悄转化为隽永、甘醇的不可言传只能神会的"喉韵"。花的美是全然袒露的，茶却隐藏它的深厚。花热烈、外向，茶是慢性子，渐渐地释放它的韵味、风神……

我由此想到人，好人也有不同。熟悉的好人中，我能说出，谁是花，谁是茶，谁是茶中有花，谁是花中有茶。好人都是值得赞美的。花与茶都是美好尤物，每天，我都到阳台看看花，都泡泡茶。花与茶我都亲近。

茶与铁

陈应松

这里是安溪，茶香鼎沸。在众多寻茶朝圣者的队伍中，往一个叫打石坑的地方走去。上山顶。又往下。松林头，果然松林荫翳，巉岩累叠。探入深涧，听到那从石缝中爆出的流水声响，有一种早已与天地共谋的幻觉，杖藜山中，想在石上煮茶，默坐听泉，一尺琴声，半寸箫鸣，剑意无痕，泠泠清欢。沿途的野草和杂树，和高山芦荻，仿佛不要水的滋养，白花花地摇曳着。滑了一跤，差点坠跌崖下。在混合着冬日寒气与风云的山头，山冈的样子是那么沉着和坚硬，仿佛贡献了一切，被剥夺精光，有着被宰割后的嶙峋与对峙。茶树留下老叶，怪异地坚守着它们的位置，枪戟褴褛，在堑壕中挺立。没有雨雾，鸟声噤绝。长空中的晚霞升起来，在远处横溢成血色河流。干渴，包括我们的心臆。扯下一片叶子咀嚼，这坚厚的叶片说不出的苦涩又说不出的清香。它就是铁观音。白色的茶花在小心翼翼地盛开，几近透明，香气被冬天逼得很低。

接着，我们看到了传说中的铁观音母树。三百年，那么小，像一篷刺棵，散乱长着，甚至枝干只有拇指那么粗。它的传说赋予了神迹，发现者成了铁观音的始祖，继承人成了铁观音的嫡传。

再接着，在传人魏家喝手工茶，太珍贵，十八万元一斤，叫"魏十八"。人们呷着品着搜索枯肠寻找准确的词形容荡入肺腑的感觉，形容它的香，到了什么境地，贴近地面还是飞上云空？是一种什么样从未遭遇到的旷世奇香？人们冲着这诡谲的香气，像欣赏一个巫师的魔法，追逐者趋之若鹜。那么怜弱的山野粗叶，任人揉搓和烘焙成皱巴巴的样子，是树叶的死亡之香勾引了人们的味觉，想它的悲壮，在水煎火攻中完成被人赋予的高贵名分。这盅水，热噜噜的，浓酽酽的，除了解渴，还有什么点化人们精神和灵魂的功能？这里的每一处，优雅人的人们都在烫煮你，研究和想象着忽忽闪闪的佛禅，企图靠近你的匠心。哦，微汗，平心，涤浊，有风从肋间滑过，就是这样。有谁在帮我们整理心事，顺着那条气息铺就的天路，抵达梦中的忘乡。

到处蒸腾着茶的醇香，人们怀着斗茶的渴望，铁一样的血性，在茶中逞雄，偏安，沉醉。这茶树，在安溪硬戳戳地长在裸岩上，粗粝，矮壮，剑芒一样。那么矮，简直矮到令人可笑的地步，没有一片可以伸展的叶片，坚硬的枝条一簇簇聚集在岩畔。栽采者的拗犟不可思议。安溪的山上，崇岭千叠，布置着这些侏儒样的灌丛野士，一溜溜。

人们渴望喝上三十年的老茶。为了这一盅，可以与它一起老去。"老铁"是铁了心的叶片，不然不能叫铁观音，它的劲道潜伏得很深很深。它是岩缝长出的生命之铁，有铁的基因。这种神秘的草莽之气，是经过时间的炙烤和蓄谋已久的酝酿，躲藏，背过身去，了结的一段人与山、人与云雾的恩怨。桀骜不驯的暗流，被发现者和欣赏者化解。在壶中的铿锵之声，是历史久远的回音，像暗红色的火焰，消融在水中。由铁至水，山长水阔。

摇。炒。捏。焙。香。韵。形。味。硬。沉。老。钝。摇撼。

摇撼，就是摇，摇青之后的摇撼。这很特别。它幻化的水汽摇撼着我们的往事和埋藏在心中暖意的念头，很强悍，有一双无形的手在推醒我们。那些明亮如汤色的光晕，烘烘的，轰轰的，像铁甲驰近的声音和席卷而来的春潮，在心头沉沉萌动——又一畦茶芽从心上悄悄生起来了，将在生命的任何时候舒展，挑着旗，随水而起。无论贫富。无论贵贱。无论荣辱。无论成败。无论悲欣。这就是传说中观音指路得到的天上佳茗。

在安溪，我像被诱入神秘植物丛林中的一只甲虫，在蓊郁的季节不停啜饮那来自神话中的煮沸的汤液，像是补充前世稀缺的能量。我不由自主地饥渴如旱地，浸泡在它的清香和浓香中。清香，浓香；浓香，清香，不停转换。在这种汤液中泅渡的人，是为了到达彼岸，还是为了溺沉其间？是因为喜爱嗜好，还是因为随缘从众？是因为附庸风雅，还是因为蹈古性高？是因为坐月清风，还是因为冰河铁马？

我在汹涌的茶汤里饕餮。小盅，但贪婪。壶，瓷器的光芒和身边那些优雅的人群。茶的艺术的暗示。那些摆放文静的器皿的木格，用铁的力量削斫和阻挡了山中草木野莽的侵犯，蓬勃葳蕤的绿熠喝止成虚幻缥缈的气息，壮丽的烟霞只为了沁成那一滴古老的润喉春水。

十年养肝，二十年养心，三十年养寿。十八道工序。这个过程是驯服一片叶子的过程。制茶人铁心已定，他深谙植物的软处，他有耐心，要将它残存的生命提拎到云端，神化到与天地齐平的高度。这黑暗的蹂躏，是十八次，是十八劫。是一片树叶被铁敲打，也是一片树叶被铁锻造、由物变神的过程。三十年的冥想，等待，转侧，三十年的囚禁，雪藏，现身。这就是铁观音的命运。

一物一人识安溪

陈奕达

　　每个地方，都有独特的标识；每个标识，都有独特的意义。我最初知道安溪，就是因为安溪有着闻名天下的乌龙茶铁观音。20多年前，冲着安溪是铁观音的发源地，中国乌龙茶之乡，我来到了安溪。那时到安溪，我们只是去看茶山，参观茶乡，然后喝着铁观音，品着铁观音独有的茶韵，听着铁观音的传说和制作方式等，感受着安溪独有的茶文化。安溪的标识，就是铁观音，虽然只是片片嫩叶，棵棵茶树，垄垄茶园，杯杯茶水，缕缕茶香，但我全记住了，这是我对安溪唯一的美好印象和记忆，以致想到安溪，就有茶香袭来，恍若闻杯。从那之后，我就再也没有注意到安溪的其他了。

　　此次我参加了安溪举办的"名相故里海丝风"中国著名作家湖头采风活动的邀请。对历史，我所知有明显欠缺。几年之前，看电视剧《康熙王朝》，我才从剧中知道，清代有个重臣李光地，他是福建安溪人。但是，因为对李光地所知甚少，我也没放在心上。接到邀请之后，我才有点感觉，是不是我还没有真正地了解安溪，至少，对安溪的了解，是不是有些缺失？抵达安溪的那天，正逢六月的雨季。雨中的安溪，因地处戴云山脉向东南延伸部分，县城四周高峰叠立，安溪被包裹在群山之中，云烟缭绕。站在宾馆的高楼，从窗外看去，一条大河从城中蜿蜒流过，两旁错落的楼房因雨而迷蒙。不知为何，我突然有种感觉，此时此刻，我心如雨，思绪在安溪的上空飘洒起来。

按照行程安排，我们第二天冒雨驱车来到了安溪的湖头。湖头是安溪北部的一个中心城镇，历来是安溪的交通枢纽和商贸重地。当车进入镇里，两旁长长的街道，各式各样的店铺，店铺后是密集而建的房屋，湖头呈现出了令人吃惊的有如一个小县城的规模和繁华。

车停下后，我们来到了一个如公园的地方，下车映入眼帘的是一幢仿古外形和现代特征相结合建筑，牌子挂着湖头博物馆。一个乡镇会建有一座如此气派的历史博物馆，这是更让我没想到的。参观了博物馆，听了介绍，我终于才明白，此时我脚下的这片土地，就是李光地的故里。当然，这座博物馆并不是为了李光地一人而建的，在湖头镇100多平方公里的境内，有省级文物保护单位3处，县级文物保护单位50多处，有佛家的寺院，有道教的道观，有儒家的书院，可见其历史文化的香火延续久远。

在雨中，我们走访了李光地的故居。令我不解的是，李光地的故居居然有两处，一处叫新衙，一处叫旧衙，这在我所见过的名人故居之中，可能是绝无仅有。旧衙位于湖头街北边，又称昌佑堂，整个建筑比较简朴，据说是康熙十六年，令都统拉哈达入闽进剿被困泉州时，得李光地献计解围，为感谢李光地，想以房相赠，就告诉李光地说，希望在湖头能盖个房子，以期日后得闲能与李光地相邻而居。李光地信以为真，亲自请工匠按闽南风格建造。房屋建成后，拉哈达借故托李光地夫人照看。几年之后，拉哈达书信一封给李光地，说为感泉州解困之恩，且不适闽地水土，将房屋赠送给李光地。李光地此时才明了拉哈达的良苦用心，只好收下。现门上仍挂有一副对联："绮罗日暖将军府，弦管春深宰相家。"所指将军，即拉哈达。新衙位于湖头街中路，与旧衙相距不远，又称相府。传说是李光地夫人长居旧衙，总感那不是自家房屋，因而偷偷地让家仆将李光地到各地巡查时所省下的7000两银子带回建房，后李光地发现自行向康熙请罪，康熙了解情况后，降旨免查。但李光地数次返乡，从未住过，一直都住在旧衙。关于旧衙，也有一说，是明初李氏先祖李森所建，经清初扩建重修，成为李氏祠堂，故屋内现留存着明英宗皇帝的敕文，大堂上挂有康熙所赐的"夹辅高风"匾额。从这情况看，旧衙为李氏祠堂，更为可信。在李光地的新衙门上，挂有一对联"相门知理学，府第传乾坤"。这副对联，高度概括了李光地的一生。李光地从康熙九年入仕，至康熙五十七年病故，在朝为官近50年。为官期间，李光地可以说是竭尽全力，辅佐朝政，政绩突出，颇得康熙倚重，康熙曾说："李光地谨慎清勤，始终一节，学问渊博。朕知之最真，知朕亦无过光地者。"乃至李光地多次请辞，康熙都不以允准。难得的是，李光地与中国许多杰出的文官一样，为官之余仍同时潜心为文，为后人留下了许多重要的著作。雍正皇帝称李光地为"一代完人"。在中国历史上，能得到当朝皇帝如此高度评价的名臣，可能也就李光地一人了。特别是当我听到，为了举荐施琅领军收复台湾，李光地毅然以全族人口为担保，这等气度与人格，令我无法不肃然起敬。

离开湖头时，我陷入了沉思。像李光地这样的人物，有很长一段时间在历史中淹没，这里面当然有许多的原因。所幸，在今天我们迎来了中华民族的伟大复兴时代，在进一步继承和弘扬传统文化之时，安溪终于开始重视对李光地文化的挖掘，我们真的应该给一些为民为国做过许多有益之事的历史人物，以应有的历史评价与历史待遇。是安溪这块土地，孕育了李光地；而李光地的出现，映照了湖头，映照了安溪。

在安溪采风的最后一天，我们来到了安溪的中国茶都。在这里，我们参观了铁观音茶博馆。从茶博馆里，我了解到，因为有了铁观音，安溪伴随着中国改革开放和经济建设发展的步伐，经过30多年的努力奋斗，已经跻身中国经济的百强县，安溪因有铁观音而在历史的发展中腾飞而起。

如果说，铁观音是安溪的天赐神物，自然标识，代表了安溪的"地灵"；那么是否可以说，李光地是安溪历史文化的一座宝塔，是文化标识，代表了安溪的"人杰"呢！从铁观音，再到李光地，此次来到安溪，我感到又有了新的收获。从一物，再到一人，从自然，再到人文，安溪在我的印象之中，除了有翩然而至的天然茶香之外，又多了飞彩流霞的历史文化的芬芳。

告别安溪之时，安溪仍在雨中。此时，安溪天上飘下的雨水，在我的心中已化了甘霖。

摘片茶叶做书签

陈歆耕

乙未秋日，漫步在茶都安溪街头，忽闻一缕香气从身边拂过。下意识地四处寻觅，见一衣饰时尚靓女，正翩翩如仙子般远去，留下窈窕背影令人心驰遐想。此地多侨胞，不知靓女洒的是哪一款名牌香水？

正走神，又一阵香气迎面扑鼻吹来。定睛一瞅，大感意外，香气来自一鬓须皆白的老汉。就纳闷，这里难道不分老幼男女，皆爱喷香水？我是置身在时尚之都巴黎，还是米兰？皆不是，这里明明是正值秋茶上市的铁观音之乡：安溪。

听当地友人介绍才知，我闻到的香气是茶香。是铁观音特有之香。泡一壶铁观音感受一下便知。瞧，沸水中叶片尚未舒展，一缕香气已袅袅飘散，沁入心肺，令人顿觉神清气爽。饮过多种茶，论香气浓极而淡，丝丝绵长，当属此茶。难怪安溪街头，无处不香。改称"香都"吧！那些炮制"香奈儿"的专家，为何不到这里来闻一闻？没准儿从铁观音中能提炼出超越"香奈儿"的新款。那些痴迷"邂逅"（另一款名牌香水）的时尚男女，为何不到安溪来感受一下？这里处处有"邂逅"呢！

茶都人习惯像递烟似的"递茶"。三五亲朋围坐茶桌，皆争相从口袋里掏出一"泡"，"来，来，喝我的！"谁的动作快，谁的茶质好，往往就喝谁的。或今日喝张三的，明天喝李四的，茶皆好茶，那就轮流做东吧。于是才知，有一种香气，是长期饮茶，从血液、骨骼里透散出来的。当然也还有在采制茶叶过程中熏染上去的。这样一种由内向外发散的，吮吸了山脉、溪水、阳光、晨露的香气，与那些化学合成喷到衣饰上的香水比，岂可同类而语？

到了铁观音的产地源头西坪镇，目睹茶农对那些新采摘的茶叶如何进行发酵、筛颠、揉搓、烤炙，闻着那几乎让人醉倒的香气，忍不住从簸箕中取出数片。我要带回书房，用它做书签。回沪后，那一片状似"杏仁眼"的叶片，夹在我的枕边书页内，似精灵般不时向我眨巴着眼睛。颜色渐渐从鲜绿，转为青褐、浅褐，至深咖，叶上的筋脉一条条更为清晰。虽然色泽在变化，但香气仍绵绵不绝地在释放。

茶香与书香融合，香气的化学成分会发生变化吗？

唐末王敷有文题为《茶酒论》，以拟人化的方式论茶酒短长。有人读之觉得有趣，我则认为毫无趣味可言。理由是此文借茶、酒之口，自夸己长且互揭对方之短，皆非君子之风。说酒有此品性，我信。醉后口不择言，或有可能。而茶性柔和，利众生而不争，怎会有如此自恋且攻击他物之举？且读其文：

> 茶（自夸）曰："诸人莫闹，听说些些。百草之首，万木之花。贵之取蕊，重之摘芽。呼之茗草，号之作茶。贡五侯宅，奉帝王家。时新献入，一世荣华。自然尊贵，何用论夸！"

高洁之茶，居然被写得如此俗气。进帝王家，与进百姓家，对于茶自身来说有什么区别？有必要借贵族帝王来抬高身价吗？

> 酒（自夸）曰："可笑词说！自古至今，茶贱酒贵。箪醪投河，三军告醉。君王饮之，叫呼万岁，群臣饮之，赐卿无畏。和死定生，神明歆气。酒食向人，终于恶意。有酒有令，仁义礼智。自合称尊，何劳比类！"

豪侠之酒，居然被写得如此猥琐。作者既是唐末文人，总该知道李白斗酒诗百篇、"君子呼来不上船，自称臣是酒中仙"的豪气吧！

自夸且罢，下面相互"攻击"，显然是有些心术不正，神志失常了——

酒揭茶短："……茶吃只是腰疼，多吃令人患肚。一日打却十杯，肠胀又同衙鼓……"

茶揭酒短："……阿你酒能昏乱，吃了多饶啾唧。街中罗织平人，脊上少须十七。""见道有酒黄酒病，不见道有茶疯茶癫。"

这个冬烘文人王敷，把茶酒均写得如此不堪。读毕此文，我倒很想写篇《茶书论》，将此两物联姻，真正可算才子佳人式绝配啊。它们之间的关系，或可呈现另一番风景——

茶赞书："君乃儒雅书生，满腹经纶。与君相伴，必然诗文相长。还会满室墨香，蓬荜生光！"

书赞茶："卿乃贤淑佳人，性温情柔。品之去浮祛躁，五脏和畅。夜来红袖添香，激我神思飞扬！"

茶赞书："本女来自草根，长在山野丛林，餐风饮露，与日月相伴，见识短浅，孤陋寡闻，君乃饱学之士，还望多些指点。"

书赞茶："佳人何故如此自谦？卿乃神赐之物，聚天地朝露夕晖之精华，给世人送去奇妙之生命能量。无论王侯之家还是百姓之宅，卿都同等待之，非吾辈俗物可比。"

…………

品茶读书，茶书人生，美哉有过于此乎？

有科学研究者称，安静阅读六分钟，即可使人的压力水平减少超过三分之二。如果静心品茗六分钟，人的压力水平可减少几何？又有人说：茶无文化，只是一片叶子。我相信，茶香与书香相伴相融，这个世界的上空，必定会减少很多火药气味，缭绕更多和平与文明的香风。

斗　茶

范　稳

　　茶一般种植于山上，山或不高大，也不会险峻，但因为有了一行行的茶树，沿着山势走向或某条等高线，极为规整地横陈于山丘野岭，从山脚一直铺排到山顶，有时就不知不觉地隐匿在云雾中了，有茶山的地方，总是多雾。茶树因山雾而显得神秘，山岚亦因茶树而透着诗意。古人云"天地氤氲，万物化醇"，一片茶叶，就是天地宇宙间阴阳之气的凝聚。而一座茶山，在我看来，就像大地上的书架，品种丰沛，博大精深，一排排一行行地呈现在大地上，既供人采摘，也令人神往、欣赏，乃至反复展读。是的，每次我来到茶山，不仅仅是来品茶的，还是来长知识学文化的。

　　2017年秋季，我应邀到铁观音的原产地福建安溪参加茶博会，同时也是一次文人之间以茶会友的聚会。中国文人之于茶，是一个永远说不完道不尽的话题。一杯茶里出佳句，一杯茶里也有大乾坤。中国传统文化的儒、释、道都可拿它作文说事，再从佛教到宗禅，一杯普通的茶，其文化含量你要说它有多玄妙就有多玄妙。尽管我天天都离不开茶，饮茶无数，又在云南生活了几十年，认为最适合我喝的茶还是普洱茶，但对中国茶文化的代表性茶种铁观音，还是心存敬畏。这就像你面对一家老字号，或者某个历经岁月打磨却依然熠熠闪光的大品牌。茶虽说算不上奢侈品，但茶却是滋润岁月、沁人心脾的那一抹香气，那一道亮色，那一口甘霖。没有茶的日子，将会是多么平淡寡味啊！因此，作为一个文人，他要读天下的好书，也要品人间的好茶。

我每次出门，我都要带上家里的普洱茶。有些地方的茶，实在不合我这"重口味"。口味这个东西，就是你养大的狗，它总是忠实地跟随着你，甩也甩不掉。不过，如果去到南方一些名茶产地，我也会品一品当地的茶，我绝不会固执到在杭州不喝龙井，到了福建拒绝铁观音。在昆明，我听说过一些有钱有闲的人喜欢"斗茶"，比谁的茶更醇更老，更有出处。那些敢来"斗茶"的主，拿出来的茶动辄号称上万甚至几十万一饼。我没有那份豪情与财力，我自己跟自己"斗茶"，除了品尝不同的口感、香型，我只是想比较茶背后的历史与文化。

当然，如果要比较云南的茶和外地茶的差异，绝不是我这样一篇小文可以胜任。但世上的一些事，总能从一些细微之处，洞见各美其美、美美不同的精彩来。

抵达安溪当晚，本地朋友便引大家到一处茶室饮茶。茶室很大，除了有专门的品茗区外，还有两排书架，上面陈列的书品位都不低。因此这间茶室就弥漫了茶香和书香。起身来招呼客人的是一清新婉约的女子，朋友介绍说这是小青，茶室就是她家的。小青有一双黑黑的眼睛，粉红细腻的皮肤，让人猜想起是不是铁观音养的。小青亲自添水掌壶为我们泡茶，看她落落大方地为我们洗茶、温杯、冲茶，一套泡茶的程式做得老到纯属。这套程式现在已经普及到中国的每一个角落，我的印象中它就源自好喝铁观音的福建人。落座的茶客都是作家文人，既好打听，又个个满腹经纶，谁也不比谁见识少多少。那个写《潜伏》的龙一，是个食不厌精的主儿，一口茶抿下，似乎先压在舌尖处回味，然后才慢慢吞咽。随后冒出一口兰香之气，"好茶！"茶的确倒是好茶，尤其是头几泡铁观音，那种浓郁的香气非其他茶能比。如果茶杯能说话，它也会为之点赞。因此喝铁观音的人，习惯喝下茶后把茶杯送到鼻子前再嗅一嗅，像个贪杯恋盏的酒徒。喝普洱茶的人绝不会这样做，普洱茶的回味，需要到心肺里面去找。

作家文人们大多能说会道，一通表扬让茶室主人小青兴奋了，说刚才请大家喝的是刚制作出来的清香型铁观音，家里还有储藏了三十多年的老铁观音，正好去拿来请大家尝一尝。

这倒让我开眼界了。过去我孤陋寡闻，以为铁观音是不能储存的。家里曾经有朋友送的铁观音，几年不喝，储存方式不得当，发了，茶香尽失，就扔掉了。这晚才弄明白，铁观音有清香型、浓香型、陈香型三类，小青所说的老铁，就属陈香型的。一泡冲出来，汤色乌黑，汤水浓酽，入口甘醇绵甜，有淡淡霉香味，似古树普洱般醇厚，但又更显细腻温软，恰如这福建的峻峭山水和云南的高山大河之区别。

若论茶的品质和内涵之区别，我不是专家，也不是资深茶客。我更关心茶背后的故事。小青说本地茶家（无论是种茶的还是做茶生意）的一个传统是，倘若家中女儿出生，当父母的一定要为女儿储存一批茶，少则几百斤，多则上千斤，待女儿长大了，这批茶就是陪嫁物。因此我们今晚喝到的茶，正是人家的陪嫁呢。小青一席话惊得大家啧啧连声，龙一兄大叫缘分。小青还说，她现在也有个女儿了，她也为自己的孩子储存了一批茶。当然，如何储存，那是有讲究的，什么节令该翻晒，什么地方可存茶，自有一套家传秘籍。

我想起了普洱茶的发源地云南普洱市澜沧县，那里有一座由布朗族、拉祜族、傣族等多民族聚居的山——景迈山，郁郁葱葱、苍莽雄阔。史料上记载，早在1800多年前，普洱的先辈们就在这片土地上种植茶、制作茶、饮用茶、经营茶。如今，在茫茫的原始森林中，仍然生长着近28万亩野生古茶树群落和18万亩栽培型古茶园；资深茶客们现在追捧的就是这些隐匿在大山深处的古树茶，年头不算高的树茶和台地茶自然是一个比一个价低一等的了。我曾经在景迈山考察过那些据说有几百年甚至上千年的古茶树，它们长得并不高大耸立，不过是一些两三米高的矮树，树主径也粗不过人的大腿。但你可根据它虬枝盘绕的枝丫推想出它浓缩的岁月和经历的风雨。古茶树的枝干上通常还长满了苔藓、藤蔓、野生菌类，有的甚至还寄生有兰花等附生物。景迈山的古茶树由于与原始森林混生，因此具有强烈的山野气韵，是乔木古树茶中山野气韵最明显的古茶之一，而且还具有特别浓郁持久的兰花香。原始森林里，植物相互缠绕生长，残酷一点的是"绞杀现象"——寄生植物吸空了寄主的营养，令起成为一具"干尸"；诗意的一点大约就算这古茶树上的野生兰花了。我曾经看到过这样的一道风景，弱弱的一枝野生兰花，长在附满苔藓的古茶树树干上，随风摇曳，有空谷幽兰之神韵。景迈山上的古树茶有兰花香味，是不是和兰花寄生有关呢？我不确定。

我在景迈山上听到这样一个古老的故事：很久很久以前，布朗民族的先祖帕哎冷率领人们来到美丽的布朗山，带领部族栽种茶树，将这里的山岭变成了望不到边的大茶园。帕哎冷将遗训写在经书上："我要给你们留下牛马，怕遭灾害死光；我要给你们留下金银财宝，你们也会吃光用完。就给你们留下茶树吧，让子孙后代取之不尽、用之不竭，你们一定要像爱护眼睛那样爱护茶树。"这个帕哎冷无疑是布朗先民的智者，是景迈山上的古茶林得以千秋万代、茂盛生长的缔造者，他后来被布朗人供奉为茶祖，像神一样地护佑着景迈山上的子民，护佑着景迈山上的古茶林。景迈山因为有了这样的传说而散发出神性的光芒。

给你们留下茶树吧。给你们留下茶叶吧。给你们留下茶的醇香吧。还有比这更好的文化传承吗？无论是在东部华南的沿海地域，还是大西南的深山老林，中华民族的祖先都一样的聪慧，一样在岁月流逝中把最珍贵的遗产馈赠了我们。因为我们同为茶的子民，同在坚守茶的品格，同在谱写茶的历史与文明，不论是普洱茶、铁观音，还是龙井，我们都坚信茶是中华民族的文明因子之一。茶让我们气定神闲，文化认同，茶也让我们相互走近，让民族与民族，文化与文化相互交融、砥砺。对比一下相关的史料我们就会发现，中华民族几乎在同一个历史阶段发现了茶，也因为茶而相互走近。安溪产茶已有一千多年的历史，初时安溪的茶还不叫铁观音，为乌龙茶。宋元时期，乌龙茶是"海上丝绸之路"上的紧俏货。可以这样认为，安溪的茶，让中国走向了世界。而普洱茶据考据兴于东汉、商于唐朝、始盛于宋、定型于明、繁荣于清。西南边陲山高谷深，江河纵横，人们只能靠人背马驮来运送茶叶。因此，那些遍布于大地上、像人的血管一样蜿蜒延伸的道路，就成了一段又一段传递着茶叶的清香、传递着民族的风情、传递着爱情的"茶马古道"。它北走西藏、印度，南行缅甸、越南、老挝等东南亚诸国，它是"南方丝绸之路"的一部分，与"海上丝绸之路"遥相呼应，尽管沧桑在演变，朝代在更替，但在祖国的西南边陲，一坨普洱茶，就把边疆与中原联系在一起，将不同地方的文化和不同民族的文明水乳交融在一起。

喝不同的茶，比对不同的文化，有助于开阔我们的视野，丰富我们的认知世界。这才是我所喜欢的"斗茶"。如果说中原内地的铁观音、西湖龙井等浸润的是汉文化的养分的话，边地云南的普洱茶则是民族融合的见证者和润滑剂。普洱茶自它在原始密林中被人们发现并利用以来，就带有边地少数民族的山野气息。在景迈山上，布朗族、拉祜族、佤族、傣族等民族世代栖息，繁衍生存，少数民族村庄依山而建，傍水而居，错落有致，古朴典雅，与这里绮丽的山水和千年万亩古茶林交相呼应、相依相伴。人们或许语言不同，习俗有异，信奉的神祇也不一样。但他们同是古茶林的种植者、守护者，古茶林又是他们世世代代的滋养者、陪伴者。当一座茶山成了人们的家园的时候，当一株古茶树也被人类赋予了神性的时候，当一杯茶里也浸透着一个民族的文化基因和历史密码的时候，人与天地的感应，人与祖先的关系，人与自然的呼应，就体现在人与茶的生死相依、共进共退的关系上了。

以茶为媒

范晓波

　　安溪人的日子是靠茶水衔接的，自清晨至中午，自下午到晚上。水一直在茶壶里热着，香始终在空气里蠕动着。上班做生意的如此，闲居在家的更是如此。许多老人家，天还没亮透，就静坐在稀薄的晨光里以茶洗肠，把肠胃洗净了洗醒了，食欲和行动的欲望才开始苏醒。夜晚也是如此，天色在一泡一泡的茶水下肚后渐渐下沉，似乎不是自己暗下去，而是被茶水一寸一寸熄灭的。

　　安溪人的社交也要靠茶来润滑，不管去人家里还是公司，首先迎上来的是茶桌和茶具，其次才是主人。宾主先不谈事，一杯热茶下肚，暖意在肺腑间沁散，话题才逆着热流上扬。哪怕是邻里纠葛上门叫板，人家也要以茶相待，让你先润润喉舌，不然就有半渡而击乘人之危的嫌疑。

　　这些并非道听途说，源自我在大街小巷的观察，也可以说，是我用鼻子、眼睛、耳朵、皮肤共同触摸到的一种风尚。

　　在安溪城里和乡下走访了一些与茶业无关的地点，所到之处，无论是藤铁工艺基地、博物馆、古朴山寨、乡村农庄，进门第一件事不是动眼动耳，而是双唇翕动细腻地品茶。就连在清水岩的寺庙，师父的禅房里也摆着齐全的茶具，人刚进去，不及寒暄，热热的茶水就递了上来。不同的是，有的地方茶偏涩，有的地方偏醇，有的地方偏甜。它们共有的血统是铁观音。

作为一座近海山城，除了榕树、海枣和香樟混居的格局让我略感意外，安溪的面貌算不上太有特色。它的楼并不比别处高，车流也并不比别处稠，并无全国经济百强县这个身份暗示给人的闹腾和商业感。即便是山野不时闪现的梯田式茶园，也不如想象中的壮观。上千亩一片的不多，枝叶的茂密程度也并不突出。许多茶树低矮到了像是刚理好的寸头。采摘时，人是站在下一级梯田采上一级的茶，还是一直呈"几"字状弯着腰劳作？

在我看来，茶对于安溪人个性和习俗的塑造，才是中国乌龙茶之乡最具特色的景观。茶对安溪人的意义，几乎如同汽油对于汽车，电对于电脑。茶水在安溪人日常生活里的贯穿，如时间在钟表里走，血在脉管里流。不过，安溪人如此爱茶依赖茶，却不像世人对其他珍贵之物那样吝啬。他们把茶看作上天的赏赐，再贵再稀有的茶，也舍得分享，乐于分享，勤于分享。

铁观音最高曾被拍卖到十六万元一斤，是从西坪打石坑铁观音母树上采摘制作的。海拔近千米的山坳里那株活了两百多年的母树，矮小得让我吃惊，高不过一米，粗不过大拇指，不看石碑上的红字，会误以为它是普通的灌木，但它却像神话里的精灵，模样低调，魔力惊人。

打石坑地处戴云山脉东南麓，系矿物质含量颇高的岩石地质，早晚雨露丰沛，正午阳光富足。能挣脱石缝桎梏的茶树，生命力本就了得，又把阴阳二气集纳一身，在数月的生长期里反复调和，每一茎叶片，就饱含了天地间万物的诸多精华。

铁观音的采摘和制作有十八道工序：采青、摊青、晒青、凉青、摇醒、摇水、摇青、摇韵、炒青、揉捻、初烘、包揉、轻烘、包捻、烘焙、塑形、焙味、收藏，十八道工序必须在十八小时内一气呵成，因为要严格遵循天体运行的规律。如采青须在晴天正午，晒青需在下午四至五点。摇青必须敞开窗户，让微生物和自然界的各种元素渗入叶缘的伤口参与发酵。时辰和分寸把握不好，茶叶就会中暑，或者缺氧无法呼吸，做不到茶人合一，天人合一。

这些拟人化的表述，出自铁观音非遗传承人魏月德之口。魏月德小平头，一字胡，五十三岁的年纪看上去顶多四十三岁，我问是不是长期喝茶的功效，他笑着默认。他没读过很多书，自小跟着父亲做茶，对茶的理解却有哲学意味。在他眼里，茶在茶树上是有生命的，采摘下来后仍有生命和性格，喝到嘴里，也还是鲜活之物，所以种茶、做茶、泡茶、喝茶的过程都必须虔敬，每个细节都要体现人对茶的理解和尊重。他一边讲述祖传秘籍，一边给我们泡母树产的极品茶，然后笑呵呵地一杯一杯地递上来，引导我们寻找"润动喉，香动鼻子，甘动舌头，韵动脾胃"的体验，好客与实诚，与我在安溪遇上的一些普通茶农没有两样，只是比他们多了许多幽默和开朗。

魏月德开了家不小的茶品公司，他在打石坑边上的住所却一点不奢华，是栋福建传统的石砌飞檐瓦房，院子也不算很大。他的一个孩子刚结婚，摆在茶几上的喜糖也是家常品种。

在安溪，我们每天晚上都会去酒店一楼的茶室喝茶。茶室只有一大一小两张原木茶桌，桌面在灯光下反射着棕黄的光泽，像是书画家创作用的巨型条案。墙上还装点着古雅的字画，茶艺师很专业地泡茶，很矜持地微笑，很细心地分茶递茶，八九个人的杯子挪来挪去，饮者自己都分不清，她却从不搞混。她不参与我们的话题。同行者说她像古画里的仕女。

从晚饭后一直喝到睡前，每个人的肚腹胀鼓成满载的茶壶，结账时茶艺师却说，喝茶不要钱的，如果要买玻璃橱柜里的袋装和罐装茶才需付费。那么安静的环境，那么精致的茶具，那么专业的茶艺师，那么爽口的新茶，即便喝上三四个小时也不收费，如此美妙的事，我只在安溪遇上过。安溪的朋友说，进门就喝茶的礼仪，卖茶的商铺也一样遵循的，只喝茶不买茶也没关系。难怪安溪街头少见卖饮料矿泉水的小店，行路渴了随便进一家店铺喝茶就是。

我平常少有兴致泡茶喝茶，即便现在，也不大品得出母树茶和一般铁观音回甘的明显区别，平日也几乎不去酒馆、茶馆群聊，在安溪小住四日之后，常怀想的竟是在酒店茶室喝茶的那几个夜晚。一伙作家，因年龄、方言和写作旨趣的差异，彼此交谈并不特别松弛，但大家围在一起，即使一时无话也不尴尬，因为水在用温度造势，茶在用体香发言。人把脸隐在清甜的水汽后，面孔模糊，目光潮润，想千里之外的故乡和亲人，想茶在山上的履历，并不会在神色上显出不在场的突兀。

那几天，茶成了我与人交往的助理，茶也成了我与闽地气候、群山、云雾及日光交流的媒介。

茶乡记

岳　雯

　　太阳快到正午的时候，喧闹的锣鼓声才略有迟疑，人群也开始渐渐散了。对于安溪县感德镇的茶人来说，这一天是个重要的日子，按照传统，秋茶采摘完毕，要举办"感恩祭祀仪式"，以纪念谢公。谢公何人？谢枋得是也。这位生活在南宋年间，后世被奉为"茶王"的人并不是安溪人，而是江西上饶弋阳人，以组织民兵抗元名世。相传谢枋得逃到福建后，曾长期流亡在建阳一带的荒山野岭之间。这里的人们相信，谢枋得隐居此间，教化民众以茶为业，作为新兴茶区，感德也在建构自己的传统。人们对"保生大帝"和"茶王公"祭祀仪式的虔诚无疑正在强化这一点。这一天的太阳很好，明晃晃的，带着初秋和煦的温度，适合制茶。这一年，对于这个世界上的大多数人来说，意味着动荡与危机，然而，这个地处福建东南的小镇却依然宁静，仿佛没有什么能侵扰到它，如同千百年一样，并不期然迎来了茶叶的丰收。

　　一直陪着我们的林镇长感到谁悄悄拍了他一下，他扭过头，看到了老王，读懂了他的示意。他知道，老王是让他留下，喝杯茶。其实，这两天我们一直在喝茶。再说，在安溪，谁不是成天与茶为伍呢。老王没有说出来的意思是，他新制了一款好茶，想让作为评茶师的镇长给品品。其实，也不光是镇长，还有几户茶农。他们是一个小小的共同体，都将一生的心血倾注于茶上，都在致力于做出理想的那一杯好茶。所以，也有业务切磋的意思在了。

果然是一杯好茶。将茶叶倒入白瓷盖杯中时，围坐的几户茶农就不动声色地看着，都是一辈子与铁观音打交道的茶人，一眼就能看出端倪。一般将铁观音的形状形容为秤钩、蜻蜓头、青蛙腿或者螺旋体，倒也没有那么复杂。茶叶紧致地蜷缩着，沉重匀整，等待着重新被沸水唤回属于一片叶子的记忆。

是的，之前我们已经领略过它作为叶子的存在。那座长满茶树的山，叫云中山，想必是因为云雾缭绕而得名吧。"云雾山中出好茶"，怀着这样的念想，我们奋力爬上颇为陡峭的山坡。山路算不得宽，两旁间或有橘子树。同行的朋友一闪身，不见了踪影，再出现时，笑嘻嘻地捧着几个橘子。在橘子的清甜中，我们终于一睹茶树的真容。茶树并不高，齐腰的样子，叶形椭圆，叶色浓绿。每株之间大约两个人的距离。一不留神，我被地上横七竖八的杂草绊了一跤，差点摔倒。据说，间苗是为了茶树有足够的空间，长得更舒展，茶叶也可以得到更好的光照。将野草留置其间，并不是茶人偷懒，而是因为据说只要有草在，虫子就会宁可吃草，也不吃茶叶。我们去的时候，茶叶刚刚被摘过，寻觅漏网之叶顿时成为我们的乐趣所在。有经验的茶人告诉我们，好的茶叶应该是"一芽三叶"，即三片叶子中间有闪烁着银光的芯子。"寻宝"没多久，我们就感觉出劳作的艰辛了。太阳下站得久了，逐渐感受到了阳光的威力。想想茶农背着茶背篓，还得时时像呵护小婴儿一般呵护采摘后的鲜叶，不能重压，不能久放，采到一定数量需要及时倾倒出来，放于阴凉处并轻轻翻松鲜叶，保持茶叶的鲜活。

白瓷杯里的茶叶开始舒展开了。围坐的人们揭开茶盖，轮流闻了闻茶叶氤氲开来、沁在茶盖上的香味。事实上，经过这几天顶级好茶的"突击培训"，我才略略分辨出香味的不同。比如，眼前的这一泡，花香中似乎隐约有些果香的酸，香气清扬，仿佛在往极高处飘升。铁观音"一茶三香"，说的是清香、浓香和陈香。问题在于，在茶山上，我就闻过，鲜叶无色无味，那么，铁观音沁人心脾的"兰花香"又是从哪里来的？镇长看出了我的疑惑。他接过我手中肥嫩的叶子，相互摩擦，然后再让我闻，翠绿的清香在手掌间蔓延开来。原来，茶香是这么来的。科学的解释是，在摩擦过程中，叶缘细胞被破坏，从而促进酶的氧化作用，使鲜叶发生一系列生物、化学变化，进而产生花香、果香等不同香气。镇长感慨地说，这都是劳动人民的智慧啊！于是，镇长坐下来，顺势给我们讲了这么一个故事。相传，很久很久以前，安溪有个猎人，有一天，他采茶之后，面前突然跳出一只獐子。情急之下，他背着茶篓去追赶这只獐子，待到晚上回到家才发现，茶叶在背篓中被来回摇动，以至于叶子的边缘变红，就像镶上了一层红边。第二天制作出来的茶叶，意外地散发出幽幽兰花香。这也是铁观音制作工艺中最关键的一个环节——摇青。

这仿佛是茶叶最具灵魂的一刻。从茶树上摘下来，茶叶是一个慢慢萎缩，失去生命的过程，然而摇动的过程，却又是赋予其生命的过程。叶子处于生和死之间，一会儿变涩，一会儿变得油亮。水分慢慢往上走，主茎开始变红。制茶的师傅凭肉眼观察，凭鼻子去闻，凭手去摸，寻找到最完美的那个时刻，茶就成了。制茶大师陈两固说，制茶是一门没有止境的学问，特别是摇青，是机械所无法取代的，充满了灵活性和技巧。茶青、摇青程度的掌握每个季节不一样，每个季节的每一天也不一样，甚至每一天不同批次的茶青都不一样。或许，正是因为这充满机变的"不一样"，茶的美才愈发让人觉得可遇而不可求吧。

那么，且饮茶。人生苦短须饮茶。清亮的茶汤进入口腔的那一刻，是一片叶子向你讲述它所经历的阳光雨露、风聚云会的时刻。它尽力释放自然的恩泽，是微微的青涩，以及漫长的回甘。喝上茶，所有人都放松下来，可以闲话家常。"叹息老来交旧尽，睡来谁共午瓯茶。"老王说，今年的茶虽是丰收了，但因新冠肺炎疫情难以正常出售，特别是设在机场的专卖店，走国际市场的，大半萎缩。所有人黯然。小小的山村仿佛一瞬间陷入了沉默，并随着动荡的世界缓缓摇晃起来。

三叶一心

金仁顺

去安溪，当然是冲着铁观音。当然安溪是个好地方，好地方的标配是：好风光，好玩，好吃，好喝。

在安溪，好风光好玩好吃好喝是倒着数的，好喝是重点，就像柴米油盐酱醋茶在日常生活中的地位，在安溪也要倒着数一样。在安溪，早晨睁开眼睛就开始泡茶，晚上临睡前，喝的也是茶。

安溪的茶是铁观音。去安溪的路上问司机，除了铁观音，安溪人还喝什么茶？司机说，铁观音。呵呵。

铁观音是茶，安溪是泡茶的茶壶。安溪地方不大，但壶里乾坤可不小。不大和不小，让安溪既有意思又有意味。

我到的时候其他人已经出门喝茶去了。之前在朋友圈里看他们互相招引：喝茶去。去喝茶。喝茶本来是件宁静的事，他们却把气氛和心情烘焙得如此热闹，勾肩搭肩，蠢蠢欲动，在安溪，"我不在喝茶，就在去喝茶的路上"。

酒店房间里面有现成的茶具，还有主办方准备的三小盒铁观音，清香型、浓香型、陈香型。陈香型是老铁，这次是第一次听说也第一次见到。小盒子铁锈绿，里面只有三小袋，很珍惜的模样儿，因为里面不只有茶，还有浓缩的岁月和心思。深夜喝老铁，似乎很契合，犹豫了一会儿，还是作罢。深夜喝老铁，心情是契合的，只怕他乡遇了故知，一遍遍冲泡的茶汤像温柔的手一层层揭开陈年的心思，往事花花草草，姹紫嫣红地涌出来，夜晚的黑兜不住底，到天亮只剩鱼肚白色的叹息。

第二天是铁观音的茶博会开幕日。偌大会场垒起七星灶，铜壶煮三江。来客熙熙攘攘，进门处，休息处，会客厅，在在处处，妙龄女子托着茶盘来来往往地送茶，杯盏小小的，不多不少的一口，清绿里面带着股金橙色，不像茶汤倒像神药，一口一杯，喝得神清气爽。喝茶时作家龙一坐在我身边，说起昨天夜里初来乍到，饭后被朋友带到茶馆喝茶，居然喝到三十四年的老铁。三十四年啊，他感慨。三十四年啊，我也感慨，伴随着羡慕嫉妒恨。那壶三十四年的老铁根本就是闭关的高僧，远遁世俗，一心修为，偶尔出来见客，居然就被他们遇到了。那壶茶是茶，又意不在茶，茶中有真意，欲辩不需言。

茶博会上来客众多，同行的人，很多都被冲散了。我们几个女士在一起，被青梅带着，到一个她熟识的朋友那里喝茶。那间茶室布置得古色古香，茶桌旁边是书桌，上面铺着文房四宝，宣纸笔墨虚怀以待。待什么？能待来什么？不得而知。

我们围坐在茶桌边，老板沏茶给我们喝，茶是他自己茶厂里的，新鲜地道自不必提。商标里面有个"鼎"字，他特别介绍这个"鼎"字，是一言九鼎的意思，是对茶客的郑重承诺。我想说，炒茶的炒鼎不也是"鼎"吗，而且更朴实，更结实。我打量着茶包上面的"鼎"字，觉得像炉火上面烘着壶热茶。醉酒的人，眼神迷离，喝茶的人，目光清亮。目光不只清亮，还瞻眺向远，前不见古人，后不见来者，念天地之悠悠，独自喝茶寂寞；或者是前见古人，后见来者，念天地之悠悠，一杯茶里盛满寂寞。

上午喝了茶，中午吃了饭，下午去茶园。已经是比较近的茶园了，也仍然要两个多小时的车程。不是高速公路那种平整的流水线般的路，是普通的公路。路边有民居，有乡人，也有簇簇野花，黄的紫的，闲情逸致；偶尔一株正开花的树站在路边，风姿绰约，让人惊艳。

到茶园时已经傍晚了，天气很凉。围巾、帽子、外套，从包里变魔术似的纷纷涌现，各就各位，妥妥儿地安放在各人的身上。茶园里有点儿像梯田，沿着山势，一层一层的洋葱圈儿，把山箍得紧紧的。茶树的植株很矮小，跟铁观音高大上的名字相悖甚远，但地气丰沛。倒也对。观音，观世音，世音原本就是土生土长的，哀怨多愁中间夹杂着喜形于色，音容笑貌都让人慨叹。有些茶田竖着牌子，这些茶田里的茶树归属给特定的人。物华天宝，有些人专门掐尖尝鲜，占尽人间的便宜，却也让人替他们揪着心：出来混，早晚是要还的。

说起掐尖。茶叶素来是掐尖的，小芽才露尖尖角，就被掐头去尾，这口茶鲜，说起来，还真是鲜得残忍决绝。铁观音掐尖时有讲究，要挑三叶一心。枝叶最顶端，三片嫩叶伴着一个尚未展开的小芽。老叶片不过早生了几个时辰，却已经泛出铁锈绿，嫩叶到底烂漫些，明翠、天真，即使如此，跟一般的树叶比，也是硬朗、挺括的。这些摘下来的茶叶接下来将要经受的粗暴蹂躏是很难想象的，晾青还好，摇青、炒青、烘干，都还凑合，但揉捻和包揉就是往骨子里摧残了。茶叶被包起来，摔打，揉搓，捻压，发出来的不是呻吟声，倒是青叶的清新香气，这算什么呢？不经一番寒彻骨，哪来观音扑鼻香？还是历经劫难，终证菩提？

一直觉得，铁观音作为茶而言，香过头了。香得人三魂出窍，难免会生出疑心：这是茶还是药？药茶同源，苦味儿好像才是茶的根本。铁观音香得这么跳脱，香成了茶水中的香奈尔五号，香成了迷魂药。香得风情万种，颠倒众生。

这样真的好吗？

第二天一早，阳光明媚，醒来后洗漱好，下楼，茶园厅堂间的长桌上，茶已泡上。我走过去坐下，茶桌边有认识的人，也有不认识的人。大家也不互相介绍，像是上辈子早都熟识了，不需多言。新茶暖热，在一圈儿茶碗里次第斟满，那些白瓷小碗，顿时变成了开放的花朵，香气摇曳。我们把它拿到嘴边，喝掉，茶汤暖意脉脉，香气也脉脉，肺腑间一夜的沉寂因为这暖和香，苏醒过来，欣欣向荣。

这个早晨被茶点醒，就像被一句偈语点醒。要多好就有多好。

闻香有韵，着意有神

金岳清

　　我好喝茶，有三方印章以证明。我的印章为引奭、新龙二兄所刻，且常用于书法作品，文字为"茶瘟"两字。引奭兄初见"茶瘟"两字，拊掌大笑，说瘟字过瘾，瘟字过瘾。隔数日，引奭兄送印来，圆形小印，寿山石，雕钮，阳文小篆；小楷边款，曰："茶瘟，说文无瘟，乃以偏旁凑合而成，癸酉年，阿奭。"这之后，我一用三十年。当然，其间也有引奭兄后来在巴林鸡血石上给我刻的"茶瘟"，也有甲申年新龙兄给我刻在寿山芙蓉石上的"茶瘟"。能拿瘟字自嘲，这足以证明我好茶。是的，我好茶，且成瘾；一日无茶，我便无精打采，魂不守舍。

　　去安溪是朋友相邀，那日住在溪禾山酒店。一脚踏进酒店，惊闻一股清香；打开房间，又是一股清香扑鼻而来。本来旅途劳顿，精神萎靡，此时惊闻异香，顿感神清气爽。洗把脸，坐下细细体味，才知这清香非铁观音莫属。四处寻找香源，却不见踪影。略思量，原来，人已在安溪，这铁观音的清香早已弥漫在空气中，何有香源可寻？

　　国人常说，开门七件事：柴米油盐酱醋茶，可见茶在国民生活中的重要性。国人饮茶历史悠久，据说，肇于神农氏，闻于鲁周公，兴于唐，盛于宋。茶种也多，曰：绿茶、白茶、黑茶、红茶、黄茶、花茶、乌龙茶。

安溪铁观音为闽南乌龙茶之首，在业内有着不可低估的地位。我常自嘲曰：吾有铁胃。故海纳百川，诸茶皆可。但常喝的乃是家乡的绿茶——羊岩勾青与生潽，也常掺之以福鼎老白茶与安化黑茶，红茶则以杭州九曲红梅和老家天台山红茶为佳，但喝铁观音回数不多。每每品起，总觉清香浓郁，不知何故，就是喝之甚少。但知道凡铁观音者，以闽南安溪为首，心里老是惦记着，总有一日到彼一游，品品安溪铁观音。这次机会来了，朋友相邀，正好顺水推舟。

第二日，主人安排上山，说是去找铁观音母树。主人说，安溪产茶历史起源于唐末，发展于明清，兴盛于当代。关于铁观音，有两种传说：一曰魏说，一曰王说。王说说的是铁观音为王姓者发现，名为乾隆所赐。魏说的要义则是说铁观音为一位名叫魏荫者所发现。今日去西坪松岩村，上山看的是铁观音母树，此母树为魏荫发现，时间在清雍正年间。好在路不远，山不高，片刻即到。随主人脚步行止半山，但见一处罗汉叠石，流水潺潺，两旁树木苍翠，鸟语花香。抬头一看，罗汉石下有一石碑，曰："铁观音母树"。红字阴刻，二王行书，倒也风雅逸韵。再一抬头，但见罗汉石旁有一株茶树，树高盈米，伞状，亭亭如盖，绿意盎然。几排红字镌刻在罗汉石上，隐在绿意里。上曰："魏荫铁观音，正枞发祥地。"再抬头，见顶上有一巨碑，曰："魏荫铁观音发源地。"此碑与"铁观音母树"一样，同为张天福所书，其时，张为全国名茶评委会主任，其身份也与之匹配。看来，安溪人做事非常认真。要在此打上三个烙印，以证明茶祖在此。这也可以理解，一宝难求，唯有屡次勒石，才能释怀。此时，众人傍碑拍照留念，我稍侧目，又见罗汉石上一浮雕，一老人侧身席地而坐，背靠巨石，左手拿长烟筒，右手握拳拄着腮，双腿舒展，双目微开，脸含笑意，一副怡然自得样。边上有一小石屋，内有香火供养，两旁有联曰："打点胜地彰正迹，石产珍茗永世功。"不用说，那浮雕肯定是魏荫圣人了。

在山上品茶处，我们见到了魏荫圣人九代孙，他叫魏月德，自小由父辈传教茶作技艺，十四岁就开始开山种茶，培育茶苗，后来创办了"铁观音制作技艺传习所。"传授茶技艺，讲述茶故事，宣传茶文化，弘扬茶精神。铁观音传统制作技艺被确认为国家级非物质文化遗产，魏月德被确定为该技艺的传承人。我们边品边聊，魏先生从观形、听声、察色、闻香、品韵等入手，教我们辨别铁观音的优劣。在魏先生看来，好茶最核心的特征是：干茶沉重，颜色墨绿；茶汤香韵袭人，有层次，有厚度；叶底应该肥厚软亮。我边品边听，一一记在心头。

下山前，经过一片茶园，走在边上的茶姑娘随手摘了一截茶，三叶一芽，在我眼前晃了晃，一边笑意盈盈，一边拿着三叶一芽往手心里拍打，就这么简单几下，一股芳香逸出。姑娘让我深闻，我闭目深吸，芬芳馥郁，沁入心脾。姑娘说，香吗？香吗？我说真香。姑娘又说，你知道老外怎么说的吗？老外说，"铁观音是可以喝的香水！"真是领教了，"可以喝的香水！"我在心里默念着。姑娘又告诉我，铁观音的制作工序有十道，但最重要的是摇青，摇青一般选在晚上，低温度，避开光，这种香气就是靠摇青摇出来的。有歌谣曰："一摇均匀轻轻蠕，二摇水分锵锵滚，三摇香醇香颤颤，四摇音韵迷神魂。"摇青分为摇与摊，摇是动，摊是静。手工摇青就是双手执住吊筛边沿，上推下拉，旋转摇摆，使茶叶在吊筛上做圆周与上下翻动，使茶叶梗脉内水分向叶片输送，同时擦破部分叶缘细胞。就是通过摇青这一道工序，使叶片发生互相碰撞、摩擦，破坏叶缘细胞，加速酶促氧化作用。

姑娘越讲越深奥，我猜她是茶博士。她见我有点迷茫，忽然神秘地说，在过去，我们这一带女孩出嫁，父母都要陪嫁两株茶，一是告诫女儿勤劳致富，二是祝福女儿的小日子芳香四溢。我想，这婚俗也真是大朴大雅，既有父母的殷殷嘱托，又有父母的美好期望。

下得山来，过八马茶种园，竟然在一片茶林中发现有一畦茶树别开生面。边上立有一石，石上镌有金字曰："黄金袍。"下面注释曰："黄金袍，原产浙江临海涌泉，特早生种，适制绿茶。"落款为八马茶业。真是万物有灵，想不到竟然还有老家的茶种植于此地。望着一畦葱绿，偷偷鞠上三躬，老家佳茗，不知何时何人传入此地，今日千里见"老乡"，满眼泪盈眶。见我唏嘘不已，茶姑娘则在一旁大笑曰：有故事吗？有故事吗？我指着一畦苍翠说：此乃来自吾家乡。茶姑娘愕然，待她稍一转身，我顺手牵羊，摘下翠绿一叶，偷偷藏在手心里。我在心里说：我带你回家！

是夜已深，仍不能寐。于是品茶，品的当然是铁观音，想起饭后围炉煮茶，于是从口袋里摸出一纸来。纸上曰："戏作小诗君莫笑，从来佳茗似佳人。"下面是一行小字，曰：品鉴安溪六大品种，体验一场"清、奇、浓、冽、幽、雅"的佳茗盛宴，最下面是分类解释，以女性为比拟。从少女的清奇，到少妇的浓淳，到爱妻的幽与情人的雅。细细读来，俳谐贴切，不得不佩服安溪有人，人有文化；福建有人，大有文化。这样想着，便想起很多人和事来。

其实，我对福建早有好感，这好感由来已久。现在想来，应该早在学生时代，当时黄花岗七十二烈士之一铁血柔情的林觉民，一封感人至深的《与妻书》，让我领略到有一种爱情叫凛冽："意映卿卿如晤，吾今以此与汝永别矣！吾作此书时，尚是世中一人；汝看此书时，吾已成为阴间一鬼。"每念及此，那种夫妻恩爱，那种家国情怀，那种生死绝望，那种深沉告白，读来壮怀激烈，荡气回肠。从此，我认为这是天底下最好的诀别书。因为，这种炽热和滚烫的文字让我心灵震颤。从此，我便认识了福建。当然，这以后，我也知道了朱熹、柳永、林则徐、辜鸿铭、林语堂、林徽因，还有西学第一人、中国近代思想家严复，我手机里还下载有他翻译的赫胥黎的《天演论》；更知道蔡襄、蔡京、张瑞图、黄道周、潘主兰。说起黄道周，自然记起有一段时光他让我追随。他的行草书以隶铺毫，方折行笔，字形向右上横势盘绕，点画绵密而多隶意，用笔劲健，线条浑厚，奇崛刚劲，古雅朴茂，显示出刚直不阿的个性。小楷则有钟繇遗风，且比钟氏更显清雅、质朴、别致。彼时，由于科举制度以八股取士，"台阁体"演变为"馆阁体"，乌、方、光书法大行其道，书法审美迎合皇帝和朝廷士大夫欣赏趣味，妍弱绮靡书风统治书坛，新意乏善可陈。黄道周一出，响遏行云，冲破世俗藩篱，直接取法汉魏六朝，法书雄强纵逸，激越高亢，一扫书坛纤弱之风，使人为之一振。这种书风的形成，关键是黄道周身上有一种壮怀激烈、正气凛然的气质所致，他官至礼部尚书，率师抗清，战败被俘，不屈而死。临刑前，黄道周撕裂衣服，咬破手指，留下一封血书送与家人曰："纲常万古，节义千秋；天地知我，家人无忧。"可见忠臣名节，气贯长虹。观其书法亦然，此也因循于"书为心画""书如其人"之古训。沙孟海先生曾评曰："明季书家，可夺王铎席的，只有黄道周。"

再说另一福建大家张瑞图。浙人张宗祥在《书学源流论》中曰："明之季世，异军突起者，得二人焉：一为黄石斋（黄道周），肆力章草，腕底盖无晋唐，何论宋元；一为张二水（张瑞图），解散北碑以为行、草，结体非六朝，用笔之法则师六朝。此皆得天独厚之人。"张氏书法奇逸凌厉，峻峭劲健，棱角毕露，奇姿横生。其笔法硬峭纵放，结体拙野狂怪，布局犬齿交错，气势纵横凌厉。时人赞曰："奇姿如生龙动蛇，无点尘气。"

想完大师名士，又想起乡村俚俗。晚上友人安排围炉煮茶，实为一边品茶，一边赏戏。品茶品的当然是铁观音，赏戏赏的是高甲戏。高甲戏为闽南语系中传统地方戏剧之一，被列入第一批国家非物质文化遗产名录，发端于泉州，以南曲唱腔为主，有其强烈的民间色彩。高甲戏在舞台上表现的大喜大悲、大爱大恨、愤世嫉俗、善恶分明，乃至唱腔上高亢激越、荡气回肠的旋律，也是泉州人、闽南人性格的生动写照。台上表演细腻生动，诙谐幽默，火爆热烈，妙趣横生。其道白抑扬顿挫，吐字有致，韵味十足。行腔高亢雄浑，有时亦不乏细腻清婉，充满着民间生活气息。

是夜，我辗转反侧，从安溪铁观音馥郁的兰花香，想到林觉民的《与妻书》，想到黄道周与张瑞图的书风，再想到泉州的高甲戏。我认为其间的气息和精神是相通的，它们共同的气质是：高亢、激越、奇崛、凌厉。我想，又是应了一句老话：一方水土养一方人。

我有一个茶庄

周大新

　　我有一个茶庄，在福建安溪。我的茶庄出产的铁观音茶属浓香型，茶汤香高韵长，颜色金黄，入口醇厚甘鲜，进腹通体舒泰。你们有谁想尝想买，给我来一个电话就行。

　　我的茶庄在安溪不算是大的，但茶庄的历史完全可以用"悠久"来形容。据我父亲在私下里"交代"，我们家的先祖虽然住在大山里，可与犹太人有点相似，天生有经商赚钱的头脑，能凭直觉发现什么东西可以挣钱养家。大概是在唐末宋初，一位住安溪驷马山的裴姓高僧种茶做茶的事传开之后，我们家就也开始悄悄学着栽茶做茶了。当然，最初采摘粗制的一点茶叶，主要用来以物易物，从邻居和邻村人那里换来一点日用品。到清朝乾隆年间，本县西坪士人王士让经方苞之手，将安溪茶送于乾隆皇帝品尝，得赐"铁观音"之名以后，我们家就把种茶做茶卖茶当作主业了，因为家境逐渐富裕，遂成为我们所在村庄的庄主。最盛时，我们家有茶田几百亩，采茶制茶时节，要雇几十个人帮忙才行。做成的茶叶，先是用背篓背到镇街上卖，后来用毛驴驮到县城里卖，再后来用马车拉到泉州和厦门卖，最后开始派人装船到新加坡、马来西亚和泰国、印尼去卖。到这时节，我们就自称茶庄了。也因为卖茶，我们家族有不少人至今还住在新加坡和马来西亚，成了当地的华侨富商。中华人民共和国成立以后，我们家族的茶树被收归集体所有，种茶、做茶的事虽没有中断，但村里茶叶的产量并未增长，茶田也未见扩大。改革开放以后，茶田允许承包，我们的茶庄才又开始复兴起来。特别是茶田允许流转之后，我们种的茶田已增加到上千亩，制茶的厂房和储茶的库房有近百间，用工百余人。我们茶庄每年的产量都很可观，销售利润嘛，要不是需要保密，说出来肯定会吓你一跳！这样吧，我只告诉你一个指标，你就可以估摸到我们茶庄的收入了，我们茶庄产出的顶级的铁观音茶，法国外交部、英国皇室、德国总理府都来买过，世界上有些跨国企业的老总指名要喝我们的茶，有一个品牌，一市斤也就是五百克都要卖一万多块人民币哩！仅这个品牌我们一年就要卖出——哈哈，不说了，这是商业机密！

我的茶庄出产的铁观音茶之所以受人欢迎，远销国内各省和世界多地，主要是因为我们严把三个关口，始终注意确保茶叶的高端品质。第一个关口是确保茶树有一个好的生长环境。我们茶庄所在的位置，海拔高度八百五十米左右，年平均气温在十五至十八度之间，年降雨量在一千七百到一千九百毫米，相对湿度在百分之七十八以上，茶田上经常有云雾缭绕，茶树可谓饱饮山岚之气，饱沐日月之精，饱得烟霞之爱，这是先天独有的自然条件；后天的条件就是注意土壤的成分，不断地给土地施各种有机肥以增加营养，始终保证土质为酸性，让酸碱度保持在四点五至五点六之间，使其适宜茶树的生长。我们茶田里的茶树属灌木，树势虽不大，但枝条披张斜生，长出的茶叶叶形椭圆，叶缘齿疏而钝，叶色深绿光润，叶面呈波浪状隆起，略向背面反卷，叶肉柔软肥厚，嫩芽壮而呈紫红色，饱含了苍天与大地所给予的各种养分，这就为制出顶级的铁观音茶打下了坚实的基础。第二个关口是确保鲜叶的采摘符合标准和规矩。我的茶庄规定，待茶树新梢长到三至五叶快要成熟，而顶叶六七成开面时采下一芽二三叶，做到"开采适当早，中间刚刚好，后期不粗老"。在春夏暑秋四个茶季，都坚持在晴天、微有北风、下午的二至五时采摘，若天公实在不配合，也要在阴天的上午九至十二时采摘。采摘时根据茶树的生长情况，确定一定高度的采摘面，把纵面上的芽梢全部采摘，把纵面下的芽梢全部留养。鲜叶采摘后，为保持新鲜度，我们要求及时收青，将鲜叶置阴凉干净处，防止风吹日晒，叶温升高。第三个关口就是茶叶的制作必须按传统规程进行，不能偷减工序。晾青、晒青、摇青、炒青、揉捻、初烘、初包揉、复烘、复包揉、烘干等，每一道工序都不能少，而且我们在每道工序上都配备了大师傅，这些人都是做了几十年茶的老工匠，能凭目视、鼻闻、耳听、手触来判断是否达到了工序要求。正是因为我们严把了这三个关口，我们的出品才能使得国内外的茶商和茶客争相购买。

我们国家产茶的地方很多，茶叶的种类和品牌更是数不胜数，铁观音所以能稳坐全国十大名茶之一的宝座，我的茶庄所以能成为国内外知名的茶庄，归根结底是因为这种茶喝了对人好。怎么个好法？简单地说，就是三好：其一，是能让人的精神状态好。我们都知道，人有累、有烦、有困的时候，这个时候人提不起精神，神态萎靡，眼皮塌蒙，身不想动弹，心不想做事。倘若此时让你喝上一壶铁观音茶，那么很快，你的精神头就来了，就提起神了，就有点兴奋起来，就踢腿伸腰地站起来了，就想动手去做点什么了。所以我们说铁观音茶是一种提神的东西，与西方人喝的咖啡很近似，当然，它比咖啡要温和，不会让你长时间地持续兴奋，不会让你睡不着觉从而伤神。其二，是能让人的身体状况变好。我们都明白，人体是一台复杂的机器，其中的各个部件都需要不同的润滑油来滋润。铁观音这种茶，就是能提供多种"润滑油"的东西。人体需要的植物碱、蛋白质、氨基酸，铁观音茶里有；人体需要的维生素、果胶素、有机酸，铁观音茶里有；人体需要的脂多糖、糖类物、酶类物，铁观音茶里有；人体需要的钾、钙、镁、钴、铁、锰、铝、钠、锌、铜、氮等矿物质，铁观音茶里很多。你血压高了，长期喝它会使血压降低；你牙被蛀了，喝它会使牙质变好；你口臭了，喝它会使口臭消失；你消化不良，喝它会让你想大口吃饭；你得了糖尿病，喝它会使症状减轻；你身体太胖，喝它会使体重变轻；你喝醉了酒，喝它可以醒酒；你不幸得了癌症，常喝它能改善症状减少痛苦。其三，是能让人的性情气质好。你到了我们安溪，不论是看到乡下的姑娘还是城里的少妇，你会发现她们身上有一种在别处女性身上难见的安静和优雅；你到了我们安溪，不论是在乡下还是在城里，你会很难见到男人们之间发生争执吵闹打架斗殴的情况，这其中的原因很多，也与他们天天喝铁观音茶有点关系。我们知道，茶是安溪人的常饮之物和待客之物，喝茶需要冲泡，需要人安静等待；客到时要烧水洗杯，冲泡时主人与来客嘘寒问暖，主人面带微笑，客人语露感激，茶泡好主人亲斟客人捧饮，双方边品茶边聊天，过程十分融洽亲和。这种程序化仪式化的冲泡品饮，久而久之，就会影响到人的性情和气质，会使女性变得安静优雅，会使男性变得礼貌儒雅起来。

　　我有一个茶庄，但那是不可能的！我在河南邓州出生长大，那里不产茶，十八岁之前没见过茶树；之后当兵，在山东肥城、泰安、济南和西安、郑州、北京游走，没有与茶业打过任何交道，更没攒下开茶庄的本钱。我根本没有去福建安溪开茶庄的本领和资本。我只拥有一张书桌和一台电脑，借茶庄之名来写写我在福建安溪的见闻。

　　如此而已。

人在草木间

周晓枫

我认识的福建人，好像没有谁不喝茶。无论冬夏，他们像随身携带身份证一样带着自己的茶。我还数次目睹出差的福建笔友，带着整套茶具。茶盘、茶壶、茶海、茶漏、茶巾……除了数只以供邀约朋友的品茗杯，我竟还看到有带着私人茶宠的。我笑他们，只差背个屏风和古琴来。

我不算饮茶人。喝也行，不喝也行。写作时我与咖啡为伴，养成了心理依赖。咖啡或茶，开始是自愿地被束缚，久而久之，就缠绵入骨，难以为戒。很难说它们是苦是甜，复合之味才令人上瘾。

作为不解茶趣者来安溪，来铁观音的原乡，我总觉得自己混浊，品佳茗也相当于牛嚼牡丹。抬头，茶馆匾额写着"禅茶一味"。无论是禅意还是茶味，我从来无法体会和参破它们极简之后的丰富。好在，禅与茶，都慈悲宽容。

茶这个字，拆开笔画就是：人在草木间。植物的馈赠，看看草与木，从纸、茶、药，到床、船、屋……我们随时生活在草木之间。我们阅读的书籍，我们穿着的衣裳，我们弹奏的乐器。茶，是其中日常又慷慨的给予。

每天的日子，开门七件事：柴米油盐酱醋茶——最后一个是茶，微妙地超越其他。如果是生活需要，水就够了。文人喜欢诗酒茶：诗是对文字的奢侈，酒是对粮食的奢侈，茶是对清水的奢侈。正因为茶是高于生存需要的水，所以象征精神的部分。是啊，对生存来说，精神就是奢侈——可正因有了这些奢侈，我们才不枉此生。说起来，都是动物的生命，人是其中的奢侈；茶寿指一百零八岁，是把"茶"字拆成"二十加八十八"……所以都是长寿者，茶寿是其中的奢侈。

茶，并非神话中的灵丹妙药，是现实中既平凡又堪称伟大的植物。福建安溪，以铁观音闻名，茶香似乎弥散在这里的空气里……香，是气味的奢侈；铁观音，是茶里的奢侈。

传说 1723 年观音托梦所赐的母本茶树，就生长在安溪打石坑的岩缝间。汽车沿山道攀爬，带领我们去参观这棵神话般的古树。因为铁观音的生长环境，要求一定的海拔高度。到了山顶，并非终点，还要沿着层级并不规则的细窄土路下行。脚边是枝条参差的植物，耳畔是从远处传来的水声……水流细巧，介于溪与瀑之间。我们一路小心，相互搀携，才下到平缓的底部。

虽然知道铁观音是灌木，不可能树冠盛大；虽然知道越老的铁观音，根系越深，香气越沉郁……可母株如此瘦小，还是让我意外。它没有得到彻底的伸展，每发新芽，每生新枝，收取的手就会到来。它的芽叶幼嫩时就被采摘，它的枝条被不停折断用以扦插育苗——就是这样一棵被限制、被切割、被剥守的茶树，守着承诺般，守着它叶片的独特形貌：紫芽斜尾，缘齿疏钝，上面有着拇指按压般的神迹印痕。

并非夸许，茶有近乎神迹之处。折断枝条，插土就能成活——万能地再生。你摧毁它，它报以辽阔的丰收，甚至更为勇敢。母株压条繁育时，经过扭转和压扁的伤枝，反而有利更好更多地生根；如果小心呵护的，却事倍功半。一万次酷刑，意味着一万次的繁茂，十万、百万、千万次的慷慨。茶叶制造的过程也是这样。摇青时，芽叶相互摩擦、碰撞，受损的茶青反而分泌香气。每片茶叶，都死于离枝，死于炒制，死于滚水……然后，它们又从中复活，将自己的清香与甘醇，灌注到每一滴水里。从伤害里汲取成长力量的茶，就这样，涓滴灌溉，帮助我们清除体内的毒。

茶，看似羸弱，却隐藏柔韧而惊人的力量。站在这株古茶树旁边，我观察它厚实的叶片，陈旧的花瓣。我安静，和朋友偶尔交流，也尽量低语……我不由自主的态度里，仿佛包括对时间和沧桑的尊重。

我以前觉得，交通的便捷，瓶装水的储存，空调系统的温控，使今人很难体会古人曾经的乡愁。我们可以在全球化的环境里，共享无差别的水土。

但是在这棵茶树面前，我改变了看法。也许我们能保留自己所适应的饮食习惯、所乐于交流的乡音，以及，那蓄意维持的心理时差。植物，替我们凝结着乡愁：土壤里的酸碱度，空气中的含水量，海拔和温差，云雾雨雪，都在其中。活着的茶，在冷水里浇着，根系沉默的一切；死了的茶，在滚汤里沏着，重新活过，在袅袅升腾的丰沛水汽里，还你故乡的云雾缭绕。

形如铁、色如铁、重如铁……庄重，就在这一盏琥珀色的铁观音茶中。它是由土生长出的木，经过火上的铁锅炒制，最后水让它复活。一盏茶里，汇聚金木水火土……我们人生的五行，尽在其味，尽在不言之中。茶作，是人与植物的灵魂交流，就这样日月天地，就这样草木山水。

茶，经历水火，是树叶的前世今生。最初，它被揉搓，被携带，在更久的日子里不死。茶，折叠自己，它在自己的抱缩里藏好往昔的春秋。最后，神秘收拢的叶脉打开了，像一个人慢慢摊开手心里的掌纹。铺满刻痕的线条，记载它活过的风雨。制茶时，水分被蒸发，年少青春的饱满汁液消失。茶，是变成老年的树叶，暮色沧桑。的确，茶，是一片树叶的回忆；但这回忆里，饱含变化。是昨天的自己，又不是昨天的自己；是昨天的复活，又不是昨天的复活……浸泡缓慢，体会悠长，如是，恍兮惚兮。

此时，在山岭中。周围是高起来的地势，底端是铁观音的茶枝。冷冽的空气浸泡，让我清醒。人生一世，草木一秋。如是，我们在更大的天地茶盏里被时空浸泡，散发出一生微苦里的领悟、回甘里的安慰。

乌龙茶的边缘

宗永平

一

大学的时候，系里有一小群同学，都是福建泉州的。依照福建人的习惯，他们常在西北楼（男生宿舍）煮水泡茶。应该就是从他们那里他知道了工夫茶，也听说了铁观音。但知道安溪，那是后来。他觉得，起码受了他们一定程度的蛊惑，他有幸在泉州待过一年。那时候，真正见识了"泡在茶缸里"的福建人，也初次欣赏了繁复、讲究的茶艺。当然，也知道了安溪：乌龙茶的出名产地。

回头想，那都是快二十年前的事儿了。但这么长时间，有关高深的工夫茶茶道，或是乌龙茶的常识，都停滞在了原处，没有丝毫长进。有时候跟着喝茶，也只是有嘴就能喝的程度，完全没喝茶的瘾。莆田的老友，前两年，时常给他寄点儿考究的铁观音。年前到他编辑部去，发现他几乎不喝茶，同事也只是把他寄的铁观音，用保温杯冲泡，喝着解渴。朋友感叹说：再也不给寄好茶了。

茶博馆解说的姑娘，文静，稳重大方，也自信。这里是安溪，连续九年，茶叶产量稳居全国各县首位。安溪铁观音在全国声誉鹊起。自信是当

227

然的。其实，他的家乡江西，也出产茶叶。庐山云雾和宁红等，也属名茶。眼前这幅茶叶产地分布图，用各种颜色标识区分产量和产地。看姑娘的眼色，就好像北纬 30 度附近的黄金地带，只是跟江西挂角而过。

显见的原因，也许是，曾经贵为中央苏区：《请茶歌》在他小时候，经过朱逢博完美的演绎，霸占着电视台和广播台。不单地方台，在央视的各档晚会，也频繁出镜。其实，江西采茶歌、采茶调特别丰富，还有活泼生动的采茶戏。儿时用板凳占座，最后看到的除了外来的黄梅戏，就是当地的花鼓和采茶戏。

经历总是决定视野的。多年以来，他一直以为，江西是全国重点茶叶产地。就好像父亲到京与他同住，却总是跟环境格格不入——他总按家里的标准，去衡量、把握生活，比如，冬天屋里不能太暖和，等等。

既然知道偏差，而且茶道与他相远，那好吧，有关品茶和茶道的专博文章，就让给行家或者至少嗜茶成瘾的外行去写吧，他就写写乌龙茶的边缘——边缘的人与事。

二

规制仍旧是一所职业高中，就在陡坡上。前面是狭窄的场坪（实在没法儿叫操场），教学楼、操作车间和宿舍，围成四方形。中间的草坪长得不错，但是也不大，几棵茂盛的榕树，几乎占满空间。但是安静，安静得觉得鸟噪。没有学生的喧闹，表明这个清秀的院落，确实不是学校。它是当地有名的竹编和藤铁工艺公司。

他穿着西服。也许脱掉外套，更能显出他的本色：一个质朴、勤勉的老者。所以总替他有点觉得束缚。有时候，人的某个决定，影响超乎想象。他比大多数知青更年长，但也是插队，回乡接受贫下中农再教育的一代。聪慧加上巧手，他就地取材，选择了竹编和藤编。最早只是热水瓶壳。实用也耐用。藤竹编制的瓶壳，当年各地都能见到，销售广泛。

这只是基础。他本质上是个艺术家。等气候适宜，他恢复了创造。竹编展陈室的展品，无论新旧，都超越了实用；但也因实用，每次编针走线，都落实、沉着，可以被推敲。都是他的制作。刚见面，谁都没认出他，就是这个工艺公司的创始者，也是掌舵者。每个器具的编制和经历，他都了然于胸；也为高昂的出价得意，但更得意的是某件小品，曾经陪伴一位领袖出洋。

或许，把藤铁工艺厅和竹编截然分开，更显示他艺术家的一面。这里的氛围，确实是实用的；但更现代，贴近现代生活。如果竹编室是回忆，那藤铁就是现实。很多年轻人的工艺设计，不但拓宽市场，让竹编和藤铁工艺，成为安溪仅次于制茶的重要产业，也帮他赶上了时代。

开创竹编和藤铁工艺，并决定扎根安溪，这样的决定不但确定了老人的生活，甚至影响到了当地民生，还有比这更重要的吗？

即使是十月中旬，湖头镇正午的阳光，仍旧灼热耀眼。看完新衙，他们意兴阑珊，毕竟快到饭点。而且据他说，李光地并没有在此住过。这座三进的新衙，保存完整，现在还很气派。李光地只是看了看大门，"过其门而不入"。除了其中隐喻的清廉，这座宅院，其实跟李光地关系不大。站在门前的水泥地，他们都热得脱掉外套，围着，有点傻。这时候，他说，还是要去看老厝。每次领人来，我都要领去老厝。

他是李光地的曾孙。四十出头。大学本科毕业，就回老家，主持开发李光地文化。故居每个细部的变动，他都是亲历者，像家训的版本选择和校勘、宣传资料的校理，这些琐事，都是他在操持。很荣幸能有他做最专业的导游，热情而且坦诚。

站在老厝前，很容易感到他情绪的波动。屋里屋外的每个细节，他都熟悉。有人问，你怎么这么清楚，好像是自己家一样？没错，他就出生在这里。老厝长时间都是住宅，直到上大学，他就在那里成长。

也有很多御赐或要人题写的匾额，但老厝显然更接近生活。宅院是某个满族将军建造，所以有明显的北方风格。这在当地并不多见。宅院牵涉到主权的变更，房屋内部陈设及其各自的功用，他都讲解详尽，娓娓道来。沉淀在时光深处的那段历史，似乎触手可及。

但静下来想，从李光地离开，二百多年的时间，悄然逝去。其间拥挤着三四代人密集的生活。要想追寻李光地当年的日常情感，哪怕仿佛于万一，也只能靠各自的天分去揣摩了。

三

最终，还是要回到乌龙茶。他们的目标是西坪镇，去铁观音的发源地，观音山。午饭后把外套脱在宾馆，傍晚的山风，远远不只是让他觉得凉爽。并不清楚这一小队人马领头的是魏月德。茶山的路在山坡上起伏，有的地方背风也有地方当风。前面路不错，但后来要翻越大块岩石和碎石堆，比较危险。好在，翻过岩石，铁观音母树就在眼前。

有条溪涧贯穿小山谷。在一块泉水跌落的崖石上，就站着那两棵母树。大家都安静下来，甚至没想拍照。他也忘了冷，即使站的地方，涧水随风溅落。超过二百年树龄。那是第一代和第二代。现在满山茶树，有后来培植的，但远远近近，都跟它们关系密切。有些东西总是值得尊敬的。而且，它们甚至现在也能产茶（要不是禁止采摘的话）。

原路返回，有人小声说，可以喝到"魏十八"。山腰里，一片大家低声的欢呼。

站在楼前的平台，视野极好，目光所及小山逶迤、茶园苍翠，而且满鼻子都是茶香，真让人心胸坦荡。这当然已经远远超出一般茶农家，遑论其余。

他就是魏月德。魏荫第九代传人。也许"魏十八"更出名。虽然他的茶山面积不小，但每年"魏十八"的产量有限。能够喝到"魏十八"，而且由他亲手泡茶，拿捏火候，实在难得。他们很自然地报着数。十一二人。人数稍多点儿，他说。每个动作，对每道工序的解读、把握，还有间杂其中的闲聊，都能看出他的熟稔、老到和从容，当然，还有就是，历见世面。他回头看了看墙上的照片，指着某个人说，拍这张照片，当时他就是你坐着的位置。

豪爽，通达，也得意。也就是这二十几年，他说，眼看着铁观音就做起来了。

四

这次碰见的人，魏月德的精干通达，李光地孙辈的热情坦诚，工艺公司老者的质朴，都令他印象极深。但他想，王十月无疑是最有趣的。从

"魏十八"的茶山回镇上，其他人忙着吃喝闲聊，这家伙也不顾山风冰冷，竟然偷偷出去街头游荡，顺便寻访起了铁观音另一种的起源。他们安心地听着那位曾孙详尽的解说，他却忙着跟老人喝茶，聊着他们在老厝里曾经的起居。好吧，现在该惦记的是，他想用藤铁工艺品做《作品》文学奖奖杯，兑现了没有？

安溪铁观音

赵本夫

五月的闽南阴晴无常,一时阳光灿烂,一时细雨蒙蒙,一时大雨瓢泼,旋即又戛然而止。有阳光而不灼,有阵雨而不潮,和风阵阵,清爽宜人。在这样的季节走进中国茶都安溪,就有了许多美妙的期盼。空气中茶的味道已是暗香浮动,有些让人迫不及待了。

安溪距厦门也就 80 多公里,走高速公路半个多小时就可到达。这里山清水秀,层峦叠翠,闲云流岚,如同仙境,全县仅千米以上的高山就有115座。有山就有水,无数溪流小河绕山入谷,千回百转,滋养着安溪人,也滋养着安溪所有的生命。其中,60 万亩茶林成为安溪人最大的骄傲。这里是乌龙茶的诞生地,其中的铁观音更是一脉骄子,几百年来出入宫廷,流韵民间,享誉海内外,安溪被命名为中国茶都,实至名归。

关于安溪铁观音,当地有许多美丽的传说,成为安溪茶文化的重要组成部分。对这些传说,已没有必要去考据真假,茶的品质才是硬道理。中国是茶的故乡,红茶、绿茶、乌龙茶、白茶、黑茶、黄茶、花茶等等,品类繁多,每一种品类都有名茶。可以说,这些名茶各有千秋,很难说谁是第一,谁是第二,因为茶的品类不同,每人爱好不同。但安溪铁观音所以被茶客广泛称誉,的确有它独特之处。红茶是深发酵的,性热;绿茶是不发酵的，性凉；而铁观音是浅发酵的，不热不凉，介乎两者之间，兼具红绿之优长，既有红茶的醇香，又有绿茶的清爽，黄亮甘美，取性"中和"，连它的茶黄色也属中色，这就有意思了。因为"中""和"恰是中华文化的精髓所在，铁观音就真正有了文化的属性。

在中国的历史和现实生活中，凡能善始善终，或成就大业且能长久者，一定是能兼容并蓄、性情中和的人。为人处世激烈偏执，逞一时之快，就很容易把事情搞砸。

这让我想起康熙时的一代名相李光地。此人作为康熙盛世的理学宗师和大政治家，为官从政，一路官至宰相，其间宦海凶险，明枪暗箭，经历无数，他却始终能以宽厚忠诚之心，兼容旷达之怀，赢得朝野称颂。李光地为官顺达，长期身居高位，历五十年不倒，必定是深得"中和"要旨。这里要说明的是，"中和"并非圆滑投机，明哲保身，而是看透事理，做正确的事和正确地做事。李光地恰恰是这样一位有为的政治家，不论治河平叛、编修事朝，都是敢于担当的。康熙十九年，李光地洞察台湾情势，担着巨大风险，力荐施琅率兵平台，终使台湾回归。同年，耿精忠因被告发蓄意谋反，李光地的同榜进士陈梦雷以附逆罪被判死刑，李光地大胆疏陈当年功绩，使陈梦雷得免死刑。福建陈五显因饥举义，被捕处死，其家属及余党1300多人被判充军，李光地冒死奏言，陈五显乃饥寒所迫，今首犯既诛，余党不必深究。他们也终获赦免。诸如此类，不是一般人愿做和敢做的，但李光地都做了。他有观音的慈悲心肠，又有坚守慈悲、主持正义的钢铁意志，和铁观音的品质惊人一致。

真是巧了，李光地正是安溪人。

李光地从政近五十年，身居高位而养终，殊非易事。当他在任上病逝后，康熙帝复谕阁臣曰："李光地谨慎清勤，始终一节，学问渊博，朕知之最真，知朕亦无过光地者。"后雍正帝又追祭李光地，立碑祭文，评价李光地："流芳竹帛，卓然一代之完人。"评价之高，史所罕见。

安溪山水出现李光地这样的人物，也是顺乎自然，因为安溪是铁观音的诞生地。

李光地也是铁观音。

观音慈善、悲悯，是有温度的，却和坚硬的铁联系在一起，就有了无尽的意味。

铁观音茶好，修身养性。

铁观音名字也好，有禅有道。

亲茶之旅

荆 歌

　　每天早上起来，就把茶沏上了。虽然有人说，空腹喝茶不好，但我还是要让每一天都从茶香中开始。好与不好，如何来定义呢？空腹喝水好，为什么喝茶就不好呢？好像没有科学依据的。即使空腹确实不宜喝茶，也未见得就一定是不好。好还是不好，是要综合来判断的，利于健康，当然好；利于心，当然也好；既利于健康又利于心，那就更好。但是，世间事，往往不能两全，如何取舍？重身则取身，重心则取心，是这样吗？

　　而事实上，我认为喝茶是有百利而无一害的。既利于身，更利于心。补充水分是身体的需要，喝茶更是精神的需求和享受。世界上难道还有比喝茶更美的事吗？它既让你愉快，又给你健康，它令精神和感官同时受益。呼噜噜入口，通体舒泰，灵魂飞翔。

　　在所有的茶里，铁观音是最醇厚芳香的一种。而我开始真正喜欢上茶，就是铁观音。它清雅之中的丰满，它风过松林般的回甘，让初次接触它的我惊喜不已！从今往后，就算每每看到铁观音三个字，也都会口生香，舌生津，更不用说斗室独处，自泡自饮，汤色金黄，茶香弥漫，那是怎样的自在神仙啊！

　　福建安溪是铁观音的发源地，闻名世界的乌龙茶之乡。因此我去安溪，是带着一颗朝圣之心去的。仿佛这茶，真是拜观音所赐，去安溪访茶，就是去觐见观音似的。铁观音非遗传承人魏月德带我们上山，走蜿蜒曲折的小路，在山坳里见到了铁观音的母树。它不是傲然挺立的参天大树，它只是小小的一丛灌木，叶子绿得像翡翠，开着白玉似的小花。它气度不凡，却是内敛的，姿态一点儿都没有夸张，它是沉稳健康的老祖母，它经历几百年风雨，它一肚子故事，却有颗不变的少女心，苍老而又青翠，儿孙满堂。难道那群山起伏之中，那无数的角角落落，默默生长着的，都是它的后代吗？

在安溪的日子，真是幸福快乐。走到哪儿，喝到哪儿。茶不仅提神解乏，还令口舌生香。没有一种行旅能有在安溪那样的滋润清爽吧！美酒之旅可以酣畅，但是不免晕晕乎乎。而任何时间、走到哪里都有或清香或醇厚的铁观音茶，滚烫地入口，在嘴里欢腾，然后就是通畅、生津，回甘又春风般吹拂身体，优美的旋律一样叫人心生欢喜。在魏月德家里，还喝了据说是天价的极品铁观音，那是怎样的奢侈？家住群山之中，常与白云相伴。清风上茶，玉液洗心，不辞长做安溪人！

喝茶去！即使是回到酒店，大家最乐意做的事，还是喝茶。我经常听到小说家陈应松的湖北口音充满激情地在大堂响亮："去八马！去喝茶！"好啊，一楼的"八马"茶庄，确实是满目好茶。芳香的气味、金黄的茶汤、美丽的姑娘。文坛劳动模范叶兆言老师通常一有空就会躲在房间里写作，竟然也是兴致勃勃地和大家一起去八马，在那里问茶、说茶、品茶，喝得无比陶醉，不知今夕何夕，无论他乡故乡。深居西双版纳南糯山的先锋作家马原老师更是以行家身份，谈论福建茶与云南茶的区别，说茶的古今，说茶的八卦。经典名句是："有好茶的地方必有好水！"《西湖》杂志主编吴玄老师则嘴里喝着茶，眼里看着茶艺师姑娘，喝几口茶，夸几句姑娘。我是既喝茶又看姑娘，将姑娘和茶一起夸了。端的是良辰美景奈何天啊！而美女画家夏无双老师，则另开茶席，友情客串了一把茶艺师，泡出来的茶似乎更甜更香，被评为最美茶艺师。喝到她亲手泡出的茶的两位帅哥范晓波老师和吕魁老师真是有福了！无双还以她画家的独特视角，拍摄了许多优秀的照片，茶叶茶花、茶山茶人，人因茶清，茶为人香。林那北老师亦主亦客，风雨故人来，良宵茶当酒，茶助谈兴，竟是妙语连珠。散文女皇周晓枫老师受了风寒，玉体欠安，热茶穿肠，香汗涔涔，脸色顿时红润起来。古灵精怪的马小淘老师，戴了卡哇伊的帽子，像是未成年少女，她非常担心喝了茶会睡不着觉，但是犹豫再三，还是喝了，直喝得脸颊上两坨红晕，皮肤吹弹可破，就像可爱的樱桃小丸子。评论家晓华老师也说喝茶可能影响睡眠，平时在家下午喝了茶晚上还会失眠云云，但是在安溪，每天喝，从山上喝到山下，从白天喝到夜晚，却据说睡得踏实安稳，一夜无梦。北京的李舫老师来去匆匆，似乎就是为了这一口好茶而来，喝下这一口好茶便去，品茶佳话，魏晋遗风。

茶是上天的恩赐，它去浊还清，可以洗心。它是神奇的树叶，带你去清净之地，伴你读书看云，和你一起走过一个个美丽而有趣的日子。它是生活的必需，它是身体里的溪流，也是精神世界里的微风、丽日和轻云。

前清的气息

胡　平

　　我叫胡平，与福建老省长同名，所以，来到铁观音之都安溪以后，受到了特殊的礼遇。饭桌上，高县长一下就记住了我的大号，并且频频向我致意，当然，我是有自知之明的，也清楚老省长在安溪的威信。当年，胡平省长来到安溪视察时，这里寒气袭人，正值贫困县的深秋。在小学的危房前，欢迎他的孩子许多衣衫破烂，有的光着脚没有鞋穿，老省长当时就落了泪，下决心改变政策致富于民。如今，领导更迭数届，以发展茶业为龙头，安溪已一跃列入全国百强县第57位。这就是历史，历史就这样发生了改变。

　　我这人活得粗糙，不饮酒，勉强饮一点，并尝不出酒的好处；虽然喝茶，对茶也没有什么讲究，所以，铁观音对我来说并无特殊意义。但是，来到安溪，茶总是要喝的。热情的主人在我们面前摆开茶具，烧煮泉水，热瓯净杯，经历一番程序后，我手中也接过了一杯佳茗。说是一杯，只是小半杯，茶是淡黄色的，清澈纯净，有琥珀色泽，像艺术品，无疑与我平时所喝不同。喝法上也不同，我平时是牛饮，现在是品尝，嘬嘴咂舌，竟也一口分出了高下。那滋味的确是醇厚甜鲜，回甘无尽，唇舌间蕴含清雅口感，是审美的，令人心动。主人望着我们微笑，我联想到我的两位福建

238

同事平素就是这样在家中享受，不觉生些嗟叹。看来，许多人都比我活得精细，而铁观音也是名不虚传的。以后，我将继续与铁观音保持距离，以免上瘾，无法维持平民生活。

晚间，我们上了茶山，留宿在山顶一所旅馆里。旅馆全原木构成，古朴风格，三层楼上，有一平台茶座，设有楠木茶桌，老藤沙发，却是个下棋的好地方。好友与我品着新茶，摆开棋盘，黑白布阵，纹枰手谈，十分惬意。渐渐，下起密雨，雨幕如帘，这边鏖战正酣，真乃神仙过的日子。值棋友冥思苦想之际，我抿了一口铁观音，放松心情向四野望去，见山峦重叠，茶木郁郁葱葱，听着山间溪涧淙淙流水，闻到满处草木清香，忽生隔世之感——还忘记说明了，我是从北京来的，这种草木清香于北京人是恍若隔世的。我不由想，若北京的地理也适合种植乌龙，会成为茶都吗？这个想法吓了我一跳。

有位从厦门跑来看我的朋友说："我真可怜你们北京人，赶紧在安溪租处房吧，享受享受生活。"是的，来到安溪，无论漫步在幽美的晋江之畔，还是仰望透蓝的天空，都使我心清气爽。这里最大的享受，当不是品茶，而是洗肺。找个居所，像此刻一样，住上一段，会是每位北方来客再自然不过生起的念头。

次晨，当我称赞连夜好雨时，主人却不无忧愁，他说，雨已经断断续续下了一周，正值采茶时节，茶业是要受些影响了。我细问，才知这里收茶是不肯用机械的，全靠拇指和食指一枝枝采摘，防止芽叶受热与机械损伤。至于因来不及收获而长老的芽叶，是宁可作弃也不充数的，如此方能保证质量。再追问，又知铁观音虽品种优异，产量却不高，安溪也不是聚宝盆，可以取之不尽用之不竭。他说得轻描淡写，却使我敬意油生，向坡下望去，望着漫山遍野观音叶状的灌木，方知它们只是量。物以稀为贵，尝到人们口中的铁观音，已是灌木中的精华。

我们来到一套建筑于清朝的大庭院，见识一下收上来的茶叶如何加工。套院各开敞的房间摆放着清朝之前就传下来的制茶器具，全部为木制或竹制。所有环节，自晾青、摇青、炒青到包揉烘焙，皆为人力操作。院里，人力就是林姓的一家人。我们模仿着用笪箩摇、用木碾压、用纱包揉，做做样子，林家男人宽容地看着笑，满足着来客的欲望。其实，这里面每一工序都需要足够的经验和技能，譬如"走水"中，要通过摇青，使茶梗中的芳香、氨基酸和茶素随水分扩展到叶片，与叶子里的有效物质结合再转化为更浓郁的香味物质，造成铁观音的独特魅力。其中火候的把握是很微妙的，像下围棋一样，也是电脑和机器代替不了的。

林氏宅院的三栋房屋龙骨砖压脊，镂花砖为饰；屋檐瓦当，纹理古朴。正房兼做祠堂，还供奉着林家先人的相片牌位，这三栋房屋是先人用十六担银子筑成，后人代代种植茶叶。林家男人引我上楼去看，楼上房屋里墙上开有枪孔，当年这里常遭土匪袭击，因此驻过兵丁。看来，以茶为业也是冒风险的。

站在屋宇之下，看着木柱上斑驳剥离的楹联，感到这里的一切仍然是古朴的，能嗅到前清的气息，这气息与铁观音不无相通之处。实际上，铁观音也确与清朝有关。当年，乾隆饮茶成癖，遍尝神州名茶，有位大臣将一份产于安溪的新茶呈献于他时，他尝后大喜，欣然将这色泽褐绿，身重似铁，气香形美赛观音的奇茶赐名为铁观音，由此，这茶才开始闻名于世。我不觉想到，今日的铁观音与乾隆帝尝到的铁观音是一个东西吗？相信乾隆帝口中的铁观音不会比不过今日的铁观音，因为那时的茗茶纯粹生于自然而不会受到任何污染。但我还是欣慰了：毕竟我现在仍能呼吸到田野里诱人的清香，抚摸到竹木制的工具，眼见到茶农们诚实的劳作。安溪，仍然是一处保持着自然与古朴的地界，这也许是我们值得信任和推崇铁观音的最终原因。

我知道，石材行业等曾是当地的传统支柱产业之一，年产值达数十亿元，为了保护安溪的生态，已于县境内一概退出，这是需要些眼光和魄力的。现在安溪的发展理念是"宜居宜业宜商宜游"，这一战略笼罩着铁观音的生存。

自然与古朴，是铁观音的性格，也是它的生命。有一年，朱镕基总理来安溪视察，被带入一层未经装修的楼房参观制茶，四壁皆为粗糙泥墙。人们解释说，这是为了避免现代材料的装修影响茶叶的质量，朱总理欣然。或许可以这样说，整个安溪，现在也仍像一间未经现代装修的房屋，保持着全原木的结构，细心维护着名茶的生长。这是一片人间绿地，虽然散发着前清的气息，却更适合现代人栖息。

一种清芬忘不得

晓　华

四天的安溪采风结束了。从跟大家挥手告别的那一刻起，节奏又回到了平常。四天中那个热闹的采风群，在一声声的"平安到家"中渐渐安静下来。回家翻拣照片，自己随手拍和朋友们拍了发来的照片大约不止一千张吧，翻看它们的时候，那些欢乐的、热烈的、安静的、娴雅的，还有严肃认真的乃至沮丧遗憾的气息和场景全都扑面而来。

提到安溪，十有八九的人都会提到铁观音。在安溪的日子里，我们一直在喝茶，无论是在宾馆的八马茶坊，在茶都城的品茶大厅，还是在铁观音非遗传承人魏月德先生的府宅，月寨的茶香人家，甚至是博物馆、展销会、休息区……上车赶路，下车喝茶，似乎成了这几天的惯例，以至于到了后来，一下车大伙儿就开始嚷嚷：喝茶，喝茶！

福建的乌龙茶是有名的，乌龙茶又名青茶，介于红茶和绿茶之间，属于半发酵茶，这样的茶既有绿茶之清香甚至花香，又有红茶的醇厚甘美，所谓"绿叶红镶边，七泡有余香"。安溪是乌龙茶中的极品铁观音的原产地，据说安溪产茶始于唐代，建于唐朝末年的安溪阆苑岩大门上有一副茶联："白茶特产推无价，石笋孤峰别有天。"可以证明当时的安溪就已经生产出高质量的茶叶。到了明清时期，安溪的茶叶达到鼎盛，无论是植茶、制茶，还是饮茶、品茶，都散布及全国。就说植茶吧，早在明崇祯年间就创造了茶树的无性繁殖法，使"无性系"品种的铁观音比其他国家早了近200年，到了19世纪下半叶又发明了茶树扦插育苗技术，加速了茶树良种的繁殖和推广。这些都足以让安溪人骄傲地说，他们是良种宝库，名茶故乡。

我们到安溪的第二天，当地的朋友说要带我们去看铁观音的母树，它就在西坪乡的山坳里。盘山公路尚未完全修好，一路上尘土飞扬。那天是个好天气，能见度相当好，群山层层叠叠，茶园尽收眼底。一道夕阳斜射过来，近处金灿灿的茅草与远处起伏的山峦在蓝天下分外迎人。我刚拍了几张照片，一回头，一大群人都没了踪影，只剩下县文联的小苏和我。他们去哪儿了？从断崖一样的路向下探头，山坳里可见一条弯曲的小路，可是小路上并没有人，而且我们怎么才走到那条小路上去？在茫然不知所措间，机敏的小苏发现了一条不成路的路，在跌跌撞撞中走上了山道，然后，我就看到我的同伴们已经下到更深的山坳里，他们正停在一座桥上，目光聚向同一方向，在那里指指点点。我赶紧向下奔去，原来，这便是我们要探访的铁观音母树。

母树真是小得让我惊讶，高不及腰，像一个小盆景一样。在安溪石坪的大山里，这样的一棵小树一定是被人忽略的，很多年，它应该是藏在深山人未识吧。怎么寻到的这棵母树？魏先生指着一块大石头说，看到这条线了吗？是观音指的路呢。这是一条白色的如同一串珍珠一样的线条，在黑色的石头上非常显眼。后面的山崖的石头上刻着"正欉发源地——清雍正元年"几个字，大约这是它被发现的时间。这株小母树的上面，还有两株稍大的，旁边也立着"铁观音母树"的石碑，据说它们是由这棵母树自然向上生长而成。安溪县文物管理委员会在2002年立碑，此地为"魏荫种茶处遗址"，确认它为安溪铁观音发源地。母树跟一棵平常的茶树没有什么区别，不过上面点缀着的一朵朵白色单瓣黄蕊的小花，倒是好看。魏先生说一片叶子上都有佛手按过的痕迹，他摘下一片树叶，双手虚空，拇指按住叶片两边，演示给我看，果然佛手印在此，叶片立刻显得不同寻常了。魏先生的家就在离母树不远的山上，他邀我们到他家去品上好的铁观音。府宅的正屋是挑高的，装点得金碧辉煌，上挂"铁观音世家"五个大字。魏先生边倒茶边讲解，真是到处都有学问。到了安溪，我才知道铁观音还分为三种香型：清香型、浓香型和陈香型。我平时天天喝茶，虽谈不上牛饮，却也是很少去细细品味的。这次有机会来慢慢品，体味其中微妙的不同。在清香与浓香、陈香的三种铁观音的香型里，我还是最喜欢陈香型。清香型的茶汤清澈明亮，有花香的韵含，但略显寡淡。浓香型是用温火慢烘，香气纯正，汤色呈金黄色，但冲泡次数多了也就失了滋味。唯有陈年铁观音是以铁观音毛茶为原料的，再经过拣梗、筛分、拼配、烘焙技术，然后放到石木结构的特别仓窖中储藏，窖内酷暑不热，严寒不冷，存放十年后的铁观音再拿出来喝，那才是真正的沉香凝韵，绵甜甘醇。魏先生告诉我们，陈年铁观音的冲泡也非常讲究，用沸水冲泡 15 秒就要将茶水倒出，这样才能在无尽的回味中体会铁观音的妙处。

安溪的茶山呈梯田状，一垅一垅的，现在已过了采茶的季节，修剪得十分整齐。茶树都很矮，不像江南一带齐腰高，一般都高不过膝，可能是因为海拔较高影响生长的缘故吧。我一直耿耿于采茶人是怎么采茶的，这么低的茶树弯腰实在是太累了，会不会是坐在小凳子上采茶的呢？要不就是用机器来采？他们被我的想法逗乐了，坐在小凳子上采茶是绝无可能的，机器倒也有，只是好的茶厂全部都是用人工采的，采摘的过程自然也是十分辛苦的。茶叶制作的过程也是非常有趣的，要制好茶必须"天、地、人"配合，魏先生说他制的茶是讲究天气的，如果这一年的雨水过多，那是制不出好茶的，他宁愿选择放弃。必须在最佳的气候条件下，选择最佳地理位置的茶树进行采摘，才是获得好茶的第一步。摘回来的鲜叶进行加工时也特别讲究，比如铁观音的做青阶段包括晒青、凉青和摇青这三个环节，都是有技术指标的，一看色泽，二看弹性，三看含水，四看鲜度，所谓的"伤青""死青"都是不行的。摇青是铁观音茶特征形成的关键，凉青后的叶子在摇动的过程中碰撞、摩擦，细胞破碎和损裂，水分扩散和渗透，然后再将鲜叶摊在笊篱中，经过水分渗透以及一系列化学变化，逐步发酵变红，香气也就自然形成了。

在国心绿谷生态茶庄园，我去体验了一下手工摇青，在一根绳吊着的簸筛里，抓住筛边来回翻卷，开始还有些僵硬，到后来，似乎找到了一点摇青的节奏，居然也有了一些模样。说到去国心绿谷茶庄园，还有一段小插曲，因为庄园在安溪县尚卿乡的黄岭村，我们必须翻山越岭，为了赶时间，司机抄了一条近路，谁知开到半途竟指示修路绕道，可是"开弓没有回头箭"，仅仅一车道的盘山路是无法掉头再走的。一路上我都把心提到嗓子眼，有时感觉车头就冲着悬崖而去了，幸亏司机车技高超，才一次次地有惊无险，在一个看上去实在是太危险的拐弯口，我们还下车步行了一段。不过到了茶庄园，才觉得真是值得来，空气特别好，看着群峰起伏绵延，茶园层层叠叠，唯有深呼吸，深呼吸。

这里的海拔在 750 米—1080 米之间，属于典型的高山茶区。现在其实并不是来茶庄园最好的时机，气温较低，空气湿度大，还时不时地飘一些小雨，让大家没了登上顶峰的兴致。在当地朋友的一再邀请下，我还是选择了冒着寒风登上一号峰顶。可是当司机开着四面透风的观光电瓶车，飞快地转着方向盘，车身剧烈的左右摇晃时，我又有点后悔了，刚刚脱离了险境，又来这里冒险，真的是无暇观风景。越往上去，雾气越大，到达腾云峰顶时，我们已经被浓浓的雾包围了，站在海拔 1200 米的顶峰，四面都是雾气，什么也看不见，我所期待的安溪全貌、茶山茶海全都淹没在茫茫云雾中，飘飘间，恍若入了仙境。我突然想起了云雾茶这个概念，我不知道这里的铁观音是不是也可以称为是云雾茶，茶树常年在高山云雾间，是不是又多了一层滋味呢？

有诗云：

> 安溪竞说铁观音，露叶疑传紫竹林。
> 一种清芬忘不得，参禅同证木犀心。

以此作结吧。

安溪寻茶

徐　迅

出了厦门高崎机场，就直接奔向安溪。沿途一堆堆、一朵朵、一株株、一棵棵、一片片、一叶叶的绿扑面而来，让人目不暇接。这种绿，横看竖看都像是茶的叶片，安溪茶的叶片。乌龙茶的故乡，铁观音的前世……仿佛观看或者品尝安溪的茶，都有一个长长且美丽的序幕，只是这序幕因为这种绿，并不显得枯燥。接待的朋友似乎怕我们路途寂寞，一路上不停地向我们讲着乌龙茶、铁观音……尽管不是眉飞色舞，但他的眉宇间却洋溢着一种自然。这自然便是茶的自然，人的自然，生命的自然。

到了安溪，朋友又迫不及待地带我们上山。上的山就是茶山。看茶或喝茶。到了名曰"大宝峰"的茶庄园，见满目青翠，山山如黛。茶树一溜一溜的，都是灌木丛状。庄园的主人掐下一株嫩芽，芽叶尖尖的，紫红如紫笋。我觉得这茶与家乡绿茶没什么区别，但细看起来，感觉树丛还是有些坚硬，有些矮。茶山除了茶，还有树，带香的花树，有桂花、兰草花……有桂花不稀奇，稀奇的还有音乐。细听不是音乐，是佛经，是佛教经典音乐《大悲咒》，一遍又一遍的，佛乐在山间回旋着，在茶树间回旋着，在茶园回旋着。庄园的主人说，茶是有灵性的，天天听着大悲咒，就满山的欢喜，满心的欢喜。喝茶就是喝一种欢喜。听了这话，再看面前茶山层层叠叠，远处的峰，近处的山也就有了一尊尊卧睡的佛像。坐在茶山喝茶，先喝"熟香"，再尝"红贵人"。我们也听音乐。茶欢喜，我们津生神驰，也是满心欢喜。

吃过晚饭，还是喝茶。这回走进的是街边一家"老固茶业"，喝的是"老固野实"。问了半天，才明白"老固"大名陈老固，是铁观音茶的制茶大师。进去他先摆了三道茶，让我们品尝。喜欢清香喝清香，喜欢浓香的喝浓香，喜欢陈香的喝陈香。清香和浓香的好理解，陈香便像一个女孩的名字，陈年的香、陈年的事似乎都泡在一壶里了……陈老固显得憨憨的，但说起他的茶，说起他有一株丰盈的茶树，却说得眉眼生动。他一生动就将一钵茶送了我们一位朋友，然后与我们的朋友拍照留念，不亦乐乎。听说铁观音的故乡有一棵母树，我们没有看到；听说陈老固也有一棵茶的母树，我们也没有看到。

上清水岩拜谒清水祖师。说的还是茶。清水岩所在地叫蓬莱镇。便是有了蓬莱便有了仙气，茶也是仙气十足。传说清水祖师在清水岩种植过几棵野生茶，数量极少，但若采以嫩芽而制之，冲泡后味道甜甜的，名曰"祖师甜茶"——好茶自然有好水。好水就是清水岩的泉水。清水岩就有一口"圣泉"。当地人说，圣泉长年不竭。饮之清心祛病，沐之除污去邪，若用此泉喷洒宅院可保家人平安。用圣泉之水泡茶，自然是甘冽绵长，清纯无比。

这清水祖师也是安溪铁观音的始祖。史料记载，安溪铁观音的传播与清水祖师大有关系。只是余生也晚，清水祖师的甜茶是喝不到了，享受到的只是祖师的一缕清风。清水祖师俗名陈荣祖，法名普足，宋庆历七年（1047 年）正月生于离安溪县不远的永春县小姑乡（今岵山镇铺上村），开悟即祈雨渡人济世，成名后驻锡在蓬莱山的清水岩。当地人说，清水祖师一生修桥、行医、绿化、祈雨，不断为民做善事，成为善的化身，成了众人心中的佛。宋廷封他为"昭应广惠慈济善利大师"，民间尊称"祖师公""清水真人"等，他还与妈祖、保生大帝（祖籍安溪感德石门）并称"雨神""海神""药神"，成为闽台一带三大民间信仰。以清水岩丛林为依托，清水大师在福建及台湾、东南亚地区有大量的分炉及信众。游罢清水岩，我们被引到一间小房里喝茶，说是让我们尝尝祖师甜茶，小口小口地抿着，嘴里甜甘如蜜，心里甘之如饴。

　　游罢清水岩，知道我们在蓬莱镇的朋友毅达兄赶来了。他陪我们在农家小店吃过中饭，又陪我们看蓬莱镇的古民居。边看边谈，我们说这里的古民居依山而建，民居低矮，怕是防台风；我们说这里古民居屋脊如燕尾，似游燕恋巢，满是乡愁……就是不谈茶。但回到了酒店，他谈的还是茶。茶具是现成的，茶是他随身带的。他说这几天成天陪朋友喝茶，包里就剩下几种茶了。一遍遍的，先是瑞泉，再是肉桂。有一种肉桂，朋友说是不好喝，他就捧上弯上肉桂、仙岳、木莲妙香、绝绝子……都是一些奇奇怪怪的茶名字。茶在奇怪的名字里显出自己的前世今生。无论那名叫得出或叫不出的，他泡得行云流水，我们喝得口舌生香。

　　到了安溪，自然还是要喝安溪茶。喝了一阵子的岩茶，就有人喊，还是喝安溪铁观音。有朋友知道我来自安徽，来自桐城派故乡，就说这铁观音茶的传说与桐城派的大祖方苞有关。方苞时任礼部侍郎，清代安溪人王士让通过方苞给乾隆皇帝献茶，乾隆皇帝见这茶形似观音，叶如铁，故赐名"铁观音"。至于方苞为何对安溪的茶情有独钟，又是因为安溪当时在朝当宰相的李光地的缘故。方苞曾因桐城派另一老祖戴名世案株连下狱，正是一代名相李光地舍命救了他。他说得头头是道。不过，不说这个。且喝茶吧！朋友把前一天在庄园里带回的名为"铁霸"的铁观音泡上了。

　　一天，就这样在蓬莱仙境的茶里度过了。数了数，这一天我们竟喝了十二种茶。仿若在安溪当过县令的清代进士谢宸荃所说的：一日旷游一日仙。欲仙欲醉的，喝毕茶，主人准备了一些纸和笔，想了想，我便写了一句：云根拨笋，安溪寻茶。心里说，到了蓬莱仙境，绕不开的就是茶啊！

当我们谈论茶时，我们谈论的是什么

徐则臣

喝了很多年茶，喝了很多种茶，但凡茶入了口，基本上都能说出个一二三来，便以为自己懂茶，逢人恭维我也就默认，好像真就是个知茶善饮、饱学多情之士了。前些天去福建安溪，才发现自己的脸皮有点厚，就算只对着铁观音这一种茶，我要补的课也有一箩筐。安溪产铁观音，谁都知道，安溪为什么产铁观音，铁观音为什么叫铁观音，可能就不是每个人都知道的了。我就不知道。问题在于，作为一个每天都离不了茶的人，我从来没想过要去知道；我也从来没意识到"没想过要去知道"这本身就是个问题。当然，你可以说，知道了它就不是铁观音了？不知道它就变成龙井或者普洱的味儿了？喝你的茶，哪那么多事！

的确是，你有权力不知道。可是，啥啥都不知道，你在谈论茶时，你谈论的是什么呢？

到安溪看茶博会，绕了几圈绕累了，和小蕙老师从展场出来，打算结伴先回酒店。车打不到，步行又太远，在路边拦了辆顺风车。碰巧开车的是家茶店的老板，就聊起茶来。老板说，他做的是小买卖，要弄明白安溪的茶，得找大拿。头一回到安溪，路还没来得及摸清楚，哪知道谁是大拿。老板就调转车头，带我们去了一个大院子。院主人是铁观音的传人魏月德

248

先生。

据传，铁观音的发明者即魏月德的祖上魏荫。魏荫老先生清康熙四十一年（1702年）生，卒于清乾隆三十九年（1774年），一生事茶。十八岁时于茶的种植、采摘和制作就已达相当的水平，清雍正元年（1723年）春，南海观音腾云驾雾来到他梦中，命他次日去打石坑寻一株她赐的名茶，将其传播光大，造福苍生。魏荫醒来，照仙人的指示赶赴打石坑，果然在深潭的石崖上找到一株奇异的茶树。他把该茶树移至自家天井的旧铁锅里，精心照管，用传统的压条方法，繁育出三棵小苗。三年之后，采摘数片叶子制茶，敬了观音佛祖后，邀乡亲族人共饮。魏荫揉制的新茶冲泡后兰花香气清高，喝了都说好。既为观音所赐，又是植于铁鼎，且外形沉重如铁，于是取名"铁观音"。

这么一说，我立马觉得坐在大厅里喝的铁观音不一样，茶叶的形状，茶汤的色泽，热气的缥缈氤氲，一一有了来历，入口之后的回甘也变得格外丰厚绵长，有了历史的纵深感。喝茶如怀旧，真真是说来话长了。这在过去喝铁观音时是不曾有的。过去喝茶局限在"喝"和"茶"上，喝茶到现场为止；看不见一片片舒展的叶子的来龙去脉，看不见它们从康熙朝以降浩浩荡荡的前生今世。

魏月德是魏荫九世孙，带我们参观了"魏荫铁观音茶史馆"，讲解祖先时表情的丰富与自豪自不待言。原因简单，祖先有故事，铁观音有故事——说不完的家常事。有故事很重要。故事不仅仅是传奇，不仅仅是奇谈怪论，故事说到底是文化，是茶喝完了、故事讲完了之后，是茶的清气与香甜消失了之后，我们内心里久久不去的回甘。天下没有不散的筵席，所有的茶终究都会被喝尽，当茶不在手边时，茶文化在，那茶就永远在。

尽管铁观音鼎鼎大名，安溪人还是在为铁观音之光大和行销焦虑，酒香也怕巷子深。吆喝当然是必要的，但吆喝可以有多种，肯定有最体面、最好看、最省心省力、最事半功倍四两拨千斤的吆喝方法。孔夫子说："言之无文，行而不远。"茶之"文"，固然在它的色香味，也在它的故事与文化；而文化之"文"，在故事。茶之道也。

去过威尼斯圣马可广场的花神咖啡馆。完全是慕名前往，喝了咖啡，吃了甜点。实话实说，并未感觉到比对面的咖啡馆高出多少，但价钱上去了，不过我还是心甘情愿地打开钱夹，奔着海明威坐过的位置，一屁股坐下去。坐下去就觉得花多少钱都值了。这家门面陈旧、昏暗古老的咖啡馆的确是与众不同，创立于1720年，是威尼斯甚至整个意大利最早的咖啡馆之一，这地方曾经来过歌德、拜伦、卢梭、狄更斯、海明威……你坐下去，仿佛坐到了历史的某个节点上，仿佛坐在了某条气冲斗牛的文脉上。还真不是自恋，轮不着。你无法不感觉到漫长的历史与浩大的气场，你很清楚，你和大师们在一起。那么好吧，来一杯咖啡。再来一杯酒。再来一杯。

圣彼得堡涅瓦大街上，莫伊卡运河旁边，有个两层的文学咖啡馆，相信喜欢朝圣的文学爱好者都已经去过。一楼靠窗的座位上，安放着普希金的蜡像：普希金拿着鹅毛笔，坐在桌前若有所思，旁边放着他的黑色大礼帽。一百七十多年前，普希金就在这里简单地吃了点东西，喝了杯咖啡，走进了天寒地冻的俄罗斯雪野，在决斗中受伤，英年早逝。我要了一杯咖啡坐在普希金旁边喝。一杯咖啡的工夫，六七个人相继与他合影，合影前或合影后，他们也顺手点了咖啡。和我一样，他们只为在普希金身边坐一会儿。

我要说的当然不是花神咖啡馆和普希金文学咖啡馆，我要说的是咖啡。这两家馆子肯定不会四处张贴小广告，见人就说我们的咖啡如何如何好，不需要；我只需要告诉你他、她、他们曾经来过，他、她和他们还会继续来，够了。你知道他、她和他们，你就会知道花神咖啡馆和普希金文学咖啡馆；我们的咖啡甚至都不需要有自己的故事，他们有的是故事，他们的故事就是我们的故事。咖啡二十块钱，但对不起，我得收你三十块钱，那十块钱是故事费。没道理吗？当然有道理——此咖啡之道也。

咖啡之道者，亦茶之道也。其实我们的老祖宗明白得很，所谓酒文化，哪一种叫得响的酒瓶子后面不是跟着一大串故事？曹操说：何以解忧，唯有杜康。李白说：兰陵美酒郁金香，玉碗盛来琥珀光。杜牧说：借问酒家何处有，牧童遥指杏花村。不管杜牧的杏花村在山西汾阳还是安徽贵池，杏花村酒的名声是出来了。红军长征时遇上了贵州茅台；吕洞宾骑着白山羊带着仙禾穗赴八仙南海之约，路过洋河镇，酒喝多了，羊也醉倒了，仙禾穗也忘了，于是有了"洋河大曲"的美名。你喝的哪里是酒，分明是故事和文化。酒如此，咖啡如此，茶也如此。

再说这铁观音。我把魏荫版铁观音的故事说给朋友听，懂行的回道，此"魏说"也，还有一个"王说"。安溪人王士让，清乾隆元年（1736年）奉调入京，随带家乡南岩乌龙茶馈赠给侍郎方苞，方苞品尝后觉得不错，就转进了内廷。乾隆喝了也觉得好，召见王士让问明所以。因该茶色泽乌润，形似观音脸重如铁，乾隆忍不住赐其名为"铁观音"。皇帝说啥是啥，就铁观音了。此"王说"也。若此事当真，乾隆取名字的才华倒是远在其诗歌和书法之上。

可惜事情过去了两三百年，铁观音之所从来怕是难以定论了。不过各执一端也好，铁观音的故事又多了一条脉络，任你说得多高多长多远，说的还是这同一种茶。好茶不厌故事多，好茶必然故事多，要不我们茶喝完了以后，该回甘点啥呢。

安溪的手

徐贵祥

一脚踏上安溪的土地，扑面而来的是一个"茶"字。闻到的是茶香，看到的是茶树，听到的是茶故事，尝到的是茶味道……委实，生活越来越好了，越来越精致了，我们已经从温饱的基本需求中解放出来了，我们终于有了好心情，有了充裕的时间，有了宽敞的地方，可以从容地喝茶，喝好茶。不仅用嘴巴喝，也用眼睛和耳朵喝。目睹那一片片茶叶在滚水中缓缓舒展、膨胀、舞蹈、簇拥，学当地人的模样，把茶杯端在唇边，让茶水进入齿间、徜徉舌面、回流口腔，在这极具技术含量的茶汁旅行过程中，望着眼前鸡蛋大的一汪碧波，竭力调动自己的思维，让诗情画意伴随茶的香味缓缓沁入心脾，享受时代赋予我们的美好生活。

说到茶，难免有很多联想，首先是茶马古道。曾经以为，茶马古道就是马驮着茶走出来的路，后来才知道不是这么回事，而是以茶易马。说不清哪年哪月，哪里的聪明人有个发现，北方游牧民族吃肉太多，需要清理肠胃，而茶叶不仅能够让普通的水成为清新的饮料，还含有碱，可以和糌粑一起熬成酥油茶，帮助消化脂肪。产茶的地方没有马，产马的地方没有茶，那就交换。发展到最后，全世界都有中国的茶。

这样一看，茶就不是茶了。早期的情形是，中国西南的茶商从这边出发，用树上的叶子铺了一条路，从这条路的那端牵回了一群马，用不断输出的树叶和输入的马搞活了经济、影响了战争、改变了生活和命运。所以说，茶事不是小事，它和国家利益有关，同国际关系有关。至于说同精神有关、同诗词有关、同文化有关，那是后来的事。

我查了一下资料，安溪这地界，似乎不在茶马古道上，但是安溪是产茶重地，产的都是好茶，讲茶马古道，无论如何都撇不开安溪和安溪的茶。

实话实说，我基本上是个茶盲，我喝茶多是出于口腹之欲而非文化需要。从我供职的单位往南走，大约半公里，有个湖北大厦，楼下有个安溪铁观音专卖店，每次路过，看到门口的招牌，感觉怪怪的，弄不明白，观音这么一个大慈大悲的神，怎么和铁这种硬邦邦的东西捆绑到一起了。在这次到安溪之前，我很少喝铁观音，不完全是因为囊中羞涩，我更愿意把观音装在心里，而不是喝到肚子里。至于铁，更是难以下咽。这可能是一种奇怪的心理，可是没有办法，我无法战胜我的心理障碍。直到这次到安溪来，由被动到主动地喝了很多茶，听了很多关于茶的说法，这才改变了一些看法。

会议组织者安排我们参观的第一站，是藤铁工艺博物馆。一进工作间，首先映入眼帘的便是四双手——四个中年妇女，一字排开，坐在工作凳上，目不斜视，手中的藤条上下翻飞，好比朝鲜族的长袖舞，一经一纬互相挑压，每个节拍构成了一个瞬间画面，数个瞬间加在一起，一件工艺品的局部创作就完成了。那些手已经不再年轻，骨节粗大，皮肤干皱。可是，它们却是那样有力，那样灵巧，那样朝气蓬勃。安溪有"三铁"：铁观音、藤铁工艺、古代铁矿，不管提到哪一种铁，我都要想到安溪的手。

离开工作间，参观成品展览室。我用手机拍了几十个画面，花瓶、长颈鹿、大象、猴子……如果不是亲眼所见，很难想象这些栩栩如生的工艺品出自农妇之手。据说竹藤编在安溪已有千年历史，最初也是同茶有关，安溪人用竹藤编织制茶和装茶的工具。竹藤编功能的延伸拓展，主要得益于那位名叫陈清河的大师，是他最先发现，竹藤编的作用不应该仅限于作为茶篓茶筐，还可以发挥更大的作用。心灵则手巧，有创意则有创造，于是乎，在陈清河的推动下，一代代安溪手、一双双安溪手成了工艺手，他们用一根根普通的竹藤，编织着劳动的岁月。那些竹藤被开发出新的价值，从安溪出发，途经厦门、福州、泉州……漂洋过海，流向世界，换回来的不仅是钞票，还有劳动者的自信。

创意，创造，创收，创造性地劳动，循环往复，是安溪手的重要性格。正是因为这些手的存在，使安溪的树叶成为茶马古道上的地毯，成为安溪人民振兴乡村的引擎。那些树叶从树枝上被摘下来，即结束了树叶的历史，而被赋予了新的生命，漂浮在我们的杯中和诗歌里。没有人的劳动，没有创意，没有艺术，没有故事，树叶永远只能是树叶。

5月22日上午，在西坪镇的一个山坡上举行"《小说选刊》文学创作基地"授牌仪式，让我讲话。望着眼前的十几个种茶人、制茶人、讲茶人、喝茶人，从这些人的头顶上方看出去，我看到了安溪的千家万户，看到了安溪的春夏秋冬，看到了漫长的茶马古道前赴后继的跋涉者，看到了那些漂洋过海的打拼者……我说，我们能为安溪做点什么？那就创作吧，那就好好地写小说吧，让我们一起来讲好安溪故事，讲好安溪茶的故事。

这一路上，接触了不少当地的新朋友，他们口中关于茶的认知基本上大同小异，听多了就有点儿麻木了。实话实说，我觉得铁观音的故事没有讲好，缺乏文学性，缺乏科学性，缺乏说服力，缺乏感染力——且慢，我担心我再讲几个"缺乏"，就要挨骂了。其实，我想表达的意思是，要让"文学创作基地"充分发挥作用，要让"文学创作"这几个字刻在安溪每个写作者的心上，用我们优质的文学创新荡涤陈旧的、功利的茶文化，让文学真正成为托举那枚绿叶的观音之手。

最后讲一个节外生枝的故事。就在我准备拉开架势奔走呼号的时候，我发现我又犯了主观片面的毛病。事实上，我希望出现的事情，早就有人做了，而且做得很好。安溪县文联主席林筱聆是这次活动的主要组织者之一，在我的印象中，这一路上，她就像一只辛勤的小蜜蜂，一直忙前跑后搞保障，大家讨论的时候她忙着记录，大家喝茶的时候她专心地聆听，很少开口。直到采风活动结束，在离开安溪前往厦门机场的路上，我讲了我的看法和建议，林筱聆才坦言，她写过一本小说名曰《茶王》。三言两语讲了梗概，引起了我的很大兴趣。用作家的视角看茶、品茶、说茶，这正是我所希望看到的。分手之前，拜托林筱聆，把她的大作寄一本给我。回到北京，那本书捧在手上就放不下了——资深茶商王章焰远赴南洋参加茶王赛，先是遇到海盗，参赛茶品被掠，因海盗中有人懂茶、惜茶，暗中相助，绝望中茶品失而复得，惊喜之余又发现茶品被调包，灰心丧气之际有人主动承认冒以王章焰茶品参赛，茶王桂冠最终实至名归……看得出来，林筱聆是一个很会讲故事的人，一波三折，峰回路转，把一个"参赛"写得跌宕起伏，扣人心弦。

当然，这本书的价值不完全在于故事讲得好，而在于故事中携带的"茶"——茶历史，茶情感，茶仪式，茶理想……说它是关于茶的百科全书，那是夸张，但是里面关于茶的知识，却是方方面面，种茶、制茶、品茶、斗茶，以及制茶与做人、茶德与人格……均有涉及。作品里面也有神话和传说，只是，这些神话和传说放在虚构的空间里，没有商业目的，看起来舒服多了。同利益没有关系的神话和传说，我们可以理解为"文化"而非"噱头"。

读书过程中，我向林筱聆要了她的简历，从而得知，这个人当过乡镇干部，在文联工作多年，先后组织了十几次采风活动，对于安溪的文化发展，功不可没。其实，在茶乡浸染多年，同茶农、茶商、茶工们朝夕相处，她才是最懂茶的人啊，至少也是之一啊！

用了三天，我把一本厚厚的《茶王》读完了，这本书把我和安溪的距离拉近了，我比较看重的是作品中的人物关系，王家、林家、山本父子，这三家十数口人，构成了一个茶文化的国际博弈空间，不断反转的人物和故事为我们提供了多方位视角。在这个空间里，爱恨情仇，生离死别，人性深处的明与暗、历史沟壑的真与假……安溪的绿叶们就是这样获得了新生，是一双文学的手，让它们从众说纷纭的迷雾中插上了艺术的翅膀，让它们在晴朗的天空下翩翩起舞，大放异彩。如果把这部小说改编成电影、电视剧，或者在安溪的青山绿水间循环上演的情景剧，如果……这远比那些苍白的广告、牵强的传说更有力量。小说是虚构的，但我有理由认为，它是真实的。

安溪有茶，有铁，有人。安溪有一篇大文章，等待我们去做。

安溪小传

唐朝晖

"到安溪，喝茶去。"

一想到这句话，下意识就总会冒出另一句："清水祖师的脸，为什么是黑的？"这两句话有必然联系吗？为什么这两个句子像对联一样地黏合在我的念头里！

自然地涌出，一定有某种内在的东西，被推动着。——它们自身在运动。明心见性前，清水祖师去大静山求法于明松禅师。

师父泡了一杯茶，在禅定中等他。

清水祖师在师父那里又学了三年，而开悟得道，他虽没什么著作留下来，但他修桥数十座，身体力行各种善事。

我从北方到南方，经过一个岛屿，来到安溪。我能见到清水祖师吗？清水祖师的道场和圆寂之地清水岩，我能去吗？

人生第一次。一天里我喝了那么多的好茶，进了那么多的好人家，每家都有不同的茶香等我们端起来。

安溪，家家户户都有一个大茶盘，只要你进了门，他们就会请你喝各种各样的乌龙茶。

2021年5月22日黄昏，我们从安溪西坪镇往北，赶往尚卿乡。盘山公路的垂直高度，可以让你轻易地想象千年前，这里的路途艰险。

我们从一座茶山爬上另一座茶山，山上到处都是茶树，像一位位女神，安安静静地不理世间事，尽享自我之美。

第二天一早，群山中的一条小道，引我们下落到一个山丘旁。

热烈的水，唤醒茶叶本来的香味。茶叶展开翅膀，并大口大口地呼吸着。

清的香味，浓的甘甜，在水的柔软中，我们今天去朝圣的是一个锈的年代，锈是一种美，它在那个美的年代里，独树一帜。这种锈美对于我，与美玉相得益彰。走到哪里，我都能回忆起铁的硬度，何况，在青阳铁场还可以握住千年以前的铁。

铁证，并不想说明什么，它们沉默地挤在一起，慢慢地隐进大山之中，在梦里，它们回到矿山，听着树林向上生长的蓬勃之力。

在宋代，泉州矿冶业大发展，安溪青阳铁场，赫赫有名。

古代著作《尸子》写道："春为青阳，夏为朱明。"青阳，一个春天般的名字，落户安溪，与铁联系在一起。

青阳铁场分布在不同的山丘里，几座大的山峰之下都有铁厂的遗址。

安溪处于闽东火山断裂带，岩浆频繁而强烈地活动，给冶铁提供了丰富的矿石。群山之中至今留存有古老的矿洞。

我们所到的下草埔，是青阳铁场其中的一个遗址。冶铁场北高西低，东西相夹，形成一个风口。

我们站在那里，仿佛看见千年以前的工人在忙上忙下，泥土的炉子里，流动着铁的红色。在这5000多平方米的山丘上，能持续炼铁500年，这里包含了很多冶铁业的新发明。

在安溪县城西北部有座蓬莱山，山上有清水岩，清水岩上有位清水祖师。

清水祖师，俗姓陈，名荣祖，1037年出生，福建永春人，自幼在大云院出家，法号普足。1101年，在清水岩坐化，人称"清水祖师"。

永春，位于安溪北，两县相邻。

2010年，"清水祖师信仰"被列入国家级非物质文化遗产。在台湾，供奉清水祖师的寺庙有两百多座。

"清水祖师的脸为什么是黑的？"

我想到的回答是，安溪的茶为什么好喝！安溪所处的纬度、安溪的阳光、空气中的水分、群山起伏的线条、植物生长的土壤，让安溪的茶好喝。

清水祖师的脸虽然是黑的，但他内心光明，普照世间人。人们把矿石一篓篓地背出矿洞，走在群山中。

下草埔炼出来的铁，通过最近的湖头、蓬莱渡口，顺流而下，过南安，到泉州港。

福建人与世界各地的商贸活动频繁。

我曾经在南太平洋漂航过四十九天，在有些与中国都没有建交的岛国上，却有福建人开的超市，有些岛屿，这些超市成为唯一的商贸交易场所。

有了发达的冶铁业，数百年的发展，人们自然会想到把铁进一步深加工，形成新的产业。铁与藤就这样结合在一起，做成工艺品和生活用品。世界各地的文化，都被安溪人很诚恳地展现在自己的手艺上。

"下草埔冶铁遗址博物馆正在建设中……"我逐字逐句地读着上面的说明文字，青洋村村民余庄林跑过来，他反复强调考古队领队北京大学教授的一句话，"考古工作正在进行中，这些文字和表述不够精准，有些东西待考，千万不能用于宣传。"不等我回复，余庄林又说了两遍，脸被急促的表达憋红了。

我喜欢做事认真的人，我向他保证，只参考性地学习，不拍照、不宣传。

余庄林，安溪青洋人，是两个孩子的父亲，女孩读高一，男孩上初中。他说在当地，自己已经算晚婚，他的朋友三十八岁就做爷爷了。

余庄林十六岁与堂兄开大货车，开了十二年，实在太累，太惊险。他就给茶商开了两年的小车，自己一个人又开拼车干了十一年。

2019年，乡干部委托他给考古人员开车。每天早晨7点10分，余庄林准点到村部把考古工作人员接到下草埔。他是1979年出生的，考古队也需要帮手。余庄林又申请当考古队里的工人，工地上数他最年轻，余庄林如愿以偿。

余庄林的家在下草埔遗址两公里外的青洋村。老人们说，之前的青洋是太阳的阳，不是海洋的洋。

青洋村百分之九十八的人都姓余。1037 年，余姓的祖上才来到安溪。村民的房子，建在两山相夹的一条长长的小盆地里。

青洋村家家信奉清水祖师、协天大帝、观音菩萨和土地公公。

村民到安溪清水岩寺的清水祖师像前，诚恳地跪拜，说出自己的想法，把清水祖师那里的香灰恭请回家，长年累月地供奉祭拜。

每年正月初六，是清水祖师的诞辰日，青洋村，甚至是安溪人，都会在这一天祭拜清水祖师。

"清水祖师是佛教还是道教的神？"

我第一次听到余庄林的笑声，"这个我不能答复你，祖宗就是这么传下来的，不知道是道教还是佛教。"

他后来又说，我们这里信奉佛教。

安溪县有数十个供奉清水祖师的庙，尚卿乡就有灵显堂、龙鹫堂、回龙宫、北山殿四座庙。

数百年以来，清水祖师信仰随着闽南人到了台湾、南洋，分炉宫庙数以千计。二十年前，茶叶价格比较高。青洋村也有很多老的茶树，新茶树也种了些。

大部分村民都是自己加工茶，商人上门收，他们摘掉茶梗，装包后卖出去。余庄林家以前每年有四五千斤茶青卖。六斤茶青能做一斤成品茶。

购买茶青的钱，加上人工、水电等费用，每斤茶的成本要七八十元钱，但有些茶只能卖到四五十元一斤。亏本的买卖，做茶的人就减少了。

青洋村五年前还有七八户人家在做茶。后来只有三户人家了。

现在，村里没人做茶了，利润不好。

青洋村有三千八百多人。村民自己也是买茶喝。

青阳铁场位于安溪县西北部，生产时间集中在宋元时期。下草埔遗址没有发现明、清两朝的遗存物。炼铁厂往北移到了潘田冶场等地方。

为什么会移走？不是矿的问题。因为即使在当代，矿石也还在开采，现在是因为环境治理，才把矿给停了。

宋元时期的安溪，森林茂密，炼铁需要炭、需要火，导致当时的树林被大面积破坏，这应该也是铁场转移的原因之一。

安溪有一俗谚："到安溪必到清水岩，到清水岩必有所得。"我想说的是："到安溪，喝茶去。"

我已到，亦已得。

有一个地方叫感德

黄文山

有一个地方叫感德。感德出好茶。

这座深藏于戴云山中的小镇，过去很少有人知道它，更不用说走近它。这里生产的铁观音茶鲜爽醇厚、香气悠长，渐渐博得了人们的赞誉，于是，被赫然印在茶叶包装袋上的小镇名字也由此被人所知，感德也自然而然成为铁观音茶的一个重要地理标志。但一个深山小镇，为什么要取名"感德"，确实让我颇费思量。

到感德的那一天，下起了雨。而且雨越下越大，天地间一片白茫茫，无论远山近树，都笼罩在稠密而又有耐性的春雨中。

这当然是茶农们不想要的坏天气，阴雨不利于春茶的采摘和晾晒。我已经看到一丝丝忧郁盘结在他们的额头。但一听说我们是为写感德茶而来的，他们便一下子都兴奋起来，似乎忘记了漫天大雨带给他们的烦忧，争着要领我们上山去看一块元代的茶王碑。

我们踏着雨水登上一座小山头。从这里俯视，但见四周青翠的茶园层层叠叠，直上云天。村民领着我们寻到一处坡坎，果然看到一块简陋的元代石碑，上面刻有"茶王"字样。这块不显眼的石碑可是茶农们的圣物。据说，每年采茶之前，当地村民都要聚集在这里祭拜茶王：小小的山头上，站满了四乡的茶农，一个个神情肃然，香烟缭绕，鞭炮齐鸣，十分热闹。

感德种茶已有700多年的历史。感德茶，始终铭记着一个人的名字。当地人尊奉的茶王公其实就是南宋爱国诗人谢枋得。这个谢枋得自是一位文学家，但一直不以文学闻名，而是以其凛然大节为世人所钦。谢枋得是江西弋阳人，中进士后入朝做官，因指斥贾似道奸政误国而遭贬谪。南宋将亡，谢枋得在江西招谕使兼信州知州任上起兵抗元。他率领一支缺乏训练的义军与元军的虎狼之师血战经旬。宋恭帝德祐元年（1275年）谢枋得兵败入闽，他隐姓埋名，转徙山间10多年，从武夷山一直来到戴云山深处的感德。他在这里参道讲学，一时弟子云集。感德本是一个荒僻之地，山高水寒，田稻薄收，百姓生活十分清苦。谢枋得细察当地水土，鼓励民众开垦荒山，广植茶树。谢枋得对茶情有独钟，在他创作的诗歌里，就有不少关于闽茶的描写。他不仅精于品茶，而且深通茶性。他亲手培育出优质茶苗，提供给村民，还将铁观音茶的传统制作方法做了改进。感德的种茶业因之兴盛。

因为茶，感德吸引来了四方的商贾；也因为茶，谢枋得引起当地官府的注意。元至元二十五年（1288年），谢枋得被建宁总管骗到城内拘押，但他不为高官厚禄所动，坚拒元朝征召，因而被押送到燕京。他宁折不弯，慨然赋诗："义高便觉生堪舍，礼重方知死甚轻。"到燕京后，他绝食而死。

茶山上的那块元代的简陋石碑，正是感德的乡亲们听到谢枋得死难的讯息后，在山头上悄悄立下的，这一立，已是720多年。

明成化五年（1469年），为了世世代代感念谢枋得，感德槐植村村民集资修建了一座茶王公祠，塑正顺尊王金身供奉。此后，每年春季，槐植茶农都会举行隆重的正顺尊王金身巡境活动，祈求风调雨顺，茶运绵长。

一段让人追思不尽的历史，一个感恩尚德的故事，就发生在这里。700年后，感德茶终为世人所知。而谢枋得，也早已化身为茶农们敬仰的茶神公，他天天看着这片他挚爱的土地，看着这群他深爱的人们，看着满山的茶树散发着沁人的香气，飘出山谷，看着戴云山山间的这座小镇随着茶香发生的每一个变化。

有一个地方叫感德。感德出好茶。感德茶铭记着一位诗人，一段气节。

人在草木中

黄静芬

立夏这日，驱车至安溪感德。感德在连绵不绝暴雨中，路蜿蜒，山苍翠，水旖旎。

抵达感德，搁下行装，立马撑一把小花伞，以闲静之心，踱步在这个千年茶叶古镇上。雨声时而沙沙如春蚕食叶，时而哗哗似小河流泉，时而发出大珠小珠落玉盘的好听脆响。不一会儿，就湿了鞋，湿了袜，湿了衣裳。不一会儿，就闻到茶香了——铁观音醇厚鲜爽的茶香味儿穿透重重雨帘，"润物细无声"似的扑鼻而来，仿若兰花幽香，若有，似无。

无法抗拒口舌生津，嗜茶之瘾不由分说被唤起，便收了伞，随意择沿街一家茶店走进去。好客的店主见我进门，笑意盈盈地招呼我在茶桌前落座，随即烫壶、置茶、温杯、高冲、低泡……不消片刻工夫，一盏清澈金亮的铁观音茶汤就摆在我面前。

我一盏接一盏仔细品，店主一泡接一泡麻利泡。店主说，感德铁观音茶香高而悠长，有"一泡是汤，二泡是茶，三泡四泡是精华，五泡六泡有余香，七泡八泡还是茶"之美誉。店主说，被中国商业企业管理协会授予"中国茶叶第一镇"的感德，家家户户种茶、采茶、制茶、卖茶，每逢茶叶收获季节，每天涌入感德的"淘茶客"超过 6 万人。

哦，我不是"淘茶客"，我是感德的匆匆过客。我到感德，是想领略元朝散曲家张客久"媚春光草草花花，惹风声盼盼茶茶"之山野情怀，感受明初诗人杨基"小桥小店沽酒，初火新烟煮茶"之快活心意。

与店主坐而论茶。店主说，以心饮茶，方能饮出茶的清意来。我则说，中唐时期江南高僧皎然曰"一饮涤昏寐，情思朗爽满天地；再饮清我神，忽如飞雨洒轻尘；三饮便得道，何须苦心破烦恼"的"茶道"精神，充分体现了古人"天人合一"的哲学思想。

悠然里，和静中，饮到茶醉，谈至韵长，方告别店主，回转住宿宾馆。一夜辗转床上，茶香在唇舌间流转，听窗外雨声或淅淅沥沥，或滂沱瓢泼，想象无风时，雨线笔直，宛若坚毅电线杆，有风穿掠时，雨线便斜，宛若树枝随风摇曳，竟无眠。

次日晨起，去茶山兜转。现今的感德茶山，有近 5.8 万亩规模。一座一座青碧茶山，种植一圈一圈黛绿茶树。茶山就像古树的苍老年轮，一圈一圈从山底向山上蔓延而去，十分好看，异常壮观。

每日上午 10 点至下午 2 点，是采茶青最好时段，因为茶青上露水已被日照挥发尽，这时采的茶青做出的茶叶味道最好。然而，立夏第二日的雨，仍然时急时缓，我没看到满山采茶女在太阳底下劳作的美丽倩影，我看到七八位身披塑料薄膜雨衣头戴黄斗笠的采茶工，他们一边用闽南语快活地拉呱着，一边双手不停地采茶着。

我拿起装茶青的背篓，虚心请教采茶工。他们告诉我，最好的茶青是可以看到三片嫩叶，因而要采顶尖的三片嫩叶，采时要做到不折断叶片、不折叠叶张、不碰碎叶尖、不带单片、不带余叶和老梗。急补了采茶青的粗浅知识后，我有模有样采起茶青来。

感德的茶树，推广矮化栽培，因此一株株茶树并没有树的伟岸身姿，而像一株株长势良好的水叶菜，尤其像农家自己种植的肥硕空心菜。因而，采茶青不是猫着腰采，而是蹲着采。采了一会儿，我便腰酸腿麻，只好宣告放弃此项辛苦劳作。我站起身来，伸展腰肢，将一片经雨水充分浸润的茶青放进嘴里咀嚼，顷刻，口腔里弥散开微苦、微涩却又余甘绵长的滋味，这滋味，使我因缺乏睡眠而有些疲累的精神情不自禁一振。我微笑起来，极目远眺，看见远处山峦在云遮雾绕中，在白白茫茫绵延无尽里，一团一团深绿山尖若隐若现，瑶池仙境一样。

下午，雨终于停歇，薄薄阳光出现。感德家家门前晒茶青的水泥坪上，便争分夺秒平摊一层茶青，茶青在阳光下泛着绿光，每一片嫩叶微卷，这摊晒茶青的坪就像一块方方正正柔软绿毯一样。走过每一户门前，"来泡茶啊"的热情招呼声不绝于耳。每一个制茶坊都在开工制茶，"音韵有起"、"音韵有显"的茶香从茶坊争先恐后飘逸出，汇集一起，活泼孩童串门似的到处流动，把这个大山围绕的小镇熏染得仿佛打碎了无数个香水瓶一样——雨后的清新空气混合进馥郁的观音香，入肺入心，好闻极了。

一向以来，我爱茶，但不甚了解茶。我仅知道铁观音是闽南乌龙茶中的佳品，因"身骨沉重如铁，形美似观音"而得名。我仅知道茶叶的制成，要经过凉青、晒青、摇青、炒青、揉捻和包揉，使茶叶卷缩成颗粒后进行文火焙干，才能成为商品茶进入流通领域，以供爱茶者细斟慢饮。我仅知道感德的久负盛名，是缘于历经千年种植和流传，已成为"茶园管理最精细、制作工艺最精湛，科学种茶最普及、制茶技术最多、茶叶交易市场最活跃"的铁观音名镇。

在感德，茶是一门精深学问，每一位感德人都是渊博的茶专家。感德人会说，要"看天做青"和"看青做青"。感德人会说，在传承传统做青的基础上，他们创新出了"消青""回青""脱青"等做青方法。感德人会说，他们努力推广茶叶分层采摘，提高茶枞活力、青叶活性；努力推广应用空调做青技术，破解靠天做青难题；努力推广"带状退茶还林"模式，种植生态树，构建茶园防护林网，梯梗种植黄花菜，改善茶园生态环境……

在感德，无处不在的茶香，无处不在的茶韵，无处不在的茶精神，蕴藏在自宋代感德地名就被冠以"以德感化"的寓意里；蕴藏在南宋爱国诗人谢枋得被尊为"茶王公"的供奉里；蕴藏在医神保生大帝吴真人的出生地里；蕴藏在有500多年历史的"祈茶福"仪式的庄严里；蕴藏在有400多年历史的龙通土楼的精美里；蕴藏在一代传承一代的茶歌茶谚的动人里……

立夏这日，驱车至安溪感德。置身青山绿水间，流连醇厚茶香中，徜祥宁静闲适里，我确确实实感悟到，所谓"茶"，这个发音简单的汉字，体现的是"人在草木中"之意。人在草木中，无非一盏茶。有灵山，有秀木，有好水，人这一盏茶氤氲天地间，呈不急不躁、不温不火、暗香浮动之态，就是绝好人生了。

一枚小叶而舞动天下风云

韩小蕙

　　一片小小的绿叶，宽不过拇指，长不盈一寸，色彩也是一点儿也不惊艳的最普通绿；外形亦非奇异，既无菩提叶顶上那神奇的凤头一摆，亦无银杏树叶那穿越千万年的舞风扇面；它不过是大千世界无限绿植中非常平凡的一朵。然而，它庶几却是上苍最慷慨的馈赠！

　　人类最早叫它"仙草"。部族因它而兴盛。

　　财富为之滚滚而来。

　　野心也就随之膨胀，必然的，战争就来了。

　　抢掠。蹂躏。捍卫。反击。铁血丹心。视死如归。

　　接下来，割地。赔款。平等的和不平等条约。势力的重新划分。世界的新一轮认定。

　　谁能相信，这铁与火的背后，竟然很多次都闪烁着它小小的身影？清者自清。浊者越浊。一枚小叶而舞动天下风云。

　　高者出苍天！

　　…………

　　我这叙述真有点儿散乱不是？源于我最近到了安溪，地球人几乎都知道，它是最著名的铁观音茶乡。在那里的无处不在的清香和翠润中，我像观看 4D 上的开花景象一样，惊讶地看到了关于一枚枚小小茶叶片的故事：从它们稚嫩的雏枝试试探探地伸入闽南肥沃的土壤起，到它们无比欢欣地承受天露，快快乐乐地把自己生长为一个个青涩少女……然后，就该是"懒起画娥眉，弄妆梳洗迟"的制作过程了——请原谅我的这个有点儿出格的比喻，但我的确联想到了女子们精致已极的化妆过程。这也是个清水出芙蓉的过程。这也是个长河落日圆的过程。这也是个凤凰涅槃的过程！从采青开始，到晒青、凉青、摇青、炒青、揉捻、初焙、复焙、复包揉、文火慢烤、拣簸，一般最简单的铁观音制茶，也都要经过这 11 道工序。孩子是一天一天、分分钟钟成长的，茶也是。

一位老伯正在摇青。只见从高高的房梁上悬下一根粗壮的大绳，吊起一个差不多有 8 人餐桌那么大的圆笭筐。里面放了一层浅浅的茶叶片，那是已经像我们北方人晒小麦一样，在房顶上、谷场上甚至村头、地边、公路上晾晒过的茶叶片。此时，它们已经从小拇指大小缩水为半寸多长的样子。老伯一上一下，一下一上，有节奏地掂着，半眯缝着眼，嘴里哼着什么小曲，像舞蹈一样的动作里，浓浓的，全是对茶宝宝们的希冀。

最让我惊讶的，是当我站在他的位置上，学着他的样子，笨拙地一上一下掂起来的时候，奇迹发生了——从笭筐里传来了一阵又一阵香气！"是呀，都说我们安溪铁观音香，无知的人还说是我们加入了化学香精，哪里会有哦？铁观音的香是天老爷给的，他老人家怕人们不知道，就专门设了这么一道工序，让人们把茶香掂出来，纪念他的恩情哦……"

说着，老伯走到院子里，从晒青的茶叶摊上捡起一片叶子，递给我，我凑到鼻子底下使劲儿闻，什么味儿也没有。他又随手从正掂着的笭筐里捡来一枚，它已经从平展展的叶片变成了皱在一起的小长条，我用同样的方法去闻，哎呀，香了——有一股浓香一下子就钻进了肺里。再闻，还香。过了一会儿，再去闻，还是香香的，直冲心肺，真是神了！这不由得让我想起一件事：我在北京是住在马连道茶叶街上的，刚搬家接老母亲第一次到家时，她说她闻到了茶叶的香味儿，我以为是妄语，没放在心上。现在回想起来，还可能真就不是属于文学的浪漫吗？

北京马连道茶叶街是个奇迹。今天回想起来，那是当年的弱势群体福建茶农们，从故宫、北海、天安门，从王府井、西单、大栅栏，从东边

CBD、西边中关村，从颐和园、香山、长城，从天坛、地坛、日坛、月坛，从钟楼、鼓楼、国子监，从老北京的四九城……硬生生掰出来的一块黄金宝地！最早时候，一位位挑着担子卖茶的福建茶农，人以群分，抱团取暖，逐渐逐渐聚集到了那里。当时，那儿还是一片城中荒地，土路、平房，大风起今尘飞扬，城管来时逃四方。而现在，谁能梦想到，那里已是连绵的高楼大厦，不仅有蜂窝一样密密麻麻的茶叶店铺，居然还有了茶博物馆；居然每年还举办国际茶文化节（真正国际的哟）；居然还成了区政府的经典旅游景点、成了西城区的一块金字文化招牌——这全是吃苦耐劳的福建茶农们一担一担挑出来的哟！

由是，北京人算服了福建茶农。并由满茶叶街的"铁观音"而南眺安溪，由"大红袍"而憧憬武夷山，由"金骏眉"而怀想桐木关，由"白茶"而神思福鼎……在北京人的心里，八闽大地一定是一片神奇的福地。

安溪我是第一次来，就有满天翔飞的鹧鸪、画眉、苍鹭、红隼、燕子、鸦鹊、八哥、山雀、喜鹊……告诉了确凿的信息：这块土地上真有神灵！满山坡追着你跑的民间故事，其最生动的，就是关于铁观音来源的"两说"——"王说"和"魏说"。

"王说"乃官说：说的是清乾隆年间，士人王士让在南山的岩石旁发现了一株神奇的圆叶红心茶树，遂压条繁殖，后制成品质优异的茶叶。某年王氏进京赶考，将此茶呈送给礼部侍郎方苞。方苞又将此茶进贡给皇上。乾隆品茶后大悦，问明此茶出自尧阳乡的南山，见其色泽乌润，沉重似铁，即赐名"铁观音"。这说法似乎有点儿靠谱，因为在今天的南岩村，我们被带到一处山上，看到了那株王士让发现的母茶树，它背靠着一块深褐色的大岩石，依然绿得蓬蓬勃勃。最奇葩的，它还享有"皇恩"，由一篮球场那么大的四四方方青石牌楼围卫着，青石上刻着多条皇龙，还高悬着两块石匾，前勒"茗圣"，后刻"皇敕"，煌煌各两个巨大字，泱泱乎乾隆真传？

"魏说"则来自民间：说也是在清代，康熙年间，安溪茶农魏荫得观音菩萨托梦，在打石坑石壁处找到了铁观音母茶树。魏荫不负神灵的嘱托，将这株母树慢慢压苗繁殖，逐年无偿分赠乡邻们栽种。经过数百年来的筚路蓝缕，如今，安溪的山山岭岭都已植满了葱茏的茶树，家家户户都成了铁观音家族的继承人。这一说也有确凿的物证，魏氏今天的掌门人、铁观音制作技艺代表性传承人魏月德先生，也带领我们看了铁观音母树，并告诉我们，魏氏子孙一直秉承着祖上遗训，除自己精心种植、制作铁观音茶之外，还坚持无偿赠茶苗予乡邻，让大家共同富裕。他还说了一句话，像摇青时的茶香一样沁入我的心肺深处："做茶先做人。我们不说别人的不好，只说自己的有特点。"哦哟，多么有胸怀、又有文化的安溪茶农啊！

叫我看，"两说"并行不悖，庙堂也好，江湖也罢，在精心呵护"铁观音"的形象上，无论王与魏、再加上安溪的全体茶农，都在像他们的祖祖辈辈一样，殚心竭力，力求绝佳，霸气更上层楼，借用北京同仁堂的那一条著名古训："炮制虽繁必不敢省人工，品味虽贵必不敢减物力。"把做茶提升到制药的高度上，难怪安溪铁观音能够属全世界独大。

居不可无竹，手不可无书，饮不可无茶。如今，伴竹已越来越成为理想，书逐渐式微，只有茶还方兴未艾，如火如荼。

犹记得当年吴冠中先生给我讲"荼"字。老先生的每幅油画完成时，他都要签上一个"荼"字。有粗心人将之误读为"茶"，不解？吴先生说："这个'荼'字，代表着强烈，能看到它满大地生长，开花，蓬蓬勃勃的，我喜欢！我愿自己的生命力如荼！"

中国在汉代之前，"荼"才是"茶"的正字。即使说，以前曰"荼"皆为"茶"，如《说文》："荼，苦荼也。从余声。"沧海累累桑田，历史倏倏变迁，到了唐代以后，由于饮茶的日益普及，茶产业得到迅猛发展，小小茶叶已和柴、米、油、盐、酱、醋一样，渐渐全面覆盖了中国人的生活。生活的力量无比强大，其势不可挡像决堤的大江大河，最终，竟然导致了"荼"字的简化，由比较烦琐的"荼"演变为"茶"。别看只是减少了小小的一横，这其中，蕴含着历史、文化、经济、社会、人心、发展、进步……的无比巨大的空间呢！

从"荼"到"茶"，千里江陵，两岸猿声：以"茶"回溯重寻"荼"，《现代汉语词典》之"如火如荼"："形容旺盛、热烈和激烈。"总之是好词，一派生机勃勃的中国景，一派欣欣向荣的中国风，一派花好月圆的中国图，一派繁荣富强的中国梦……我祝安溪茶农再加一把力，让安溪茶绿不仅青翠安溪的山山岭岭，也不仅连绵北京的茶叶一条街，还要走向世界的高端舞台，走进历史的岁月深处！

在南方名城寻找北方味道

韩浩月

　　泉州风雅颂书店老板连真发来一个问题，"用'美好'一词来形容泉州并不为过吧？"岂止是美好，简直是好美。那天在安溪的清水岩，车过半山，雾气弥漫，驶到山顶，阳光初现，凝视山中，雾白如乳，翻滚不息，真是开了眼界，对云山雾罩这个成语，有了物理意义上的理解。

　　泉州人对美景比较低调。这可不是因为"熟悉的地方没有景色"，而是泉州的人文，要比景色更值得叙说。走在泉州，宛若走在历史深处，出生于这儿以及在这儿生活、盘桓过的历史名人，排起队来可绕泉州一圈，这次因为时间关系，仅走了李光地故居、李贽故居，看了弘一法师舍利塔，看泉州朋友的架势，可能在泉州待一个月，连名人故居都看不完。

　　这次泉州行，是应人民文学出版社之邀，去安溪参加黄永玉先生《无愁河的浪荡汉子·八年》的首发仪式。黄先生少年时曾在安溪求学，留下了许多调皮往事，成了可爱的老头之后，仍是佳句频出，这和他在安溪的那段开心的生活有诸多隐秘联系。出了厦门机场，被安溪的人接管，一路翻山越岭，半个多小时就到了安溪县城。

　　《安溪报》的编辑陈先生很年轻，同行的六根叫他小陈，我则称呼他老陈，老陈一路上说经常读到我的文字，一开始我还不太相信，觉得是客套话，后来发觉真的是，便又增添了好感，吃饭的时候常邻座，每当他劝酒不力的时候，我也常反客为主，帮他对付我们这帮北方佬。

安溪人喝酒像北方人，做事也有北方人的豪爽，包括到了泉州之后，饮食方面也很是符合北方人的口味。路上听到六根之潘采夫闲谈，说泉州人有不少是当年从河南的南阳迁移而来，咨询了一下，南阳人种小麦、吃面食，典型的北方人特征。写到这儿的时候，泉州新认识的朋友刘建燃在朋友圈留言，"我们都是北方过来的"，问是北方的哪里？曰河北唐县。看来，泉州人骨子里有北方人的特质不是虚言，历史上为什么这么多北方人跑到泉州，有了解情况的人写出来，会是一段好看的故事。

安溪人的生活方式带有北方味道，这在参观李光地故居时得到了验证。到李光地故居的时候，李光地的第十一代孙亲自接待，"今天我开正门迎客！"这位颇具族长风范的李先生，打开李光地故居大门的时候，那股豪爽之气令人心头一热。进入正厅之后，发现两侧有老幼妇孺正在开午饭，长条大桌上，热菜热饭热气蒸腾，人们或坐或蹲或边散步边扒拉饭，和我的老家山东人的吃饭方式酷似，当下一股亲近感油然而生，再加上中午腹饿，恨不得讨只碗盛点饭来蹲墙根吃个饱。

可惜脸皮薄，没好意思说出口。问了身边一位当地人，在这儿吃饭的都是什么人啊？胆儿这么肥，可以在文物保护单位大快朵颐，当地人也不无羡慕地说，还能有什么人，文渊阁大学士的后人！这下子明白了，李光地的后人，在他们自家的宅院里，当然爱怎么吃怎么吃了！随后在李宅的旁院，还看到有人在地上铺了铺盖，看样子晚上是有人住在这里的，在如此有文化的地方吃饭睡觉，观月听雨，快意当十足。

在泉州参观李贽故居的时候，也发现了在一堆文物当中，也居住着李贽的后人，顺着门往里看，饭桌、冰箱之类的家用品赫然在目。于是心想，有人住的地方，这些文物单位才会更有人气吧，不像其他地方，把人家的后人赶了出去，加上了玻璃挡板，拉上了警戒线，让这些地方不再是活生生的，莫名地让人感觉到死板。这样不好，所有的名人故居的产权，应该是属于名人之后的。游客看到名人的后人，仍然安居于祖宅里，会多一些踏实感吧。

在安溪的三天，均有雨。雨不大，不用打伞也可出行。黄永玉先生作品研讨会开始之前，有两个小时的闲暇，和六根老大李辉、老二叶匡政、黄永玉公子黄黑蛮，在细雨中沿十里诗廊的河边散步。黑蛮老师是画家，长居香港，气质儒雅，与李辉年龄相近。雨中黑蛮老师的鞋带开了，李辉随即传授鞋带的终极系法，情急之下亲手示范，用典型北方人的手法，帮黑蛮老师把鞋带绑了个结结实实，雨中看到老哥俩的这温情一幕，心里十分羡慕。

安溪城里的这条河，不知道叫什么名字，河岸两边的石质栏板上，刻满了诗，诗旁，长满了巨大的榕树，榕树的根裸露在外面，像雕塑。路过一塔，兴建于明代，泡在一汪水里，屹立不倒，结实异常，看样子过一两千年也会依然如是。这座文物就树立街边，根本不算有严格的保护，也没人破坏，这是南方的好，战乱也少，文物得以幸存许多。

离开安溪后去泉州，第一站到了清源山，看老君岩，据说他是用一块巨大的原石雕刻的，屁股是坐在山地里的，这就是所谓的接地气吧，平常在别的地方看各种雕像，多是高高在上受人膜拜，老君岩虽身形高大，但却与众生平起平坐，这点非常难得，叶匡政形容说，"如从地里猛然长出的，还冒着热气"，这好比形容一个人有"人味儿"。

泉州人的待客之道，非常有人情味儿，在性情上，有北方人的感觉，但在处事上，有南方人的细致，不会让客人有压力感。在泉州的时候，《泉州晚报》的副总编郭培明先生全程都在，他和他的朋友们对六根进行了舒适的接待，乃至时间只有短短两天，却产生了相处许久的朋友感。城市气质其实就是人的气质的体现，我有一个"特异功能"，每到一个城市，只要和这里的人有所接触，就能立刻感受和发现城市气质的独到之处，泉州的大气与精致，来自她的文化底蕴，也来自当下泉州人对城市的建设与付出。人们喜欢旅行，除了要到名山大川、文保建筑那里满足拍照留念的需求外，更多还是要与那里的人有交流，体会城市的人文与历史在现代人身上的延续。

铁观音密码

谢文哲

雪灾年代

清顺治十三年（1656）正月大雪。

清康熙五十七年（1718）正月大雪，三日方消。

清康熙五十九年（1720）正月大雨雪。

清康熙六十年（1721）正月二十七、八两日，积雪，四山皆白，三日方消。

清雍正元年（1723）正月初六日，大雪，平地积（雪）深尺余，山头数日不化。

清雍正五年（1727）正月大雪。

清雍正六年（1728）正月初六大雪。

清乾隆十六年（1750）正月大雪。

…………

这份记录安溪历史上发生的自然灾害大事记，转引自两本具有充分可信度的历史文献，一是清乾隆丁丑年间由官方编修的《安溪县志》，一是1994年由安溪县政府组织力量修撰出版、迄今为止最为全面翔实的《安溪县志》。为了行文的方便，我稍作综合，但不影响来自官方资料的严肃性与权威性。国有史，邑有志。具有"资治、教化、存史"之功效的地方志，可以帮助我们识县情、知兴替、明得失、弘传统，当然，更重要的是，以史志为鉴，还可以勉今人，启后人。

那么，一份归入《杂志·灾祥》体例、而屡屡载于邑志的天气记录，究竟可以提供什么样的角度，供后人比较研究，从而发现其"无意义"之中隐藏的"意义"？人们常说，历史与现实之间存在着交汇点，其实，历史事件与历史事件之间的交汇点更值得我们仰赖智慧，寻找蛛丝马迹，细心详勘，综合加以推断，从而使记忆重现、真相还原。

看到这份天气记录所涵盖的时间段（大约从1656年到1750年），我突然产生一种研究的旨趣：在18世纪20至30年代，素来"燠热""冬无冰雪，或不御绵"的安溪，连续数年"大雨雪""大雪""积雪"，气候骤然变冷。《安溪县志》代表着官方权威，史官不可能错载误录，况且在一个重农业、轻工商的时代，人们对气候变化的观察有着足够的耐心，雨雪不分、霜冰不辨的情况几乎不可能出现。分析后可能得出的结论只能是，"雪灾年代"从此将在安溪历史上产生意义深远的影响。

研究中国历史时，人们常犯的两个错误在于，当我们追求中国社会的"整体性"时，会导致一种"单一性"的叙述困境，从而无法解释中国社会的复杂现实；当我们面对中国社会的"多样性"时，又常常将中国社会割裂为一些碎片，最终背离在社会整体之上观察中国的视野。正是这两类错误，导致我们目前所开展的铁观音物种研究，经常游离于"整体性"之外，不能或难以将铁观音置放于安溪社会历史演进的大环境之中，重传说，轻科学，缺乏实证求索的精神。

关于安溪铁观音源起的王、魏"二说"，未见于1994年前的官方史志已是不争的事实。我这里想说的不是"王说""魏说"的真伪，因为历史的真相不能一概以是否见诸史志为标准和依据。只是想换一种视角——说猜想也无不可——来追问安溪铁观音的发源，因为无论是"王说"还是"魏说"，都显然没有真正解决物种起源的问题。神话固然是美好的，充满着遐想无边的诗情空间，但观世音菩萨毕竟没有亲手在巍巍的南岩山上栽种过铁观音这样一棵神奇的茶树。

那么，这棵神异的茶树又是从哪里来的？凭空从地里头长出来吗？如果植物也有"前世今生"，那么，铁观音的"前世"又是什么？困扰我多年的一连串问题，在这份"大雪成灾"的天气记录面前，似乎一下都有了答案——不同的历史事件在各自不同的时空运行，对于一种即将到来的动人交汇，人类谁都无法预知，这就是自然的造化。

神天与人天

关于铁观音发源的王、魏"二说"，散见于安溪史志和各种文集，虽然行文描述存在不少差异，但都与两个重要年份1725年（"魏说"）、1736年（"王说"）相对应。也就是说，铁观音诞生于安溪茶乡1725年至1736年的大致历史区间，是无可辩驳的事实。

细心的读者就此可能已经发现，安溪史志上所集中记载的"雪灾年代"与此有着惊人的重合，两者之间是历史的巧合还是历史的必然？如果是历史的巧合，那么铁观音物种的源起只能是永远都无法解码的科学之谜了；如果是历史的必然，则"雪灾年代"对铁观音物种的源起所产生的关键性作用，就不能被后来研究者轻易地推在一边。相形之下，前者令人兴味索然，后者令人心血怦动。

煌煌千年安溪文明史，修志七部，除明嘉靖和清康熙、乾隆三种版本留存于世，余皆散佚。披阅新中国成立后先后重印刊行的三种古代版本可以发现，从开始有地震、山崩、旱涝等灾情记载的北宋治平四年（1067年）至今，安溪近千年县史总共发生过不足10次大雪成灾的事件。依据我的记忆，安溪最近发生的一次"雪灾事件"是在1977年12月12日。而集中在18世纪20至30年代的有5次，占一半之多。也就是说，对人类能造成灾难的大雪，有一半多降到1720年至1728年这个历史区间了。从气象学的角度而言，1720年至1728年也就成为安溪气候史上非常值得注意的年代了。

不妨进行一番纯文学意义上的想象与描述：18世纪20至30年代的每年冬天（时间）。安溪山川大地（地点），大雪纷飞，银装素裹（事件起因）。急剧下降的气温，使缺少抵御雪灾经验的安溪民众措手不及。尤令人忧心忡忡的是，山坡上辛勤开垦出来的茶园遭大面积冻毁，损失惨重（事件发生、发展）。雪灾过后，王士让、魏荫（人物）出现在房前屋后、峰麓山巅，四处寻挖未被冻死的茶树以便补苗。此时，遭雪灾冻压而顽强幸存的几棵茶树——一个新的茶树品种——铁观音诞生了（事件高潮、结局）。

我的这种研究方法固然漏洞百出，实在经不起推敲，但却是值得关注的。因为现在虽然不能用"雪灾年代"的具体气候数据，来证实气候变化对茶树新品种的诞生造成多大影响，却可以根据物种进化的规律和现代育种方法，从中发现奥妙所在。物种是自然的产物，而自然无非是阳光、空气、水等因素。自然环境变化对物种进化的影响是非常显著的，橘生淮南为"橘"、生淮北为"枳"即是典型一例。据此，我们完全可以从逻辑上作一个大胆假设："雪灾年代"诱发茶树基因变化，诞生了铁观音。

假如这就是历史的真相，那么，集中发生在 18 世纪 20 至 30 年代安溪大地上的"雪灾事件"同样呈现出事物利弊参半的两面性。所谓祸兮福倚，现在看来，这场给昔日安溪先民造成重大损失的"雪灾事件"，却是一个由大自然主持进行的"物种新试验"，为后世千千万万的安溪人带来巨大的福祉。

而古代安溪人无法根据科学理智地认识物种的源起，对自然始终怀有的"敬畏之心"，使他们把铁观音的诞生或"归功"于神天——观世音菩萨的"托梦"，或"归功"于人天——皇权的"赐名"，这也就可以得到合理的解释了。从对神天的敬畏，到对人天的征服，到人类怀疑一切、选择科学的理智，我们的社会历史似乎都行走在这样的基本路线上。

吃喝的历史

安溪铁观音以其香高味醇征服了广大消费者，也引起了国内外许多学者的兴趣，曾做过不少研究。在见诸报端的各种阐述中，我发现"观音韵"出现的频率最高。

"韵者，和也，从音员声。"（《说文》）《文心雕龙》中也说："声音相从谓之和，同声相应谓之韵。"看来，"韵"与音乐的关系最为密切，却又为何能够"移用"来描述铁观音品质的特征？"观音韵"是属于物质范畴还是精神范畴？若属于物质范畴，那构成"观音韵"的物质元素有哪些？能否为人所感知与捕捉？这一系列问题，又没有人能真正论说清楚，饮茶经验主义者往往词不达意，文人墨客则似是而非，两者都使人陷入虚无，进而怀疑"观音韵"的存在。

我收集有为数不少的安溪茶谚，这些来自基层一线的直接创造，比文人咏茶诗更具研究的价值，因为它是群众的"真知"与"学术"，有一种自然式的淳朴与真实。在如此众多的茶谚中，这一句"谁人寻得观音韵，不愧是个品茶人"启发我，"观音韵"可遇不可求，说明它时而存在，时而隐去；既是精神的，更是物质的。

真有"观音韵"存在吗？茶学老专家陈彬藩曾这样描述过品饮铁观音的感受，他说安溪铁观音的香气，有如空谷幽兰，清高隽永，灵妙鲜爽，达到超凡入圣的境界。陈彬藩赋予铁观音的艺术完美性，让我们仿佛与一位"冰雪少女"真情相约，精神升华。我一度对铁观音犹如"冰雪尤物"之类的评价不得其解，是"雪灾年代"诱发茶树基因突变的推断，使我进一步思考："观音韵"的形成与挥发，仍然与气候环境密切相关。中国有句古话，梅花香自苦寒来。这是不是说明：植物的香气在冷天愈加内敛、愈加凝聚？但当天气冷到一定程度，过了临界点，植物体内便发生了质的变化；而这种变化一旦定型，就具有遗传特征"观音韵"？

上述思考，我在一些学者探讨铁观音品质形成的生化研究中得到佐证："观音韵"的形成，取决于鲜叶原料的质量和制茶工艺技术条件的正常发挥，其中鲜叶原料是形成铁观音品质的基础。迄今为止，人们在安溪铁观音中共检出200多种香气成分。这项研究结果表明，独特的"观音韵"就是一个多味共存的协调综合体，在铁观音茶汤中，各种滋味互为依存，如同乐音"相从""相应"，呈现出引人入胜的动人旋律，称之为"观音韵"是最恰当不过的。

"观音韵"又是如何被人所感知的？在如今程式严整的铁观音冲泡过程中，有一个环节特别要引起我们的重视：持续加温煮水。这是因为"观音韵"就是铁观音叶片内的一些物质，一部分是茶树本身在"雪灾年代"的基因遗传，一部分是在后天的生长、制作中得以加强的，两者必须在持续高温冲泡的外部环境中才能挥发，并使喝茶者的感官可能捕捉到这种挥发。当然，能否敏感捕捉到、捕捉到多少，又与品评者的鉴赏水平密切相关，而这不是本书所要探讨解决的。

对"观音韵"的深入思考，使我走入一个密码重重的无限空间，它所创造的人文世界竟比铁观音物质世界要十倍百倍的广阔而繁复。我的目的无非是想说明，为什么安溪铁观音品种才具有特殊的"观音韵"？这不完全是因为品茶人的不同、制茶工艺的差异，这其中不仅有物种进化遗传学方面的问题，也有生理生化方面的问题。

对人类来说，吃喝向来就不是"纯生物学"的活动，被吃喝的事物有它们自己的历史，其进化历史与那些吃喝它们的人的社会历史有着千丝万缕的联系。所以，研究被吃喝食物的进化历史，本身就是社会的、文化的过程，如此才有饮食文化的产生。这是我从"观音韵"延伸得到的一点思考。

不可复制的地理

安溪铁观音诞生于 18 世纪 20 至 30 年代"雪灾年代"的推测萌生后，我开始多方收集茶树连年遭冷乃至于基因突变的"技术"数据，可是我一无所获。甚至，在历代修撰的邑志记述中，我都未能发现彼时安溪茶叶生产的相关资料，比如我所关心的"雪灾年代"里，茶叶的产量是否持续低迷？宣扬儒家伦理道德至上的时代，我读到的诸多素材仍然是基于伦理道德的立场。粗看起来，历史，似乎就是应该发生的事情都会发生，不应该发生的事情就不会发生，这是典型的"社会天演论"。

为什么要重视历史研究中的"技术"数据呢？说清这个问题并非难事。十年前读《万历十五年》时，我就对黄仁宇兼具探询人生意义的历史研究感兴趣，他所主张的"大历史观"，亦即从"技术上的角度看历史"，我个人认为开启了中国历史研究的新思维。黄氏后来陆续出版的《中国大历史》《黄河青山》等，也都是从"技术"的层面，强调"道德非万能""道德不能代替技术及法律"的观点。例如万历皇帝，历来均被以为昏庸怠政，读毕《万历十五年》，你也许会十分同情这位皇帝。因为黄仁宇在论述万历皇帝时，本在于说明皇帝的职位是一种适应社会需要而产生的"机构"，而每一个皇帝又都是一个个人，要以一己之身承担庞大机构的职能，悲剧自然不能幸免。

黄仁宇重视"技术"的作用及成效，提醒我在安溪铁观音另一维度的研究中，要超越抽象的道德立场，即叙事不妨细致，但结论却要看远，如此才能找到历史的规律性。我推断铁观音物种的源起，可能有人认为是"无稽（查考）之谈"，但若从现代铁观音所表现出来的一些生化特征去分析，结论可能就非常清楚了。中国著名茶学专家刘勤晋曾经提供了一组"乌龙茶品种间叶片结构的比较"数据，在这组数据中，我特别注意到铁观音的气孔呈现出"40×32"的最小值，明显小于其他乌龙茶品种间叶片结构。这能否说明铁观音的气孔是连续遇冷后才明显收缩，呈现这个最小值？在"连续遇冷"这个环节中，茶树基因进行动态变异，而新品种一旦形成，茶树本身又同时具有遗传特征了。

上文已经说过，物种是自然的产物，而自然又无非阳光、空气、水分等因素的系统组合。除了"雪灾年代"诱发茶树基因发生变化外，安溪茶乡所处的地域环境也是值得研究的：北纬24°50′~25°26′、东经117°36′~118°17′之间；3057平方公里的县域，其中山地占2600平方公里，千米以上的高山将近3000座；年平均气温16℃~21℃，年降雨量1800mm，相对湿度80%以上；红壤或沙质红壤，微酸性，pH值4.5~6.5……我知道，在人类目前所赖以生存的地球家园，这些综合数据一定是"唯一"的、"不可复制"的。环境对于铁观音物种源起所产生的关键性作用，意义不言自明。同时，这也帮助我们洞见了一个事实：只有她才能滋育出安溪铁观音特殊的"观音韵"，离开了"大地母亲""自然之本"，不仅植物、动物（包括人类）没有生命，我们的社会研究也不能从中汲取灵感。

探寻铁观音物种源起及其独特的"观音韵"文化特征，重"技术"数据的分析综合才是最重要的。但是，其中仍存有无尽的问题。比如，现代铁观音与古代铁观音所具有的品种特征是否完全相同？如果存在着差异，那么在变迁中处于支配地位的人类又起了什么样的作用？铁观音物种身上所隐藏的"革命历史"，与人类的"生存与发展"这个课题存在着至为微妙的关系，容我在后面的文章中一一涉及。

繁殖文化史

在我们居住的生活环境里，除了天空、花草、树木等自然景观之外，目之所及的尽是人工制造的东西：我眼前的纸、笔、书、书桌和电脑，我身后的椅子、书橱和电风扇，头上的屋顶，窗外的马路、车辆和建筑物，这些都是通过人工把自然物分解组合的产品，就是现在的天空也受到了人为污染的影响。在城市中，你的感官可以感受到的一切没有不受到人为的影响，我们亲身体验了这个由人类"设计"出来的物质世界。

现代铁观音必然遗传了古代铁观音的大部分特征，受气候、时间等自然环境因素的持续影响，它同时要产生基因的变异，从而表现出与古代铁观音的部分差异，这也是毫无疑问的。本文想接着探讨的不是自然环境因素对物种造成的变化值，而是要思考自 18 世纪 20 至 30 年代铁观音诞生后，在长达二三百年的演变中，"人为"因素是如何作用于自然物种本身，并借以探索物质创造过程的本质——一种连续的创造、持续的创造，这或许是整个物质文明演进的根本原则？

史载，明崇祯十三年（1640）前后，安溪茶农即从茶树枝条压在土壤中能生根发芽得到启发，创造出"茶树整株压条繁殖法"，克服了此前采用茶籽繁育的致命弱点：种性容易混乱、退化，最终导致茶质下降。近一个世纪后，当魏荫、王士让在大雪消融的南岩山头找到铁观音时，他们首先进行的就是对茶树实施"整株压条繁殖"，以解决茶树遭"雪灾"重创而大面积冻死之困扰。新品种的"规模繁殖"，使铁观音在安溪茶乡迅速传播开来。

在铁观音由发源地向外四处传播的轨迹中，我看到了一个发散性的古代中国社会结构，这显然不是由于安溪古代政府的极力推广，纯粹是源于民间的力量，正是这种生生不息的民间力量，使得铁观音没有在朝代更迭改变中消失，反而愈加生机强健。在解决温饱的生存大计面前，安溪茶农"创造"物质世界的热情始终高于政治"觉醒"：1920 年，他们在"整株压条繁殖"的基础上，试验"长穗扦插繁殖"获得成功。1936 年，改"长穗扦插繁殖"为"短穗扦插繁殖"，又获得成功，并成为当今世界最广泛运用和最先进的茶树繁殖法，不仅传遍国内各产茶省，还传播到印度、斯里兰卡、坦桑尼亚、乌干达等世界主要产茶国家。

由茶籽繁殖到短穗扦插，铁观音的"繁殖文化史"无意中书写了生物学"克隆技术"的传奇。这项世界首创的茶树"无性"繁殖技术诞生在安溪茶乡不是偶然，它从侧面说明物质文化的创造者永远都是普通大众。你我今天在"心安理得"地享用其创造的文明成果时，当有发自内心的敬重与感恩。

在我的动态描述中，读者们已经被告知："人为"的因素如何深刻地作用于铁观音物种本身，千百万安溪茶农一代代所连续创造的茶树"繁殖文化"直到今天都是一个无法超越的极限。有关那个时代的茶叶形制，我们只能在有限的人文典籍中披沙拣金，找到一丝难得的踪影。值得庆幸的是，现代铁观音几乎完整地保留了这一来自遥远古代的品性与工艺，不仅流风遗韵犹在，而且更加凝香聚气，承接先天的神秘造化，兼具后天的创新培植，是一个天、地、人"三元"并存的珍稀品种。

数百年来科学工作的宗旨，就是颠覆各种神话与传说，探究铁观音物种的源起亦然。理智的人们今天已逐步相信，在科学面前，覆盖在自然之上的神圣外衣终将被层层剥去，变化才是自然存在的本质，而科学工作的意义在于追寻物质文化的根本动因。单纯从气候、时间等自然环境因素研究铁观音物种是不完整的，人类的不断创新、持续创造，才是物质文明演进的唯一内在动因。

铁观音"繁殖文化史"所潜藏的丰富人文密码，是不是值得我们格外留意？其所集中体现的铁观音生生不息、严谨求实、不断创新的优秀品格，是否启发着人类，须有超越物质之上的、高尚的精神追求？

也是一个完整社会

笔者关于铁观音源起的系列文章见报后，陆续接到不少读者的来信来电，他们或指出笔误不足，或提供线索方向，其中，要求笔者循着既定思路深入探究铁观音人文密码的读者最多。

读者的批评使我意识到，我的历史研究尽管粗陋浅显，叙述不无松散，却要努力摆脱功能主义的立场、主观主义的分析，避免把读者引入虚幻妄无的空间。实际上，我觉得目前的铁观音文化架构是不完整的，我们仅仅把铁观音看作是社会生活的一个场景，而不是认为铁观音本身是一个完整社会，这里潜藏着纷繁的文化，蕴涵着丰富的民俗，同人的社会一样有秩序、有规范，与人的社会又存在着千丝万缕的联系。

"为什么铁观音奇妙香气在茶叶未被采摘时闻不到，刚被采摘下来时也闻不到，却在制茶工序中逐步地形成，呈现出迷人变幻的香气，被人们称为'制造香'？"多年前的一个下午，为了解开这个谜团，我特地来到距城数十公里的一处茶农家，向这家主人——一位有着丰富制茶经验的柯姓老茶师请教。

老茶师尽管技艺精湛，但由于表达上的原因，他未能尽述其中奥妙，自然不能帮我解去众多困惑。但是，我仍然受益匪浅，在老茶师家中待了一个晚上，我目睹了炒制一泡铁观音长达十几小时的全过程，只是由此引发的思考更多，仅仅一个"半发酵"，我同时想到"什么是乌龙茶的半发酵？""与传统意义上微生物参与其他物质的有氧发酵是一回事吗？""半发酵之'半'如何具体量化？""半发酵是否为铁观音产生香气韵致的关键？"等一系列高难度系数的问题。本想在纷纭的尘世中找寻一个舒放身心的角落，反倒走入这深如海、了无界的铁观音茶天下……

我的一系列疑问经过数年的几方求证，终于逐渐明朗清晰起来，懂得"半发酵"仍是铁观音制作工艺的"核心技术"，关系到铁观音香气品质的形成，也关系到滋味品质的形成。由于"半发酵"技术的科学运用，使得铁观音的滋味既不同于绿茶，也不同于红茶，形成自己独特的鲜爽、醇厚、甘喉的品质，并具有"音韵"的风格。

什么是"半"？《现代汉语词典》的解释是"二分之一"，如此释义虽然不尽如人意，用来说明其他事物还是不成问题的，但用来描述铁观音的制作工艺，则不能尽其全部，显得捉襟见肘，因为铁观音纯粹是依靠传统的手工制作，属非物质文化遗产中的"行为传承"，无法进行技术量化。怎样熟练掌握好"半发酵"技术？老茶师的制茶经验告诉我，铁观音的"半发酵"体现在"看青做青"这道关键工序，一个优秀的制茶师光眼观手动还不够，还要依靠智慧、经验与悟性。

老茶师的"个人成长史"实证了这个道理：他的制茶技术传承自他的父辈，同时他又将技术毫无保留地传授给他的三个儿子，但显然三个儿子的制茶技术又存在着明显的差异，差异的原因自然是各自"智慧""经验"与"悟性"不同，个中原因纷繁复杂，恕我不能一一展开分析，留下更多的谜团。

由铁观音的"半发酵"制作，我又联想到儒家历来倡导的"中庸之道"。虽然在待人接物上采取这种态度是值得批判的，但凡事能够"不偏不倚""调和折中"又是最难做到的，由此可见恰到好处地掌握铁观音的"半发酵"技术之难。

我的目的只是借此披露铁观音制作工艺的"冰山一角"，提醒人们在分享体验铁观音物质世界时，要更多关注铁观音物质世界的忠实创造者，是他们一代代"衣钵相传"，一代代研究创造，使我们得以拥有一个芬芳四溢的茶香社会，并获得更多来自性情的体验，走向生命的成熟。

铁观音精益求精的制作过程再次说明，这是一个天、地、人"三元"并存的优异品种，她体现了物质与精神的高度统一。铁观音是平凡的，她只是一种茶品；铁观音又是高贵的，她是安溪茶农心血的结晶。

茶乡十月

廖　奔

　　人民文学杂志社组织作家采风，随团赴安溪茶园。在北京的雾霾中浸淫久了，想到茶场的清新翠碧，心情踊跃。

　　近一二十年，茶体现了现代人的生活品位，家家茶柜里西湖龙井、洞庭碧螺春、安溪铁观音、云南普洱列阵，人人谈茶品茶、送茶受茶，茶不离口、手不离杯。然而，我仍然保持了当年上山下乡时的粗鄙陋习，不渴忘饮，渴即鲸吸，也不管随手取到的是白水、饮料、咖啡还是名茶，自诩骆驼型体质抗旱耐粗粝，因而对茶不甚留意。然而毕竟觉得有些暴殄天物、疏离了文明，窃感朴陋，正好补补课。

　　我是先到泉州参加戏曲国际研讨会，然后转道安溪，加入了茶行作家的行列。周大新、王久辛、龙一、范稳等人已经先到了，老朋友见面，自然别久情深。采风内容包括茶园山场踏行、茶博览会和茶博物馆参观，外带一个安溪女作家林筱聆的长篇小说《茶王》座谈会。先是灌了我们满眼茶色、满口茶香，后来弄得醒里梦里满脑子都塞满了茶。

　　十月的安溪茶山，满山满谷青葱翠碧。时值寒露，听说正是铁观音收获季节。由山根到山顶布满了一垄一垄、深绿肥浓的茶田，把山扇涂抹成蒙蒙茸茸的图案。走在弯弯曲曲的山道上，清气满腹、心旷神怡，不由人想喊、想唱、想转回儿时之身放纵一下。这样的茶山纵行，我二十年前走过一次，那是在杭州，一个人从九溪十八涧走到龙井村，时间使我淡忘了，这一走又想起来。只是，龙井茶棵齐腰深，铁观音怎么是矮矮地蹲在地下？正是午后，本想欣赏采茶姑娘穿云走雾的，谁知偌大山场一个人影不见。

茶场主人下田示范，只掐三片叶子的嫩芽，大家兴高采烈地随之戴上斗笠、挎起背篓，学着采撷起茶芽来。我和南阳老乡大新兄马步蹲裆地比葫芦画瓢，初上手时以为容易，谁知才一会儿就不得不鸣锣收兵了。原因是茶矮腿长、腰弓如虾，时间不长就感觉腰酸腿疼，而翠嫩的茶芽，掐起来却有韧劲、费指肚，弄得手指头生疼。原来采茶姑娘穿云走雾只是镜头里的诗意，真正采茶是艰辛的劳作。

爬到山顶，时近黄昏，原本就多云的天空翻卷出浓浓的雾气，裹住了一线夕霞。太阳早就沉到了云层之下，最后一抹霞色也正在由红转黄地淡去。

放眼绵延起伏的茶山曲线，一片莽莽苍苍，刚才触目清晰的茶山条垄图案，似乎都沉入了暗夜水色的朦胧。茶山主人在一旁殷殷叙说，十月采摘的铁观音为秋茶，品质最佳，但一天之内最好的采摘时间只是上午十点到十二点之间，这时的阳光最好，便于采摘后对茶叶进行"晒青""晾青"，因而有一个规矩，叫作没有太阳不采。怪不得今天没见到人采茶，时辰、天气都不对。

下山路上，见到裸露的土壤，肥糯润泽，湿度很大，这是铁观音的特殊营养基吧？我注意到，茶垄间随处长满一簇簇的芦苇，火焰般的苇髭在山风中上下跳跃，这种景象在我熟悉的北方山里是不可能见到的，那里芦苇只长在水边。

熙熙攘攘的茶博会，表明茶乡百姓现今也走上了精品行销之路。会上见到了铁观音制作工艺的整个模拟过程。老师傅把"晒青""晾青"后的茶叶，放在悬挂的竹簸里摇簸，一遍又一遍，一直摇到叶边卷损、青气消失、香味溢出，叫作"摇青"。这道工艺看似简单，到了我们手里，茶叶不是被一下摇出了竹簸，飘洒了满地，就是在竹簸里叠块堆饼。叶梅上手摇了一下，茶叶很快有节奏地旋转起来，飘成了一团花。接着是"炒青"，老师傅坐在那里，双手伸入炒锅里灵活地翻转满锅的茶叶。伸手摸摸，茶锅滚烫，没人敢上手了，只嗅到茶香扑鼻。接下来是揉捻，把经过烘焙的茶叶用布裹成团状，放在条凳上用力揉搓，然后再烘焙。我们男子汉一个个上去施展身手，弄得满头大汗。三揉三焙后，再经过簸拣，剔去梗条、杂物，剩下的就是墨绿带红的团状香茶了。

茶博物馆里的讲解丰富了我们的知识。铁观音属于半发酵工艺制作的乌龙茶，与不发酵的绿茶、完全发酵的红茶三足鼎立。据《安溪县志》记载：安溪产茶始于唐末，兴于明清，盛于当代，至今已有一千多年的历史，因而自古就有"龙凤名区""闽南茶都"美誉。明清是安溪茶叶走向鼎盛的时期，销遍全国，还随着华工移民远漂南洋。林筱聆的小说《茶王》描写的就是铁观音的晚清出海史。

终于坐在茶室里品茶了。我饶有兴致地望着沏茶小姐把开水添注到放好茶叶的精细瓷杯里，扣上杯盖滤掉第一遍水，说是"洗茶"。冲上第二遍水，闷泡几分钟，然后揭开盖子凑到鼻子跟前让你闻香，馥郁香气顿时沁入脑后。接下来就是饮茶了，白瓷杯里的茶汤澄亮金黄、清澈浓郁，抿上一口，一股醇稠的浓香盖满舌面，既微苦又略回甘，令人清脑醒目、心旷神怡。续水冲泡若干次饮之而茶香不减，正是所谓"七泡有余香"。只见翘着小胡子的龙一"潜伏"茶桌一旁，细细地抿上一口茶，闭目品味良久，点首自得，泰然怡然——这是会品茶的。即使不谙门道如我之辈，饮毕也觉神清气爽、齿颊留香。

在安溪我还有了一个重要的发现，这里竟然有一座金碧辉煌的廖公祠，矗立在东岳寺西侧。原来我们廖姓祖先廖俨，还是安溪开发的第一人。廖俨原籍就是我们河南的汝南县，他在唐朝乾符二年（875年）榜眼及第，官至银青光禄大夫、检点太子宾客兼国子监祭酒、御史中丞，后来担任四镇节度使的梁王朱温作乱，弑杀了唐昭宗和唐哀帝，遂于后梁开平三年（909年）避乱来到泉州。《泉州市志》记载：廖俨在安溪率民除暴、募民垦山、布施教化，功绩卓著，百姓因而奉之为长官。当地民间因而流传"没有安溪县，先有廖长官"的说法。今天廖姓在当地已经繁衍成一支。这段历史我很感兴趣，因为我一直在关注起于南阳的廖姓为何今天大多生活于南方。看来晚唐五代的藩镇割据、战祸连连，是造成廖姓本支躲避到海隅偏处的原因。泉州气候温和、物丰人稀，当时有邱、黄、陈、刘、林、周、廖、詹、王、吴、安诸多族姓经荆楚、江淮移居而来，带来中原的先进生产技术，也带来了茶叶的生产方法，安溪种茶就从那个时候开始。无怪当时著名诗人韩偓造访廖俨时曾留下诗句："石崖觅芝叟，乡俗采茶歌。"我们廖姓在安溪产茶史上还有着开创之功，这令我骄傲。

唐中叶以前，安溪人口稀少，茶史无考。其中既有平民百姓，也不乏名人墨客，如唐末诗人周朴、五代吴越王钱俶幕僚黄夷简、上柱国廖俨、开先县令詹敦仁等。五代年间，时任福建都团练散兵马使的廖俨，奏请朝廷置小溪场获准，廖俨遂带领族人，招徕流民，披荆斩棘，发展生产，短短几年，"小溪场政事顺成，民享安乐，人口逐渐稠密，成为天然的集镇"。

于是他又上书朝廷，建议在小溪建城，并亲自选定状如"降凤饮津"的凤冠山南麓建置小溪县治。这就是"举目三山及第，出门两水汇源"的凤城。清进士、翰林院编修李天宠云："安邑开建自五代中，始为县令者詹公也，而其先则有廖长官。"廖俨率民除暴，召集流民，开垦山地，布施教化，颇著功绩。上司曾欲赐土地，他自认为"无功于民，轻易受业，天理不显，民心不顺"，敬谢不受。

九四五年南唐统一闽域后，河南光州詹敦仁首任清溪县（现安溪县）知县，赞扬廖俨为小溪场后置县奠定基础，上书南唐朝廷，廖俨得到朝廷赏识，受封为"上柱国"称号。

十月茶乡安溪到处弥漫的浓郁茶香，倒让我有了故旧的眷恋。

背景链接：

泉州安溪是世界名茶铁观音的故乡，自古就有"闽南茶都"的美誉。安溪产茶几乎与置县同时，已有一千多年历史，其中盛产的乌龙茶早在宋元时期就通过"海上丝绸之路"蜚声中外。安溪是名茶铁观音、黄金桂的发源地。安溪茶叶生产历史之久、产量之多、制作之巧、质量之高、茶艺之精、饮茶之盛堪称华夏一绝。随着茶业的发展，安溪逐步形成了独特的茶文化。全国六大类七十四种旅游资源，安溪就拥有六大类四十一种。近年来，随着经济的发展，具有浓郁茶乡特色的安溪文化（茶歌、茶舞、茶艺、茶餐、高甲戏等）和自然与人文浑然一体的茶文化旅游呼之欲出，成为安溪新的经济热点。安溪还被誉为"茶树良种的宝库",茶农素有"茶师摇篮"之称。安溪县现有茶园4.11万公顷,既是福建乌龙茶出口基地县,也是全国最大的乌龙茶主产区,现年产茶叶6.8万吨,约占全国乌龙茶产量的四分之一,福建省乌龙茶产量的三分之一,是全国产茶大县。

泡茶时光

戴冠青

很享受泡茶的时光。

泡茶的时光让我很放松。偷点闲心，找点闲时，三五知己，围坐一圈，看主人熟稔地煮水，洗杯，冲茶，洗茶，倒茶，然后在水气缭绕茶香氤氲中一人一杯，一边滋滋地品茶，一边懒懒地聊天，没心没肺，不咸不淡，可以是家长里短，也可以是世界风云，或者只说说茶香、茶色和喉韵。不是为了聊天而泡茶，而是为了泡茶而聊天，聊天其实只是一种茶配。当然，你也可以什么都不说，只是痴痴地看着主人泡茶，然后优哉游哉地啜饮，没人会在意你发言或者不发言。一泡茶淡了，主人又续上一泡，刚刚泡的是清香型铁观音，续的也许就是浓香型铁观音，或者是某个茶友突然掏出的正山小种，请大家品评共赏。就在这种泡了又泡的惬意时光中，那一颗颗奔突在消费世道中变得浮躁和焦虑的心儿便得到了片刻的宁静和放松。

唐代诗人李涉诗曰："终日错错碎梦间，忽闻春尽强登山。因过竹院逢僧话，偷得浮生半日闲。"虽然不一定去登山，但登山其实常常也是去泡茶，山上有好泉，好泉就可以泡出好茶，在泉州，哪一座山没有茶室茶桌呢？重要的是一种闲适的心境，偷得浮生半日闲，换取一截悠悠梦。如此说来，泡茶时光其实是一种自我解脱的时光。

我一直认为喝酒和喝茶是两种完全不同的文化。喝酒是要热闹的，不热闹就没气氛，所以喝酒常常是在酒楼里，在节俗的日子里，而且还往往佐以猜拳行令，刻意制造出一种轰轰烈烈的氛围，让酒客们尽兴尽欢。喝茶则不同，喝茶需要清静，所以喝茶总是在家里，在雅室里，在属于自己的空间里，在偷得空闲的时光里，悠悠地喝，静静地品，图的是一种自娱自乐的悠闲。

请人喝酒往往带点功利的味道，或者是为了一单生意，或者是为了增进友情，或者是有求于人，或者是让人助兴。再个人化的喝酒也有点消愁解闷的需求心理。请人喝茶则纯粹是一种消闲，一种放松，一种审美，可以自泡自喝，也可以三五知己一起喝，喝完就走人，无所求也就没有心理负担，不用想我是不是还欠人一席酒或者一顿饭。

因此我把喝酒看作是儒家文化，喝茶则是道家文化。儒家文化是有为的入世的，或者说是注重建功立业的。儒家认为："己欲立而立人，己欲达而达人。""唯天下之至诚，为能尽其性。"就是要充分发挥人的才性去进取，闽南文化中的"爱拼才能赢"也许就是儒家文化最形象的表现。所以拼搏的男人大多爱喝酒，泉州谚语"拳头、烧酒、曲"就很巧妙地诠释了闽南文化的这种儒家特征：拼搏、喝酒、听南音。而且喝酒还一定要尽兴，猜拳行令，大呼小叫，不把人灌醉誓不罢休。虽然对这一点我始终不以为然，但处在闽南文化的氛围中却又无可奈何。

幸好闽南文化里还有茶。茶文化是道家文化吗？道家文化是无为的出世的。"道"在庄子那里，是一种高度自由的境界，它是"无为无不为"的，所谓"天地有大美而不言"，它不去表现自己而把自己表现出来，是无目的超功利的。因此庄子认为，审美不是礼乐之娱，声色之乐，而是一种澄明心境弃除杂念的体验和观照，也就是所谓的"心斋"和"坐忘"，其实就是一种无所求的审美心境，"夫得是，至美至乐也，得至美而游乎至乐，谓之至人"。倘能如此，你就能进入至美至乐的高度自由的境界，成为高度自由的人。我以为，如果能把喝茶看作是一种无功利的审美或休闲，也许就与道家文化相通了。

一直以来总有一种疲于奔命之感，晚上一躺下就得调好闹钟，担心明早睡过头误了上课时间。回到家看一会儿电视也觉得太奢侈，自责又把做课题的时间浪费了。于是曾在一篇短文中向往休闲，渴望轻松。不再那么庸庸碌碌，不再那么纷纷扰扰。背上行囊，行走四方，吃吃没吃过的东西，看看没看过的风景。甚至梦想着有一天再到马来西亚的热浪岛去，在那一个富有热带风情的美丽小岛上住到厌烦为止。炎热的夏日里，白天去碧蓝的海里潜水，感受柔软的鱼唇吻过手臂时的惬意；傍晚赤脚在沙滩上散步，任海风轻轻地扬起长发和裙裾。懒得走了就到草蓬下的休闲吧坐坐，要一杯咖啡或者椰子汁或者杨桃汁慢慢啜着，看余晖中木槿花在蓬蓬勃勃地盛开，听归鸟的鸣叫还有熟透了的椰子掉在小径上的声音。夜幕降临时去听沙滩音乐会，欣赏马来姑娘火辣辣的民歌或者与马来小伙忧郁的情歌对唱。如果觉得太闹，就躲到小木屋里，静静地看书，一直看到睡去。

　　但今天，我发现，其实哪儿都不用去，在盛产铁观音好茶的闽南，泡茶难道不就是一种极好的休闲吗？累的时候我们就什么也不做，泡泡茶，叙叙旧，懒懒地品，慢慢地啜，恬静散淡，无欲无求。当一壶茶喝完了时，在喉舌留津齿颊生香的回味中，一身疲惫两肩重负瞬间被卸下了，人一下子变得轻松起来，心情也随之澄明开朗。

　　哦，泡茶时光，实在是我的快乐时光！

茶与人生

魏 微

我在口舌上很迟钝。凡是经过口舌之物，比如茶、食物、烟酒，我当然也有口味，那合口味的，我便赞声"好"，至于怎么个好法，却不能细究。有一次我在苏州吃"菜泡饭"，青菜切碎了，用荤油炒，泡在米饭里，我老家也有这样的吃法，是童年的味道。我便一连声说"好"，或者加上感叹词："哎呀，真好吃！"或者连声调都变了，充满柔软慈悲："天哪，怎么可以这么好吃！"

我的朋友们一旁看着，暗自高兴。心里想，这人怎么这么好糊弄，随便一碗街头小吃，就能把她对付得七荤八素。味觉上的简单粗陋由此可见。

这一点上，我不大像典型的中国人。中国自古就有"食不厌精，脍不厌细"一说，出自孔子。当然孔子也有他的道理，春秋末世，社会体系行将崩塌，但大面积的兵荒马乱还未来临，有那么一小节的"现世安好"；他老人家本不是苦行僧，又爱极了生活，衣食住行上最讲究个精致；可能也是出于"法度"的需要，即人之为人，首在于体面。

孔子死后的两千年间，唯有他的话为子孙后代所牢记，表现在饮食上，所谓"食不厌精，脍不厌细"，怕是要以淮扬菜为代表。那年我在江苏，与朋友一起去吃淮扬菜,记得有道菜名字似叫"菊花羹",手心大小的一块嫩豆腐,据说切成了九百九十九道丝,雕成菊花模样,浮在汤碗中;下面汤鲜汁美,把个菊花托得漾漾的,端的十分漂亮。

我看了好久,不忍下筷子,怕自己暴殄天物。豆腐自然不是天物,可是淮扬菜的特点便是极家常的食材,也能挖空心思,做出一个"花繁叶茂"来。烹饪一旦成为艺术,走向极致,就有"穷奢极侈"的意味。照我一个穷孩子出身的人,这背后其实是空虚。

我从小是喝绿茶长大,用的是搪瓷缸,开水一滚,茶叶根根分明,是森林的味道。张爱玲小说《倾城之恋》里也有这一譬喻,她写男女主人公调情,隔着玻璃杯看茶叶生长,有森森之意。

绿茶形样不一,像草木、像树叶,开水滚过,叶片舒展,是它原来的样子。汤色也好,青黄、雅绿都有。含在嘴里,清清润润,满身心都被植物所笼罩。

这一点上,它与乌龙茶形成了鲜明映照。说来惭愧,我是到了广东才喝上乌龙茶,同事中有不少潮汕人,我跟着他们喝了十几年,也没喝出个意思来。倒是看他们煮茶、沏茶,看得兴致盎然,眼睛忙得挪不开来。我所在的单位,几乎人手一套工夫茶具,俗称"茶房四宝":炉、壶、茶盘、盖碗和茶盅。单是茶具上,就比绿茶繁复许多。

乌龙在广东也叫"工夫茶",照我粗略的理解,工夫可当"时间"解,喝茶是件费功夫的事,三四人团团坐着,品茗之余,也有消磨时间之意,有的是消磨一天,有的则是一生。譬如唐人陆羽,一定是以喝茶为志业,才会写出《茶经》来。茶一旦上升到"经"的层面,毫无疑问已是学问。中国茶里,就繁复深奥而言,怕是要数乌龙茶。乌龙是一门手艺,单是制作,所谓晾青、摇青、杀青、烘焙等,已是繁杂至极,而这只是开始。再有沏泡的功夫、品饮的技能,里头的门道多了去。内中最顶要的莫过于水、火、冲三字,水、火都讲究一个"活"字,活水活火,是煮茶的要诀。

《茶经》中说:"其水,用山水上,江水中,井水下。"今天,我们连井水都喝不上了,等而下之只以纯净水取代,古人有知,怕是要取笑。"山水"指的是山泉水,这个也有讲究。以山顶的泉水为"轻清",山下的则为"重浊"。山泉中又以石中泉为"清甘",沙中泉是"清冽",土中泉为

"浑厚"。

　　我实在分不清"清甘""清冽"，倒是苏东坡的"活水"说更实在些。水只要是"活"的就好。当然这话也不能讲死，譬如西湖龙井，只有在西湖边才能喝出至味来。也就是说，龙井茶，须用西湖龙井村的水，方不辜负"天下名茶"的味道，换个地方，隔个十里八里，即便是"活水"，滋味全不一样。

　　苏东坡的"活水"说，原话是："活水还须活火烹"，他的关注点是在"活火"。何为活火？简单说，即"炭有焰"，必须烧出火焰，见得生猛，方能煮出佳茗。潮汕有一种木柴叫"绞积炭"，是最上乘的燃料，树木成炭后，毫无烟臭，敲之有声，碎之莹黑。还有用乌榄核做炭的，火焰呈浅蓝，焰头活，火势稳。

　　讲究到了这一层，活水、活火，连炭火都有规定，估计离"茶道"不远了。此外，乌龙茶还有茶具上的种种名目，各式精致，炉叫"潮汕炉"，壶叫"玉书碨"，也有叫"孟臣罐"——一种出自宜兴的紫砂壶。茶盘以景德镇的为最佳，茶盅雅称"若琛瓯"，另有茶洗、茶池、茶垫等不一而足。

　　至于盖碗更是少不得，工夫茶的"形样之美"全在盖碗上。一套令人眼花缭乱的操作，所谓纳茶、候汤、冲茶、刮沫、淋罐、烫杯、洒茶……林林总总，沏茶人的手在盖碗上绕来绕去，既繁复又轻巧，是巴洛克的风格。在我们是叹为观止，在人家则是云淡风轻。

　　潮汕人喝茶是从娘胎里开始的，从小练就的童子功，对于茶叶更是内行。观形、辨色、闻香，样样使得。茶香总比人先到，鼻子灵得跟狗一样。时常他们也会教我说，这个好，有回甘。我懵懵懂懂，不明就里，非但喝不出"回甘"，反觉苦。因此来广东多年，虽然喝了不少乌龙茶，但多数被我糟践了，实在替乌龙茶不值。

　　这一带又不兴绿茶，我只好改喝普洱，是那种极普通的口粮茶，一个人坐在办公室静静喝，不惊艳，不失望，聊胜于无。直到不久前去了趟安溪，突然开窍。那几天连着喝，顿顿喝，突然喝出道道来了。原来乌龙茶是这么个好法，随着茶水入腹，口齿竟有余香，在舌根下、口腔里、齿缝处……隐隐约约，似是而非，并不分明在哪里，又似乎到处都是；待要凝神捕捉，却囫囵之至，不像有那回事。

香气是世上最难描述的气体，以若隐若现为最佳。记得有一年我走在大街上，突然闻得一阵腊梅香，沁得心脾都醉了，及至驻足细闻，哪里闻得见？！所谓香气撩人，这便是"撩"了。茶香又不比花香，它更隐约、更暧昧，因此撩起人来委实要命，是一种欲罢不能。

我第一次被茶撩着，便是这趟安溪之行。临行前我做了些功课，知道这里是铁观音的故乡；说来惭愧，我喝了多年铁观音，也喝大红袍、岩茶、凤凰单枞，及至来到安溪，才知它们都叫乌龙茶。学问上的这点精进，让我开心不已，也许从此得了路径，一头扎进去也未可知。

乌龙茶中，最有名的便是铁观音了，堪称乌龙茶的代表，又以安溪产的为最好，素有中国"十大名茶"之谓。说起来，茶虽然被潮汕人喝出了名堂，成了"国家非物质文化遗产"，但就茶叶本身，到底还数福建。等于是，广东只在枝叶上繁盛，而福建独是那根树桩。

福建有两大著名产区，一个是武夷山岩茶，一个便是安溪铁观音。岩茶因为更高深，不在茶水里浸泡个几十年，基本喝不出意思来，其实是为老茶客所专备的小众茶。而安溪铁观音则驰名天下，各式滋味，笼统说分三种香型：清香型、浓香型、陈香型。以我的口舌，自是辨不出这三者的区别，但香气竟让我尝到了，一种幽幽兰花香，不单靠鼻子，也是以口唇。

兰花香，据说是铁观音里最雅致的香型，难得能喝上。我先是闻，尔后品。香气清远，滋味醇厚，及至入腹，舌下生津，称得上是"回甘隽永"了。那一种滋味，亦是无味至味，在心脾、在胸腔，慢慢积蕴，突呈醍醐灌顶之势，涌至舌根齿间……安溪人讲，这便是"观音韵"了，铁观音的魅力不在味道，而在神韵。也就是说，我终于上了道，喝出门路来了，"观音韵"都能找上我，从此茶路上怕是要突飞猛进。

何以我在广东喝了那么多年乌龙茶，一直懵懵懂懂、云里雾里，而来安溪只几天，却突然茅塞顿开，喝出了至味？自然是茶本身。这里是铁观音的"原乡"，好比写人物传记，总要到这个人的故乡走走，以深得他的气味；安溪大街小巷、满坑满谷都充塞茶香，有时逛个街，也不胜店主殷切之意，坐下来喝盅茶。安溪人喝茶，似不像潮汕人那么多规矩，茶序虽一样，但那一种随意冲淡，透着有根基、有家底的自信：茶好才是真的好。

生来国色天香，哪还需打扮！

　　另则，喝茶是件有门槛的事，必须有准备、有铺垫，至少乌龙茶是这样。有个外地朋友，来广东生活多年，一直听不懂粤语，有一年被派至香港公干，人生地不熟的地方，突然什么都懂了，不但会听，而且会说。这是听觉上的准备。我喝了那么多年乌龙茶，属于味觉上的准备，只为这一次来安溪，感悟铁观音的大名，闻兰花香、品观音韵。

　　我天性喜简单、远繁复，但这话只适合在年青时代说。从前买家具，只逛"宜家"，为的是它的简洁方便，书柜能装，衣橱能盛。及至中年，便开始逛实木店，不是因为它更名贵，而在于木头有灵性，伸手抚摸，它会与人发生感应。即便是不摸，一旁看着，心里也滋润一片。人生本空无，好物填充之。这话也适用于乌龙茶、铁观音。